부조리의 포도주와 무관심의 빵

부조리의 포도주와 무관심의 빵

저자_**김욱동**(金旭東, Wook Dong Kim)은 한국외국어대학 영문과 및 동 대학원을 졸업한 뒤 미국 미시시피대학교에서 영문학 문학석사 학위를, 뉴욕 주립대학교에서 영문학 문학박사 학위를 받았다. 포스트모더니즘을 비롯한 서구 이론을 국내 학계와 문단에 소개하는 한편, 이러한 방법론을 바탕으로 한국문학과 문화현상을 새롭게 해석하여 주목을 받았다. 현재 서강대학교 인문대학 명예교수이며 한국외대 통번역학과 교수로 재직 중이다. 문학평론집으로『시인은 숲을 지킨다』,『『광장』을 읽는 일곱 가지 방법』,『문학을 위한 변명』,『지구촌 시대의 문학』,『적색에서 녹색으로』등이 있다.

김욱동 문학평론집

부조리의 포도주와 무관심의 빵

초판인쇄 2013년 1월 10일 **초판발행** 2013년 1월 20일
지은이 김욱동 **펴낸이** 박성모 **펴낸곳** 소명출판 **출판등록** 제13-522호
주소 서울시 서초구 서초동 1621-18 란빌딩 1층
전화 02-585-7840 **팩스** 02-585-7848 **전자우편** somyong@korea.com **홈페이지** www.somyong.co.kr

값 20,000원
ⓒ 김욱동, 2013
ISBN 978-89-5626-764-7 03810

김욱동 문학평론집
The Wine of the Absurd and the Bread of Indifference

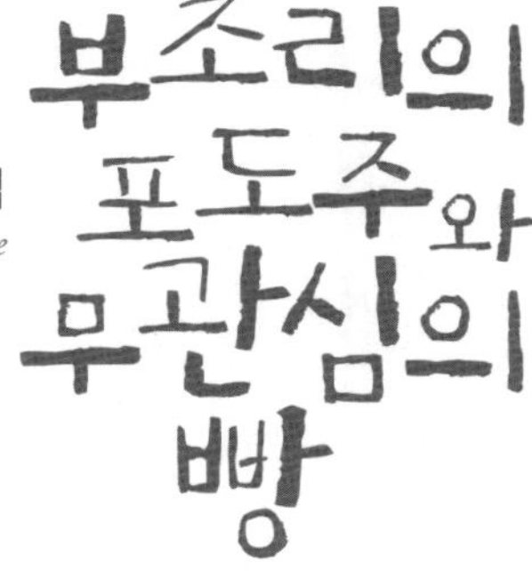

소명출판

지금 우리는 나라와 나라 사이의 국경이 허물어진 국제화 시대, 서로 다른 피부 색깔을 한 인종끼리 서로 어깨를 마주하며 살아가는 다문화주의 시대에 살아가고 있다. 국제화나 다문화주의가 한낱 텅 빈 구호가 아니라 알맹이 있는 실속 있는 것이 되기 위해서는 우리는 무엇보다도 굳게 닫힌 마음의 문을 활짝 열어놓아야 한다. 그런데 이렇게 마음의 문을 활짝 열어 놓게 하는 데에는 문학만큼 좋은 방법도 없다. 예로부터 문학은 벌어져 있는 간격을 좁히고 가로막힌 장벽을 허무는 데 크게 이바지해 왔다. 또 닫힌 문을 열어젖히는 데에도 노력해 오기도 하였다. 문학 작품을 읽는다는 것은 우리가 아닌 남의 생각, 남의 문화를 탐색하는 지적 모험이기 때문이다.

나는 오래 전부터 모든 문학연구는 비교문학이 되어야 한다고 생각해 왔다. 문학이 인간의 경험을 다루는 것일진대 보편성을 떠나서는 생각할 수 없다. 윌리엄 포크너의 말대로 삶을 영위하는 방식은 서로 다를지 몰라도 삶 자체는 지구촌 어느 곳에서나 마찬가지이다. 물론 그렇다고 지나치게 보편성에만 의지하는 것도 바람직하지 않다. 보편성이나 일반성 못지않게 개별성이나 특수성도 무척 중요하다. 보편성이나 일반성의 함정에 빠지지 않은 채 개별성이나 특수성을 추구하는 것이 아마 가장 바람직한 문학연구 방법일 것이다. 이렇게 두 마리 토끼를 좇기 위해서는 비교문학적 관점에서 문학을 연구하는 것이 이상적이다. 남의 문학을 알 때 비로소 우리의 문학을 좀 더 깊이 있게 알 수 있다.

발터 벤야민은 언젠가 번역에 대하여 언급하면서 번역이란 그동안 미처 깨닫지 못하던 모국어를 새롭게 깨닫게 해주는 촉매 역할을 한다고 지적한 적이 있다. 문학도 번역과 크게 다르지 않아서 외국 문학과 나란히 비교해 볼 때 자국 문학의 모습을 제대로 파악할 수 있다. 남의 나라 문학과 비교하지 않고서는 자국 문학의 모습을 제대로 파악하기란 여간 어렵지 않다.

이번에 펴내는 문학비평집에서는 『지구촌 시대의 문학』(황금알, 2009) 이후에 쓴 글을 한데 모았다. 처음부터 의도한 것은 아니지만 한국의 근대문학을 비교문학적 관념에서 살핀 글이 주류를 이룬다. 특히 그중에서도 정지용의 「향수」와 트럼불 스티크니의 작품을 비교한 첫 번째 글, 그리고 20세기 초엽에 활약한 미국 시인 조이스 킬머의 「나무」가 한국 현대시에 끼친 영향을 두루 살핀 두 번째 글은 분량으로 보나 내용으로 보나 이 비평집에서 가장 비중이 크다. 이 두 글에서 나는 문학을 말할 때면 늘 부딪치기 마련인 모방과 창조의 미묘한 문제를 다루었다. 구약성서 「전도서」 저자의 말대로 태양 아래에 새로운 것이 없고, 이 점에서는 문학도 예외가 아니다. 그렇다면 한 시인이나 작가는 남의 작품에서 영향을 받되 자신의 것으로 창조적으로 승화시킬 때 천재성을 인정받는다.

이 책에 수록한 나머지 글들도 하나같이 그동안 내가 관심을 기울여 온 문제와 그다지 동떨어져 있지 않다. 일제 강점기 근대문학의 성립을 비롯하여 이식 문학론, 수사학, 문학 생태학 등 하나같이 내가 지난 몇십 년 동안 천착해 온 주제들이다. 그중에는 단행본 저서로 출가시키고 남아 있던 글들도 있고, 단행본을 출간한 뒤에 새로 쓴 것들도 있다. 「문학과 의학」은 몇 해 전 문학의학학회가 창립될 때 발표한 글이다. 또 「노벨 문학상의 문화 정치학」은 외국문학연구소에서 노벨 문학상을 주제로 개최한 학술대회에서 발표한 글을 수정하고 보완한 것이다.

나는 알베르 카뮈의 "부조리의 포도주와 무관심의 빵"이라는 구절을 이 책의 제목으로 삼았다. 생각해 보면 볼수록 카뮈나 장 폴 사르트르의 실존주의는 추상적이고 체계적인 철학이 아니라 삶에 대한 구체적인 태도라는 느낌이 든다. 촌수로 치자면 철학보다는 오히려 문학에 훨씬 가깝다. 카뮈의 말대로 그 어느 때보다도 이제 우리는 '부조리의 포도주'를 마시고 '무관심의 빵'을 먹어야 할 것 같다. 정보가 홍수처럼 범람하는 소셜네트워크 시대에 자칫 현실을 무비판적으로 순응하며 살아가기가 쉽기 때문이다. 이상(李箱)도 "인간아, 절망하라!"고 외치지 않았던가. 절망하지 않은 사람은 아마 희망에 대해서도 제대로 말할 수 없을지도 모른다.

요즈음처럼 출판이 어려운 때도 없을 듯하다. 그런데도 이 책의 출간을 선뜻 허락해 주신 소명출판의 박성모 사장님과 편집 일을 맡아 주신 공홍 선생님께 이 자리를 빌려 감사를 드린다.

2012년 가을
해운대에서
김욱동

차례 ● 부조리의 포도주와 무관심의 빵

아무것도 해결되지 않았다. 그러나 모든 것은 변모되었다
죽으려고 하는 것인가? 비약의 힘으로 도망치려 하는 것인가?
그곳에서 부조리의 포도주와 무관심의 빵을 되찾게 될 것이며,
그것으로써 자기의 위대함을 길러갈 것이다.

－알베르 카뮈

아무것도 해결되지 않았다. 그러나 모든 것은 변모되었다
죽으려고 하는 것인가? 비약의 힘으로 도망치려 하는 것인가?
그곳에서 부조리의 포도주와 무관심의 빵을 되찾게 될 것이며,

정지용의 「향수」와 스티크니의 「므네모시네」

정지용의 작품 중에서도 가장 갈 알려진 「향수」가 최근 들어 몇몇 평론가한테서 심심치 않게 비평의 도마에 오르내리고 있다. 그 발단은 두말할 나위 없이 정지용이 이 작품을 창작하면서 20세기 초엽 서른 살의 젊은 나이로 요절한 미국 시인 트럼불 스티크니(1874~1904)의 한 작품을 '모방'하였다는 사실이 밝혀지면서부터이다. 그리하여 이병렬은 정지용이 스티크니의 작품을 모방하거나 심지어 '표절'한 것이 확실하다고 결론짓는다. 그는 이 두 시인이 구사하는 시어를 서로 대비하면서 이것이야말로 곧 「향수」가 스티크니의 작품을 모방하였다는 '결정적 증거'라고 지적한다. 그러면서도 그는 정지용의 이 작품이 단순한 모방을 뛰어넘어 '창조적인 모방'이라고 조금 유보를 두기도 한다.

그러나 단순한 모방이건 창조적 모방이건 정지용의 「향수」를 한낱 모방으로 간주한다는 점에는 이렇다 할 차이가 없다.

한편 박방현은 이보다 한 발 더 밀고나가 정지용의 「향수」가 스티크니의 '모작'이라고 아예 못박아 말한다. 이 작품이 발표된 지 80여 년이 지났는데도 한국 비평계나 문단에서 그 동안 '모작이라는 실상'이 간과되어 온 것이 참으로 애석한 일이라고 지적한다. 다시 말해서 지난 몇 십 년 동안 그러한 사실에 속아 온 것이 무척 안타깝다는 것이다. 박방현은 정지용 한 사람한테만 모작의 혐의를 두는 것으로도 모자라 이번에는 김소월한테도 모작의 혐의를 둔다. 박방현이 아일랜드의 시인 윌리엄 버틀러 예이츠를 언급하는 것을 보면 아마 김소월이 「진달래꽃」을 쓰면서 예이츠의 「그는 하늘나라의 옷감을 갖고 싶었노라」에서 영향을 받은 것을 염두에 두고 말하는 것 같다. 그러면서 박방현은 "예이츠와 김소월, 스티크니와 정지용 시인들은 저승에서 서로 낯을 붉히며 한 판 승부를 버리고 있을 듯하고, 김소월 시인과 정지용 시인들은 궁지에 몰린 채 판정패하였을 것 같은 상상을 해 본다"고 그야말로 엉뚱하게 상상의 나래를 펴기도 한다.

그러나 김소월의 「진달래꽃」은 말할 것도 없고 정지용의 「향수」도 '모방'이나 '모작'으로 볼 수 없으며 '표절'로는 더더욱 볼 수 없다. 서양 속담에 신들이 사랑하는 사람은 일찍 죽는다는 말이 있다. 그만큼 신은 재능 있는 사람을 시기하고 질투한다는 말이다. 이러한 현상은 문학에서도 크게 다르지 않다. 한국문학사에서 굵직한 획을 그은 김소월이나 정지용도 그렇게 대수롭다고 할 수 없는 문제로 몇몇 비평가들한테서 비판의 화살을 받는다. 한편 비평가들은 비평가들대로 대가로 평가받는 시인이나 작가를 비판하고 공격한다는 사실에서 자학적 만족감을 느끼기도 한다.

정지용의 「향수」와 트럼불 스티크니의 작품을 좀 더 꼼꼼히 읽어 보면 정지용이 비록 스티크니의 작품에서 몇몇 시어를 빌려왔을망정 놀라운 시적 변용을 거쳐 전혀 새로운 작품으로 승화시킴으로써 매우 독창적인 작품을 만들어 냈다는 사실이 밝혀진다. 이 두 시인의 작품을 나란히 놓고 서로 비교해 보면 정지용의 「향수」는 모방이나 표절과는 거리가 먼 독창적 작품임이 드러난다. 이 두 작품을 비교해 보면 볼수록 오히려 정지용의 타고난 시적 재능에 새삼 놀라게 된다. 스티크니의 작품이 광산에서 막 채굴해낸 원광석이라면, 정지용의 작품은 빛을 내뿜는 금강석이라고 할 수 있다. 정지용은 아직 다듬지 않은 원광석을 제련하고 연마하여 「향수」라는 아름다운 금강석으로 만들어내었다. 적어도 이 점에서 정지용은 뛰어난 언어의 연금술사라고 하여도 크게 틀리지 않을 것이다.

1

정지용이 몇몇 비평가들한테 '모방'이니 '모작'이니 '표절'이니 하는 혐의를 받는 까닭은 바로 트럼불 스티크니의 「므네모시네(Mnemosyne)」라는 작품 때문이다. 정지용이 받고 있는 이러한 혐의를 풀어 주기 위해서는 무엇보다도 먼저 한국의 일탄 독자들은 말할 것도 없고 심지어 영문학을 전공하는 사람들한테도 낯선 이 미국 시인과 그의 작품을 좀 더 꼼꼼히 살펴볼 필요가 있다. 1874년 스위스의 제네바에서 태어난 스티크니는 세계를 두루 여행한 부모를 따라 유럽의 여러 나라와 여러

도시에서 성장하였다. 그는 독일의 비스바덴을 비롯한 이탈리아의 피렌체, 프랑스의 니스, 영국의 런던, 그리고 미국의 뉴욕 등에서 어린 시절을 보냈다. 스티크니는 그중에서도 특히 스위스와 이탈리아에서 다섯 살 때까지 살다가 부모를 따라 미국에 건너왔다.

요즈음 입만 열면 '국제화'니 '세계화'니 하고 외쳐대지만 스티크니는 이렇게 19세기 말엽에 일찍이 유럽을 제집 드나들 듯 하며 세계정신을 호흡하였다. 미국 트리니티 대학의 고전문학 교수였던 아버지한테서 라틴어와 그리스어를 배운 그는 하버드 대학교에 입학하여 1895년에 졸업한 뒤 프랑스 소르본 대학교에서 8년 동안 고전문학을 전공하였다. 스티크니는 프랑스의 이 명문 대학교에서 미국 사람으로서는 최초로 문학박사 학위를 받은 사람으로 꼽힌다. 1903년 박사학위를 받자마자 그는 모교 하버드 대학교에서 그리스 문학과 고전문학 강사로 부임하였다. 그러나 안타깝게도 이듬해 서른 살의 젊은 나이에 뇌종양으로 삶을 마감하였다.

스티크니는 비록 짧은 생애 동안이나마 고전문학연구와 문학 창작 사이에서 적잖이 고민하고 갈등을 겪었다. 고전문학연구에 탐닉하자니 문학적 열정을 차마 떨쳐버릴 수가 없었고, 이와는 반대로 문학 창작에 몰두하기에는 고전문학연구에 대한 미련이 너무나 컸다. 그러나 파리로 찾아온 한 친구에게 그는 문학연구보다는 오히려 시 창작이 더 소중하다고 고백하기도 하였다. 어찌되었든 스티크니는 고전문학을 연구하는 틈틈이 시를 창작하였고, 1902년에는『극시』라는 시집을 출간하기도 하였다. 그가 사망한 뒤 하버드 대학교 재학 시절 같이 문학 활동을 한 데이비드 캐보트 로지, 윌리엄 본 무디, 존 엘러튼 로지 같은 친구들이 그의 작품을 한데 모아 1905년에『트럼불 스티크니의 시』라는 유고 시집을 출간하였다. 그 뒤로도 그의 시집은 독자들이나 비평가들의 뇌리에서 잊힐 만하면 다시 미국과 영국에서 여러 차례에 걸쳐 다시 출간되곤 하였다. 스티크니는 살아 있을 때에는 고전문학을 전공한 학자로 이름을 크게 떨쳤지만 사망한 뒤에는 학자보다는 오히려 시인으로 더욱 더 잘 알려지게 되었다. 문학사의 관점에서 보면 그는 19세기의 말엽의 낭만주의와 20세기 초엽의 모더니즘, 세기말과 이미지즘을 잇는 징검다리 역할을 한 시인으로 평가받는다. 다시 말해서 윌리엄 워즈워스와 퍼시 버시 셸리 같은 시인들과 에즈러 파운드와 T. S. 엘리엇 같은 시인 사이에 걸쳐 있는 시인이었다.

그런데 스티크니가 한국에 처음 본격적으로 알려진 것은 김현승이 그의 작품 「므네모시네」를 「추억」이라는 제목으로 번역하여 시집과 산문집에 수록하면서부터이다. 김현승은 '시론과 수상과 문학적 자전'이라는 부제를 붙인 『고독과 시』(1977)라는 책에 「가을에 생각나는 시들」이라는 글을 싣는다. 또한 시집 『내 마음은 마른 나뭇가지』(1986)에도 똑같은 글을 다시 싣는다. 그러나 김현승이 이 글을 처음 쓴 것은 이보다 몇 십 년 앞서 1955년으로 거슬러 올라간다. 제목 그대로 가을을 맞이하여 가장 생각나는 시에 관하여 써 달라는 잡지사나 신문사의 청탁을 받고 쓴 수필인 듯하다. 이 글에서 김현승은 폴 베를렌의 「낙엽」을 비롯한 윌리엄 버틀러 예이츠의 「낙엽」, 기욤 아폴리네르의 「비가 내린다」, 샤를 보들레르의 「잃어버린 연인에게」, 프란시스 잠의 「가을이 오면」, 그리고 라이너 마리아 릴케의 「가을날」 같은 시를 소개하면서 작품에 대한 자신의 인상을 곁들인다. 이러한 작품과 함께 가을을 생각나게 하는 시로 김현승이 언급하는 작품이 바로 스티크니의 「추억」이다.

추억에 관계된 말이 나왔으니 말이지 이 추억이야말로 가을의 특징을 이루는 중요한 소재일 것이다. 그것은 희망이 봄의 특징을 이룬다는 상대적인 의미에서도 그렇거니와, 어쨌든 가을에는 추억에 관한 시가 많다. 그 많은 추억의 시편들 가운데에서도 생각나는 것은 미국 시인 트럼벌[트럼불] 스티크니의 걸작 「추억」이다. (…중략…) 얼마나 다사롭고 눈물겹게 만드는 추억의 시편인가? 이 시 한 줄 한 줄은 민감한 독자들의 추억을 오래토록 사로잡을 것이다. 그 가운데에서도 끝 연 마지막 두 행은 얼마나 눈물겹고 감각적인 표현인가?

이 글만 보아서는 김현승이 과연 어떻게 하여 스티크니의 작품을 읽게 되었는지, 또 그가 어떠한 과정에서 이 작품을 번역하게 되었는지에 대해서는 좀처럼 알 길이 없다. 다만 여기에서 한 가지 분명한 것은 김현승이 스티크니의 「므네모시네」를 '추억'이라는 제목을 바꾸어 번역하고 있다는 점이다. 이렇게 짧은 인용문에서 그는 이 '추억'이라는 어휘를 무려 여섯 번에 걸쳐 사용하고 있다. 또한 김현승은 이 작품을 스티크니의 '걸작'으로 평가하고 있을 뿐만 아니라 '눈물겹고 감각적인' 작품으로 간주하고 있다는 점도 눈길을 끈다. '눈물겹다'는 말을 두 번에 걸쳐 사용하는 것을 보면 그에게 이 시는 가을과 관련한 작품 중에서 아주 각별한 의미가 있는 것 같다.

또한 김현승은 스티크니의 전기적 사실에 대해서도 어느 정도 알고 있는 듯하다. 위 인용문 바로 다음에 그는 "스티크니는 미국의 근대시가 현대시로 전환하고 있던 1900년대의 과도기에 나와 활동한 대표적인 시인 가운데 한 사람이며, 미국인으로 파리 대학의 문학박사 학위를 얻은 걸출한 학자도 되며 인격과 교양을 겸하는 시인이었다"고 밝히고 있기 때문이다. 그런데 방금 앞에서 이미 밝혔듯이 이 미국 시인에 대한 김현승의 평가는 대체로 정확하다. 다만 스티크니를 과연 문학사적 전환기에 활약한 '대표적인 시인 가운데 한 사람'으로 볼 수 있는지에 대해서는 논란의 여지가 없지 않다.

이 무렵 미국에서 활약한 몇몇 시인과 비교해 볼 때 스티크니의 시적 재능은 그렇게 뛰어나다고 보기 어렵다. 가령 스티크니와 같은 해에 태어난 로버트 프로스트와 에이미 로월만 하여도 미국문학사에서 우뚝 서 있는 거인들이다. 프로스트는 월트 휘트먼처럼 '국민 시인'으로 대접받고 있으며, 로월 또한 에즈러 파운드와 함께 이미지즘을 주창함으로써 신시 운동을 일으킨 지도자로서 중요한 역할을 하였다. 이 두 시인보다 10여 년 뒤늦게 태어난 T. S. 엘리엇은 가히 모더니즘의 대부로 영미 문학사는 말할 것도 없고 세계 문학사에서도 확고한 위치를 차지하고 있다. 스티크니는 프로스트를 비롯한 로월과 엘리엇과 나란히 놓고 비교해 보면 거인 옆에 서 있는 난장이와 비슷하다.

그런데 예일 대학교 비교문학 교수로 왕성한 비평 활동을 하고 있는 해럴드 블룸은 1995년 『서구 정전』이라는 방대한 책을 편집하면서 서구 문명을 대표할 만한 작가 중의 한 사람으로 트럼불 스티크니를 이 책에 수록하였다. 또한 최근 2004년에 블룸은 흔히 '영시의 아버지'로 일컫는 제프리 초서에서 로버트 프로스트에 이르는 영어 문화권의 '가장 훌륭한 시'를 뽑아 선집을 출간하기도 하였다. 블룸은 선별한 시마다 짤막하게 자신의 평을 덧붙인다. 그런데 블룸은 이 선집 속에 스티크니의 작품을 실으면서 "미국 노스탤지어를 보여 준 더할 나위 없이 완벽한 본보기"라고 찬사를 아끼지 않는다. 블룸은 이러한 평가 때문에 학자들과 비평가들한테서 비판의 화살을 받았다. 스티크니에 대한 호의적인 평가는 접어두고라도 스티크니의 작품을 '가장 좋은 영시' 선집에 수록한 것부터가 잘못되었다는 것이다.

2

앞에서 언급한 이병렬이나 박방현이 「향수」를 쓰면서 정지용이 모방하였다고 주장하는 작품이 바로 김현승이 가을에 생각나는 시 중에서 한 편으로 언급하고 있는 스티크니의 「추억」이다. 그런데 문제는 정지용이 「향수」를 창작하기 전에나 창작하는 과정에서 과연 스티크니의 작품을 읽었는가 하는 점이다. 박방현은 김현승이 이 작품을 1950년대 중엽 번역하여 소개하기에 앞서 20세기 초엽 누군가가 번역하여 한국 문단에 소개하였을 것이고, 이 번역시를 정지용이 읽었을 것이라고 추측한다. 그렇다면 이 작품은 아무리 늦어도 1920년대 초엽이나 중엽에는 한국어로 번역되어 신문이나 잡지에 소개되었어야 할 것이다.

물론 근대 계몽기 한국에서도 미국 시를 비롯한 서양의 시 작품이 비록 일본어 번역을 다시 번역한 중역의 형태로나마 번역되어 소개되기 시작하였다. 가령 육당 최남선은 1908년 11월에 종합잡지 『소년』을 창간한 뒤 이 잡지에 새뮤얼 F. 스미스의 애국시 「아메리카」를 비롯하여 지은이가 밝혀지지 않은 「대국민의 기백」, 캐롤라인 F. 온의 「노작」 같은 미국 시를 번역하여 싣는다. 1920년에는 감리교 목사인 유형기가 『서광』에 헨리 롱펠로의 「인생의 노래」를 번역하였고, 그 뒤를 이어 월트 휘트먼과 에드거 앨런 포, 새러 티스데일 같은 미국 시인들의 작품이 잇달아 번역되어 소개되었다. 그러나 이 무렵에 번역된 작품을 아무리 샅샅이 뒤져보아도 트럼불 스티크니의 작품이 한국어로 번역된 흔적은 찾아볼 수 없다. 흥미롭게도 1925년 '바울'(오천석)이라는 번역자가 스티크니와 여러모로 비슷한 미국 시인 조이스 킬머의 「나무」를 번역하여 미국유학생 단체인 북미조선유학생회가 한글로 펴내던 잡지 『우라키』에 소개한 적은 있다. 이 작품은 정지용과 김현승 같은 여러 한국 시인들에게 시적 영감을 불어넣어 주었다.

스티크니의 작품과 관련하여 또 한 가지 짚고 넘어가야 할 문제는 김현승이 「가을에 생각나는 시들」에서 소개하는 이 「추억」을 과연 누가 번역하였는가 하는 점이다. 김현승이 직접 번역하였을 수도 있고, 남이 번역해 놓은 것을 번역자를 밝히지 않고 그냥 인용하였을 수도 있다. 이 글에서 김현승은 폴 베를렌의 「낙엽」과 관련하여 "번역을 통하여 읽으면 이 시의 진가는 전연 드러나지 않는다. 오히려 통속적이고 아주 낡은 느낌조차 없지 않다"고 밝힌다. 이렇게 말하는 것을 보면 김현승은 프랑스어로 쓴 시를 원문으로 직접 읽을 수 있는 것 같다. 베를렌의 시를 원문으로 읽을 수 있을 정도라면 영어로 쓴 스티크니의 작품을 읽는 것은 누워서 떡먹기일 것이다. 또한 김현승이 직접 영어 원문에서 번역하였다면 왜 마지막 두 연을 생략하고 옮겼는가 하는 것도 풀어야 할 숙제로 남는다. 한편 영어나 프랑스어 같은 서양어보다는 일본어를 더욱 더 잘 해독할 수 있는 그는 어쩌면 일본어 번역본에서 이 작품을 중역하였을 가능성도 배제할 수 없다.

그러나 김현승은 영문학자 김용권이 번역한 것을 조금 고쳐 실었을 뿐이다. 앞에서 이미 밝혔듯이 김현승이 「가을에 생각나는 시」라는 수필을 쓴 것은 1955년이다. 바로 이 해에 김용권은 루이스 보건의 『20세기 미국 시론』(1951)을 번역하여 박문사에서 출간하였고, 이 번역서에 트럼불 스티크니의 작품이 실려 있다. 김용권은 시인의 이름을 '트람블 쓰틱크니'로 표기하였지만 제목은 무슨 이유에서인지 '추억'으로 붙였다. 김용권은 2년 뒤 1957년에 이 책을 다시 수정하여 『미국의 현대시』라는 제목으로 이번에는 수도문화사에서 간행하였다. 그러나 그는 스티크니의 작품 번역을 수정하지 않은 채 초판 그대로 다시 실었다.

지금은 가을 맞은 내 추억의 고장

길모퉁이 하냥 따사로운 바람결 스치고
태양 향그러이 신 여름날을
산마루 감돌아 그림자 조우던 곳

지금은 치운 바깥, 내 추억의 고장

한낮에 金빛 보리밭 결 박차 소소떠는
날씬히 기울은 제비 나래여
누른 소 넓은 들에 한가로히 풀 뜯던 곳

지금은 비인 땅, 내 추억의 고장

칡빛 머릿단에, 수심 짙은 눈망울에
내가 보아도 사랑스런 내 누이와
밤이면 손맞잡고 노래 부르던 숲 속.

지금은 쓸쓸한 내 추억의 고장

내 귓전에 어린 자식들 도란거리고
煖爐 속에 余塵을 내 눈여겨 보매
눈물 방울 스며 스며 불꽃마다 별인양 반짝이다

지금은 어두운 내 추억의 고장

그 옛날 내 자라던 산마루들 솟고

쓰러진 喬木, 달구지 자죽 진창된 길에

暴風雨 노염에 틀어굽은 그루터기들 모습

이곳 고장인줄 내 몰랐던들 내 푸념다히 물어리라

어찌 이토록 悽慘에 塞한 大地뇨,

어찌 내 홀로 이곳 와 살았느뇨

지금은 비 뿌리는 내 추억의 고장

―김용권 역

　김용권이 이 작품의 제목을 원제 그대로 '므네모시네'나 '기억의 여신'으로 옮기지 않고 굳이 '추억'으로 옮기는 데에는 그럴 만한 까닭이 있다. 그리스 신화에 등장하는 여신 '므네모시네'는 한국 독자들에게 무척 낯설게 느껴지기 때문이다. 대지의 여신 가이아와 하늘의 남신 우라노스가 남녀 여섯 명씩 모두 열두 명의 티탄 족 신을 출산하는데 그 여신족의 세 번째가 바로 므네모시네이다. 므네모시네는 다시 제우스 신 사이에서 예술을 관장하는 아홉 여신 무사이를 낳는다. 다 같이 그리스 신화에 등장하는 인물이라고 하여도 므네모시네는 마치 구약성서에 나오는 가부장의 이름처럼 발음하기도 까다롭고 기억하기도 힘들다. 그러고 보니 '므네모시네'라는 이름은 기억을 관장하는 신에 썩 잘 어울린다. 기억 상실을 뜻하는 영어 '앰니지어'는 바로 이 여신의 이름에 뿌리를 두고 있다. 기억 상실에 걸린 사람은 다름 아닌 므네모시네 여신의 총애를 잃어버린 사람인 셈이다.

　작품의 내용이나 주제와 연관시켜 보면 '므네모시네'나 '기억의 여신'이라는 제목보다는 '추억'이 훨씬 더 피부와 닿는다. 스티크니는 처음 이 작품을 창작할 때만 하여도 '기억 속의 가을 낙원'이라는 제목을 붙였다. 그러다가 이 제목을 버리고 '노래'라는 제목으로 고쳤으며, 그 뒤 또 다시 '므네모시네'로 고쳤던 것이다. 스티크니가 과연 언제 이 작품을 창작하였는지 지금으로서는 확인할 길이 없다. 다만 뒷날 스티크니를 새롭게 평가한 시인이며 비평가인 존 홀랜더는 그가 20대 중반에 이 작품을 쓰지 않았을까 하고 추측할 따름이다. 20대 중반이라면 그가 아직 프랑스 파리에서 박사학위와 씨름하고 있던 무렵이다. 스티크니가 쓰고 있던 학위 논문 중 하나는 고대 그리스 시에 나타난 경구나 금언에 관한 것이었다. 그러고 보니 '므네모시네'라는 그리스어는 그의 논문 주제와도 그다지 동떨어져 있지 않다. 스티크니는 이 작품을 사망하기 전에 출간한 시집 『극시』에 수록하였다.

3

세계 문학사를 찬찬히 들여다보면 시적 재능을 미처 발휘하지도 못한 채 요절한 시인이 적지 않고 스티크니도 그러한 시인 중의 한 사람이다. 그가 남겨놓은 작품은 양도 그다지 많지 않을뿐더러 그의 시적 재능이 충분히 드러나지 않는다. 윌리엄 페인은 1903년 미국 초월주의자들이 펴내던 잡지 『다이얼』에 기고한 글에서 스티크니를 두고 '완성된 시인'이라기보다는 '장래가 유망한 시인'이었다고 지적한다.

완성보다는 전도유망함이 그의 작품 전체에 드러나 있는 특징이다. 그의 작품을 보면 스티크니가 시적 재능을 분명하게 표현한 정점에 도달하였다기보다는 여전히 독특한 방법을 모색하고 있는 중이었다는 사실을 알 수 있기 때문이다.

스티크니는 시적 재능을 제대로 펼치지 못하고 일찍 사망한 탓도 있지만 그가 남긴 작품 중 대부분은 아직 익지 않은 풋과일처럼 날것냄새가 난다. 특히 대학 강단에서 강의를 하며 시를 쓰는 이른바 '강단 시인' 또는 '학자 시인'이 흔히 그러하듯이 그도 추상적 관념의 굴레에서 좀처럼 벗어나지 못하였다. 그러나 예외 없는 규칙이 없다고 그의 작품 가운데에도 예외는 있다. 가령 정지용이 영향을 받았다는 「므네모시네」는 그가 남긴 시 가운데에서 가장 뛰어난 작품에 속한다. 추상적이고 관념적인 색채가 농후한 그의 다른 작품과는 달리 이 시에서는 구체적이고 감각적인 이미지로 시골 풍경을 묘사하고 있기 때문이다. 비유적으로 말하자면 그의 다른 작품들이 알코올을 발라 상자 속에 넣어 둔 표본 나비와 같다면, 이 작품은 살아서 노란 장다리 밭에 훨훨 날아다니는 나비와 같다.

It's autumn in the country I remember.

How warm a wind blew here about the ways!
And shadows on the hillside lay to slumber
During the long sun-sweetened summer-days.

It's cold abroad the country I remember.

The swallows veering skimmed the golden grain

At midday with a wing aslant and limber;

And yellow cattle browsed upon the plain.

It's empty down the country I remember.

I had a sister lovely in my sight:

Her hair was dark, her eyes were very sombre;

We sang together in the woods at night.

It's lonely in the country I remember.

The babble of our children fills my ears,

And on our hearth I stare the perished ember

To flames that show all starry thro' my tears.

It's dark about the country I remember.

There are the mountains where I lived. The path

Is slushed with cattle-tracks and fallen timber,

The stumps are twisted by the tempests' wrath.

But that I knew these places are my own,

I'd ask how came such wretchedness to cumber

The earth, and I to people it alone.

스티크니는 영시 중에서 가장 대표적인 정형시라고 할 소네트를 주로 썼지만 이 시에서는 소네트보다 거의 두 배에 가까운 24행 시 형식을 사용한다. 이렇게 비교적 긴 시를 쓰면서도 그는 규칙적으로 각운(a bab cac a dad a……)을 밟고 있는 것이 무척 놀랍다. 여섯 개의 3행 연구(聯句)에 후렴구 비슷한 1행이 역시 여섯 행에 걸쳐 삽입되어 있다. 그런데 시인은 이 후렴구의 의미를 일부러 애매하고 모호하게 사용한다. 가령 첫 후렴구를 예로 들어보더라도 "내가 기억하고 있는 고향에는 지금 가을이네"로 해석할 수도 있고, "내 기억에는 지금쯤 고향은 가을이 되었을 테지"로 해석할 수도 있다. 그런가 하면 심지어 "고향은 지금 가을이네. 지금 나한테 기억나는 것은……"으로 해석하여도 크게 무리가 없다.

이 작품에서 시적 화자가 기억하는 고향은 제목으로 보나 내용으로 보나 미국보다는 아무래도 스티크니가 어린 시절을 보낸 스위스나 이탈리아의 시골 마을인 듯하다. 물론 미국에서도 얼마든지 이러한 시골 풍경을 찾아볼 수 있다. 그러나 앞에서 이미 밝혔듯이 스티크니는 주로 유럽에서 유년 시절과 소년 시절을 보내다가 일곱 살이 되어서야 비로소 미국에 건너온다. 미국에 건너와서도 시골보다는 주로 도회에서 시간을 보내기 때문에 그가 이 작품에서 기억하는 시골은 미국보다는 유럽으로 보는 쪽이 더 옳다.

그럼 김현승이 「추억」이라는 제목으로 「가을에 생각하는 시들」에 번역하여 싣고 있는 작품을 먼저 인용해 보기로 하자. 이 번역 시는 김용권이 번역한 것과 크게 다르지 않다. 몇몇 구절을 조금 고친 것을 빼고 나면 『현대 미국시론』에 수록된 시를 거의 그대로 옮겨놓는다.

지금 가을이 오는 내 추억의 고향길 모퉁이
하냥 다사로운 바람결 스치고
태양 향그러이 긴 여름날
산마루 감돌아 그림자 조용하던 곳

지금은 치운 바깥 내 추억의 고향
한낮에 금빛 보리밭결 소소 떠는
날신히 가늘은 제비 날개여
누른 소 넓은 들에 한가로이 풀 뜯던 곳

지금은 비인 땅 내 추억의 고향
칡빛 머리단에 수심 짙은 눈망울에
내가 보아도 사랑스런 내 누이와
밤이면 손 맞잡고 노래 부르던 숲 속

지금은 쓸쓸한 내 추억의 고향
내 귓전에 어린 자식들 도란거리고
난로 속에 남은 재 내 눈여겨보면
눈물방울 스며들며 불빛마다 별인냥 반짝이는……

　　김용권의 번역 시와 김현승이 인용하는 번역 시의 가장 큰 차이는
무엇보다도 연(聯)의 구분과 행갈이에 있다. 김용권이 원천 텍스트에
충실하게 연을 구분 짓고 행갈이를 하였다면, 김현승이 인용하는 작품
에서는 자유롭게 연을 구분 지었다. 즉 원문 시가 3행 연구에 후렴 비
슷한 1행을 처음과 끝 그리고 3행 연구 사이에 사용하는 반면, 번역 시

에서는 1행을 연구에 포함시켜 4행 연구 네 개를 잇달아 사용한다. 그러니까 번역자는 24행 원문 시를 16행으로 번역하였다.

이렇게 4연의 형식을 갖추다 보니 가령 김용권이 "지금은 가을 맞은 내 추억의 고장 // 길모퉁이 하냥 따사로운 바람결 스치고"라고 옮긴 것을 김현승이 인용한 번역본에서는 "지금 가을이 오는 내 추억의 고향길 모퉁이 / 하냥 다사로운 바람결 스치고"로 옮겨놓을 수밖에 없었다. 요즈음 번역 이론가들이 흔히 말하는 용어를 빌려 표현한다면 '목표 텍스트(TT)'는 의미의 등가성은 말할 것도 없고 형태적 등가성에서도 '원천 텍스트(ST)'와도 크게 차이가 난다. 또한 어찌된 영문인지 방금 앞의 번역 시에서는 원문 시의 마지막 8행을 생략해 버리고 번역을 하지 않았다. 이 점을 의식한 듯 번역자는 넷째 연 마지막 행 끝에 아예 생략부호(……)를 사용하고 있다. 그러니까 번역자는 원문 시 중에서 3분의 2 정도를 번역한 셈이다.

더구나 후자의 번역에서는 김용권의 번역에서 구사한 표현이나 시어를 조금 바꾸기도 하였다. 예를 들어 "가을 맞은 내 추억의 고장"이라는 구절을 "가을이 오는 내 추억의 고향길"로 바꾸었다. '따사로운'을 '다사로운'으로, '날개'를 좀 더 고풍스럽게 '나래'로, '그림자 조우던'을 '그림자 조용하던', '고장'을 '고향'으로 바꾸었다. 또한 '보리밭 결 박차'를 '보리밭 결'로, '날씬히 기울은'을 '날신히 가늘은'으로 바꾸었다. 그런가 하면 "난로 속에 여진을 내 눈여겨 보매"라는 구절을 "난로 속에 남은 재 내 눈여겨보면"으로, "눈물 방울 스며 스며 불꽃마다 별인양 반짝이다"를 "눈물방울 스며들며 불빛마다 별인냥 반짝이는……"으로 고쳐 버렸다. 그러나 시어의 사용은 기본적으로 두 번역이 거의 그대로 일치한다.

적어도 방금 앞에서 인용한 번역 시를 기준으로 삼는다면, 정지용이 이 번역 시를 '모방'하거나 '표절'하였다기보다는 오히려 번역자가 정지용의 「향수」를 의식하며 번역하였다고 하는 쪽이 더 정확하다. 번역학에서는 이러한 형태의 번역을 흔히 '역역(逆譯)'이라고 일컫는다. 번역자가 구사하고 있는 몇몇 시어는 이 점을 뒷받침한다. 가령 첫 연 마지막 행 "산마루 감돌아 그림자 조용하던 곳", 그리고 둘째 연 마지막 행 "누른 소 넓은 들에 한가로이 풀 뜯던 곳", 그리고 넷째 연 둘째 행 "내 귓전에 어린 자식들 도란거리고" 등이 그러하다. 번역자는 시행마다 '곳'이라는 어휘로 끝낸다. 더구나 정지용의 「향수」를 읽지 않고서는 영어 'babble'을 도저히 '도란거리고'라고 옮길 수가 없다.

　김현승이 인용한 번역 시는 형식은 말할 것도 없고 내용에서도 원문 시와는 사뭇 다르다. 물론 시를 번역한다는 것은 소설 같은 산문을 번역하는 것과는 또 달라서 무척 힘이 드는 일이다. 이 점과 관련하여 근대 계몽기에 일찍 한국 문단에 서양의 시를 번역하여 소개한 안서 김억은 시를 번역하는 일은 단순한 번역이 아니라 오히려 창작이라고 지적한 적이 있다. 이 점과 관련하여 그는 "시의 번역이라는 것은 번역이 아닙니다. 창작입니다. 나는 창작보다 더한 정력 드는 일이라 합니다. 시가는 옮길 수 잇는 것이 아니라 하면 시가의 번역은 더욱 창작 이상의 힘드는 일이라 하지 아니할 수가 업습니다"라고 잘라 말한다. 시를 번역하는 것이 창작에 가까운 창조 행위라는 점을 염두에 둔다고 하여도 「추억」은 「므네모시네」와는 달라도 많이 다르다. 원천 언어(영어)로 쓴 원문 시를 축어적으로 직역하지 않고 목표 언어(한국어)의 독자들이 쉽게 이해할 수 있도록 풀어서 쉽게 의역하였기 때문이다. 그러나 위 번역시는 원문을 쉽게 풀어서 헐겁게 번역하였어도 적어도 분위기를 전달하려고 애썼다는 점에서 비교적 잘된 번역이라고 할 수 있다. 한마디로 시적 감수성이 있지 않은 사람으로서는 번역할 수 없는 번역이다.

실제로 김용권은 스티크니의 「그네모시네」를 한국어로 번역하면서 그의 선배인 최승묵한테서 적잖이 도움을 받았다. 이 점과 관련하여 김용권은 「역자 후기」에서 "문리과대학 영문학과의 최승묵 형은 번역을 도와주고, 수정과 청서(淸書)의 수고를 맡아 주셨습니다. 역시(譯詩)는 거의 최 형 자신의 번역이라 하여도 좋을 만큼 수고를 아끼지 않으신 것들입니다"라고 밝힌다. 번역은 말할 것도 없고 창작에도 깊은 관심을 기울인 최승묵은 특히 정지용의 작품에 조예가 깊었던 것으로 알려져 있다. 최승묵은 정지용의 「향수」를 염두에 두고 김용권이 번역한 스티크니의 작품을 고쳐 주었다고 미루어볼 수 있을 것이다.

4

김용권이 번역한 시와 김현승이 조금 고쳐 인용하는 번역 시는 형식과 내용에서 스티크니의 원문 시와는 적잖이 차이가 난다. 「므네모시네」를 원문에 충실하게 다시 번역해 보기로 하자. 김현승의 시집에 실린 「추억」의 번역을 될 수 있는 대로 살리되 잘못된 곳을 고쳐 번역하였을 뿐만 아니라 생략한 나머지 8행도 마저 번역하였다.

내 추억의 고향은 지금 가을이라네.

길가 주위에 따사로운 바람이 불었지!
태양으로 감미로운 긴 여름날 내내

언덕마루 위에 그림자들이 누워 졸고 있었지.

내 추억의 고향은 지금 춥다네.

한낮에 제비들은 재빠른 날갯짓으로
방향을 바꿔 황금빛 곡식 위로 스쳐 지나가고
누런 소들이 들판에서 풀을 뜯고 있었지.

내 추억의 고향은 지금 텅 비어 있다네.

내가 보기에도 사랑스러운 누이가 하나 있었지
검은 머리카락에 두 눈에는 무척 수심이 가득한.
밤이면 우리는 함께 숲속에서 노래를 불렀지.

내 추억의 고향은 지금 쓸쓸하다네.

우리 아이들 재잘거리며 지껄이는 소리 내 귓전을 때리고
난로 속 타버린 재를 들여다보면
불꽃이 남아 있어 내 눈물에 별처럼 어른거려 보이네.

내 추억의 고향은 지금 어둡다네.

내가 살던 곳에는 산들도 있지.
소떼가 다닌 발자국과 쓰러진 통나무로 길은 진창이고
폭풍우의 진노로 그루터기는 비틀려 있네.

하지만 이곳이 내 고향이라고 알고 있었네.

나는 묻고 싶네, 그토록 비참한 모습이 어떻게

땅을 가로막고 있는지, 어떻게 나 홀로 이곳에 살러 왔는지.

내 추억의 고향은 지금 비가 내리네.

－김욱동 역

「추억」과 비교해 볼 때 위에 새로 번역한 시에서는 과거와 현재가
좀 더 뚜렷이 대조되어 있다. 원문 시에 걸맞게 지금과 옛날, 현재와 과
거, 화자의 유년 시절과 성인 시절을 마치 빛과 그림자처럼 선명하게
부각하려고 애썼다. 더구나 시 전편으로 범위를 넓혀 보면 "우리 아이
들 재잘거리는 소리 내 귓가에 맴돌고"로 시작하는 후반부 연부터는
시제가 과거에서 현재가 뒤바뀐다. 한국어로 번역하는 과정에서 겉에
분명하게 드러나 있지 않아서 그러하지 스티크니는 후반부에 이르러
서는 동사를 사용하되 하나같이 현재시제만 사용한다. 가령 'fills'·
'stare'·'show'·'are'·'is' 등의 동사가 바로 그러하다. 이 작품의 전반
부에서 화자가 사용하는 'blew'·'lay'·'skimmed'·'browsed'·'had'·
'was'·'were'·'sang' 같은 동사와는 좋은 대조를 이룬다.

이 작품에서 화자가 현재를 다룰 때에는 으레 부정적이다. 과거 시
제를 주로 사용하는 전반부와 비교해 볼 때 현재 시제를 주로 사용하
는 후반부는 어둡고 외롭고 쓸쓸하다. 예를 들어 활활 불이 피어오르
던 난로는 벌써 불이 꺼지고 시커먼 재로 변한 지 이미 오래 되었다. 화
자의 두 눈에는 눈물이 고여 타나 남은 불빛이 별처럼 눈가에 어른거
린다. 또한 시골 산길은 소떼가 다닌 발자국과 바람에 쓰러진 통나무
로 진창인데다가 폭풍우가 내릴 때 벼락을 맞았는지 나무 그루터기마

저 보기 흉하게 비틀려 있다. 어린 시절에 아름답고 풍요롭던 고향의 모습은 지금 이처럼 비참한 모습을 하고 있다. "그토록 비참한 모습이 어떻게 / 땅을 가로막고 있는지, 어떻게 나 홀로 이곳에 살러 왔는지"라는 마지막 구절에서는 화자가 느끼는 비애와 절망감을 단적으로 읽을 수 있다.

여덟째 연 첫 행 "아이들 재잘거리는 소리 내 귓전을 때리고"라는 구절도 언뜻 보면 긍정적인 것 같지만 좀 더 꼼꼼히 따져보면 곧 부정적인 것임이 밝혀진다. 화자는 어느덧 성년이 되어 결혼을 하고 아이들까지 둔 한 가정의 가장이요 지아비가 되었다. 그런데 그가 꺼진 난롯불을 바라보며 눈물을 흘리는 것을 보면 결혼 생활이 그렇게 행복한 것 같지가 않다. 어쩌면 지금 아내와 사별하였거나, 아니면 이혼을 하고 아이들을 데리고 홀로 살고 있는지도 모른다. 스티크니는 결혼을 하기에 앞서 요절하였다. 살아 있을 적에는 동성연애자라는 혐의가 어두운 그림자처럼 언제나 그의 뒤를 따라다니며 괴롭히고 있었다. 요즈음에는 동성연애자의 결혼을 법적으로 허용하는 단계에 이르는 등 사정이 많이 달라졌지만 스티크니가 살던 19세기 말엽과 20세기 초엽만 하여도 동성애는 저주와 거의 다름없었다. 윤리적으로 지탄을 받거나 사회적으로 매장당하다시피 하였다.

그런가 하면 "The babble of our children fills my ears"에서 'babble'은 아이들이 서투른 말로 지껄이는 것을 뜻한다. 어른들한테 이 어휘를 사용할 때는 논리나 두서없이 하는 종잡을 수 없는 말이나 허튼소리를 가리킨다. 어린 자식들이 귀엽게 재잘거리는 소리가 화자의 귓가에 정겹게 맴돈다기보다는 아이들이 시끄럽게 지껄이는 소리가 화자의 귓전을 때려 성가시게 들린다는 뜻이 훨씬 더 강하다. 그러므로 「추억」의 번역자가 이 구절을 옮긴 "내 귓전에 어린 자식들 도란거리고"는 원문 시와 거리가 멀어도 한참 멀다. 정지용의 「향수」에서 "흐릿한 불비체 돌아안저 도란도란 거리는 곳"에서 '도란도란 거리는'이라는 구절을 흉내 내어 번역한 것임에 틀림없다.

정지용이 스티크니의 「므네모시네」를 읽었을 가능성과 관련하여 이병렬은 "1923년 『조선지광』에 「향수」를 발표하기 전에 정지용은 스티크니의 「추억」을 읽었을 것이라는 추측은 상당한 설득력을 갖게 된다"고 주장한다. 이 점에서 박방현은 이병열과 조금도 다르지 않다. 박방현은 "김현승 시인의 시집에 수록된 그 「추억」은 그 누군가가 정지용 시인이 「향수」란 시를 쓰기 전에 이미 일어나 우리말로 번역하여 세상의 빛을 보게 되었고 정지용 시인은 스티크니의 「추억」의 번역시를 주 모델로 하였으며 「향수」의 형식은 스티크니의 원어 영시를 모방하여 시를 썼다"고 주장한다.

그러나 이러한 주장을 뒷받침할 만한 증거는 아직 찾아볼 수 없다. 정지용의 「향수」와 스티크니의 「므네모시네」를 좀 더 꼼꼼히 서로 비교해 보면 이병렬이나 박방현의 주장은 한낱 추측에 지나지 않을 뿐 그다지 설득력이 없다는 사실이 밝혀진다. 원문 시이건 일본어 번역이건 정지용이 어떤 식으로든지 스티크니의 작품을 읽은 것은 분명하지만 김현승이 인용한 「추억」을 읽었을 가능성은 거의 없다고 보아 크게 틀리지 않다. 방금 앞에서 밝혔듯이 여러 정황으로 미루어보면 김현승이 인용한 「추억」을 번역한 사람은 이와는 반대로 오히려 정지용의 작품을 읽고 스티크니의 시를 번역하였다고 보는 쪽이 더 옳을 것이다. 물론 정지용이 스티크니의 시에서 영향을 받았다는 것과는 또 다른 이야기이다.

5

「향수」는 정지용의 작품 가운데에서 가장 초기 시에 속한다. 그가 이 작품을 처음 쓴 것은 휘문고등보통학교를 졸업을 눈앞에 둔 무렵이거나 막 졸업한 직후이다. 그는 1922년 이 학교를 졸업하였지만 바로 이 해에 학제가 4년 과정에서 5년 과정으로 개편되면서 일 년을 더 다니게 되었다. 1923년 일본 쿄토에 있는 도시샤(同志社) 대학에 입학 허가를 받은 뒤 그는 일본에 건너가기에 앞서 자신이 태어나 자란 고향 충청북도 옥천을 방문하면서 창작한 작품으로 알려져 있다. 경성법학전문학교에 다니면서 정지용과 함께 문학 활동을 한 박팔양에 따르면 정지용이 아이디어를 내어 1918년부터 『요람』이라는 문학동인지를 발행하였다. 휘문고보의 정지용·박제찬·전승휴를 비롯하여 중앙고등보통학교의 김용준, 제일고등보통학교의 김경태, 경성고등상업학교의 이세기, 경성법전의 박팔양·김화산 등이 동인으로 참여하였다.

주로 정지용이 휘문고보의 등사기를 이용하여 제작한 이 동인지는 무려 10여 권 가까이 발행되었다고 한다. 박팔양은 1937년에 쓴 글에서 "「향수」라 題한 作을 비롯해서 얼마 전에 출판된 『정지용시집』 중에도 「鴨川」·「카페·프란스」·「슬픈 印象畵」·「슬픈 汽車」·「風浪夢」 등은 전부 『요람』에 등재하였던 作이오"라고 밝힌 적이 있다. 그렇다면 「향수」는 정지용이 1922년 3월 마포 현석리에서 썼다는 처녀작 「풍랑몽」에 이어 두 번째로 쓴 작품인 셈이다. 그 뒤 정지용은 도시샤 대학에 재학 중인 1927년 3월 『조선지광』에 이 작품을 발표한다. 그런데 그는 이 작품의 끝에 창작 연대를 "1923년 3월"로 표기하고 있다. 1923년 3월이라면 박팔양이 말하는 내용과 비교적 잘 맞아떨어진다. 이 작품은 정지용이 고등학교를 졸업한 뒤 교토로 유학을 떠나기에 앞서 고향에 들리면서 창작하여 『요람』에 실렸다고 할 수 있다.

그러나 정지용이 『조선지광』에 발표한 「향수」나 그의 첫 시집 『정지용시집』(1935)에 수록한 「향수」는 모르긴 몰라도 아마 『요람』에 실린 작품과는 똑같지 않을 것이다. 잡지에 발표한 작품을 시집에 묶을 때에도 여러 곳 수정하였는데 하물며 습작처럼 동인지에 실린 작품을 잡지에 그대로 발표할 리 만무하기 때문이다. 등사기를 이용하여 프린트 본으로 만든 『요람』은 지금 전하지 않기 때문에 『조선지광』에 실린 「향수」를 원문 그대로 인용해 보기로 하자.

넓은 벌 동쪽 끄트로
넷니야기 지줄대는 실개천이 회돌아 나가고,
얼룩백이 황소가
해설피 금빗 게으른 우름을 우는 곳,

─그 곳이 참하 쑴엔들 니칠니야.

질화로에 재가 식어지면
뷔인 바테 밤ㅅ바람 소리 말을 달니고
엷은 졸음에 겨운 늙으신 아버지
집벼개를 도다 고이시는 곳,

─그 곳이 참하 쑴엔들 니칠니야.

흙에서 자란 내 마음

파아란 한울비치 그립어서
되는대로 쏜 화살을 차지러
풀섭 이슬에 함추름 휘적시든 곳,

―그 곳이 참하 꿈엔들 니칠니야.

傳說바다에 춤추는 밤물결 가튼
검은 귀밑머리 날니는 누의와
아무러치도 안코 엽블 것도 업는
사철 발 버슨 안해가
짜가운 해쌀을 지고 이삭 줏든 곳,

―그 곳이 참하 꿈엔들 니칠니야.

한울에는 석근 별
알 수도 업는 모래성으로 발을 옴기고,
서리 짜막이 우지짖고 지나가는 초라한 집웅,
흐릿한 불비체 돌아안저 도란도란 거리는 곳,

―그 곳이 참하 꿈엔들 니칠니야.

―「향수」 전문

　앞에서도 이미 밝혔듯이 적어도 시연(詩聯)의 구성이나 시어로 보면 정지용은 트럼불 스티크니의 작품 「므네모시네」를 읽었음에 틀림없다. 만약 정지용이 이 미국 시인의 작품을 읽었다면 아마 휘문고보에 다닐 무렵 읽었을 가능성을 배제할 수 없다. 이 무렵 정지용은 영어에 관심이 있었을 뿐만 아니라 영어에 남다른 재능을 보였다. 그러므로 이 무렵 스티크니의 작품을 영어 원문으로 직접 읽었거나, 일본어로 번역한 작품을 읽었을 것이다. 한국에 있을 때 읽지 않았다면 뒷날 도시샤 대학에서 영문학을 전공할 때 야나기 무네요시(柳宗悅)의 영시 강의를 들으면서 이 작품을 읽었거나, 아니면 『근대풍경』을 주재하던 일본 시인 키타하라 하쿠슈(北原白秋)한테서 이 작품을 소개받고 읽었을는지도 모른다. 이 무렵 상징주의와 세기말에 심취해 있던 키타하라는 한때 와세다(早稻田) 대학에서 영문학을 전공한 적이 있기 때문에 이 작품을 읽었을 가능성이 크다.

정지용은 「향수」를 창작하면서 시의 형식과 시어에서 스티크니의 작품에 영향을 받았다. 무엇보다도 스티크니의 작품은 24행으로 되어 있고 정지용의 시는 25행으로 되어 있어 길이에서 두 작품은 서로 비슷하다. 또한 연과 연 사이에 반복하는 1행 후렴구를 사용하는 것도 닮아 있다. 물론 스티크니는 1행을 반복하되 그대로 되풀이하지 않고 내용을 조금씩 바꾸어 반복하는 반면, 정지용은 토씨 하나 바꾸지 않고 동일하게 반복한다. 그러므로 동일한 주제를 변주하는 것 같은 스티크니의 작품과는 달리, 정지용의 작품에서는 이 후렴구가 노래 가사의 후렴처럼 기계적으로 되풀이하는 나머지 자칫 진부하고 지루한 느낌이 든다. 이 작품이 그 동안 노래로 만들어져 널리 불리는 것도 이러한 후렴구과 관련이 없지 않다.

시연 같은 외적 형식보다 더욱 닮은 것은 바로 정지용이 「향수」에서 구사하는 시어이다. 가령 '황소', '재가 식어지면', '뷔인', '검은 귀밑머리', '누의' 등은 좋은 예가 된다. 그러나 정지용은 이 시어마저 문맥에 따라 전혀 달리 사용하기 일쑤이다. 예를 들어 스티크니는 "누런 소떼가 들판에서 풀을 뜯고 있었지"라고 노래하였지만, 정지용은 "얼룩백이 황소가 / 해설피 금빛 게으른 우름을 우는 곳"이라고 노래한다. '누런 소떼'와 '얼룩백이 황소'는 색깔은 비슷할는지 모르지만 그 모습은 적잖이 다르다. 스티크니가 언급하는 소는 아마 가축으로 사육하는 소가 아니라 들에서 야생하는 들소일 것이다. 그러나 정지용의 '얼룩빼기 황소'는 얼룩얼룩한 점이 박힌 젖소가 아니라 황금빛 몸빛이 짙고 옅게 얼룩진 한우이다. 그 뿐만 아니라 앞의 소는 들판에서 풀을 뜯어 먹고 있지만, 뒤의 소는 석양빛 뉘엿뉘엿한 때에 소리 내어 울고 있다. 또한 이 얼룩백이 황소는 '해설피'니 '금빛'이니 하는 시어와 함께 어우러져 독특한 효과를 자아낸다.

또한 스티크니의 "난로 속 타버린 재를 들여다보면 / 불꽃이 남아 있어 내 눈물에 별처럼 어른거려 보이네"라는 구절이 정지용의 작품에서는 "질화로에 재가 식어지면 / 뷔인 바테 밤ㅅ바람 소리 말을 달니고"로 되어 있다. 스티크니는 단순히 '난로 속의 타버린 재', 그리고 눈물이 글썽거리는 화자의 눈에 아직 재 속에 남아 있는 불꽃에 반사되어 별처럼 어른거려 보인다고 노래한다. 그러나 정지용은 질화로의 불이 소진되어 재만 남았다고 말함으로써 어느덧 겨울밤이 깊어졌음을 넌지시 내비친다. 더구나 스티크니의 작품에서 재가 화자의 비극적 상실감이나 절망감을 드러내는 객관적 상관물이라면, 정지용의 작품에서 질화로의 식어 버린 재는 겨울 밤 황량하고 쓸쓸한 집밖의 풍경을 묘사하는 촉매 구실을 한다. 추수가 끝나고 텅 비어 있는 을씨년스러운 밭에 세차게 불어대는 바람소리를 달리는 말에 빗대는 솜씨가 여간 놀랍지 않다.

그런데 정지용이 사물이 움직이는 것을 달리는 동물에 빗대는 것은 비단 「향수」만이 아니다. 「향수」를 『조선지광』에 발표하던 바로 그 해 그는 『문예시대』에 「甲板우」라는 작품을 발표하였다. 작품 끝에 "1926
년 현해탄 우에서"라고 적은 것을 보면 일본에 유학할 무렵 일본을 오
가는 배에서 지었음을 알 수 있다. 정지용은 바로 이 작품에서 이러한
비유법이나 이미지를 구사한다.

> 나지막한 하늘은 白金빛으로 빛나고
>
> 물결은 유리잔처럼 부서지며 끓어 오른다.
>
> 동굴동굴 굴러오는 짠바람에 뺨마다 고흔 피가 고이고
>
> 배는 華麗한 짐승처럼 짓으며 달려나간다.
>
> —「갑판우」 일부

「향수」에서는 황량한 밭에 겨울바람이 부는 소리를 말이 달리는 소
리에 빗대어 말하였지만, 「갑판우」에서는 바다 위에 떠 있는 여객선이
푸른 파도를 가르며 움직이는 모습을 짐승이 울부짖으면서 달려가는
것에 빗댄다. 정지용이 어떤 짐승을 두고 과연 '화려한 짐승'이라고 부
르는지 알 수 없지만 아마 달리는 속도가 무척 빠른 말이나 사자일 것
이다. 그렇게 빠른 속력으로 달리는 그 짐승은 어쩌면 화려하게 보일
는지 모른다.

그런가 하면 '누의'와 '검은 귀밑머리'라는 시어도 마찬가지여서 정
지용의 "검은 귀밑머리 날니는 누의와"라는 구절은 스티크니의 구절과
는 함축적 의미에서 적잖이 차이가 난다. 머리카락이 검다는 점을 빼
고 나면 스티크니의 작품에 나오는 누이와 정지용의 누이는 사뭇 다르
다. 전자의 작품에서는 화자가 "보기에도 사랑스러운 누이"는 웬일인
지 "두 눈에는 무척 수심이 가득한" 모습을 하고 있다. 또한 화자는 "밤
이면 우리는 함께 숲속에서 노래를 불렀지"라고 노래한다. 그러나 정

지용의 작품에서 누이는 노래를 부르기는커녕 신발도 제대로 신지 못하는 가난한 올케와 함께 해가 저물 무렵 들판에서 이삭을 줍고 있을 뿐이다. 이삭을 주어 식량을 구할 만큼 궁핍한 삶을 영위할망정 화자의 누이는 그의 아내와 함께 소중한 식구이다.

여기에서 한 가지 눈여겨볼 것은 정지용이 이 "검은 귀밑머리 날니는 누의와"라는 구절을 쓰면서 단순히 스티크니의 「므네모시네」에서 영향을 받지 않았다는 점이다. 실제로 정지용에게는 친동생은 아니지만 이복여동생이 하나 있었다. 외아들로 여자형제 없이 어린 시절을 보내던 그는 아버지가 둘째부인을 얻어 이복누이동생이 태어나자 계용이라는 이름의 여동생을 무척이나 아끼고 사랑하였다고 한다. 그러므로 "검은 귀밑머리 날니는 누의"라는 구절은 계용을 염두에 두고 썼다고 하여도 크게 틀리지 않다. 김학동이 일찍이 지적하였듯이 「향수」는 이 작품에 등장하는 아버지와 누이와 아내가 정지용의 가족인 것처럼 다분히 자전적인 특징을 띠고 있다. 이렇게 정지용은 개별적이고 특수한 경험을 보편적인 인간 경험으로 끌어올리는 데 탁월한 재능이 있다.

지금까지 논의해 온 시어 말고도 이병열은 '쑴에들 니칠리야'를 'I remember', '회돌아 나가고'를 'blew here about the ways', '엷은 조름'을 'lay to slumber', '짜가운 해쌀'을 'the long sun-sweetened', '우지짓고 지나가는'을 'veering skimmed', '별'을 'starry', '흐릿한 불비체'를 'the perished ember', '도란도란거리는'을 'babble'과 비교하면서 소재나 이미지에서 서로 유사하다고 주장한다. 정지용이 「향수」에서 이 시어들을 사용하는 구체적인 맥락은 접어두고라도 겉으로 드러나는 의미를 얼핏 보더라도 그가 유사하다고 주장하는 시어들은 조금도 비슷하지 않다.

이 가운데에서 '별'과 'starry'를 한 예로 들어보는 것으로 충분하다. 스티크니는 "불꽃이 남아 있어 내 눈물에 별처럼 어른거려 보이네"처럼 'starry'라는 어휘를 '별처럼', '별모양의', '별과 같은' 등의 뜻을 지닌 형용사로 사용할 뿐이다. 눈물이 글썽거리는 눈으로 불빛을 볼 때 별 모양처럼 보이는 현상을 가리키는 말이다. 한편 정지용은 "한울에는 석근 별 / 알 수도 업는 모래성으로 발을 옮기고"에서처럼 전혀 다른 시적 상황에서 '별'이라는 어휘를 구사한다. '석근'이라는 형용사를 '섞은'으로 해석하든 '성근'으로 해석하든 별은 어디까지나 실제로 하늘에 떠 있는 별이다. 이 두 시어를 이미지에서 비슷하다고 주장하는 것은 미국 소설가 마크 트웨인이 한 말을 빌려 표현한다면 '불'이라는 말이 들어갔다고 하여 '불(fire)'과 '반딧불이(firefly)'가 서로 비슷하다고 주장 하는 것과 크게 다르지 않다.

박방현 역시 스티크니의 작품과 정지용의 작품에 나타난 시어를 서 로 비교하여 '바람 / 바람', '감돌아 / 회돌아', '곳(2개) / 곳(5개)', '누른 소 / 얼룩백이 황소', '넓은 들 / 넓은 벌', '금빛 / 금빛', '비인 땅 / 비인 밭', '칡빛 머리단 / 검은 귀밑머리', '누이 / 누이', '날로 / 질화로' '재 / 재', '별 / 별', '햇살 / 햇살', '불빛 / 불빛', '도란거리다 / 도란거리다' 등이 비 슷하다고 지적한다. 흥미롭게도 박방현은 김현승이 「가을에 생각나는 시들」에서 인용한 「추억」과 서로 비교한다. 그러나 앞에서 이미 밝혔 듯이 이 두 작품은 서로 비교할 대상이 되지 못한다. 정지용이 「추억」 을 읽고 이 작품에서 영향을 받았다고 주장하는 것은 마치 윌리엄 셰 익스피어가 하이너 뮐러의 『햄릿머신』(1977)을 읽고 『햄릿』을 썼다고 주장하는 것과 크게 다르지 않다. 또는 미겔 데 세르반테스가 호르헤 루이스 보르헤스의 작품 「피에르 메나르, 『돈키호테』의 저자」(1939)를 읽고 『돈키호테』를 썼다고 주장하는 것에 빗댈 수 있을 것이다.

반짝인다고 모두가 황금이 아니듯이 유사하거나 동일한 시어를 구사한다고 하여 모작이나 표절로 볼 수 없다. 정지용은 「향수」를 창작하면서 비록 스티크니의 「므네모시네」에서 몇몇 시어를 빌려오는 것은 부정할 수 없는 사실이다. 우연의 일치라고 하기에는 앞에서 예로 든 '황소', '재가 식어지면', '뷔인', '검은 귀밑머리', '누의' 같은 몇몇 시어에서 스티크니의 작품에서 영향을 받았음에 틀림없다. 특히 「향수」는 정지용의 작품에서도 초기 시에 속하는 만큼 그가 서구 시에서 영향을 받았을 가능성은 더더욱 크다. 그러나 정지용은 비록 스티크니의 「향수」에서 몇몇 시어를 빌려오되 그것을 전혀 다른 시적 상황에서 전혀 다른 방법으로 사용하고 있다는 사실을 잊어서는 안 된다.

6

정지용은 「추억」을 창작하면서 비단 스티크니의 「므네모시네」 한 작품에서만 영향을 받은 것은 아니다. 「추억」을 좀 더 자세히 읽어보면 그는 이 미국 시인의 다른 작품에서도 영향을 받았다는 사실을 그다지 어렵지 않게 찾아볼 수 있다. 가령 「향수」의 첫 두 행은 이러한 경우의 좋은 예가 된다.

넓은 벌 동쪽 끄트로
넷니야기 지줄대는 실개천이 회돌아 나가고

스티크니가 쓴 작품 중에 「강이 계곡을 따라 구불구불 지나가는 소리가 들리네」라는 시가 있다. 「므네모시네」와는 달리 이 작품은 시인이 살아 있을 때는 발표되지 못하고 사망한 뒤에야 비로소 처음 유고 시집에 실린 작품이다. 모두 세 행밖에 되지 않아 형식은 말할 것도 없고 그 내용에서도 한국의 정형시 옛 시조나 일본의 정형시 와카(和歌)와 비슷하다. 그렇기 때문에 완결된 한 편의 작품이라기보다는 스티크니가 좀 더 긴 작품을 창작하다가 남겨 놓은 미완성 작품으로 간주하려는 학자들도 있다.

I hear a river thro' the Valley wander

Whose water runs, the song alone remaining.

A rainbow stands and summer passes under.

강이 계곡을 따라 계곡을 지나 굽이굽이 지나가는 소리가 들리네.

강물은 흐르고, 노래만이 남아 있네.

무지개 걸려 있고, 그 아래 여름은 지나가네.

스티크니의 이 작품은 정지용의 첫 두 행과 여러모로 비슷하다. 정지용은 '계곡'을 '넓은 벌'로, '강'을 '실개천'으로 바꾸었을 뿐이다. 원문 시의 'wander'라는 동사를 '구비구비 지나가는'으로 옮겼지만 정지용은 '회돌아 가고'로 표현하였다. 이 '회돌아 가고'라는 표현을 『정지용 시집』에 수록할 때에는 '회돌아 나가고'로 고쳤다. 스티크니는 유럽의 깊은 산속 계곡에 흐르는 강을 노래하였지만, 정지용은 충청북도 옥천 읍내 변두리 산촌 마을의 나지막한 산과 그 앞에 흐르는 개천을 노래하고 있다. 다시 말해서 그 크기에서 다를 뿐 시적 상황이나 소재 그리고 이미지 등은 서로 많이 닮아 있다. "실개천이 회돌아 나가고"라는 구절은 스티크니의 「므네모시네」의 "How warm wind blew here about the ways!"에서 유사점을 찾는 것보다는 「강이 계곡을 따라……」의 첫 행에서 그 유사성을 찾는 쪽이 훨씬 더 타당할 것이다.

이 점에서는 둘째 행 "강물은 흐르고, 노래만이 남아 있네"도 마찬가지이다. 정지용은 '노래'를 '넷니야기'로, '남아 있네'를 '지줄대는'이라는 표현으로 바꾸었다. 흐르는 시냇물이 사연을 노래하거나 읊으면 흘러간다는 것은 서양 시인의 상상력이나 동양 시인의 상상력이나 크게 차이가 없다. 가령 단종을 귀양지인 영월까지 압송한 금부도사 왕방연이 한 시조의 종장에서 "저 물도 니 안과 갓틔여 우러 밤길 예놋다"라고 읊는다. 영월 청령포 시냇물이 흐르는 모습을 울면서 밤길을 흘러간다고 묘사함으로써 자연물을 인격화시켜 시적 화자의 감정을 이입하여 어린 단종을 산간 벽지(강원도 영월)에 두고 떠나는 슬픈 심정을 표현한다. 다른 지역과 비교하여 유난히 전설이나 민담이 많은 옥천의 시골 마을이기 때문에 '노래'보다는 아무래도 '넷니야기'가 시적 상황이나 분위기에 훨씬 더 잘 어울릴 것이다.

정지용은 「향수」에서 비단 스티크니의 작품에서만 시어나 이미지 또는 상징을 빌려오는 것은 아니다. 찬찬히 눈여겨보지 않아서 그러하지 이 작품에서 정지용은 스티크니에 몇 십 년 앞서 활약한 또 다른 미국 시인 헨리 롱펠로의 작품에서 시어나 이미지 등을 빌려오기도 한다.

흙에서 자란 내 마음
파아란 한울비치 그립어서
되는대로 쏜 화살을 차지러
풀섭 이슬에 함추름 휘적시든 곳

「향수」에서 화자의 시골 고향에서 보낸 유년 시절과 동심의 세계를 묘사하는 3연이다. 정지용은 3행의 "되는대로 쏜 화살을 차지러"라는 구절을 『정지용 시집』에 수록할 때는 "함부로 쏜 활살을 찾으려"로 고쳤다. 대수롭지 않은 수정처럼 보일는지 모르지만 생각해 보면 볼수록 타고난 언어적 재능을 엿볼 수 있는 대목이다. '되는대로'보다는 '함부로'가 훨씬 더 시적이고, 또한 '화살'보다는 '활살'이 활을 쏘는 살이라는 의미가 좀 더 뚜렷하게 드러난다. 특히 '함부로'는 '화살'과 두운법과 함께 모운법을 이룬다. 이 연을 좀 더 자세히 뜯어보면 '흙', '한울', '함부로', '화살', '함추름', '휘적시든' 등 성문파열음 'ㅎ'을 그야말로 흩뿌려 놓은 듯하다.

정지용이 영향을 받은 롱펠로의 작품은 바로 「화살과 노래」(1845)이다. 그러고 보니 유럽에서 문학적 자양분을 섭취하였다는 점에서도, 하버드 대학에서 강의를 하였다는 점에서도, 또한 고전문학에 조예가 깊다는 점에서도 롱펠로는 스티크니와 서로 비슷하다. 정지용은 「화살과 노래」 중에서도 특히 첫 연에서 시어와 이미지를 빌려온다.

I shot an arrow into the air,

It fell to earth, I knew not where;

For, so swiftly it flew, the sight

Could not follow it in its flight.

하늘을 향하여 나는 화살을 쏘았지

화살은 땅에 떨어졌지만 간 곳을 알 수가 없네.

그렇게도 재빨리 날아가니 어찌 눈으로

날아가는 화살을 따라갈 수 있으랴.

롱펠로의 작품에서 화자는 화살을 '대는대로(함부로)' 쏘았다고 말하지는 않는다. 다만 "하늘을 향하여 나는 화살을 쏘았지"라고 노래함으로써 간접적으로 일정한 목표 없이 닥치는 대로 쏘았다는 사실을 언급할 뿐이다. 하늘을 향하여 쏜 화살이 일정한 목표가 있을 리 만무하다. 도회의 소년이라면 아마 하늘을 향하여 함부로 화살을 쏘아대지는 못하였을 것이다. 그러나 정지용은 화자의 입을 빌려 좀 더 구체적으로 "흙에서 자란 내 마음 / 파아란 한울비치 그립어서"라고 노래한다. 이렇듯 롱펠로는 간접적으로 시골에서 보낸 유년 시절을 노래하는 반면, 정지용은 좀 더 직접적으로 그러한 유년 시절을 노래한다. 롱펠로의 화자나 정지용의 화자나 모든 이해타산이나 이해관계에서 벗어난 채 티 없이 맑은 유년 시절의 무한한 꿈과 낭만을 품고 있었다.

정지용이 롱펠로의 「화살과 노래」한테서 영향을 받은 것은 비단 「향수」 한 작품에만 그치지 않는다. 「별똥」이라는 작품에서도 그는 비록 간접적이나마 이미지와 상징 등을 빌려온다.

별똥 떠러진 곳

마음해 두었다

다음날 가보려

벼르다 벼르다

인젠 다 자랐오

—「별똥」 전문

동시 풍의 이 작품은 정지용이 본디 산문으로 섰다가 뒷날 시로 고쳐 쓴 것이다. 「서쪽 한울」와 「감나무」를 비롯한 다섯 편의 시를 '동요'라는 표제로 묶어 1926년 『학조』 창간호에 발표하면서 그 첫머리에 산

문으로 "별똥이 떨어진 곳을 나는 꼭 밝는 날 찾저 가랴고 하엿섯다"라
고 적었다. 이 구절을 운문으로 고쳐 1930년 『학생』에 시로 발표하였
다가 다시 시집에 실었다. 「향수」의 시적 화자는 공중을 향하여 마구
쏘아올린 화살을 풀섶 이슬에 옷을 적셔가며 찾으려고 하였지만, 「별
똥」의 시적 화자는 찾아보기로 마음속에 벼르기만 하다가 훌쩍 어른
이 되었다. 직접 찾아 나섰건 아니면 마음속으로만 찾으려고 하였건
화살과 별똥별은 나이 어린 소년이 품고 있는 꿈과 이상과 신비를 다
룬다. 티 없이 맑디맑은 동심 세계를 노래한 작품으로 창작 시기로 보
나 이미지나 주제로 보나 「향수」와 깊이 연관되어 있다.

스티크니의 작품에서이건 롱펠로의 작품에서이건 정지용은 시어나
이미지를 빌려오지만 한 번도 그대로 사용하는 법이 없다. 정지용은
그것들을 자신의 상상력이라는 용광로 속에서 다시 용해하여 자신만
의 것으로 새롭게 만들어낸다. 엄밀히 말하자면 한국어로 시를 쓰면
서 서구어에서 시어를 빌려온다는 것이 이치에 맞지 않는다. 한 나라
의 언어는 오직 그 언어에서만 느낄 수 있는 독특한 맛과 향기 그리고
냄새가 있기 마련이다. 다른 언어로 옮기는 순간 그러한 독특한 맛과
향기와 냄새는 사라져 버리거나 다른 것으로 변해 버린다. 그러므로
한 나라의 시어는 다른 언어로는 옮길 수 없다고 하여도 크게 틀리지
않다.

7

정지용은 「향수」를 쓰면서 비록 스티크니의 「므네모시네」에서 시어나 이미지에서 부분적으로 영향을 받았지만 탁월한 시적 변용을 통하여 전혀 다른 작품으로 승화시켰다. 이러한 시적 변용은 정지용이 「향수」에서 언어를 구사하는 솜씨를 보면 분명히 드러난다. 뒷날 백석이 그리하듯이 정지용은 토속어를 찾아 구사하는 솜씨가 무척 뛰어나다. 앞에서 언어의 연금술사라고 하였지만 정지용은 가히 언어의 마술사라고 할 만하다. 그리스 신화에 나오는 미다스 왕이 손에 넣는 것이라면 무엇이든 황금으로 만들어 버리듯이 정지용은 작품에서 구사하는 언어에 숨결을 불어넣어 생명이 통하게 한다. 정지용의 시어와 비교해 보면 스티크니의 시어는 차라리 일상어에 가깝다. 프랑스 상징주의 시인 폴 발레리는 일찍이 산문을 걸어가는 글에, 시를 춤을 추는 글에 빗댄 적이 있다. 그의 비유를 빌려 말하자면 스티크니의 작품이 지친 발걸음으로 투벅투벅 시골길을 걸어가는 모습이라면, 정지용의 작품은 어깨를 들썩이며 경쾌하게 춤을 추는 모습이라고 할 수 있다.

가령 스티크니의 「므네모시네」와 정지용의 「추억」의 첫 연을 나란히 놓고 비교해 보면 그 차이가 금방 뚜렷이 드러난다.

길가 주위에 따사로운 바람이 불었지!
태양으로 감미로운 긴 여름난 내내
언덕마루 위에 그림자들이 누워 졸고 있었지

셋째 행에서 그림자들이 길게 드리워져 있는 모습을 마치 짐승이나 사람이 누워서 졸고 있는 것에 빗대는 은유를 빼고 나면 산문처럼 밋밋하다. 조금 심하게 말하면 산문을 시처럼 행갈이를 해 놓았을 뿐 시적 긴장을 좀처럼 찾아볼 수 없다.

> 넓은 벌 동쪽 끄트로
> 넷니야기 지줄대는 실개천이 회돌아 나가고,
> 얼룩백이 황소가
> 해설피 금빗 게으른 우름을 우는 곳

비슷한 상황을 비슷한 시어로 묘사하고 있지만 정지용의 작품은 스티크니의 작품과는 사뭇 다르다. "실개천이 회돌아 나가고"라고 말하는 것은 시각적 이미지이지만 시인은 여기에 청각적 이미지에 덧붙여 "넷니야기 지줄대는 실개천"이라고 말한다. 해방 이듬 해 박두진과 과 조지훈이 편집하여 을유문화사에서 펴냈다는 『지용시선』(1946)에는 '회돌아 나가다' 대신에 '휘돌아 나가다'로 되어 있다. '굽어서 돌아나간다'는 뜻에서는 크게 다르지 않지만 그 어감에서 조금 차이가 난다. 전자가 시냇물이 조용히 굽어서 돌아나가는 느낌을 준다면, 후자는 시내물이 거칠게 떠돌다 나가는 느낌을 준다. 큰물이 흐르는 개천이라면 몰라도 폭이 매우 좁고 작은 '실개천'에는 아무래도 후자보다는 전자가 더욱 잘 어울릴 것이다.

또한 실개천이 "넷니야기 지줄댄다"고 표현하는 것도 오월의 아침처럼 무척 신선하다. 여기에서 '넷니야기'란 예로부터 구전으로 전해 오는 옛날이야기를 포함한 민담과 전설을 가리킨다. 정지용 연구에 굵직한 획을 그은 김학동이 지적하듯이 정지용의 고향 옥천군 옥천면 하계리는 전설과 민담이 유난히 많던 곳이었다. 그런데 그 이야기들이 실개천을 타고 지줄대며 흐른다. 이렇게 지줄댄다는 청각 언어 때문에 독자들은 그 실개천을 이야기꾼으로 볼 수 있고 그것에 귀를 기울일 수 있다. 지금은 청석교라는 시멘트 다리가 놓여 있지만 정지용이 이 작품을 쓰던 1920년대에는 아마 징검다리나 외나무다리가 놓여 있었을 것이다.

더구나 「향수」의 셋째와 넷째 행 "얼룩백이 황소가 / 해설피 금빛 게으른 우름을 우는 곳"에 이르면 정지용의 시어 구사력은 그야말로 보석처럼 찬란하게 빛을 내뿜는다. 특히 스티크니의 "누런 소들이 들판에서 풀을 뜯고 있었지"라는 밋밋한 구절과 비교해 보면 더더욱 그러한 생각이 든다. 스티크니의 구절이 밍밍한 맹물이라면, 정지용의 구절은 혀끝을 톡 쏘는 청량음료라고 할 수 있다. 황소도 보통 황소가 아니라 얼룩백이 황소이다. "송아지 송아지 얼룩 송아지 / 엄마소도 얼룩소 엄마 닮았네"라는 동요에서 그 '얼룩 송아지'의 아버지가 바로 얼룩백이 황소이다. 그러므로 '얼룩백이 황소'란 털빛이 얼룩얼룩한 큰 수소를 이르는 말로 재래종 한우를 가리킨다. 젖소처럼 반점이 있어 그렇게 부르는 것이 아니라 고르지 않게 줄무늬가 있어 그렇게 부르는 것이다.

'얼룩백이 황소'라는 표현보다 더욱 놀라운 것은 정지용이 그 황소가 "해설피 금빛 게으른 우름을 우는" 것으로 표현한다는 점이다. '해설피'라는 말의 뜻을 두고 아직 비평가들 사이에서 의견이 팽팽이 맞서 있다. 한쪽에서는 소리가 느릿하고 길며 약간 슬픈 느낌이 드는 것을 가리킨다고 주장하는 한편, 다른 쪽에서는 해 질 무렵 햇빛이 희미해진 상태나 모양을 일컫는 것이라고 주장한다. 그러나 아무래도 전자보다는 후자로 보아야 할 것이다. '해'와 '설핏하다'가 결합한 말로 정지용의 고향 옥천에서 일몰의 시각에 햇빛이 약해진 것을 가리킨다. 이 구절

과 관련하여 김학동은 "가을의 누런 벌판과 황혼이 합치되어 노란색이
더욱 짙고, 그 위에서 우는 황소의 울음소리조차도 금빛으로 채색하고
있는 것이다"라고 말한다.

어찌 되었든 따가운 가을 햇볕이 내리쪼이는 들판에 누워 하품을 하
듯 울음을 우는 황소의 모습이 무척 한가롭게 느껴진다. 금빛은 일몰
의 하늘을 뜻할 뿐만 아니라 가을의 색깔로 누렇게 곡식이 익은 황금
들판을 뜻한다. 또한 금이라는 그 육중한 무게 때문에 황소의 울음소
리도 무척 느리고 둔탁하게 들린다. 이 구절도 공감각적 이미지이지만
청각적 현상을 시각적 이미지로 표현하는 것으로도 모자라 더 나아가
동적 이미지로 표현하기도 한다. 그러니까 청각 이미지와 시각 이미지
와 동적 이미지가 하나로 결합하여 독특한 효과를 자아낸다.

이밖에도 정지용은 「향수」에서 흙냄새 물씬 풍기는 온갖 토속적인
시어를 구사한다. 예를 들어 '질화로'에는 서양의 '벽난로'에서는 좀처
럼 느낄 수 없는 한국만의 체취를 느낄 수 있다. 단단한 벽돌로 만든 서
양 벽난로와는 달라서 겉 표면에 윤기가 없이 진흙만으로 구워 만든
질그릇에는 정지용이 마지막 연에서 언급하는 초가지붕처럼 따뜻하
고 다정다감한 함축적 의미가 담겨 있다. 또한 쉽게 깨어지거나 부스
러지고 쉽사리 흙으로 돌아갈 수 있는 특징이 있는 질그릇은 의미에서
제3연의 처음 두 행 "흙에서 자란 내 마음 / 파아란 한울비치 그립어서"
와 맞닿아 있다. 흙과 고향, 출생과 죽음은 서로 깊이 연관되어 있다.

또한 '귀밑머리'를 비롯하여 '짚베개', '서리 까마막이', '엷은 졸음' 같
은 시어도 하나같이 한국 사람의 토착적 정서에 잘 들어맞는다. 이 중
에서도 '귀밑머리'도 서양 여성의 이마에 늘어뜨린 애교머리(lovelock)
와는 그 함축적 의미에서 크게 다르다. 이마 한가운데를 중심으로 좌
우로 갈라 귀 뒤로 넘겨 땋은 머리를 뜻하는 '귀밑머리'는 아직 결혼을

하지 않은 처녀나 총각이라는 기호이다. "귀밑머리 마주 풀고 만나다"라는 관용어는 예식을 갖추어 결혼하는 것을 뜻한다. "귀밑머리 풀어 얹다"라는 관용어도 여자가 귀밑머리를 풀고 쪽 찌고 시집가는 것을 이르는 말이다. 짚을 잘게 썰어 베갯속으로 넣어 만든 베개를 일컫건, 아니면 볏짚을 묶어서 만든 베개를 일컫건 간에 짚으로 만든 '짚베개'도 한국의 농촌이 아니고서는 좀처럼 볼 수 없는 물건이요 농경문화의 한 상징이다. 짚으로 신발을 지어 신는가 하면, 짚으로 멍석을 만들어 양탄자처럼 사용한다. 그런가 하면 짚으로 베개를 만들어 베고 잠을 자기도 한다. '서리 까막이'의 외연적 의미는 찬 서리가 내리는 가을의 까마귀이지만 그 내연적 의미는 그와는 조금 다르다. 가을도 어느덧 점점 깊어져 이제 춥고 황량한 겨울이 바짝 다가오고 있음을 알리는 계절의 전령사의 역할을 한다. 살포시 든 졸음을 뜻하는 말이지만 '엷은 졸음'은 '옅은 졸음'이나 '선 졸음'과도 또 다르다. 이 '엷다'는 표현 때문에 졸음이나 잠은 단순한 생리현상뿐만 아니라 그 생리현상의 두께까지 느낄 수 있다.

정지용이 토착어를 구사하는 것은 비단 이러한 명사에 그치지 않는다. '함추름' 같은 부사를 구사하기도 하고, '휘적시다' 같은 동사를 구사하기도 한다. '함추름'은 '함초롬'의 작은 말이면서 충청도 사투리로 어떤 기운이 서리어 있거나 물기를 머금고 있어 차분하고 곱다는 뜻이다. 이 '함추름'을 비롯하여 '상큼', '달콤', '둥그스름'처럼 양순음 'ㅁ'으로 끝나는 말은 어딘지 모르게 곱고 따뜻하고 다정한 느낌이 든다. 그러나 여기에서 '함추름'은 '흠뻑'의 뜻으로 해석하여야 뒷말 '휘적시다'와 잘 들어맞는다. 동사 '휘적시다'는 '마구 적시다'라는 뜻이다.

만약 누군가가 「향수」를 다른 나라 말로 번역한다면 그는 적잖이 어려움을 겪을 것이다. 함축적 의미가 담겨 있는 토착어를 다른 나라 말로 옮기기란 거의 불가능하기 때문이다. 그러고 보니 미국의 시인 로버트 프로스트가 왜 "시란 번역하는 과정에서 잃어버리는 그 무엇이다"라고 정의를 내리는지 이해가 가고도 남는다. 그의 말대로 시를 다른 나로 말로 번역할 때 그 진술이나 의미는 어느 정도 전달할 수 있을는지 모르지만 한 국어에 고유한 운율은 말할 것도 없고 토착어에서 느낄 수 있는 함축과 내포적 의미는 마치 수증기처럼 증발해 버리고 만다.

비유법을 효과적으로 구사한다는 점에서도 정지용의 「향수」는 스티크니의 「므네모시네」와는 사뭇 다르다. 가령 "뷔인 바테 밤ㅅ바람 소리 말을 달니고"에서는 정지용이 얼마나 살아 숨 쉬는 비유를 구사하는지 단적으로 엿볼 수 있다. 황량한 들판을 가로질러 매섭게 불어대는 한겨울의 밤바람 소리를 마치 말이 달리듯 소리에 빗대는 것이다. 언뜻 보면 미국의 서부지방이나 중국 대륙이라면 몰라도 한국의 고즈넉한 시골 들판에 말이 달린다고 표현하는 것은 한복을 입고 자전거를 타는 것처럼 왠지 걸맞지 않아 보일는지 모른다. 조두남이 곡을 붙여 유명해진 윤해영의 「선구자」라는 시처럼 "지난 날 강가에서 말달리던 선구자……"를 연상하게 된다. 만주 벌판을 누비던 독립투사를 떠올리거나 아니면 그보다 훨씬 앞서 광활한 영토를 말을 타고 누비던 고구려 병사들을 떠올리게 된다. 실제로 정지용의 이 비유를 문제 삼는 비평가도 없지 않다.

그러나 삭풍의 역동적 이미지를 살리는 데에는 속도를 내어 달리는 말보다 더 좋은 비유도 없다. "밤바람 소리 말을 달린다"는 표현은 은유법이다. 한밤중에 바람이 세차게 불어대는 소리를 빠른 속도로 말이 질주하는 모습에 빗대는 표현이다. 그야말로 정지용의 시적 상상력이 찬란하게 빛을 내뿜는 구절이다. 요란한 말굽소리를 내며 달리는 말이 점차 사라지자 이번에는 화자의 아버지가 '엷은 조름'에 겨워 짚베개를 베고 자리에 눕는다. 그러자 방 밖의 요란한 소리는 방안의 정적이나 침묵과 더할 나위 없이 좋은 대조를 이룬다. 스티크니의 "길가 주위에 따사로운 바람이 불었지!"라는 구절이 흑백사진이라면, 정지용의 구절은 가히 천연색 사진이요 더 나아가 동영상이라고 할 수 있다. 이어령도 「향수」에서 이 말의 이미지야말로 '황홀한 운율의 동영상'이라고 지적한 적이 있다.

또한 "짜가운 햇살을 등에 지고 이삭 줍던 곳"이라는 은유도 여간 예사롭지 않다. '햇살을 등에 지고'라는 표현은 '햇살을 등지고'라는 표현과는 또 다르다. 언뜻 그것이 그것처럼 보일는지 모르지만 좀 더 뜯어보면 서로 적잖이 다르다는 사실이 밝혀진다. '햇살을 등지고'라고 하면 축어적 표현이 되지만 '햇살을 등에 지고'라고 하면 은유가 된다. 즉 전자는 단순히 '햇살을 뒤로 하고'라는 뜻이지만 후자는 '햇살을 등에 업고'라는 뜻이다. 다시 말해서 후자의 표현에는 햇살이 단순한 배경 이상의 의미가 실려 있다. 어린아이나 무거운 짐을 등에 업거나 지고 있다는 뜻이 함축되어 있다. 이 은유가 "사철 발 버슨 안해가"라는 구절과 결합하면 독특한 효과를 자아낸다. 식민주의 시대 화자의 누이와 아내가 짊어지고 있는 삶의 무게가 얼마나 무거운지 짐작할 수 있는 대목이다. 한국어 속담에 "'어' 다르고 '아' 다르다"는 말이 있듯이 이렇게 조사 '에' 한 마디로 이렇게 큰 차이가 난다.

정지용은 「시와 언어」라는 글에서 "시의 신비는 언어의 신비다. 시는 언어와 Incarnation적 일치다. 그러므로 시의 정신적 심도는 필연적으로 언어의 정령을 잡지 않고서는 표현 제작에 오를 수 없다"고 말한 적이 있다. 여기에서 그가 한국어로 옮기지 않고 굳이 영어 그대로, 그것도 대문자로 'Incarnation'이라는 낱말을 사용하는 것에 주목하여야 한다. 라틴어 '인카르나티오(incarnatio)'에서 갈라져 나온 이 말은 본디 종교 용어로 '성육신(成肉身)'을 가리킨다. 신적인 존재가 인간의 육체 안으로 들어와서 인간 안에 머무는 것을 이르는 말이다. 그러니까 기독교에서 말하는 성육신이란 『신약성서』에서 "말씀이 육신이 되어 우리 가운데 사셨다"(「요한복음」 1장 14절)는 내용을 한자로 표기한 것에 지나지 않는다. 또한 예수 그리스도가 신의 아들로 태어난 것을 가리키기도 한다. 정지용이 독실한 가톨릭 신자라는 사실을 염두에 두면 그가 여기에서 하필 왜 이 용어를 사용하는지 알 만하다.

그러나 정지용은 이 용어를 단순히 종교적 의미로만 사용하지 않는다. 실제로 그는 좁게는 시, 넓게는 문학, 그리고 더 넓게는 예술 일반과 관련한 개념으로 사용한다. 문학가나 예술가가 추상적 관념이나 생각을 구체적인 이미지나 상징을 빌려 극적으로 표현하는 것을 일컫는다. '형상화'나 '구현'이라는 용어와 거의 같은 뜻이다. 정지용이 다른 장르와 비교하여 시가 신비스러운 것은 바로 시인이 언어를 신비스럽게 구사하기 때문이다. 그는 예술의 한 장르인 시를 종교적 차원으로까지 끌어올린다. 한마디로 정지용이 얼마나 언어를 중요하게 생각하는지 가늠할 수 있는 대목이다. 이양하가 일찍이 정지용을 두고 "말의 비밀을 휘잡고 조종하고 구사하는 데 놀라운 천재성을 가진 시인"이라고 평한 것도 바로 그 때문이다.

8

정지용의 「향수」의 내용이나 주제를 살펴보면 스티크니의 「므네모시네」와의 차이가 좀 더 분명하게 드러난다. 그런데 스티크니 작품의 주제를 여는 열쇠는 시인이 사용하는 동사의 시제에 들어 있다. 김현승이 인용한 번역 시를 기준으로 삼아 말하자면, 앞에 맨 첫 행에서도 엿볼 수 있듯이 시적 화자 '나'가 기억하고 있는 시점은 현재이고, '나'가 기억하고 있는 대상은 어린 시절 고향의 모습이다. 다시 말해서 이 작품에서는 현재와 과거가 마치 칡넝쿨처럼 서로 뒤얽혀 있다. 화자는 그 옛날 고향의 모습을 기억할 때에는 과거 시제를 사용하는 반면, 현재 시점의 상황을 말할 때는 현재 시제를 사용한다. 그런데 위 번역 시에서 현재 시간은 거의 언제나 '지금'이나 '지금은'으로 시작하는 첫 연 첫 행에서 언급한다. 가령 "지금 가을이 오는 내 추억의 고향길 모퉁이"니, "지금은 치운 바깥 내 추억의 고향"이니, "지금은 치운 바깥 내 추억의 고향"이니, "지금은 쓸쓸한 내 추억의 고향"이니 하는 구절이 바로 그것이다.

한편 첫 행을 제외한 나머지 행은 거의 하나같이 과거에 관한 추억이나 회상을 다룬다. 그것은 형용사나 동사 시제를 보면 잘 알 수 있다. 예를 들어 "산마루 감돌아 그림자 조용하던 곳"에서 '조용하던'이라는 형용사의 과거시제, "누른 소 넓은 들에 한가로이 풀 뜯던 곳"에서 '풀 뜯던'이라는 동사의 과거시제, 그리고 "밤이면 손 맞잡고 노래 부르던 숲 속"에서 '노래 부르던'이라는 동사의 과거시제를 사용한다. 화자는 지금 현재의 시점에서 과거의 모습이나 사건을 기억하거나 추억하고 있다는 사실에 주목하여야 한다.

여기에서 찬찬히 눈여겨보아야 할 것은 이 시의 화자가 각 연의 첫 행에서 "지금은……"이라고 현재의 부정적인 상황을 말한 뒤 이와 대비시켜 과거의 긍정적인 추억을 회상하는 수법을 구사한다는 점이다. 화자가 회상하는 과거의 모습은 하나같이 평화롭고 아름답기 그지없다. 다분히 목가적이고, 조금 과장하여 말한다면 아담과 하와가 추방당하기 이전의 낙원의 모습이다. 이렇게 아름다운 과거의 모습과는 달리 현재는 언제나 누추하고 을씨년스럽다. 예를 들어 계절로 보더라도 만물이 소생하는 봄이나 신록의 여름이나 아니라 조락과 쇠퇴의 계절인 '가을'이다. 또는 따뜻한 공간이 아니라 추운 공간('치운 바깥')이거나, 황량하고 을씨년스럽게 텅 비어 있는('비인 땅') 곳이거나, 외롭고 고독한 고향('쓸쓸한 추억의 고향')일 뿐이다. 물론 이러한 결론은 김현승이 인용한 「추억」을 텍스트로 삼아 분석할 때 얻은 것이다. 미처 번역하지 않은 나머지 8행을 염두에 둔다면 사정은 조금 다르다. 어찌 되었든 만약 이 작품에서 현재 시재와 과거 시제의 이러한 미묘한 차이를 간과해 버린다면 자칫 이 작품의 주제나 의미를 놓치기 쉽다.

이렇듯 다 같이 농촌 마을에 있는 고향을 노래하면서도 이 두 작품은 주제나 내용에서 사뭇 다르다. 스티크니의 작품은 한마디로 고향 상실을 노래한 작품이다. 존 홀랜드도 일찍이 지적하였듯이 그가 묘사하는 고향의 풍경은 어디까지나 '뿌리 뽑힌' 풍경이다. 성년이 되어 돌아간 고향은 어린 시절의 아름다운 모습은 온데간데없고 춥고 어둡고 외롭고 을씨년스러울 모습만이 남아 있을 뿐이다. 화자가 기억 속에 떠올리는 고향은 아름답고 평화롭게 그지없는 모습이었다. 그러나 지금 고향의 모습은 옛날과 달라져도 너무 달라졌다. 길가 주위에 불던 "따사로운 바람"은 이제 가을의 을씨년스러운 바람으로 바뀌었다. 밝게 내리쪼이던 햇볕은 사라지고 그 대신 가을비가 축축이 내리고 있다. "폭풍우의 진노로" 나무는 쓰러지고 나무그루터기마저 보기에도 흉물스럽게 비틀려 있다.

또한 한낮에 "재빠른 날갯짓으로" 황금빛으로 누렇게 익은 곡식 위를 날던 제비들도, "들판에서 한가로이 풀을 뜯어먹고" 있던 누런 소들도 자취를 감춘 지 이미 오래되었다. 평화롭게 풀을 뜯어먹던 소떼들이 비가 내린 산길을 밟고 다니는 바람에 진흙이 튀기는 진창이 되어버렸다. 더구나 밤이 되면 다정하게 "함께 숲속에서 노래를 부르던" 사랑스러운 누이동생은 지금 어디에서 무엇을 하고 있는지 보이지 않는다. 그 대신 지금은 "아이들 재잘거리며 지껄이는 소리"가 성가시게 화자의 귓전을 때릴 뿐이다.

스티크니는 이렇게 달라진 고향의 모습을 작품 후반부에 이르러 "난로 속 타버린 재"의 이미지와 상징으로 표현한다. 이 재는 T. S. 엘리엇이 말하는 객관적 상관물이라고 할 수 있다. 스티크니는 화자의 개인적 정서나 감정을 이렇게 사물을 통하여 객관화하려고 한다. 난로 속에서 활활 타오르던 찬란한 불길이 과거의 옛 고향의 모습이라면, 지금 불에 타고 남은 물질인 재는 누추한 고향의 현재 모습이다. 그나마 재 속에 아직 불꽃이 남아 있어 눈물이 고인 화자의 눈에 "별처럼 어른거려" 보인다. 한마디로 화자는 슬픈 마음으로 잃어버린 고향을 노래하고 있다. 지금 그 고향은 말하자면 금단의 과일 선악과를 따 먹고 아담과 하와가 쫓겨난 실낙원의 모습이다.

이렇게 잃어버린 고향, 실낙원을 노래하는 「므네모시네」는 정지용의 작품 중에서 「향수」보다는 오히려 『고향』과 더 맞닿아 있다. 「향수」보다 5년 뒤에 발표한 「고향」에서 정지용은 스티크니처럼 고향 상실의 슬픔과 비애를 노래하고 있기 때문이다.

고향에 고향에 돌아와도
그리던 고향은 아니러뇨.

산꿩이 알을 품고
뻐국이 제철에 울건만,

마음은 제고향 진히지 않고
머언 港口로 떠도는 구름.

오늘도 메끝에 홀로 오르니
흰점 꽃이 인정스레 웃고,

어린 시절에 불던 풀피리 소리 아니나고
메마른 입술에 쓰디 쓰다.

고향에 고향에 돌아와도
그리던 하늘만이 높푸르구나.

―「고향」 전문

이 작품에서 정지용은 '고향'이라는 말을 무려 여섯 번에 걸쳐 사용한다. 그러나 그 의미는 크게 두 가지로 서로 대조를 이룬다. 예를 들어 첫 연 첫 행의 "고향에 고향에 돌아와도"에서 '고향'은 지금 화자가 돌아와 목격하는 실제로 존재하는 현실 속의 고향이다. 한편 첫 연 둘째 행 "그리던 고향은 아니러뇨"에서 '고향'은 유년 시절의 고향, 즉 마음속에 간직해 오며 그리던 이상향으로서의 고향이다. 다시 말해서 현실적 고향과 이상적 고향이 마치 활시위처럼 서로 팽팽히 맞서 있다. 산 꿩이나 뻐꾸기 또는 흰 꽃이 화자에게 아무리 유년 시절의 옛 고향을 환기시켜 주어도 화자의 마음은 한낱 구름처럼 이국의 항구로 떠돌 뿐이다. 마지막 연 마지막 행 "그리던 하늘만이 높푸르구나"라는 구절에서는 실재하는 고향과 마음속 고향의 거리감이 무척 크게 느껴진다.

그런데 이렇게 두 고향 사이에 적잖이 거리가 있게 느껴지는 것은 고향이 달라졌기 때문이 아니다. 둘째 연에서 화자가 "산꽁이 알을 품고 / 뻐국이 제철에 울건만"이라고 노래하는 것을 보면 지금 화자가 찾아온 고향은 여전히 옛날의 모습을 간직하고 있다. 또한 넷째 연에서 "오늘도 메끝에 홀로 오르니 / 흰점 꽃이 인정스레 웃고"라고 노래하는 것도 바로 그 때문이다. 그렇다면 달라진 것은 고향이 아니라 화자 자신이다. 일찍이 고향을 떠나 도회에서 살아 온 화자는 자신이 태어나 자라난 옛 고향이 낯설게만 느껴진다. 삼라만상이 으레 세월의 풍화작용을 받듯이 그도 세월의 강물을 건너오면서 유년기나 소년기에 간직한 아름답고 신비스러운 꿈과 이상을 상실해 버렸다.

정지용은 「고향」을 발표하기 7년에 쓴 「녯니약이 구절」이라는 작품에서 "나거서도 고달피고 / 돌아와서도 고달펏노라 / 열네 살부터 나가서 고달펏노라"라고 노래한 적이 있다. 열네 살 때 고향을 떠나서도 고달펐고, 고향에 다시 돌아와서도 고달팠다는 것이다. 「고향」에서 정지용은 고향을 잃어버린 애절함을 "어린 시절에 불던 풀피리 소리 아니냐고 / 메마른 입술에 쓰디쓰다"는 공감각으로 표현한다. 이렇게 씁쓸한 기분을 미각적 이미지로 표현하는 솜씨가 여간 놀랍지 않다. 「향수」의 "해설피 금빛 게으른 울음을 우는 곳"에서 공감각을 구사하여 황소 울음소리에 누런 황금빛으로 채색해 놓음으로써 청각적 이미지를 시각적 이미지로 바꾼 바로 그 시적 상상력이다.

적어도 이 점에서 「고향」은 스티크니의 「므네모시네」와는 조금 다르다. 방금 앞에서 지적하였듯이 「고향」에서는 화자의 심적 상태가 달라졌을 뿐 고향은 예전 그대로의 모습을 간직하고 있다. 황진이는 일찍이 "산은 녜ㅅ 산이로되 물은 녜ㅅ 물이 안이로다. / 주야에 흘은이 녜ㅅ 물이 이실쏜야"라고 노래한 적이 있다. 이 시조에서 '산'이 고향을 가리키는 환유라면 흐르는 '녜ㅅ물'은 화자의 심적 상태를 가리키는 은유로 볼 수 있다. 그러나 스티크니의 작품에서 달라진 것은 비단 화자뿐만 아니라 시골 고향의 온갖 모습이다. 화자는 다시 고향을 찾아오기 전 어느덧 결혼을 하였다. 지금은 독신이 아닌 한 가정의 지아비요 아버지로 변해 있다. 아내의 모습은 보이지 않지만 아이들을 저희들끼리 재잘거리며 놀고 있다.

스티크니가 「므네모시네」에서 좁게는 고향상실, 넓게는 실낙원 의식의 주제를 다룬다면, 정지용은 「향수」에서 아름답고 정겨운 고향에 대한 애틋한 추억을 다룬다. 비록 정지용이 고향에서 어린 시절은 행복하기보다는 서글프고 고독하였으며 윤택하고 풍요롭기보다는 가난하고 궁핍하였다. 적어도 그가 산문에 기록한 내용은 그러하다. 그도 그럴 것이 아버지가 한약상을 경영할 때에는 그런 대로 집안 형편이 괜찮았지만 갑자기 밀어닥친 홍수 피해로 가세가 기울기 시작하면서 어려운 삶을 살아야 하였던 것이다. 옥천공립보통학교를 졸업한 뒤 4년 동안 한문을 독학한 것으로 보아도 이 무렵 그의 가정 형편이 어떠하였는지 쉽게 미루어볼 수 있다.

그러나 이것은 어디까지나 현실의 세계였을 뿐 상상력의 세계는 아니다. 정지용이 시적 상상력을 빌려 묘사하는 고향은 언제나 아름답고 하나같이 넉넉하고 정겹다. 그가 어떻게 고향을 아름답게 묘사하는지 쉽게 알기 위해서는 작품을 좀 더 찬찬히 눈여겨볼 필요가 있다. 제1연에서 시인은 시골 들판의 한가롭고 평화스러운 저녁 풍경을 마치 한 폭의 그림처럼 그려낸다. 그림이로되 수묵화가 아니라 물감으로 화려하게 그린 서양화이다. 제2연에서 정지용은 카메라의 렌즈를 고향의 바깥 풍경에서 집안 쪽으로 돌려 클로즈업시켜 보여 준다. 계절도 어느덧 겨울로 바뀌어 농사일로 고단한 아버지는 조름에 겨운 듯 짚베개를 돋고 잠을 청한다. 제3연과 제4연에서 카메라의 렌즈는 다시 집안에서 집밖으로 옮겨 피사체를 잡는다. 어린 시절 하늘을 향하여 함부로 화살을 쏜 뒤 팔다리에 이슬을 저시면서 그 화살을 찾던 화자의 꿈 많던 동심의 세계를 그리는가 하면, 이삭을 주우며 고생스럽게 삶을 꾸려가는 누이동생과 아내의 모습을 그린다. 그리고 마지막 제5연에서 카메라는 집밖에서 점차 집안 쪽으로 렌즈를 옮긴다. 하늘에 떠 있는 별에서 개천가에서 쌓아올린 모래성으로, 모래성에서 다시 가을까마귀가 울며 지나가는 초가지붕으로, 그리고 마지막으로 초가지붕에서 식구들이 "흐릿한 불비체 돌아안저 도란도란 거리는" 방안으로 옮긴다. 마지막으로 카메라의 눈이 머무는 곳은 한밤중 초라하지만 단란한 시골 가정의 모습이다.

　정지용이 고향 풍경을 묘사하는 것을 카메라에 빗대어 말하였지만 그가 사용하는 카메라는 정지 화면을 찍는 일반 카메라라기보다는 움직이는 영상을 찍는 무비카메라라고 할 수 있다. 그는 이 카메라로 '줌인'과 '줌아웃'을 반복하는가 하면, '패닝'과 '틸팅'을 시도하기도 한다. 그러나 무비카메라는 이러한 기법을 지나치게 사용하면 자칫 화면을 어지럽게 할 위험이 있지만, 정지용은 카메라를 솜씨 있게 사용하는 나머지 독자들에게 어지럽다는 느낌을 좀처럼 주지 않는다. 프레임 안에서 사람이나 사물을 움직이게 하기 때문이다.

　정지용이 이렇게 카메라 수법을 빌려 묘사하는 고향은 고즈넉하고 아늑하고 정겹다. 바로 이 점에서 그의 「향수」는 스티크니의 「므네모시네」와는 오히려 정반대이다. 스티크니의 작품에서 추억 속의 옛 고향의 모습은 하나같이 아름답지만 현재의 고향은 누추하고 보잘것없다. 한편 정지용의 작품에서 옛날의 고향은 때로 누추하고 궁핍하였을망정 화자가 지금 되돌아보는 그 모습은 아름답고 다정하기 그지없다. 정지용이 무려 다섯 번에 걸쳐 마치 주문(呪文)처럼 반복하는 "그 곳이 참하 꿈엔들 니칠니야"라는 후렴구는 스티크니의 "내 고향의 지금 춥다네", "내 추억의 고향은 지금 텅 비어 있다네", "내 추억의 고향은 지금 쓸쓸하다네", "내 추억의 고향은 지금 어둡다네", "내 추억의 고향은 지금 비가 내리네" 하는 후렴구와는 하늘과 땅만큼 큰 차이가 난다.

「향수」에 대하여 한 비평가는 "당시 한국인의 심정적 기저를 형성하고 있었던 고향 상실감에서 유발된 고향 탐구의 시이며, 잃어버린 낙원을 그리는 시인의 독특한 언어적 감각을 통해 생동감을 얻은 시"라고 평가한다. 또 다른 비평가는 "시 「고향」에는 「향수」에서와 마찬가지로 상실 의식과 방랑 의식 그리고 비애의 정서가 관류한다"고 주장한다. 그러나 이러한 평가는 방금 언급한 「고향」에는 맞을는지 몰라도 「향수」에는 잘 들어맞지 않는다. 정지용은 「향수」에서 고향 상실에서 오는 절망감을 노래하는 것이 아니라 오히려 단란하던 옛 고향의 모습을 회상하며 힘과 용기를 얻는다. 말하자면 그는 잃어버린 낙원, 즉 실낙원을 노래하는 것이 아니라 다시 되찾은 낙원, 즉 복낙원을 노래하는 것이다.

그렇다고 정지용이 「향수」에서 긍정적 세계만을 노래한다는 것은 아니다. 경제적으로나 정신적으로 궁핍한 식민지 시대를 살고 있는 시인인 정지용은 암담한 현실에서 눈을 돌릴 수 없었다. 특히 넷째 연 "전설바다에 춤추는 밤물결 가튼 / 검은 귀밋머리 날니는 누의와 / 아무러

치도 안코 엽블 것도 업는 / 사철 발 버슨 안해가 / 짜가운 해쌀을 지고 이삭 줏든 곳"을 찬찬히 눈여겨볼 필요가 있다. 이 구절을 읽으며 장-프랑수아 밀레의 〈이삭 줍는 여인들〉을 기억하는 사람이 많을 것이다. 시골 이발관이나 미장원 벽에서도 자주 볼 수 있던 세계 명화로 어쩌면 정지용은 스티크니나 롱펠로의 작품 못지않게 이 프랑스 명화에서도 영향을 받았는지 모른다.

그런데 밀레의 〈이삭 줍는 여인들〉의 사회적 의미를 알고 있는 그다지 사람은 많지 않을 듯하다. 구약성서 「룻기」에는 시어머니를 따라 시골로 이사한 룻이 생계가 막막하자 남의 밭에 떨어진 이삭을 주어 삶을 꾸려가는 장면이 나온다. 밀레가 이 그림을 그린 19세기 중엽도 마찬가지여서 농장 주인들은 추수를 하고 난 뒤 밭에 떨어진 이삭을 그대로 두고 거두어 가지 않았다. 사회적 신분이 가장 낮은 사람들이 이삭을 주워 생계를 유지하도록 하기 위해서였다. 또한 이삭을 줍는다는 것은 사회에서 가장 최하층의 일 중 하나였다. 그러므로 세 여인이 누런 황금빛 들판으로 배경으로 이삭을 줍는 모습에서는 땀과 노동과 삶의 애환이 짙게 배어 있다.

밀레의 작품에서는 세 여인이 등장하고 정지용의 「향수」에서는 두 여인이 등장하지만 기본적인 구도나 배경 그리고 사회적 의미에서는 크게 다르지 않다. "검은 귀밑머리 날니는" 사랑스러운 누이와 "아무러 치도 안코 엽블 것도 업는" 아내가 신발도 신지 못한 맨 발로 들판에서 이삭을 줍는다. 일본 제국주의의 경제적 침탈로 시골은 피폐할 대로 피폐해 있었다. 이렇게 밖에는 달리 생계를 유지하기 힘든 것이 이 무렵 궁핍한 식민지 조선의 농촌 현실이었다. 그러나 정지용은 스티크니처럼 잃어버린 고향을 탓하거나 애석하게 생각하지 않는다. 정지용에게는 이러한 고향의 모습조차 아름답고 정겹게 느껴진다. 궁핍하기 때문에 오히려 가족 공동체의 울타리가 더더욱 튼튼하게 유지되었는지도 모른다.

정지용은 「향수」를 창작하면서 비록 부분적으로나마 트럼불 스티크니의 「므네모시네」에서 시어를 빌려온 것은 사실이다. 정지용이 과연 언제 그리고 어떠한 과정을 거쳐 스티크니의 작품을 읽게 되었는지 지금으로서는 확인할 길이 없다. 다만 그가 휘문고등보통학교에 다닐 무렵 직접 영어 원문으로 읽었거나 아니면 일본어 번역본을 읽었을 것으로 추측할 따름이다. 또한 일본 도시샤 대학에서 영문학을 전공할 때 이 작품을 좀더 정교하게 다듬고 고쳐 썼을 것으로 미루어볼 수도 있다. 그러나 정지용은 스티크니의 「므네모시네」에서 시어를 빌려오되 이러한 시어를 전혀 다른 시적 상황에서 사용한다. 그뿐만 아니라 시적 변용을 거쳐 자신의 창작 의도에 맞게 새롭게 재구성한다.

더구나 정지용은 스티크니의 「므네모시네」 한 작품에서만 영향을 받는 것이 아니라 「강이 계곡을 따라 구불구불 지나가는 소리가 들리네」 같은 다른 작품에서도 적잖이 영향을 받았다. 그렇다면 그 수가 그다지 많지 않은 스티크니의 작품을 거의 모두 읽었다고 추측할 수 있다. 그런가 하면 「향수」를 창작하면서 정지용은 비단 스티크니한테서만 영향을 받지 않고 헨리 롱펠로한테서도 마찬가지로 적잖이 영향을 받았다. 「향수」를 좀 더 꼼꼼히 분석해 보면 여러 시대에 걸쳐 여러 시인의 그림자가 어른거린다는 사실이 밝혀진다. 정지용의 작품이 흔히 그러하듯이 「향수」에서도 상호텍스트적인 요소를 쉽게 엿볼 수 있다. 그가 이 작품을 쓰면서 스티크니한테서 영향을 받았다는 사실은 전혀 흠이 되지 않는다. 오히려 정지용은 미국 시인의 작품에서 영향을 받되 그것을 뛰어넘어 훨씬 훌륭한 작품으로 승화시켰기 때문이다.

정지용은 「향수」에서 한국 사람의 정서에 걸맞은 향토적이고 토속적인 언어를 구사하고, 참신하고 선명한 감각적 이미지와 은유법을 사용하며, 서정적인 동시에 서경적인 분위기를 창출한다. 또한 일제 식민주의라는 특수한 역사적 현실에서 원초적인 고향 회귀의 본능을 노래한다. 기법에나 주제에서나, 형식에서나 내용에서 「향수」는 스티크니의 「므네모시네」와는 여러모로 사뭇 다르다. 스티크니의 작품과 비교해 보면 볼수록 시인으로서 정지용의 타고난 재능을 다시 한 번 깨닫게 된다. 한마디로 정지용의 「향수」는 아주 독창적인 작품이다. 이 작품의 의미를 이해하기 위해서는 무엇보다도 먼저 '모작'이니 '모방'이니 심지어 '표절'이니 하는 꼬리표를 떼어 주어야 할 것이다.

한편 정지용의 「향수」를 지나치게 칭찬하거나 옹호만 하려는 태도도 그렇게 바람직하지는 않다. 가령 유종호는 이 작품을 두고 "한국시의 명품"이라고 치켜세운다. 이 시는 처음 발표된 지 한 세기가 가까워 오는 지금 정지용 작품뿐만 아니라 현대 시를 통틀어서도 널리 애송되는 작품임에는 틀림없다. 오죽하면 대중가요로 만들어져 널리 애창되고 있을까. 그러나 이 작품을 마치 성인전(聖人傳)처럼 취급하는 것은 옳지 않다. 만약 이 작품이 명품이라면 왜 명품인지 그 이유를 밝혀야 할 것이다.

킬머의 「나무」와 한국 현대시

한국 근대시와 현대시의 첫 장을 화려하게 장식하는 창가와 신체시
가 일본 시의 영향을 받았다면 그 뒤 현대시는 서양 시한테서 영향을
받았다. 서양시 중에서도 20세기 초엽 미국에서 시인, 저널리스트, 문
학비평가, 그리고 강연자로 활약한 조이스 킬머(1886~1918)의 작품 「나
무」(1913)가 한국 현대시에 끼친 영향은 자못 크다. 제1차 세계대전에
참전하여 서른두 살의 젊은 나이로 요절할 때까지 그가 쓴 작품은 무
척 많다. 그러나 킬머는 지금 오직 이 작품 한 편으로 겨우 시인으로서
의 명성을 유지하고 있을 뿐 미국문학사에서 거의 잊히다시피 하였다.
문학가는 작품의 양이나 평균치로 평가받는 것이 아니라 어디까지나
좋은 작품으로 평가받는다. 세계 문학사를 보면 오직 한 작품만으로

문학적 명성을 누리고 있는 사람이 적지 않다. 적어도 이 점에서 본다면 킬머의 문학적 평가는 다름 아닌 「나무」라는 서정시 한 편에 달려 있다고 해도 크게 틀리지 않다.

킬머 하면 곧 「나무」라는 작품이, 「나무」 하면 곧 킬머가 자연스럽게 떠오를 만큼 이 작품은 이제 킬머의 가장 대표적인 작품이 되었다. 그런데 그가 이 작품을 창작하면서 시적 영감을 받은 것은 어떤 특정한 나무가 아니라 일반적인 나무였다. 킬머는 1913년 2월 뉴저지 주 마워에 있는 시골집에서 이 작품을 창작한 것으로 알려져 있다. 킬머의 아들 켄튼에 따르면 "킬머는 부모의 침실이요 아버지의 서재로 사용하던 이층 방에서 이 작품을 썼다. (⋯중략⋯) 창문 밖으로는 우거진 잔디에 언덕이 내려다보이고, 그곳에는 다 자란 나무에서 어린 나무에 이르기까지 온갖 종류의 나무가 자라고 있었다"고 한다.

한편 미국의 시인이요 비평가인 가이 대븐포트는 킬머가 이 작품을 창작한 동기나 이유를 전혀 다른 곳에서 찾는다. 대븐포트는 "나무는 (윌리엄 버틀러) 예이츠, (로버트) 프로스트, 젊은 (에즈러) 파운드가 즐겨 사용하는 상징이었다. 그러나 킬머는 이와는 다른 맥락에서 나무를 해석해 왔다"고 지적한다. 실제로 이 무렵 킬머는 영국의 교육가 마거릿 맥밀런한테서 큰 영향을 받고 있었다. 페이비언협회 회원으로 점진적 사회주의를 표방하던 맥밀런은 미성년 노동을 금지하고 빈민가에 유치원을 설립하자는 운동을 전개하였다. 또 브래드퍼드 교육위원을 지내며 영국 최초의 아동 건강진단을 실현시키는가 하면, 아동 진료소와 보육학교, 보육학교 교사 양성을 위한 레이철-맥밀런 학교를 설립하는 등 기독교 사회주의 운동에도 앞장섰다. 더구나 맥밀런은 어린이들한테 학교 교실 밖의 신선한 공기와 대자연과의 친밀한 관계가 교실 안에서 이루어지는 제도 교육 못지않게 중요하다고 생각하였다. 『노동과 유년』(1907)이라는 책에서 그녀는 "교육 장비는 바보가 만들었지만 오직 신만이 나무를 만들 수 있다"고 천명하였다. 그런데 앞으로 자세히 언급하겠지만 이 문장은 「나무」의 마지막 두 행과 아주 비슷하다. 킬머는 맥밀런처럼 연필과 책상 같은 학교의 장비보다 나무나 숲 같은 대자연과의 교감이 훨씬 더 중요하다고 생각하였다.

킬머가 과연 어디서 영감을 받고 「나무」를 창작했는지는 그렇게 중요하지 않다. 다만 여기에서 중요한 것은 그가 이 작품에서 무엇을 말하려고 하였는지, 주제를 어떻게 시의 형식을 빌려 효과적으로 형상화하는지, 또 이 시가 다른 시인들과 문학가들에게 어떠한 영향을 끼쳤는지 하는 점이다. 이 글에서는 킬머의 이 작품이 한국의 시인들에게 얼마나 큰 영향을 끼쳤는지 살펴볼 것이다. 이러한 과정에서 외국 시가 한국 현대시의 형성과 발전에 어떠한 영향을 끼쳤는지도 함께 밝혀지게 될 것이다.

1

조이스 킬머는 1913년 8월 시 전문지 『시』에 「나무」를 처음 발표한 뒤 그 이듬해 두 번째 시집 『나무와 기타 시』(1914)에 이 작품을 수록하였다. 이 작품이 발표되자 비록 비평가들이나 학자들한테서는 별로 주목을 받지 못하였어도 미국 전역에 걸쳐 일반 독자들로부터는 엄청난 인기를 끌었다. 이 무렵 킬머는 비록 '가톨릭교회'라는 단서가 붙어 있기는 했지만 '계관 시인'이라는 찬사를 받았다.

I think that I shall never see

A poem lovely as a tree.

A tree whose hungry mouth is prest

Against the sweet earth's flowing breast;

A tree that looks at God all day,

And lifts her leafy arms to pray;

A tree that may in summer wear

A nest of robins in her hair;

Upon whose bosom snow has lain;

Who intimately lives with rain.

Poems are made by fools like me,

But only God can make a tree.

소네트보다도 두 행이나 짧은 12행으로 되어 있는 이 작품은 그야말로 언덕 위에 서 있는 한 그루 나무처럼 소박하기 그지없는 서정시이다. 운율은 8음절에 강약 4보격(iambic tetrameter)의 형식을 취하고 있고, 시행 형식은 8음절 2행 연구(二行聯句)에 각운 패턴은 "aa bb cc dd ee aa"로 아주 규칙적이다. 1920년대에서 1950년대 사이 이 시에 곡을 붙인 노래나 연주 음악이 인기를 끈 까닭도 아마 이러한 음악성과 무관하지 않을 것이다. 킬머가 이 작품을 발표할 1910년대는 낭만주의가 점차 힘을 잃으면서 모더니즘에게 자리를 내어주기 시작하던 무렵이다. 기법에서 다분히 전통적이라고 할 그의 작품은 이러한 문학적 환경에서 푸대접을 받을 수밖에 없었다.

「나무」에서 킬머는 이렇게 전통적 시 형식에 따를 뿐만 아니라 더 나아가 그 주제나 내용에서도 균형과 조화를 꾀하려고 무척 애썼다. 이 작품에서 가장 눈에 띄는 것은 의인법, 그리고 인간과 관련한 구체적인 이미지이다. 가령 "her leafy arms"니 "in her hair"니 하고 나무를 남성이 아닌 여성으로 의인하여 노래한다. 프랑스어 'l'arbre'나 스페인어 'el arbol'처럼 로맨스어 계통의 언어에서 나무는 흔히 여성보다는 남성으로 취급한다. 이와는 달리 영어에서 나무는 자웅이주(雌雄異株) 나무를 제외하고는 여성으로 취급하기 일쑤이다. 한마디로 킬머가 노래하는 이 나무에서는 자애로운 어머니의 모습이 쉽게 떠오른다. 그는 나무가 대지의 젖가슴에 입술을 내리누르고 있고, 하루 종일 서서 신을 우러러보고 있으며, 잎이 무성한 팔을 들어 기도하고 있다고 묘사한다. 이밖에도 나무에 인간처럼 입·팔·머리·가슴 등 신체 기관과 그 속성을 부여하기도 한다.

언뜻 대수롭지 않게 보아 넘길 수도 있지만, 시인이 작품에서 의인법이나 인간과 관련한 이미지를 구사한다는 것은 인간이 아닌 피조물을 타자(他者)가 아닌 동일자(同一者)로 간주한다는 것을 뜻한다. 특히 짐승도 아니고 식물인 나무에게 인간의 속성을 부여한다는 것이 여간 놀랍지 않다. 의인화를 한 발 밀고 나가면 자연계의 모든 사물에 생명이 있고 그 영혼을 인정하는 정령신앙과 만나게 된다. 그런데 예로부터 정령신앙이 발달한 문화권치고 자연친화적이지 않은 문화가 거의 없다. 생물이건 무생물이건 마치 인간처럼 생각하고 의식하고 욕구를 느낀다고 믿는다면 그것을 함부로 대하지 못할 것이다.

킬머는 의인법과 함께 이 작품에서 대조법을 유난히 많이 사용한다. 첫 연에서는 시와 나무, 즉 인간과 자연을 서로 대조시키고, 둘째 연과 셋째 연에서는 땅과 하늘을 대조시킨다. 넷째 연과 다섯째 연에서 가장 두드러진 대조라면 두 계절 여름과 겨울의 대조이다. 그리고 첫 연과 각운이 동일한 맨 마지막 연에서 킬머는 첫 연과 비슷하게 시와 나무, 인간과 신을 대조시킨다. 시는 인간이 창작하는 것이지만 나무는 오직 신만이 창조할 수 있다고 결론짓는다.

여기에서 한 가지 짚고 넘어갈 것은 맨 마지막 연의 두 행을 어떻게 해석할 것인가 하는 문제이다. "나 같은 바보들은 시는 쓰지만 / 하느님 아니면 나무를 만들지 못한다"는 구절을 지나치게 축어적으로 해석하여 시인을 바보로 생각해서는 안 된다. 물론 창조주 하느님과 비교해 보면 인간의 존재는 그리 대단하지 못할지 모른다. 그러나 여기에서 킬머는 오히려 시인에게 창조성을 부여하려는 것이다. 조물주 하느님이 나무를 포함한 천지만물을 창조하였듯이 시인은 상상력의 힘을 빌려 시라는 소우주를 창조하는 사람이라는 뜻이다. 그러므로 '나무=시, 하느님=시인'라는 등식이 성립한다고 할 수 있다. 본디 서양에서 '시'라는 말은 그리스어 '포에인(poein)', 즉 어떤 물건을 '창조하다'는 말에서 갈라져 나왔다. 그래서 그동안 서양에서는 시인을 흔히 창조자의 반열에 올려놓기도 하였다.

「나무」는 지나치게 소박한데다 때로는 형식과 기법이 너무 전통적이라고 하여 처음 발표되었을 때나 처음 발표된 지 100년 가까운 세월이 지난 지금이나 여전히 제대로 평가를 받지 못하였다. 특히 비평가들이나 학자들이 이 시를 탐탁치 않게 생각한 이유 가운데 하나도 지나치게 단순하고 감상적이기 때문이었다. 그들은 이 작품을 이를테면 로버트 프로스트의 작품처럼 시적 상상력이 빚어낸 진지한 문학 작품으로 좀처럼 생각하지 않는다. 진지한 문학 작품이라기보다는 통속적인 노래 가사에 가깝다고 평가한다. 그래서 그런지 그의 모교인 컬럼비아 대학교 문학반에서는 해마다 그를 기념하여 '조이스 킬머 기념 엉터리 시' 대회를 열기도 한다.

그러나 환경 위기 시대를 맞아 이 작품은 뭇 사람의 입에 자주 오르내리면서 새롭게 평가받기 시작하였다. 식목일 기념식에서는 약방의 감초처럼 으레 이 시를 낭독하기도 한다. 또한 미국 곳곳에서는 킬머의 이름을 딴 숲을 비롯하여 공원, 광장, 학교, 도서관, 거리 등이 생겨나기도 하였다. 가령 뉴저지 주 뉴브런즈윅에서는 그가 태어난 거리 코드와이즈 가(街)를 '조이스 킬머 가(街)'로 이름을 바꾸었다. 미국 남부 노스캐롤라이나 주에서는 그를 기념하여 그레어엄 군에 있는 숲을 '조이스 킬러 기념 숲'이라고 불렀다.

2

조이스 킬머의 「나무」는 비록 미국에서는 비평가들이나 학자들한테서 이렇다 할 주목을 받지 못했지만 일찍이 한국어로 번역되어 한국 시인들의 상상력에 적잖이 영향을 끼쳤다. 물론 서양과 비교하여 좀 더 자연친화적이라고 할 한국 문화권에서 시인들이 작품의 소재로 나무에 관심을 기울인 것은 어찌 보면 지극히 당연하다고 할 수 있다. 비록 이 점을 염두에 두더라도 한국 현대 시인들이 유난히 나무에 대한 시를 많이 쓴 것은 킬머의 이 작품이 일찍이 한국어로 번역되어 널리

읽혔기 때문이다.

킬머의 「나무」를 한국어로 맨 처음 번역한 사람은 '바울'이라는 필명을 사용하던 미국 유학생이다. 미국에서 유학하던 학생들의 수가 점차 늘어나자 1925년 그들은 '북미조선유학생회를 조직하였고, 같은 해 이 단체의 기관지로 『우라키』라는 한글 잡지를 창간하였다. '바울'은 1925년 9월에 발행된 이 잡지의 창간호에 킬머의 「나무」를 비롯하여 새러 티즈데일의 「나 마음치 안으리라」, 칼 샌드버그의 「안개」, 에드거 리 매스터스의 「나의 빗 그대의 것과 더브러」 등 미국 시 네 편을 번역하여 실었다. 또 이 잡지의 창간호에는 '寶鬱'이라는 필명을 사용하는 유학생이 오 헨리의 유명한 단편소설 「동방박사의 예물」을 번역하여 싣기도 하였다. 그런데 이 '바울'과 '보울'은 동일한 인물로 보아 크게 틀리지 않다. 여러 정황으로 미루어보아 '바울'과 '보울'은 오천석임에 틀림없다. 독실한 기독교 신자였던 오천석은 아호를 천국의 정원이라는 뜻에서 '천원(天園)'으로 삼았고, '바울'이나 바울을 한자어로 표기한 '보울'은 그의 또 다른 아호로 미루어볼 수 있다. 오천석은 영문 이름으로 'Paul Auh'을 사용하였다는 사실은 이 점을 더욱 뒷받침한다.

기독교 집안에서 평안남도 강서에서 태어난 오천석은 1919년 일본 아오야마학원(青山學院) 중등부를 졸업하고 미국으로 유학을 갔다. 1925년 미국 코넬 대학교를 졸업한 뒤 노스웨스튼 대학교로 옮겨 대학원 석사과정을 밟았으며, 1927년 노스웨스튼 대학교를 졸업한 뒤 1931년에는 뉴욕시 컬럼비아 대학교에서 철학박사 학위를 받았다. 오천석은 일리노이 주 노스웨스튼 대학교에서 유학하던 무렵 같은 대학에서 은행학을 전공하던 황창하와 함께 『우라키』를 창간하는 데 주도적인 역할을 맡았다. 이렇게 미국에서 사학 명문 대학에서 유학하고 식민지 조국에 돌아온 오천석은 해방 뒤에는 과도정부 문교부 차장과 부장을 지내는 등 교육 행정가로서 일본 제국주의에 빼앗겼던 한국 교육을 민주주의 초석 위에 다시 세우는 데 크게 이바지하였다. 미국 유학 시절 그는 전공 분야인 교육학 못지않게 문학에도 자못 깊은 관심을 기울였다.

'바울'은 킬머의 「나무」를 번역하면서 번역문 바로 앞에 이 작품과 시인에 대한 짤막한 설명문을 덧붙인다. 이로써 그는 한국어로써는 최초로 킬머를 한국 독자들에게 소개하는 셈이다. 그의 킬머 소개는 간략하지만 비교적 사실에 충실하다.

> 「나무」는 實노 이 시인을 유명하게 한 걸작이다. 「컬넘비아」 대학 졸업생으로 現今 「뉴욕時報」의 문예부 기자로 잇다가 大戰時에 전사하엿다. 시집으로 "A Summer of Love", "Trees and Other Poems" 등이 간행되엿다.

여기에서 '뉴욕시보'란 다름 아닌 오늘날의 『뉴욕타임스』를 일컫는 말이다. 좀 더 정확히 말하면 킬머는 이 신문의 '리뷰 어브 북스'와 '선데이 매거진'에서 특별 기자로 근두하였다. '대전시'란 제1차 세계대전을 말한다. 실제로 킬머는 1917년 4월 미국이 독일에 선전포고를 하고 제1차 세계대전에 참가하자 미 육군에 입대하여 165미 보병 연대에서 하사관으로 근무하던 중 그 이듬해 프랑스 마른 전투에서 전사하였다. '바울'의 「나무」 번역은 오늘날의 기준으로 보더라도 아주 훌륭하다.

> 나무와 갓치도 사랑스러운 詩를
> 다시야 엇지라 볼가이나.
>
> 달듸도 달음이 넘어흐르는 쌍의 품을 등지고,
> 나무는 주린 입을 벌니고 잇서다.

나무는 밤과 쏘 낫 하나님을 우르러 보며
닙피어 욱어진 팔을 들어 기도 올녀다.

녀름이 되면 나무 그 머리우에
「라빈」새의 깃을 드리게 하고,

겨울에 눈은 그 품에 고여
비와 더브러 살님 하서다.

詩는 나와 갓흔 어리석은 쟈가 지으되
나무는 오직 하나님 한 분이 創造하서다.

―'바울' 역

  위 번역에서 무엇보다도 눈길을 끄는 것은 될 수 있는 대로 한자어를 배제하고 순수한 토박이말을 살려 옮기려고 했다는 점이다. 가령 'earth'를 '대지(大地)'라고 옮겨도 될 것을 굳이 '쌍'이라고 옮겼고, 'hungry'를 '갈증(渴症)나는'이라고 옮겨도 좋을 것을 '주린'으로 옮겼다. 또 'all day'도 '주야(晝夜)'로 옮기는 대신 '밤과 쏘 낫'으로 옮겼다. 잘 알려진 바와 같이 한자어가 관념적이고 추상적이라면 토착어는 훨씬 감각적이고 구체적이어서 그 느낌이 살갗에 직접 와 닿는다. 이러한 번역은 킬머가 이 작품에서 라틴어나 그리스어에서 파생된 다음절 영어를 될 수 있는 대로 사용하지 않고 순수한 앵글로색슨 토착어를 구사하려고 한 것과 궤를 같이하는 것이어서 바울의 번역 실력이 상당한 수준이라는 사실을 알 수있다.

  둘째, '바울'은 시적 분위기를 한껏 살리려고 영탄조와 즐겨 구사하였다. 예를 들어 첫 두 행 "나무와 갓치도 사랑스러운 詩를 / 다시야 엇지라 볼가이냐"에서 "~라고 나는 생각하네"라고 평서문으로 번역하지 않고 수사적 의문문으로 번역하였다. "다시야 엇지라 볼가이냐"는 다시는 도저히 볼 수 없다는 뜻을 힘주어 하는 말이다. "다시야 엇지라" 대신에 "다시 엇지"로 할 수 있는데도 일부러 강조사 '야'와 '라'를 덧붙여 한층 더 그 뜻을 보강하려고 하였다. 자세히 뜯어보면 볼수록 번역자의 솜씨가 보통이 아니라는 사실이 밝혀진다.

셋째, '바울'이 킬머의 작품을 번역하면서 의고체를 살려 옮긴 것도 찬찬히 눈여겨볼 만하다. 번역자는 2행 연구의 둘째 행마다 거의 예외 없이 의고체를 구사한다. 가령 방금 앞에서 언급한 "엇지라 볼가이냐"를 비롯하여, "벌니고 잇서다", "기드 올녀다", "살님 하서다", "창조하서다" 등이 바로 그러하다. 특히 다섯째 연의 "Who intimately lives with rain"이라는 구절을 "비와 더브러 살님 하서다"라고 번역한 솜씨가 여간 돋보이지 않는다. 다른 번역자 같았으면 아마 '친하게 살다'나 '친밀하게 지내다'로 옮겼을 구절을 '바울'은 '더불어 살림하다'로 옮겼다. 물론 '살림'이라는 말은 '살다'라는 동사에서 갈라져 나온 명사형이지만 '살림'과 '살이'라는 두 낱말은 함축적 의미에서는 큰 차이가 난다. 단순히 삶을 영위해 가는 '살이'와는 달리 '살림'이라는 말에서는 한집안을 이루어 살아가는 일이라는 뜻이 담겨 있다.

물론 그렇다고 '바울'의 「나무」 번역이 모든 구절에서 뛰어난 것은 아니다. 예를 들어 둘째 연 "달듸도 달음이 넘어흐르는 쌍의 품을 등지고"는 그렇게 적절한 번역으로 보기 어렵다. 형용사 'sweet'를 '달듸도 달음'이라고 반복하여 번역한 것도 그러하고, 굳이 명사형으로 바꾸어 번역한 것도 그러하다. "달듸도 달음이 넘어흐르는"이라는 구절은 아무래도 과잉 번역인데다가 부적절하고 어색하다. 또 전치사 'against'를

'등지고'로 옮긴 것도 부적절하고 어색하기는 마찬가지이다. 여기에서 이 전치사는 '~에 기대어', '~에 의지하여', '~에 대고', '~에 내리누리고' 등의 뜻이다. 더구나 동사 'prest(pressed)'와 함께 쓰이고 있어 더더욱 그러한 뜻이 될 수밖에 없다. 그러므로 "쌍의 품을 등지고"로 번역하면 원천 텍스트의 내용과 정반대가 될 수도 있다.

다섯째 연 "겨울에 눈은 그 품에 고여 / 비와 더브러 살님 하서다"도 좋은 번역이라고 보기 어렵다. '바울'은 첫 행과 둘째 행을 원인과 결과로 해석하여 번역하였지만 이 두 행 사이에는 인과관계가 희박하다. 이 시행에서 세미콜론은 등위 접속사 역할을 할 뿐 종속 접속사의 역할을 하지 않는다. 킬머는 앞에서 이미 지적하였듯이 대조법을 구사하여 겨울이 되면 가슴에 눈을 안고 있는 반면, 여름처럼 비가 내리는 계절이 되면 비와 더불어 살고 있다고 노래할 따름이다. 눈이 '고인다'라는 표현도 그렇게 적절하지 않다. 빗물이 '고인다'라고 말할 수는 있어도 눈은 '고인다'라고 말하지 않고 '쌓인다'라고 말하는 것이 한국어 관습이다.

이러한 점을 염두에 두고 좀 더 원천 텍스트에 가깝고 또 현대 표기법에 맞도록 킬머의 「나무」를 번역해 보면 다음과 같다.

이 세상에 나무처럼
아름다운 시가 어디 있을까.

단물 흐르는 대지의 젖가슴에
마른 입술을 내리누르고 서 있는 나무.

온종일 하느님을 우러러보며

잎이 무성한 팔을 들어 기도하는 나두.

한여름에는 머리 위에
개똥지빠귀의 둥지를 틀고 있을 나무.

가슴에는 눈[雪]을 품고 있는 나무.
비와 더불어 다정하게 살아가는 나무.

나 같은 바보들은 시는 쓰지만
하느님 아니면 나무를 만들지 못한다.

─김욱동 역

이 번역이 '바울'의 번역과 차이가 있다면 '바울'이 토착어로 번역할 시어를 한자어로 번역하고 이와는 반대로 그가 한자어로 번역한 시어를 토착어를 번역하였다는 점이다. 가령 '바울'이 '땅'으로 옮긴 것을 위 번역에서는 '대지'로 번역하여 좀 더 모성애적 성격을 강조하였다. 다 같이 토착어라도 '바울'이 '품'으로 번역한 것을 좀 더 구체적이고 육감적으로 '젖가슴'으로 번역하였다. '주린 입'을 '마른 입술'로 옮긴 것도 이 구절이 나무가 느끼는 허기보다는 갈증과 관련되어 있기 때문이다. '로빈새'도 새 이름을 그냥 원어로 표기하는 대신 '개똥지빠귀'로 옮겼다. 물론 엄밀히 말하자면 한국에 살고 있는 개똥지빠귀가 미국에 살고 있는 로빈과는 똑같은 새라고는 할 수 없지만 아무래도 원어를 사용하는 쪽보다는 모국어를 사용하는 쪽이 더 적절할 것이다.

원천 텍스트의 강약 4보격 운율을 옮기지 못한다는 사실을 감안하여 필자는 두운법을 살려 번역하려고 하였다. 물론 음수율에 의존하는 한국의 시에서 두운법이란 서양 시처럼 그렇게 효과적이지는 못하다. 그런데도 "단물 흐르는 대지의 젖가슴에"처럼 어느 정도 효과를 얻을 수는 있다. 이 구절에서 '바울'처럼 '땅'이라고 옮기거나 '흙'이라고 옮기지 않고 굳이 '대지'라고 옮긴 까닭은 바로 '단물'과 두운법을 만들기 위해서이다. "가슴에는 눈을 품고 있는 나무"에서도 '눈'과 '나무', "비와 더불어 다정하게 살아가는 나무"에서도 '더불어'와 '다정하게'는 두운법이다. 두운법과 함께 될 수 있는 대로 모운법을 살리려고도 애썼다. 가령 "나 같은 바보들은 시는 쓰지만"에서 '나'·'같은'·'바보'는 양성모음 'ㅏ'를 반복한다. 이러한 모운법은 "하느님 아니면 나무를 만들지 못한다"에서 좀 더 뚜렷이 드러난다. 이 행에서는 '하'·'아'·'나'·'만'처럼 역시 양성모음 'ㅏ'를 무려 네 번에 걸쳐 되풀이하고 있다. 그런가 하면 한국어로 각운을 살릴 수 없다는 점을 감안하여 필자는 연의 끝마다 '나무'를 반복함으로써 리듬을 살려 번역하려고 하였다.

3

　1925년 '바울'이 처음 한국어로 번역하여 『우라키』에 소개한 조이스 킬머의 「나무」는 그 뒤 한국 시인이나 작가들의 상상력에 적잖이 영향을 끼쳤다. 이 가운데에서도 정지용의 「나무」는 킬머의 작품에서 영향을 받고 쓴 첫 번째 작품이다. 킬머가 가톨릭 신앙을 바탕으로 시를 창작하였듯이 정지용도 가톨릭 신자로서 종교적 세계를 시 창작과 연결시킨다. 앞에서 이미 밝혔듯이 킬머는 '가톨릭의 계관 시인'이라는 칭호를 얻었으며, 정지용도 이 점에서는 크게 다르지 않다. 구상을 비롯하여 김남조나 김지하 같은 가톨릭 시인이 있지만 한국문학계에서 '가톨릭 계관 시인'의 칭호는 역시 정지용한테 돌아가야 할 것 같다. 정지용이 과연 언제 가톨릭에 귀의했는지는 잘 알려져 있지 않다. 다만 1933년에 『가톨릭 청년』의 편집 고문으로 있었던 것으로 미루어보아 아마 그해나 그 이전에 이미 가톨릭 신앙을 받아들였을 것이다.

정지용은 「나무」를 『가톨릭 청년』 제10호(1934년 3월)에 처음 발표한 뒤 그의 첫 시집 『정지용 시집』(1935)에 수록하였다. 이 시집의 제1부와 제4부는 주로 신앙 시로 꾸며져 있어 이 무렵 그가 가톨릭 세계관의 영향을 많이 받았다는 사실을 알 수 있다. 그의 가톨릭 정신의 일면을 엿볼 수 있는 작품이 다름 아닌 이 「나무」라는 작품이다.

얼골이 바로 푸른 한울을 울어렀기에
발이 항시 검은 흙을 향하기 욕되지 않도다.

곡식알이 거꾸로 떨어저도 싹은 반듯이 우로!
어느 모양으로 심기여젓더뇨? 이상스턴 나무 나의 몸이여!

오오 알맞은 位置! 좋은 우아래!
아담의 슬픈 遺産도 그대로 받었노라.

나의 적은 年輪으로 이스라엘의 二千年을 헤였노라.
나의 存在는 宇宙의 한낱 焦燥한 汚點이었도다.

목마른 사슴이 샘을 찾어 입을 잠그듯이

이제 그리스도의 못 박히신 발의 聖血에 이마를 적시며—

오오! 新約의 太陽을 한아름 안다.

—「나무」 전문

킬머의 「나무」와 정지용의 「나무」에서 가장 먼저 눈에 띄는 것은 작품의 외형적 형식이다. 정지용도 시 형식에서 킬머처럼 2행 연구를 사용한다. 마지막 여섯째 행에서만 예외적으로 1행으로 되어 있을 뿐 나머지 연은 모두 2행 연구로 되어 있다. 모두 11행으로 된 정지용의 작품은 킬머의 「나무」보다 한 행이 모자랄 뿐이다. 물론 정지용은 2행 연구를 사용하면서도 킬머와는 조금 다르게 사용한다. 즉 킬머가 「나무」에서 한 연의 의미가 다음 연에 연결되는 '연속 연구'를 주로 사용하는 반면, 정지용은 그의 「나무」에서 한 연의 의미가 완결되어 다음 연에 걸치지 않는 '폐쇄 연구'를 주로 사용한다. 이러한 2행 연구는 영시에서는 제프리 초서 이후 널리 사용해 왔지만 한국시에서는 비교적 낯선 시 형식이라고 할 수 있다. 그렇게 보편적인 시 형식이 아닌데도 정지용은 이 작품에서 이 형식을 시도하였다는 사실이 흥미롭다. 정지용의 작품 가운데에서 "고향에 고향에 돌아와도 / 그던 고향은 아니러뇨"로 시작하는 「고향」(1932)은 킬머의 「나무」와 마찬가지로 2행 연구에 12행으로 되어 있다.

또 정지용의 작품이 킬머의 작품과 유사점이나 공통점이 있다면 두 시인 모두 나무에 인간의 온갖 속성을 부여하는 의인법을 즐겨 사용한다는 점이다. 킬머처럼 정지용도 나무에게 사람처럼 얼굴이 있고 이마가 있고 발이 있다고 노래한다. 즉 얼굴로 하늘을 우러러보고, 이마로 예수 그리스도의 발에 흘린 성혈에 이마를 적시며, 발로는 언제나 검은 흙을 굳게 딛고 있다. 정지용은 킬머보다 한 발 더 나아가 나무를 두고 아예 "이상스런 나무 나의 몸이여!"라고 시적 화자와 동일시하는가 하면, 더 나아가 "아담의 슬픈 유산도 그대로 받었노라"고 말하면서 나무를 인류의 조상 아담과 연관시키기도 한다. 여기에서 "아담의 슬픈 유산"이란 두말할 나위 없이 인간의 원죄를 뜻한다. 아담은 하와와 함께 선악과를 따먹은 뒤 원죄를 범하였으며 낙원추방이라는 무서운 처벌을 받는다. 기독교 신학에서는 아담으로부터 물려받은 인간의 원죄는 그리스도가 십자가에서 처형됨으로써 속죄되었다고 말한다. 정지용이 "이제 그리스도의 못 박히신 발의 성혈에 이마를 적시며— / 오오! 신약의 태양을 한아름 안다"고 노래하는 까닭이 바로 여기에 있다.

더구나 정지용이 「나무」를 창작하면서 킬머의 작품한테 받은 영향은 시적 이미지에서도 엿볼 수 있다. 킬머와 정지용은 시적 이미지를 구사하는 방법에서 서로 비슷하다. 정지용은 킬머처럼 온갖 이미지를 구사한다. "푸른 한울"이나 "검은 흙"은 시각 이미지인 반면, "사슴이 샘을 찾어 입을 잠그듯이"는 청각 이미지이다. 갈증을 느끼는 사슴이 샘물에 주둥이를 대고 물을 마시면서 내는 소리가 마치 귓가에 들리는 듯하다. 이러한 시각 이미지와 청각 이미지와 함께 정지용은 동적 이미지를 구사하기도 한다. 가령 나무가 하늘을 향하여 얼굴을 추켜올리는 것이나 땅을 향하여 뿌리를 내리는 것, 또는 곡식알이 거꾸로 떨어지는 것 등은 하나같이 동적 이미지로 볼 수 있다.

정지용의 「나무」는 동적 이미지에서도 엿볼 수 있듯이 작품의 역동적 구조에서도 킬머의 작품과 비슷하다. 두 작품에서 무엇보다도 눈길을 끄는 것은 방향성이다. 킬머의 「나무」 첫 연 "이 세상에 나무처럼 / 아름다운 시가 어디 있을까"에서 시적 화자 '나'가 나무를 바라보는 시각은 수평적이다. 둘째 연 "단물 흐르는 대지의 젖가슴에 / 마른 입술을 내리누르고 서 있는 나무"에서 화자의 시선은 땅을 향한다. 셋째 연 "온종일 하느님을 우러러보며 / 잎이 무성한 팔을 들어 기도하는 나무"에서 고개를 들어 하늘을 향하는 화자의 시선은 상향적이다. 그러다가 그 다음 나머지 연에 이르러서 화자는 새들이 둥지를 틀고 있고 눈과 비를 맞으며 살아가는 나뭇가지로 다시 시선을 낮춘다. 다시 말해서 나머지 세 연에서 화자의 시선은 첫 연처럼 수평적이 되면서 원점으로 다시 돌아온다. 이 작품에서 화자가 나무의 모습을 바라보며 시선을 움직이는 방향을 도표로 그려보면 '수평적 → 하향적 → 상향적 → 수평적'이 된다.

킬머와 마찬가지로 정지용도 「나무」에서 방향성을 유난히 강조한다. 차이가 있다면 킬머와는 달리 정지용은 수평적 방향보다는 수직적 방향에 좀 더 무게를 싣는다는 점이다. 정지용은 아예 첫 연 "얼골이 바로 푸른 한울을 울어렀기에 / 발이 항시 검은 흙을 향하기 욕되지 않도다"에서부터 수직적 방향성을 언급한다. 시적 화자 '나'는 고개를 들어 먼저 푸른 하늘을 우러러보는 나무의 모습을 언급한 뒤 검은 대지에 뿌리를 박고 서 있는 모습을 노래한다. 상향성에서 하향성의 이러한 이동은 둘째 연과 셋째 연에서는 그 반대로 하향적에서 상향적으로 바뀐다. 아래에서 위로, 즉 상향적 이동은 "곡식알이 거꾸로 떨어저도 싹은 반듯이 우로!"니 "오오 알맞은 위치! 좋은 우아래!"니 하는 구절에서 단적으로 엿볼 수 있다. 곡식알이 땅 위에 아무리 거꾸로 떨어져도 오뚝이처럼 위쪽으로 향하기 마련이다. 이렇게 언제나 위쪽으로 향하는 상향성은 비단 곡식알에 그치지 않고 나무 씨앗도 마찬가지이다. 다섯째 연 "목마른 사슴이 샘을 찾어 입을 잠그듯이 / 이제 그리스도의 못 박히신 발의 성혈에 이마를 적시며—"에 이르러 방향은 다시 대지와 그 아래쪽을 향한다. 이를 도표로 그려보면 '상향적 → 하향적 → 하향적 → 상향적 → 하향적'이 된다. 나머지 연에서는 특정한 어떤 방향을 가리키지는 않지만 수평적으로 보아 크게 틀리지 않을 것이다. 이 도표에서 볼 수 있듯이 정지용은 킬머보다 수직적 방향성을 좀 더 두드러지게 강조한다.

그러나 정지용의 「나무」와 킬머의 「나무」가 가장 많이 닮은 점이라면 역시 인간과 신을 둘러싼 종교적 문제를 다룬다는 사실이다. 수직적 방향성에서 엿볼 수 있듯이 정지용은 킬머와 마찬가지로 초월적 존재자에 깊은 관심을 기울인다. 여기에서 두 시인이 독실한 가톨릭 신자였다는 사실을 다시 한 번 염두에 둘 필요가 있다. 킬머는 "온종일 하느님을 우러러보며 / 잎이 무성한 팔을 들어 기도하는 나무"라고 노래하고, "나 같은 바보들은 시는 쓰지만 / 하느님 아니면 나무를 만들지 못한다"고 노래한다. 나무가 하늘을 향하여 솟아 있는 모습을 하느님을 우러러보는 것으로, 수평으로 무성한 잎사귀를 드리우고 있는 모습을 팔을 쳐들고 기도하는 것에 빗댄다. 마지막 연의 마지막 행도 "하느님 아니면 나무를 만들지 못한다"로 번역하였지만, '바울'은 하느님의 창조적 능력을 강조하여 "나무는 오직 하나님 한 분이 창조하서다"로 번역하였다.

이렇게 신과 인간의 관계에 관심을 기울이는 것은 정지용의 「나무」도 마찬가지이다. 첫 연 "얼골이 바로 푸른 한울을 울어렀기에 / 발이 항시 검은 흙을 향하기 욕되지 않도다"에서 초월적 존재자에 대한 경외심을 읽을 수 있다. '하느님'이나 '하나님'이라는 말이 '한울님'에서 왔다는 것은 잘 알려진 사실이다. '한울님'은 천도교의 신앙 대상을 천주(天主) 또는 상제(上帝)라고도 한다. 천도교의 기본 종지(宗旨)인 인내천(人乃天)은 사람이 곧 한울님이라는 뜻으로, 사람마다 한울님을 모신다는 시천주(侍天主) 사상에서 나온 것이다. 개신교에 앞서 한국에 포교 활동을 한 가톨릭교회에서도 성서를 번역하면서 처음에는 '하느님'이나 '하나님' 대신에 '텬쥬'니 '샹뎨'니 하는 용어를 사용하였다.

이러한 종교적 태도는 셋째 연의 "아담의 슬픈 유산도 그대로 받았노라", 그리고 넷째 연 "나의 적은 연륜으로 이스라엘의 이천년을 헤였노라"에서 좀 더 구체적으로 드러난다. 그 다음 연에서 시적 화자는 "목마른 사슴이 샘을 찾어 입을 잠그듯이 / 이제 그리스도의 못 박히신 발의 성혈에 이마를 적시며―"라고 노래하면서 나무가 땅 속에서 물을 빨아들이는 모습을 이마에 그리스도의 성혈을 적시는 것이 빗댄다. 그러다가 마지막 행에 이르러 영탄법을 구사하여 "오오! 신약의 태양을 한아름 안다"고 결론짓는다.

「나무」에 드러난 정지용의 종교적 태도는 크게 두 가지로 요약할 수 있다. 첫째, 정지용은 킬머와 마찬가지로 창조주 하느님과 인간을 뚜렷하게 대비시킨다. 킬머가 "하느님 아니면 나무를 만들지 못한다"고 말하면서 시를 짓는 자신을 두고는 '바보'라고 치부하듯이, 정지용은 "나의 존재는 우주의 한낱 초조한 오점이었도다"라고 고백한다. 그러나 킬머와 정지용은 하느님과 비교해 볼 때 인간은 한낱 이 창조한 찬란한 우주에서 보잘것없는 존재에 지나지 않는다고 생각한다. 물론 인류의 조상 아담과 하와가 지은 원죄 때문일 수도 있지만 나무 같은 다른 피조물과 비교해 볼 때 인간이 얼마나 하찮은 존재인지를 깨닫기 때문일 것이다.

둘째, 정지용은 나무가 상징하는 자연의 의미를 새롭게 조명한다. 지금까지 자연은 인간의 타자로서 한낱 지배와 정복의 대상에 지나지 않았다. 인간의 문명이라는 것도 따지고 보면 자연을 얼마나 조직적으로 지배하고 체계적으로 정복하였는가 하는 것에 정비례한다. 다시 말해서 자연을 체계적이고 조직적으로 지배하고 정복하면 할수록 문명의 순도는 그만큼 높아지기 마련이다. 그러나 오직 초월적 존재자 하느님만이 나무를 창조할 수 있다고 노래하는 데에서 엿볼 수 있듯이 나무에는 신성함이 깃들여 있다. 구약성서 「창세기」에 기록된 생명나무도, 이교도들이 신화 속에서 숭배하던 우주목도 하나같이 신성함과 깊이 연관되어 있다. 영국에서 낭만주의 문학이 도래하는 데 미리 길을 닦아 놓은 시인 윌리엄 쿠퍼는 「임무」(1785)라는 작품에서 "하느님은 시골을 만들고, 인간은 도시를 만들었다"고 노래한 적이 있다. 킬머도 정지용도 본질적으로는 쿠퍼의 이러한 태도와 맞닿아 있다. 이 두 작품에서 '나무'는 좁게는 시골, 넓게는 자연을 가리키는 환유나 제유로 보아 크게 틀리지 않다.

　정지용은 킬머와 마찬가지로 나무에서 삶의 좌표를 찾는다. 푸른 하늘을 향하여 올곧게 뻗어 있는 나무의 수직적 상향성은 시적 화자가 본받아야 할 이상과 같다. 비록 누추한 지상의 현실("검은 흙")에 육신의 발을 딛고 서 있지만 정신이 지향해야 할 궁극적 목표는 언제나 아름다운 천상의 세계("푸른 한울")이다. 그러고 보니 시적 화자가 "이상스런 나무 나의 몸이여!"라고 자신과 나무를 동일시하는 까닭을 이제 알 만하다. 이렇게 그는 고단하고 각박한 현실에 뿌리를 박고 있되 언제나 천상의 이상을 향하고 있기 때문에 구약의 원죄와 낙원추방 대신에 이제 "신약의 태양"을 노래할 수 있다. "검은 흙"과 "푸른 한울"을 암울한 일제 식민주의 상황과 관련시키려는 것은 좁은 생각이다. 물론 궁핍한 시대를 살고 있는 식민지 지식인으로 정지용은 그러한 시대적 상황을 전혀 도외시할 수는 없을 터이지만 그가 추구하는 세계는 정치를 떠난 좀 더 형이상학적인 관념의 세계기기 때문이다.

정지용이 가톨릭 세계관에서 시를 썼다면 '청록파(靑鹿派)' 시인 가운데 한 사람인 박두진은 개신교적 세계관에서 시를 썼다. 박두진은 1939년 문예지 『문장』에 정지용의 추천을 받아 문단에 등단하여 정지용처럼 처음에는 주로 자연을 소재로 작품을 썼다. 특히 박두진은 정지용처럼 「나무」라는 작품을 썼다는 것이 무척 흥미롭다. 그런데 이보다 더욱 흥미로운 것은 시기적으로 가깝게는 정지용의 「나무」, 멀게는 조이스 킬머의 「나무」에서 적잖이 영향을 받고 이 작품을 썼다는 점이다.

네 줄기는 너무 굵고 억세고,
네 잎새는 너무도 풍성하고 야들야들하다 나무여.

炎帝가 나에게 그 폭위를 무례히 강요할 제,
잠깐 나는 네 그늘에 섬약한 육신을 쉬이지만,

바람이 부는 대로 흔들리고,
철새가 깃들이면, 의젓이 품에 안아 재워,

위로도 알맞게, 땅으로도 깊이,
네 몸을 지탱할 만큼의 뿌리를 박고 섰는,

비에도 번개에도 침묵과 관용,
철따라 열매하며 실해가는 너는,

얼마나 늠름하냐 상수리나무여.

얼마나 지혜로우냐 상수리나무여.

―「나무」 전문

박두진은 이 작품에 '나무'라는 제목을 붙였지만 실제로 그가 노래하는 것은 킬머나 정지용처럼 일반적인 나무가 아니라 특정한 상수리나무이다. 첫 연 "네 줄기는 너무 굵고 억세고, / 네 잎새는 너무도 풍성하고 야들야들하다 나무여"라는 구절만 보아도 그가 상수리나무를 노래한다는 것을 쉽게 알 수 있다. 더구나 마지막 연에서 박두진은 아예 "얼마나 늠름하냐 상수리나무여. / 얼마나 지혜로우냐 상수리나무여"라고 두 번에 걸쳐 상수리나무를 직접 언급한다.

언뜻 보면 박두진의 「나무」는 킬머의 작품과 그다지 관련되어 있는 것 같지 않을지도 모른다. 그러나 좀 더 꼼꼼히 살펴보면 박두진은 킬머의 작품과 정지용의 작품에서 직접 또는 간접으로 영향을 받았음이 드러난다. 박두진의 「나무」는 무엇보다도 2행 연구 12행의 시 형식을 취한다는 점에서 킬머의 작품과 닮아 있다. 정지용의 「나무」만 같아도 앞에서 이미 지적했듯이 마지막 연에서 이르러서는 2행 연구의 시 형식을 깨뜨리고 1행만을 사용한다. 그러나 박두진은 정확하게 2행 연구를 여섯 번 반복함으로써 12행 시 형식을 고수하였다. 그의 작품 중에서 이러한 시 형식을 사용하는 시는 「산맥을 간다」와 「강 2」 등 몇 편이 있을 뿐이다. 이 두 작품은 6연이 아닌 7연으로 되어 있다.

박두진의 작품이 킬머의 「나무」에서 받은 영향은 셋째 연 "바람이 부는 대로 흔들리고, / 철새가 깃들이면, 의젓이 품에 안아 재워"에 이르러 좀 더 분명해진다. 이 구절에서는 킬머의 "녀름이 되면 나무 그 머리 우에 / '라빈'새의 깃을 드리게 하고"가 떠오른다. 다만 박두진은 '라빈새'를 '철새'로 바꾸어 놓았을 따름이다. 또 "의젓이 품에 안아 재워"라는 구절은 킬머 작품의 다섯째 연 "겨울에 눈은 그 품에 고여"와 비슷하다. "비에도 번개에도 침묵과 관용, / 철따라 열매하며 실해가는 너는"이라는 다섯째 연은 킬머의 "겨울에 눈은 그 품에 고여 / 비와 더브러 살님 하서다"와 닮아 있다. 나무가 비를 맞으면서도 아무런 불평 없이 너그럽게 받아들인다는 구절은 킬머의 작품에서 나무가 비와 더불어 다정하게 살아간다고 노래하는 구절과 서로 맞닿아 있다.

더구나 박두진의 작품은 나무를 의인화하여 인간의 속성을 부여한다는 점에서도 킬머의 「나무」와 서로 비슷하다. 킬머가 나무에게 온갖 인간의 속성을 부여하는 것처럼 박두진도 이 작품에서 나무에게 그러한 속성을 부여한다. 예를 들어 둘째 연에서 "염제가 나에게 그 폭위를 무례히 강요할 제"라는 구절은 의인법이다. 염제란 한족에게 농사짓는 법을 처음 가르쳐 준 신화적 인물 신농(神農)을 가리키기도 하지만 이 작품에서는 태양을 달리 이르는 말이다. 한여름에 겪어야 하는 무더위를 시인은 이렇게 폭군이 폭력을 행사하는 것처럼 위협하는 행위로 묘사한다. '무례히'라는 부사도 인간의 행위를 가리키는 표현일 뿐 태양 같은 천체나 무생물에는 좀처럼 사용하지 않는다.

나무가 철새가 찾아오면 "품에 안아 재워" 준다는 표현도, 비가 내리고 번개가 쳐도 "침묵과 관용"을 보여 준다는 표현도 하나같이 의인법이다. 앞의 의인법에서는 자애로운 어머니의 모습이 떠오르고, 뒤의 의인법에서는 겉으로는 과묵하면서도 마음속으로는 자식을 애틋하게 사랑하는 아버지의 모습이 떠오른다. 이러한 의인법은 마지막 연의 두 행에 이르러 정점에 이른다. 상수리나무가 '늠름'하거나 '지혜로울' 수는 없다. 생김새나 태도가 의젓하고 당당한 모습이나 슬기로운 속성은 인간한테도 어울려도 식물인 나무한테도 좀처럼 어울리지 않기 때문이다. 그런데도 박두진은 상수리나무에 인간의 이러한 속성을 부여하여 그렇게 말하는 것이다. 특히 이 구절에서 의인법은 돈호법과 한데 어울려 독특한 효과를 자아낸다.

마지막 연에서 볼 수 있듯이 박두진은 킬머와 마찬가지로 나무에 대한 애정이 무척 남다르다. 킬머가 "나무와 갓치도 사랑스러운 시를 / 다시야 엇지라 볼가이냐"라고 나두를 예찬하는 것처럼 박두진도 "얼마나 늠름하냐 상수리나무여. / 얼마나 지혜로우냐 상수리나무여"라고 노래한다. 박두진의 「나무」에서 시적 화자 '나'는 나무의 이러한 당당하고 의젓한 태도와 슬기와 지혜뿐만 아니라 나무의 넉넉한 마음에 감탄하기도 한다. 한여름이 되면 시적 화자에게 서늘한 그늘에서 "섬약한 육신"을 잠깐 동안이나마 쉴 수 있는 휴식처를 마련해 주고, 철따라 날아오는 온갖 철새들에게도 휴식처를 주기 때문이다.

한편 박두진은 킬머의 「나무」에서 영향을 받을 뿐만 아니라 이번에는 정지용의 「나무」에서도 영향을 받기도 하였다. 어떤 의미에서는 킬머의 작품에서 직접 영향을 받았다고 말하기보다는 정지용의 작품을 통하여 간접적으로 영향을 받았다고 말하는 쪽이 훨씬 정확할지 모른다. 시 창작에 뜻을 두고 있던 박두진은 이 무렵 문단에서 시인으로서 확고한 위치를 차지하고 있던 정지용의 작품을 열심히 읽었을 것이다. 앞에서 이미 밝혔듯이 『문장』지의 추천을 받고 등단하려고 생각하고 있었다면 아마 더더욱 그리했을 것이다. 이와는 달리 박두진이 킬머의 「나무」를 영어 원문으로 직접 읽거나 『우라키』에 실린 번역을 읽었을 가능성은 그다지 많지 않다.

박두진이 정지용의 작품에서 영향을 받았다는 사실은 돈호법을 즐겨 구사한다는 점에서 엿볼 수 있다. 첫 연부터 시적 화자 '나'는 식물인 나무에게 "네 줄기는 너무 굵고 억세고, / 네 잎새는 너무도 풍성하고 야들야들하다 나무여”라고 마치 연인에게 말을 걸듯이 다정하고 친근하게 부른다. 마지막 연에서도 “얼마나 늠름하냐 상수리나무여. / 얼마나 지혜로우냐 상수리나무여”라고 한껏 감정에 들떠 돈호법을 구사하기도 한다. 그런데 돈호법과 의인법을 서로 구분해 내기란 그렇게 쉽지 않다. 인간이 아닌 대상에 생명을 불어넣어 준다는 점에서 이 두 수사법은 서로 공통점이 있다. 정지용은 「나무」의 둘째 연 둘째 행에서 “어느 모양으로 심기여졌더뇨? 이상스런 나무 나의 몸이여!”라고 돈호법을 구사하여 한껏 감정에 호소하였다. 그런가 하면 이러한 돈호법과 함께 그는 느낌표를 무려 네 번에 걸쳐 반복함으로써 시각적으로 감정이 격앙되어 있음을 나타내기도 한다.

더구나 정지용의 「나무」한테서 받은 영향은 박두진의 작품 다섯째 연에서 좀 더 분명하게 드러난다. “위로도 알맞게, 땅으로도 깊이, / 네 몸을 지탱할 만큼의 뿌리를 박고 섰는”의 두 행을 보면 잘 알 수 있다. 정지용의 「나무」 둘째 연에서 “곡식알이 거꾸로 떨어저도 싹은 반듯이 우로! / 어느 모양으로 심기여졌더뇨?”라고 노래하였다. 또 셋째 연에서는 “오오 알맞은 위치! 좋은 우아래!”라고 노래하기도 하였다. 정지용의 “오오 알맞은 위치”라는 구절을 박두진은 “위로도 알맞게”로 살짝 바꾸어 놓는다. “땅으로도 깊이”나 “뿌리를 박고 섰는”이라는 구절은 정지용의 “발이 항시 검은 흙을 향하기 욕되지 않도다”나 “곡식알이 거꾸로 떨어저도”라는 구절과 맞닿아 있다.

그런가 하면 박두진의 작품 다섯째 연 둘째 행 “철따라 열매하며 실해가는 너는”이라는 구절도 좀 더 곰곰이 생각해 보면 정지용의 작품 셋째 연과 연관되어 있음을 알 수 있다. 정지용은 “아담의 슬픈 유산도 그대로 받었노라”고 노래하였다. 앞에서 이미 지적하였듯이 아담의 슬픈 유산을 그대로 받았다는 것은 아담의 후예로 인간이 걸머져야 하는 원죄와 육신의 고통을 말한다. 「창세기」 첫머리에서 여호와 하느님은 하와에게 "내가 너에게 임신하는 고통을 크게 더할 것이니, 너는 고통을 겪으며 자식을 낳을 것이다. 네가 남편을 지배하려고 해도 남편이 너를 다스릴 것이다"(3장 16절)라고 말한다. 또 아담에게는 "네가 아내의 말을 듣고서, 내가 너에게 먹지 말라고 한 그 나무의 열매를 먹었으니, 이제, 땅이 너 때문에 저주를 받을 것이다. 너는, 죽는 날까지 수고를 하여야만, 땅에서 나는 것을 먹을 수 있을 것이다"(3장 17절)라고 말한다. 서양에서는 부활절이 되면 "오, 복된 죄여(felix culpa)! 너로 말미암아 우리가 위대한 구세주를 얻을 수 있게 되었도다!"라고 기도한다. 그런데 '펠릭스 쿨파'라는 용어는 성(聖) 아우구스티누스가 처음 한 말로 알려져 있다. 어떤 신학자들은 아담과 하와가 에덴동산에서 죄를 짓고 추방당한 것이 오히려 다행스러운 일이었다고 주장한다. 즉 인간은 비록 고통을 받으며 살아가야 하지만 때로는 삶의 희열을 느낄 수 있기 때문이라는 것이다.

정지용이 여기에서 말하는 "아담의 슬픈 유산"이란 바로 나무가 열매를 맺는 것을 가리킨다고 보아 크게 틀리지 않다. 아담과 하와가 산고를 겪으면 자식을 낳아야 하듯이 나무도 꽃을 피우고 열매를 맺어야 한다. 박두진이 상수리나무에게 "철따라 열매하며 실해가는 너는"이라고 말하는 까닭이 바로 여기에 있다. 그런데 박두진이 '열매 맺다'고 하지 않고 굳이 '열매하다'로 신조어를 만들어 사용한다는 점을 찬찬히 눈여겨보아야 한다. 한국어에서는 '열매를 맺다'니 '열매가 열리다'니 하는 말은 사용하여도 '열매하다'라는 동사는 좀처럼 사용하지 않는다. 아무리 어휘가 많이 수록된 국어사전을 찾아보아도 몹시 심하게 꾸짖는다는 뜻의 '열매(熱罵)하다'라는 동사만이 나와 있을 뿐이다. 『용비어천가』의 첫 구절 "불휘 기픈 남간 바라매 아니 뮐째 곳 됴코 여름 하나니"에서 '여름 하나니'와 비슷하지만 이 구절은 '열매가 많다'는 뜻이다.

또한 '실해가는'이라는 동사의 '실'도 따지고 보면 열매 '實'과 관련 있는 말이다. 과일이나 열매가 속이 꽉 차 가는 현상을 흔히 '실해간다'고 표현한다. 이렇게 사전에도 없는 '열매하다'라는 동사를 사용하는데다 그 뜻이 비슷한 '실해가다'는 동사를 덧붙여 사용하는 것은 어디까지나 상수리나무가 열매 맺는 행위를 애써 강조하기 위한 것이다. 참나무 종류의 열매를 흔히 '도토리'라고 부르지만 상수리나무 열매는 특별히 '상수리'라고 부른다. 그런데 이 열매는 껍질만 두껍지 막상 알맹이가 별로 없는 호두와는 달리 상수리나 도토리는 과육이 그야말로 여간 실하지 않다. 이 열매를 가을에 따서 가루로 만들어 떡이나 묵을 만들어 먹거나 밥에 섞어 상수리밥을 지어 먹는다. 또 열매를 삶은 물은 염색약으로 쓰기도 하고, 껍질을 벗긴 뒤 햇볕에 말린 것은 '상실(橡實)'이라고 하여 한방에서는 흔히 설사약이나 위장 치료제로 쓰기도 한다.

5

박두진처럼 김현승도 기독교적 세계관, 좀 더 구체적으로 개신교적 세계관으로 바탕으로 작품을 써 온 대표적인 시인으로 꼽힌다. 평양 숭실전문학교에 2학년에 재학 중이던 1934년 장시 「쓸쓸한 겨울 저녁이 올 때 당신들은」과 「어린 새벽은 우리를 찾어 온다 합니다」를 이 무렵 이 학교 교수로 있던 무애 양주동의 추천으로 『동아일보』에 발표하면서 문단에 데뷔하였다. 김현승은 초기에는 주로 자연친화적인 작품을 많이 발표하였다. 그도 그럴 것이 이 무렵은 일본 제국주의의 통치를 받던 암울한 식민지 상황이어서 대부분 시인이 흔히 그러하듯이 그도 자연에서 위로를 찾고 힘을 얻으려고 하였다. 물론 김현승이 노래하는 자연은 다른 시인들이 노래하는 자연과는 조금 다르다. 이 점과 관련하여 그는 "나는 자연을 있는 그대로 받아들이지 않고, 자연에다 어떤 주관적인 해석을 가하고 주관에 의하여 변형시키기를 요구한다"고 밝힌다. 또한 그는 "나는 삶의 가치를 자연이나 대세의 합류에서 구하려 하지 않는다. 나는 나 자신의 확고한 이념으로써 자연을 변형시키고 지배하려 한다"고 밝히기도 한다. 그러면서 그는 적어도 이 점에서 자신은 동양적이라기보다는 서양적이고 유교적이라기보다는 기독교이라고 고백한다.

이렇게 자연을 중심적인 소재를 삼는 김현승은 정지용이나 박두진처럼 나무를 노래하는 시를 몇 편 썼다. 그의 두 번째 시집 『옹호자의 노래』(1963)에는 종교적 사색을 바탕으로 자연과 삶을 노래한 작품이 많이 실려 있다. 잘 알려진 「가을의 기도」를 비롯하여 「지상의 시」와 「나무와 먼 길」 등은 이러한 경향의 대표적인 작품이라고 할 만하다. 그중에서도 「나무와 먼 길」에서는 조이스 킬머한테서 직접 또는 간접으로 받은 영향을 엿볼 수 있다.

사랑이 얼마나 중한 줄은 알지만
나무, 나는 아직 아름다운 그이를 모른다.
하늘 살결에 닿아 너와 같이 머리 고운 女人을 모른다.

내가 詩를 쓰는 五月이 오면

나무, 나는 너의 곁에서 잠잠하마,

이루 펴지 못한 나의 展開의 이마아쥬를

너는 공중에 팔 벌려 그 모양을 떨쳐 보이는구나!

나의 입술은 메말라

이루지 못한 내 노래의 그늘들을

나무, 너는 땅위에 그렇게도 가벼이 느리는구나!

목마른 것들을 머금어 주는 은혜로운 午後가 오면

너는 네가 사랑하는 어느 물가에 어른거린다.

그러면 나는 물속에 잠겨 어렴풋한 네 모습을

잠시나마 고요히 너의 영혼이라고 불러 본다.

나무, 어찌하여 神께선 너에게 영혼을 주지시 않았는지

나는 미루어 알 수도 없지만,

언제나 빈 곳을 향해 두르는 希望의 尺度―너의 머리는

내 영혼이 못 박힌 발부리보다 아름답구나!

머지않아 가을이 오면

사람마다 돌아와 집을 세우는 가을이 오면,

나무, 너는 너의 收獲으로 前進된 어느 黃土길 위에 서서, 때를 맞춰 불빛보다

다스운 옷을 너의 몸에 갈아입을 테지,

그리고 겨울이 오면

너는 머리 숙여 기도를 올릴 테지,

부리 고운 가난한 새새끼들의 둥지를 품에 안고

아침 저녁 안개 속에 너는 寡婦의 머리를 숙일 테지,

그리고 때로는

굽이도는 어느 먼 길 위에서,

겨울의 긴 旅行에 호올로 나선 외로운 詩人들도 만날 테지……

—「나무와 먼 길」 전문

이 작품은 나무를 여성으로 의인화한다는 점에서 킬머의 「나무」와 비슷하다. 시적 화자 '나'는 첫 연 둘째 행에서 나무를 두고 "아름다운 그이"라고 부르다가, 그 다음 행에 이르러서는 좀 더 구체적으로 "머리 고운 여인"이라고 일컫는다. '그이'라는 삼인칭 대명사에서 '너'라는 이인칭 대명사로 바꾸어 부르는 것도 흥미롭다. 여성 대명사 '그녀'를 염두에 두고 '그이'를 남성 대명사로만 간주하는 것은 좁은 생각이다. 본디 한국어에서는 삼인칭 대명사 표현을 사용할 때 여성과 남성을 굳이 구분하지 않았다. 이 점에서 일본어의 '彼(かれ)'와 '彼女(かのじょ)', 영어의 'he'와 'she'와는 아주 다르다.

더구나 「나무와 먼 길」의 시적 화자 '나'는 킬머의 시적 화자 '나'처럼 시를 쓰는 시인이다. 이 작품의 시적 화자가 시인이라는 사실은 둘째 연에서 "내가 시를 쓰는 오월이 오면 / 나무, 나는 너의 곁에서 잠잠하마"에서 잘 드러난다. 마지막 연에서 "그리고 때로는 / 굽이도는 어느 먼 길 위에서, / 겨울의 긴 여행에 호올로 나선 외로운 시인들도 만날 테지……"라고 말하는 데에서도 엿볼 수 있다. 또한 시적 화자가 '이마아쥬(이미지)'라는 용어를 사용하거나 '내 노래'니 하고 말하는 데에서도 그가 시인임을 쉽게 미루어볼 수 있다. 물론 일인칭 시적 화자 '나'를 시인과 동일한 인물이라고 생각하는 옳지 않다. 시적 화자를 뜻하는 영어 '퍼소나'의 본뜻처럼 비록 일인칭 화자로 자신의 작품에 직접 등장할 때조차 시인은 언제나 가면을 쓰고 나타나기 때문이다.

김현승의 이 작품과 킬머의 「나무」는 시어나 그가 말하는 '이마아쥬'에서도 서로 적잖이 닮아 있다. 예를 들어 나무를 일컫는 "아름다운 그이"라는 구절은 킬머의 "나무와 갓치도 사랑스러운 시"와 맞닿아 있다. 또 "하늘 살결에 닿아"라는 구절은 킬머의 "밤과 쏘 낫 하나님을 우르러보며"와 연관되어 있다고 볼 수 있다. 킬머의 "닙피어 욱어진 팔을 들어 기도 올려다"라는 구절을 김현승은 "너는 공중에 팔 벌려 그 모양을 떨쳐 보이는구나!"로 바꾼다. 또 "달듸도 달음이 넘어흐르는 쌍의 품을 등지고, / 나무는 주린 입을 벌니고 잇서다"라는 구절에서 '주린 입'을 "나의 입술은 메말라"로 바꾸기도 한다. 그런가 하면 "그리고 겨울이 오면 / 너는 머리 숙여 기도를 올릴 테지"라든지, "부리 고운 가난한 새새끼들의 둥지를 품에 안고"라든지 하는 구절도 킬머가 그의 「나무」에서 구사한 이미지이다. 다만 차이가 있다면 킬머의 작품에서는 나무가 온종일 하느님을 우러러보며 잎이 무성한 팔을 들어 기도하지만, 김현승의 작품에서는 나무가 겨울철에 머리를 숙여 기도를 올린다. 또 킬머의 작품에서는 "녀름이 되면 나무 그 머리 우에 / 「라빈」 새의 깃을 드리게 하고" 있지만, 김현승의 「나무」에서는 "가난한 새새끼들"이 둥지를 틀고 있을 뿐이다.

김현승이 「나무와 먼 길」을 창작하면서 킬머의 작품에서 받은 영향은 계절의 순환에 무게를 싣는다는 점에서도 찾아볼 수 있다. 물론 킬머는 「나무」에서 명시적으로 여름과 겨울을 언급할 뿐 봄과 가을은 언급하지 않는다. 그러나 이렇게 봄과 가을을 명시적으로는 언급하지 않아도 "단물 흐르는 대지의 젖가슴"이라든지, "비와 더불어 다정하게 살아가는 나무"라든지 하는 구절에서 간접적으로 내비친다. 한편 김현승은 "내가 시를 쓰는 오월이 오면", "머지않아 가을이 오면", "그리고 겨울이 오면"처럼 좀 더 분명하게 계절의 순환을 노래한다. 비록 여름을 직접 언급하지 않지만 "나의 입술은 메말라 / 이루지 못한 내 노래의 그늘들을 / 나무, 너는 땅위에 그렇게도 가벼이 느리는구나!"에서 엿볼 수 있다.

그러나 김현승의 작품이 킬머의 「나무」와 가장 닮은 점이라면 역시 인간과 자연, 시인과 신의 대조에서 찾을 수 있다. "내가 시를 쓰는 오월이 오면 / 나무, 나는 너의 곁에서 잠잠하마"라는 구절에서는 킬머의 "시는 나와 갓흔 어리석은 쟈가 지으되 / 나무는 오직 하나님 한 분이 창조하서다"라는 구절을 에둘러 말한 것과 크게 다르지 않다. 시적 화자가 나무 곁에 서면 입을 다물 수밖에 없다고 말하는 것은 나무에 대하여 느끼는 경외심 때문이다. 그리고 나무에 대하여 경외심을 느끼는 것은 바로 초월적 존재자가 창조하였기 때문이다. 시적 화자가 "나는 아직 아름다운 그이를 모른다"니 "하늘 살결에 닿아 너와 같이 머리 고운 여인을 모른다"니 하고 두 번에 걸쳐 '모른다'고 시치미 떼는 말에 속아 넘어가서는 안 된다. 나무를 너무 잘 알고 있다는 사실을 반어적으로 표현한 것에 지나지 않기 때문이다.

또 "나무, 어찌하여 신께선 너에게 영혼을 주지시 않았는지"라는 구절도 액면 그대로 받아들이다가는 자칫 시인의 의도를 놓쳐 버릴 수 있다. 김현승은 만물 중에서 오직 인간만이 하느님의 형상으로 빚어졌다는 구약성서의 기록을 믿고 있고 있기에 그렇게 말할 따름이다. 신학자들 사이에서 언제나 논란의 대상이 되는 '이마고 데이(Imago Dei)'의 개념이 바로 그것이다. 김현승이 「나무와 먼 길」에서 언급하는 '이마아쥬'도 따지고 보면 이 '이마고 데이'의 '이마고'에서 갈라져 나온 말이다.

한편 김현승은 킬머의 「나무」뿐만 아니라 더 나아가 정지용의 「나무」에서도 비록 간접적이나마 영향을 받은 듯하다. 지금까지 몇몇 시인이나 비평가는 김현승이 정지용한테서 영향을 받았다고 지적해 왔다. 가령 김종길은 서구적 스타일에서 정지용이나 김기림의 작품과 비슷하다고 밝힌다. 채만묵도 초기 스타일의 특징을 정지용과 신석정한테서 찾는다. 그러나 김현승은 이러한 시인들한테서 영향을 받았다는 사실을 완강히 부정한다.

> 어느 시인은 나에 대한 시론(詩論)을 쓴 지면에서 정지용의 시와 나의 시를 비교하여 우열을 논하고 있었다. 우열의 문제는 차치하고, 단순한 감각의 극치인 지용의 시와 사상적 배경이 확실한 나의 시와는 비교의 대상으로서 우선 성립되지 못할 것이다.

그러나 김현승의 주장을 액면 그대로 받아들이는 데에는 적잖이 무리가 따른다. 그는 정지용의 작품을 "단순한 감각의 극치"로 평가하지만 초기시라면 몰라도 그의 시 전반을 이러한 특징으로 일반화하란 무척 어렵다. 정지용의 작품도 김현승의 작품처럼 "사상적 배경이 확실한" 경우가 많다. 정지용의 작품은 감각적 성격 못지않게 주지적 성격이 강하다. 김종길이 정지용과 함께 김기림을 언급하듯이 정지용은 감정을 절제하고 단련하여 견고한 이미지로 표현한다는 점에서 좁게는 이미지즘, 넓게는 모더니즘 전통에 서서 작품 활동을 한 시인으로 보아 크게 틀리지 않을 것이다.

더구나 김현승은 비록 선배 시인들을 의식적으로 모방하거나 그들한테서 직접 영향을 받지는 않았어도 적어도 무의식으로 영향을 받았을 가능성은 충분히 있다. 실제로 시인들은 의식 세계보다는 무의식 세계에서 작품을 창작하는 경우가 의외로 많다. 영국의 소설가요 비평가인 D. H. 로런스가 작가를 믿지 말고 오직 작품을 믿으라고 말하는 까닭이 바로 여기에 있다. 그러므로 한 시인의 영향 관계는 시인의 진술에 의존하기보다는 작품 속에서 직접 찾아야 한다.

「나무와 먼 길」을 좀 더 꼼꼼히 살펴보면 정지용한테서 받은 영향을 그다지 어렵지 않게 찾아볼 수 있다. 예를 들어 넷째 연의 두 행 "목마른 것들을 머금어 주는 은혜로운 오후가 오면 / 너는 네가 사랑하는 어느 물가에 어른거린다"는 구절은 정지용의 작품에서 다섯 째 연의 첫 행 "목마른 사슴이 샘물 찾어 입을 잠그듯이"와 비슷하다. '목마른 사슴'과 '샘물'이라는 구절을 김현승은 '목마른 것들'과 '물가'로 바꾸어 놓는다. 상황은 조금 다르지만 시어나 이미지에서도 두 작품은 서로 적잖이 닮아 있다.

또 「나무와 먼 길」에서 다섯째 연의 "언제나 빈 곳을 향해 두르는 희망의 척도—너의 머리는 / 내 영혼이 못 박힌 발부리보다 아름답구나!"라는 구절에서도 정지용이 「나무」에서 노래하는 첫 연 두 행 "얼골이 바로 푸른 한울을 울어렀기에 / 발이 항시 검은 향하기 욕되지 않도다"라는 구절이 떠오른다. 여기에서 "언제나 빈 곳"이란 두말할 나위 없이 공중, 즉 하늘과 땅 사이의 빈 곳이나 하늘을 말한다. 김현승이 말하는 "희망의 척도"는 정지용의 "푸른 한울"과 비슷하다. 잿빛이 절망의 색깔이라면 푸른색이야말로 가장 희망적인 색깔이다. 위 두 구절에서 정지용과 김현승은 다함께 '머리'와 '발부리', '얼골'과 '발'을 대조적으로 사용한다. 그런가 하면 "내 영혼이 못 박힌 발부리"는 정지용의 "이제 그리스도의 못 박히신 발의 성혈에 이마를 적시며—"와 맞닿아 있다.

김현승이 킬머의 「나무」에서 받은 영향은 비단 「나무와 먼 길」에 그치지 않는다. 김현승의 「나무」라는 작품에도 이 미국 시인의 그림자가 곳곳에서 자주 어른거린다. 앞 작품과 비교해 볼 때 이 작품에서는 킬

머한테서 받은 영향이 좀 더 뚜렷이 드러난다. 김현승은 이 「나무」를
『월간문학』(1974년 11월)에 처음 발표하였고 유고 시집 『마지막 지상에
서』(1977)에 수록되었다.

하느님이 지으신 자연 가운데
우리 사람에게 가장 가까운 것은
나무이다.

그 모양이 우리를 꼭 닮았다.
참나무는 튼튼한 어른들과 같고
앵두나무의 키와 그 빨간 뺨은
소년들과 같다.

우리가 저물녘에 들에 나아가 종소리를
들으며 긴 그림자를 늘이면
나무들도 우리 옆에 서서 그 긴 그림자를
늘인다.

우리가 때때로 멀고 팍팍한 길을
걸어가면
나무들도 그 먼 길을 말없이 따라오지만,

우리와 같이 위으로 위으로
머리를 두르는 것은
나무들도 언제부터인가 푸른 하늘을

사랑하기 때문일까?

가을이 되어 내가 팔을 벌려
나의 지난날을 기도로 뉘우치면,
나무들도 저들의 빈손과 팔을 벌려
차운 바람과 찬 서리를 받는다, 받는다.

—「나무」 전문

첫 연 세 행 "하느님이 지으신 자연 가운데 / 우리 사람에게 가장 가까운 것은 / 나무이다"에서부터 킬머의 「나무」가 떠오른다. 둘째 연에서도 김현승은 "그 모양이 우리를 꼭 닮았다"고 노래하면서 참나무를 튼튼한 어른에 빗대고, 앵두나무를 사내아이에 빗댄다. 셋째 연과 넷째 연에서도 나무는 마치 인간의 친구처럼 다정하다. 예를 들어 시적 화자 '나'가 해가 저물 무렵 들판에 나갈 때도, "멀고 팍팍한 길"을 걸을 때도 나무는 그와 친밀한 벗이 된다. "나무들도 그 먼 길을 말없이 따라오지만"이라는 구절에서는 옆에서 묵묵히 도와주는 다정한 친구가 쉽게 떠오른다. 특히 넷째 연에서는 앞금 앞에서 언급한 「나무와 먼 길」이 떠오른다. 김현승은 비교적 초기 작품에 속하는 「플라타나스」(1953)에서도 "먼 길에 올 제 / 호올로 되어 외로울 제 / 플라타나스 / 너는 그 길을 나와 같이 걸었다"고 노래한 적이 있다. 그러고 보니 이 세 작품은 시어나 이미지 또는 주제에서 서로 깊이 연관되어 있다. 물론 과학적으로 말하자면 인간과 가장 가까운 동물은 침팬지와 보노보 같은 원숭이이다. 원숭이는 인간과 DNA의 98.4퍼센트 가량을 공유하고 있다고 한다. 그러나 그것은 어디까지나 과학적 진리일지는 몰라도 시적 진리와는 거리가 멀다. 김현승이 노래하는 시적 진리에 따르면 나무가 인간과 가장 가까운 피조물이다.

이렇게 동물도 아니고 식물인 나무가 인간과 가장 가깝다고 말하는 것은 나무에 대한 극찬이 아닐 수 없다. 김현승은 목사의 아들로 태어나 평생 기독교를 믿은 모태 신앙의 시인이다. 비록 후기에 이르러 "청교도적 입장"에 입각한 종교적 신념은 조금 흔들렸지만 이 또한 그의 말대로 "종교에 더 완전히 귀의하고 싶은 심정의 변태적 발로"일 뿐이다. 이러한 김현승으로서는 앞에서 이미 언급한 '이마고 데이'의 개념을 아마 잘 알고 있을 것이다. 구약성서 「창세기」 첫 부분에는 "하나님이 말씀하시기를 '우리가 우리의 형상을 따라서, 우리의 모양대로 사람을 만들자. 그리고 그가, 바다의 고기와 공중의 새와 땅 위에 사는 온갖 들짐승과 땅 위를 기어 다니는 모든 길짐승을 다스리게 하자"(1장 26-27절)고 기록한다. 그 뒤 곧 하느님은 나무를 언급하면서 아담과 하와에게 "내가 온 땅 위에 있는 씨 맺는 모든 채소와 씨 있는 열매를 맺는 모든 나무를 너희에게 준다"(1장 29절)고 말하기도 한다.

모든 피조물 가운데에서 이렇게 하느님의 형상으로 빚어진 인간과 가장 가깝다고 노래하는 것만큼 아마 나무를 소중하게 여기고 존중하는 방법도 없을 것이다. 김현승의 「나무」 첫 연을 킬머의 "나무와 갓치도 사랑스러운 시를 / 다시야 엇지라 볼가이나"라는 첫 연과 좀 더 면밀히 비교해 보면 본질적인 의미에서 서로 닮아 있음을 알 수 있다. 인간을 한 편의 시에 빗대자면 인간이야말로 하느님이 창조한 모든 피조물 가운데에서 가장 "아름다운 시"에 해당할 것이다. 이 우주에 나무처럼 아름다운 시가 존재하지 않는다면 인간과 나무는 서로 깊이 연관되어 있다는 말이 된다. 그렇다면 김현승이 노래하는 "하느님이 지으신 자연 가운데 / 우리 사람에게 가장 가까운 것은 / 나무이다"라는 구절과 "나무와 갓치도 사랑스러운 시를 / 다시야 엇지라 볼가이나"라는 구절은 의미에서 서로 관련되어 있다. 시인이 '나'라는 일인칭 단수 시적 화자를 사용하지 않고 굳이 '우리'라는 일인칭 복수 화자를 사용하는 점도 찬찬히 눈여겨보아야 한다. 개체를 가리키는 '나'와는 달리 '우리'는 집단, 더 나아가 종(種)이나 류(類)로서의 인류 전체를 가리킨다.

김현승이 「나무」를 쓰면서 킬머의 작품에서 영향을 받았다는 것은 마지막 두 연을 보면 좀 더 뚜렷이 드러난다. 다섯째 연 "우리와 같이 위으로 위으로 / 머리를 두르는 것은 / 나무들도 언제부터인가 푸른 하늘을 / 사랑하기 때문일까?"라는 구절은 킬머의 「나무」에서 셋째 연의 첫 행 "밤과 쏘 낮 하느님을 우르러 보며"와 비슷하다. 여기에서 '우르(러)러보다'라는 말 대신에 김현승은 위쪽을 향하여 '머리를 두른다'는 말을 사용한다. 김현승은 「플라타너스」에서도 "꿈을 나느냐 네게 물으면, / 플라타너스 / 너의 머리는 어느덧 파아란 하늘에 젖어 있다"고 노래한 적이 있다. 이 구절도 시어나 이미지에서 "우리와 같이 위으로 위으로……"로 시작하는 「나무」의 다섯째 연과 아주 비슷하다. 나무 윗부분을 '머리'로 표현하는 것도 그러하고, '푸른 하늘'이니 '파아란 하늘'이라는 구절을 사용하는 것도 그러하다. 그런가 하면 부사구 '언제부터인가'도 '어느덧'과 비슷하다.

김현승은 「나무」의 마지막 연에서 "가을이 되어 내가 팔을 벌려 / 나의 지난날을 기도로 뉘우치면 / 나무들도 저들의 빈손과 팔을 벌려 / 차운 바람만 찬 서리를 받는다, 받는다"고 읊는다. 이 연의 처음 두 행 구절은 킬머의 "닙피어 욱어진 팔을 들어 기도 올려다"를 떠올리기에 충분하다. 또한 셋째 행은 킬머의 나무에서 "겨울에 눈은 그 품에 고여 / 비와 더브러 살니 하서다"와 비슷하다. 김현승은 눈과 비 대신에 찬 바람과 찬 서리를 사용하고 가슴에 품는다고 노래하는 대신에 손과 팔을 벌려 받는다고 노래하는 것이 다를 뿐이다.

6

조이스 킬머의 「나무」는 한국 시인들뿐만 아니라 산문 작가들한테도 큰 영향을 끼쳤다. 영문학자 이양하는 독문학자 김진섭과 영문학자 피천득과 함께 흔히 한국 수필 문학의 높은 세 봉우리 중의 하나로 일컫는다. 그런데 이 세 수필가의 저마다 특징이 조금씩 다르다. 가령 김진섭의 수필이 관념적이고 철학적이고 피천득의 수필이 다분히 신변잡기적이라면 이양하의 수필은 관조적이고 사색적이라고 할 수 있다. 서구 낭만주의와 유미주의 전통에 맞닿아 있는 그는 자연친화적인 관점에서 자연에서 소재를 빌려와 인간과 자연의 관계를 솔직하고 담백하게 표현한다.

이양하는 일찍이 「나무」라는 수필을 썼고, 이 작품은 두 번째 수필집 『나무』(1960)에 실려 있다. 그의 대표적인 수필 중 하나라고 할 이 작품에서 그는 나무를 여간 예찬하지 않는다. 수필의 제목부터가 '나무'로 킬머의 작품 제목과 똑같다. 이양하는 '바울'이 번역한 시를 읽었거나 아니면 킬머의 작품을 직접 원천 언어로 읽었을 가능성을 배제할 수 없다.

그러나 나무는 친구끼리 서로 즐긴다느니보다는, 제각기 하늘이 준 힘을 다하여 널리 가지를 펴고, 아름다운 꽃을 피우고, 열매를 맺는 데 더 힘을 쓴다. 그리고 하늘을 우러러 항상 감사하고 찬송하고 묵도(默禱)하는 것으로 일삼는다. 그러기에, 나무는 언제나 하늘을 향하며, 손을 쳐들고 있다. 온갖 나뭇잎이 우거진 숲을 찾는 사람이, 거룩한 전당에 들어선 것처럼, 엄숙(嚴肅)하고 경건(敬虔)한 마음으로 절로 옷깃을 여미고, 우렁찬 찬가에 귀를 기울이게 되는 이유도 여기 있다.

　이 수필에서 무엇보다도 눈길을 끄는 것은 킬머가 「나무」에서 그러하듯이 의인법을 효과적으로 구사하여 나무의 성격을 예찬한다는 점이다. 첫 문장 "나무는 친구끼리 서로 즐긴다"니 "힘을 쓴다"니 하는 구절은 하나같이 의인법이다. 또 나무가 하늘에 감사하고 찬송하고 묵도한다는 것도 의인법이 아니고서는 도저히 표현할 수 없는 말이다. 이양하는 나무를 이렇게 교회당에서 하느님에게 예배드리는 신도에 빗댄다. 그렇다면 그의 말대로 나무들이 서 있는 숲은 '거룩한 전당'과 다름없고, 바람을 맞고 나무들이 내는 소리는 "우렁찬 찬가"와 다름없을 것이다. 위 인용문에는 나와 있지 않지만 그는 이 수필의 마지막 부분에서 나무를 두고 "훌륭한 견인주의(堅忍主義)자요, 고독(孤獨)의 철인(哲人)이요, 안분지족(安分知足)의 현인(賢人)"이라고 말하기도 한다. 그가 이 작품에서 구사하는 의인법은 아마 이보다 더 뚜렷이 드러날 수가 없을 것이다. 이양하는 나무를 단순히 객관적 대상으로 바라보지 않고 인격화하여 자신과 동등한 위치에 세운다. 그러므로 이 글을 읽는 독자들은 나무를 인격을 지닌 한 인간으로 생각하게 된다.

　더구나 이양하는 「나무」에서 둘째 문장과 셋째 문장에서 나무를 두고 "하늘을 우러러 항상 감사하고 찬송하고 묵도하는 것으로 일삼는다. 그러기에 나무는 언제나 하늘을 향하며, 손을 쳐들고 있다"고 말한다. 그런데 이 구절에서는 "나무는 밤과 또 낫 하나님을 우르러보며 / 닙피어 욱어진 팔을 들어 기도 올녀다"라는 킬머의 시구가 떠오른다. 하늘을 우러르는 것이나 신을 우러르는 것이 표현만 조금 다를 뿐 그 의미에서는 큰 차이가 없다. 이양하는 나무가 하늘을 향하여 가지를 쳐들고 있는 것을 손을 들어 기도하는 모습에 빗대기도 한다.

　나무는 고독(孤獨)하다. 나무는 모든 고독을 안다. 안개에 잠긴 아침의 고독을 알고, 구름에 덮인 저녁의 고독을 안다. 부슬비 내리는 가을 저녁의 고독도 알고, 함박눈 펄펄 날리는 겨울 아침의 고독도 안다. 나무는 파리 옴쭉 않는 한여름 대낮의 고독도 알고, 별 얼고 돌 우는 동짓날 한밤의 고독도 안다. 그러면서도 나무는 어디까지든지 고독에 견디고, 고독을 이기고, 고독을 즐긴다. 나무에 아주 친구가 없는 것은 아니다. 달이 있고, 바람이 있고, 새가 있다. 달은 때를 어기지 아니하고 찾고, 고독한 여름 밤을 같이 지내고 가는, 의리 있고 다정한 친구다. 옷을 뿐 말이 없으나, 이심전심(以心傳心) 의사(意思)가 잘 소통되고 아주 비위에 맞는 친구다.

앞의 인용문과 마찬가지로 이 인용문에서도 이양하는 "나무는 고독하다"니 "나무는 고독을 안다"니 하고 말함으로써 나무를 인간처럼 고독을 인식할 수 있는 인격체로 간주한다. 나무는 비단 고독을 아는 것에 그치지 않고 고독을 참고 견딜뿐더러 고독을 이겨내고 고독을 즐기기도 한다. 또 "나무에 아주 친구가 없는 것은 아니다"라는 문장도 나무에게 인간의 성격을 부여하는 의인법임은 두말할 나위가 없다.

그러나 위 인용문에서 킬머의 「나무」와 비슷한 점은 나무가 알고 있는 고독이다. "부슬비 내리는 가을 저녁의 고독도 알고, 함박눈 펄펄 날리는 겨울 아침의 고독도 안다"는 문장은 킬머의 「나무」 다섯째 연 "겨울에 눈은 그 품에 고여 / 비와 더브러 살니 하서다"와 맞닿아 있다. 생각해 보면 볼수록 시어와 시각적 이미지에서 이양하의 이 문장과 킬머의 구절은 서로 적잖이 닮아 있다. 또한 이양하의 작품에서 나무가 친구로 삼고 있는 대상도 찬찬히 눈여겨볼 필요가 있다. 나무에게는 친구로 "달이 있고, 바람이 있고, 새가 있다"라는 문장은 킬머의 작품에서 넷째 연 "녀름이 되면 나무 그 머리 우에 / 「라빈」 새의 깃을 드리게 하고"와 비슷하다. 이양하는 새에 대하여 "자기 마음 내키는 때 찾아오고, 자기 마음 내키는 때 달아난다. 그러나, 가다 믿고 와 둥지를 틀고, 지쳤을 때 찾아와 쉬며 푸념하는 것이 귀엽다"고 밝힌다. 한마디로 이양하는 시가 아닌 산문을 쓰기 때문에 시처럼 압축하여 표현하지 않을 뿐 나무의 속성을 드러내는 데는 킬머와 크게 다르지 않다.

물론 이양하의 「나무」와 킬머의 「나무」 사이에는 유사성이나 공통점 못지않게 차이점도 적지 않다. 킬머는 가톨릭 신앙을 바탕으로 나무를 노래했지만 이양하는 비기독교적 관점에서 나무를 예찬한다. 킬머는 나무를 인간이 창작한 시보다도 더 아름다운 하느님의 피조물로 파악하지만 이양하는 나무를 "물과 흙과 태양의 아들"로 파악한다. 이양하의 세계관은 신학적이 아니라 어디까지나 좁게는 생물학적, 넓게는 과학적이다. 그가 비록 '묵도'니 '찬송'이니 '전당'이니 하는 종교와 관련한 용어를 사용할지라도 「나무」에서는 서구 기독교의 신학적 관점이나 태도를 좀처럼 찾아볼 수 없다. "나무에 하나 더 원하는 것이 있다면, 그것은 천명(天命)을 다한 뒤에 하늘 뜻대로 다시 흙과 물로 돌아가는 것이다"라는 문장에서는 '천명'이나 '하늘 뜻'도 기독교의 세계관과는 거리가 멀다. 이양하한테서 굳이 종교를 찾는다면 "불교의 소위 윤회설이 참말이라면, 나는 죽어서 나무가 되고 싶다"는 문장에서 엿볼 수 있듯이 불교에 가깝다. 또는 '천명'이라는 단어를 사용하는 것을 보면 유교를 믿는다고 볼 수도 있다. 불교적 세계관을 받아들이건 유교적 세계관을 받아들이건 적어도 서양의 기독교를 믿지 않는다는 점에서 이양하는 이교도적이라고 할 수 있을 것이다.

7

비교적 최근에는 이양하의 뒤를 이어 시인 천양희도 조이스 킬머의 「나무」에서 영향을 받고 수필을 썼다. 2005년 5월 그녀는 『조선일보』에 연재한 '천양희의 문학의 숲'에 「해보는 수밖에 길은 없다」라는 수필을 썼다. 이 글은 그 다음해 출간한 수필집 『시의 숲을 거닐다』(2006)에 수록되었다. 그런데 이 수필을 보면 천양희는 킬머의 작품에서 적잖이 영향을 받았다는 사실을 쉽게 알 수 있다. 천양희는 "꽃 진 자리에 무성해진 잎들을 보면서 생명의 나무는 영원한 초록빛이란 말을 떠올려본다. 내 눈길이 초록빛 나무에 머무를 때마다 나도 모르게 '나무야 고맙다'라는 말이 절로 나온다"라는 문장으로 이 글을 시작한다. 이렇게 나무에게 고마움을 표하고 난 뒤 그녀는 나무의 여러 덕목을 예찬한다.

이 세상에서 나무처럼 바닥에 굴복하지 않고 꼿꼿하게 자신을 세운 것이 어디에 또 있을까. 그러면서도 온갖 꽃들을 피워주고 새들을 품어 노래하게 하고 열매를 맺어 넉넉하게 해주는 나무들. 그 나무들이 왠지 마지막까지 내 스승이 될 것만 같다. 사랑을 나누어주는 법과 사랑을 받아들이는 법이 인생에서 가장 중요하다는 것을 내 어머니 말고는 나무를 통해서 배웠다. 아무래도 나무는 부모처럼 스승처럼 우리의 영혼이 닿을 수 있는 깊이만큼 넓이만큼 그 높이만큼 우리들을 사랑하는 것 같다. 그래선지 내 마음의 뿌리는 온통 나무에게로 연결되어 있다는 생각마저 든다.

첫 문장부터 킬머의 「나무」 냄새가 짙게 풍긴다. "이 세상에서 나무처럼…… 어디에 또 있을까"라는 수사적 의문의 문장 구조부터가 킬머의 작품 처음 두 연을 자유롭게 풀어서 쓴 것이다. "바닥에 굴복하지 않고 꼿꼿하게 자신을 세운 것이"는 「나무」의 "마른 입술을 내리누르고 서 있는 나무"라는 구절과 비슷하다. 두 번째 문장 "새들을 품어 노래하게 하고"도 킬머의 네 번째 연 "한여름에는 머리 위에 / 개똥지빠귀의 둥지를 틀고 있을 나무"를 풀어 쓴 것으로 볼 수 있다. 천양희가 나무를 두고 '스승'이라고 말한다든지, '사랑'이니 '영혼'이니 하는 낱말을 사용한다든지 하는 것은 역시 킬머의 "나 같은 바보는 시는 쓰지만 / 하느님 아니면 나무를 만들지 못한다"는 구절과 맞닿아 있다. 물론 천양희는 '바울'이 번역한 시를 읽을 리 없고 오직 최근에 나온 번역을 읽고 영향을 받았을 뿐이다.

천양희가 킬머의 작품에서 영향을 받았다는 것은 방금 앞에서 지적한 것처럼 텍스트 내적 증거뿐만 아니라 텍스트 외적 증거에서도 드러난다. 그녀는 『나는 터널처럼 외로웠다』(2002)라는 세계 애송시 선집을 편집한 적이 있다. 이 책에서 천양희는 킬머의 「나무」를 '나무들'이라는 제목으로 싣고 있다. 그녀는 이 시 선집에 수록할 정도로 이 작품을 애송하고 있었던 것이다.

「해보는 수밖에 길은 없다」라는 수필을 쓰면서 천양희는 비단 킬머한 사람한테서만 영향을 받고 있지 않다. 엄밀히 따지고 보면 이 글 전체가 다른 시인들의 작품에서 조금씩 따온 것이라고 해도 크게 틀리지 않다. 위 인용문으로 좁혀 보더라도 여러 시인의 작품을 조금씩 모아놓은 모자이크와 같은 작품이다. 이 수필의 제목은 독일 시인 에리히 케스트너의 작품 「틀림없는 교훈」의 전문이다. "생명의 나무는 영원한 초록빛이란 말"이라는 구절은 다름 아닌 독일의 문호 요한 볼프강 폰 괴테의 『파우스트』(1808)에서 빌려 온 말이다. 이 작품의 제1부에서 파우스트로 변신한 메피스토펠레스는 한 젊은 학생에게 "여보게 젊은이, 모든 이론은 회색이고, / 오직 황금빛 생명나무만이 녹색이라네"라고 달콤한 목소리로 속삭인다.

이양하와 천양희가 수필을 쓰면서 킬머의 작품에서 영향을 받았다면 이윤기는 장편소설 『기도하는 나무』(1999)를 집필하면서 킬머의 작품에서 영향을 받았다. 환경 위기 문제가 21세기의 최대의 화두로 첨예하게 부각되면서 최근 한국에서도 문학 생태학이 주목받기 시작하였고, 이른바 '녹색 문학'이 많이 쏟아져 나왔다. 이윤기의 이 소설도 그 이듬해에 나온 김영래의 『숲의 왕』(2000)과 함께 한국의 '녹색 소설'을 대표하는 작품이다. 무엇보다도 킬머의 작품과 관련하여 이 소설에서 눈길을 끄는 것은 작품의 제목이다. 이양하처럼 이윤기도 나무가 서 있는 모습을 나무가 기도하는 것으로 간주한다. 그런데 이윤기는 킬머가 모르긴 몰라도 「나무」에서 노래한 "밤과 쏘 낮 하나님을 우르러보며…… 기도 올녀다"의 마지막 두 구절에서 힌트를 얻어 제목을 붙였을 것이다. 이윤기가 이 소설을 쓸 무렵 킬머의 이 작품은 미국에서나 한국에서나 꽤 널리 알려져 있었다.

『기도하는 나무』에서 '우야 아저씨'로 일컫는 주인공 이민우에게 나무는 땅 속에 뿌리를 박고 서 있는 식물 이상의 깊은 의미가 있다. 주인공의 이러한 태도에 대하여 이윤기는 "그는 나무를 식물로 보지 않는다. 조금 더 정밀하게 말하자면 그는 동물과 식물이 어떻게 다르게 정의되는지 알지 못한다. 그에게 동물과 식물의 임계점 같은 것, 동물과 식물을 가르는 경계는 존재하지 않는다. 그에게 나무는 여느 사람들이 아는 나무가 아니다"라고 잘라 말한다.

우야 아저씨가 나무와 숲을 생각하는 마음은 각별하다 못하여 때로는 기이하게 느껴지기도 한다. 숲가에서 살고 있으면서도 그는 살아 있는 나무를 한 번도 베어 본 적이 없을 만큼 나무를 끔찍이 사랑한다. 연탄이나 기름이 연로로 널리 쓰이기 전으로 주로 나무를 땔감으로 삼는 무렵이지만 이민우는 오직 숲에서 죽은 나무를 주어다 땔감으로 쓸 뿐이다. 그는 숲에서 죽은 나무는 숲이 필요에 따라서 죽인 나무이기 때문에 땔감으로 써도 괜찮다고 생각한다. 이민우보다도 이처럼 나무를 사랑하는 사람은 아무리 눈을 씻고 보아도 찾아보기 어렵다.

이렇게 나무와 숲을 사랑하는 이민우는 집 뒤 산기슭에 천여 평에 이르는 숲을 만든다. 그런데 이 숲에 심은 나무들은 수목원에서 사온 것이 아니라 하나같이 도로 공사장에서 버린 나무들을 운반해 온 것이다. 자신이 만든 숲을 두고 그가 '나무 고아원'이라고 부르는 까닭이 바로 여기에 있다.

> 그에게 그 숲은 '나무 고아원'이다. 그럴 만한 사연이 있다. 그의 숲에, 사다 심은 나무는 한 그루도 없다. 자세한 이야기는 뒤에 하겠지만 그 숲의 나무들은 모두 주어다 심은 나무들이어서 '나무 고아원'이다. 그러던 그의 '나무 고아원'은 또 하나의 이름을 얻는다. '나무가 기도하는 데', 즉 '나무 기도원'이 그것이다.

만물 중에서 오직 사람만이 신에게 기도를 드릴 수 있다고 생각하는 것은 좁은 소견이다. 이 소설에서 팔공산에 있는 '막달라 기도원'이 사람이 기도하는 집이라면, 이민우가 가꾼 숲은 '나무가 기도하는 집'이다. 주인공은 나무들도 얼마든지 기도를 드릴 수 있다고 생각한다. 그러고 보니 그가 왜 '나무관세음보살'이라고 기도하지 않고 '나무나무'라고 기도하려는지 그 까닭을 알 만하다. 그에게는 예수 그리스도도 '아보르 비타에 크루치피크', 즉 십자가에 못 박힌 생명나무에 지나지 않는다.

주인공 이민우가 가꾸는 숲이 '나무 고아원'이라면 그는 다름 아닌 나무 고아원의 원장인 셈이다. 그는 나무를 마치 친자식처럼 정성껏 보살핀다. 가령 나무가 뿌리가 뽑힌 채 말라가는 것을 보고 무척 가슴 아파한다. 그에게 도로 공사장에서 인부들이 나무를 흙으로 파묻어 버리는 것은 동물을 산채로 껍질을 벗기는 행위와 조금도 다를 바 없다. 또한 뿌리 뽑힌 채 말라 죽어 가는 나무를 들판에서 굶어 죽어가고 있는 동물에 빗대기도 한다. 뿌리 뽑힌 나무를 그대로 내버려두는 것은 그야말로 범죄 행위라고 생각한다.

적어도 나무를 인간처럼 감정이 있는 생명체로 간주한다는 점에서 이윤기는 킬머와 비슷하다. 나무 같은 식물은 언뜻 보면 인간을 비롯한 동물과 사뭇 다른 것 같다. 상식적으로 말하면 식물은 한 자리에 움직이지 않고 그대로 있지만 동물은 끊임없이 움직인다. 좀 더 과학적으로 생물학자들은 식물에는 세포에 세포막이 있다든지, 감각 기관이 거의 없다든지, 또는 탄소 동화작용을 하여 영양분을 얻는다든지 하는 특성을 들어 동물과 구분 짓는다. 그러나 이러한 정의도 하등식물로 내려오면 올수록 잘 들어맞지 않는다. 어찌 되었던 이민우에게는 살아 있는 생명체라는 점에서 식물과 동물은 서로 다르지 않다.

이와 관련하여 이윤기는 『기도하는 나무』에서 미국 IBM회사에서 연구원 근무한 화학자 마르셀 보겔의 이론을 인용한다. 보겔은 인간의 사랑 또는 무관심이 키우는 식물의 생명을 좌우한다는 사실을 증명해 보였다. 작은 나뭇잎 두 개를 따서 창가에 두고 한 나뭇잎에는 사랑과 관심을 베푸는 한편 다른 나뭇잎은 철저히 무시하면, 관심과 사랑을 받은 나뭇잎은 그렇지 않은 나뭇잎보다 훨씬 더 오래도록 푸르른 상태로 머무른다는 것이다. 이윤기는 이 소설에서 "식물은 우주에 뿌리를 박은, 감정이 있는 생명체입니다. 인간의 입장에서 본다면 장님이고 벙어리이고 귀머거리일지도 모릅니다. 그러나 나는 나무가 인간의 감정을 알 수 있는, 대단히 예민한 생명체라는 것을 믿어 의심치 않습니다"라는 보겔의 말을 직접 인용하고 있다.

8

조이스 킬머의 「나무」가 한국 현대시를 비롯한 현대 문학에 끼친 문학은 무척 크다. 장르에서 보면 비단 시뿐만 아니라 소설과 수필에 걸쳐 폭넓게 영향을 끼쳤다. 희곡을 뺀 거의 모든 문학 장르에서 그 영향을 엿볼 수 있다. 또 시대로 보더라도 1930년대에서 21세기까지 무려 70여 년에 걸쳐 있다. 「나무」처럼 짧은 서정시 한 작품이 이렇게 한국 문학에 엄청난 영향을 끼친 작품은 아마 좀처럼 찾아보기 쉽지 않을 것이다.

소설과 수필은 접어두고라도 한국 현대시가 킬머의 「나무」한테서 받은 영향은 자못 크다. 그런데 이 시에서 직접 또는 간접으로 영향을 받고 작품을 쓴 정지용과 박두진 그리고 김현승은 한 가지 공통점이 있다. 즉 이 세 시인은 자연친화적인 작품을 즐겨 썼다는 점에서 서로 비슷하다. 1939년 2월 『문장』이 창간되면서 편집을 맡는 정지용은 자연에 좀 더 깊은 관심을 기울이기 시작하였다. 이 무렵 그는 한 편의 시를 창작한 뒤 쉬면서 자연과 느끼는 교감을 무척 소중하게 생각하였다. 이 점과 관련하여 그는 "바다와 구름의 動態를 살핀다든지 絶頂에 올라 高山植物이 어떠한 몸짓과 呼吸을 가지는 것을 보다든지 들에 나려가 一草一葉이 벌래 울음과 물소리가 眞實히도 詩的 韻律에서 떠는 것을 나도 따라 같이 떨 수 있는 時間"이 얼마나 소중한지 밝힌 적이 있다. 자연에 대한 그의 관심은 산수시에 이르러 절정에 이르렀다. 조지훈·박목월과 함께 정지용의 추천으로 문단에 데뷔한 박두진은 청록파의 다른 두 시인과 마찬가지로 자연과의 교감을 노래하였다. 적어도 이 점에서 김현승도 정지용이나 박두진과 크게 다르지 않아서 김현승의 작품에서 자연이 차지하는 몫은 무척 크다.

정지용과 박두진 그리고 김현승이 이렇게 자연을 중요한 소재로 삼아 자연친화적인 작품을 즐겨 창작한 그들이 암울한 일본 식민주의 시대에 살고 있었다는 사실과 깊이 연관되어 있다. 예술적으로 '궁핍한' 시대를 산 이 무렵 시인들은 현실에서 잠시 눈을 돌리고 자연에 침작하는 작품을 쓸 수밖에 없었다. 즉 식민지 상황에서 한국 시인들이 찾은 돌파구는 다름 아닌 자연이었다. "친일도 배일도 못한 나는 산수에 숨지 못하고 들에서 호미도 잡지 못하였다"는 정지용의 말은 시를 버리지 못하고 어쩔 수 없이 시를 계속 쓸 수밖에 없었다는 뜻이지만 산수자연에 침잠했다는 뜻으로 받아들여도 크게 무리가 없다. 그리고 이 점에서는 그의 영향권에서 크게 벗어나지 못한 박두진과 김현승도 마찬가지였다.

더구나 일제 강점기에 서양 시는 주로 일본어 중역을 통하여 한국 문단에 간접적으로 소개되었다. 비유적으로 말하자면 이 무렵 문학의 수용은 직교역 방식이 아닌 간접 교역 방식을 취하고 있었다. 그러다 보니 일본어 번역자가 선별적으로 번역해 놓은 작품을 울며 겨자 먹기 식으로 받아들일 수밖에 없었다. 그러나 킬머의 「나무」는 일본어 번역가가 아닌 한국 번역가가 원천 텍스트에서 직접 번역한 작품이라는 점에서 넓게는 외국 문학 이입사, 좁게는 외국시 번역사에서 자못 중요하다. 몇몇 예외가 없는 것은 아니지만 안서 김억의 번역에서 볼 수 있듯이 원천 텍스트에서 직접 번역하였다는 작품도 엄밀히 따지고 보면 일본어 번역에 여전히 의존하고 있음을 알 수 있다. 킬머의 「나무」를 번역한 '바울(오천석)'은 일본어 번역에 의존하지 않고 어디까지나 원천 텍스트에서 직접 번역한 작품이다.

'바울'의 번역에서 볼 수 있듯이 1920년대 한국문학이 발전하는 데 잡지가 끼친 영향은 흔히 생각하는 것보다 훨씬 컸다. 오늘날처럼 대중 매체가 발달되지 않은 일제 강점기에 잡지의 역할은 참으로 엄청났다. 특히 『우라키』는 미국 유학생들이 주축이 되어 국내에서 한글로 발행한 잡지였다. 해외에서 서양 문화를 체득하고 서구 근대정신을 호흡한 젊은 지식인들이 만든 잡지라는 점에서 일본 유학생들이 만든 『학지광』이나 천도교에서 발행한 『개벽』과는 여러모로 달랐다. 『우라키』는 한국 번역사에 직역 전통을 수립하였을 뿐만 아니라 서양시를 처음 한국에 소개하여 현대시 발전에 이바지하였다는 점에서 높이 평가받아야 할 것이다.

3
근대문학의 선구자 김억

오늘날 안서 김억 하면 흔히 〈동심초〉라는 가곡의 노랫말을 지은 시인으로 기억하는 사람이 많다. "꽃잎은 하염없이 바람에 지고 만날 날은 아득타 기약이 없네"로 시작하는 그 낭만적인 노랫말에 일제 식민주의 굴레에서 갓 벗어난 1946년 김성태가 곡을 붙여 대중가요 가수 권혜경이 불러 공전 히트를 기록하였다. 어수선하던 해방 공간에 울려 퍼진 이 애틋한 사랑의 노래는 일제 강점기 식민주의를 겪으며 메마를 대로 메마른 한국인의 마음을 그야말로 단비처럼 촉촉해 적셔 주었다. 신영옥, 조수미, 엄정행, 백남옥 같은 성악가들이 줄줄이 이 노래를 부르기 시작한 것은 그로부터 훨씬 뒤의 일이다.

그런데 좀 더 엄밀히 말하자면 〈동심초〉의 노랫말을 지은 사람은 김억이 아니라 중국 당나라 때의 이름난 기생이요 여류 시인인 설도(薛濤)이다. 설도는 일찍이 「춘망사(春望詞)」라는 작품에서 이렇게 노래하였다.

꽃은 바람에 날로 시들어 가고
만날 날은 아득히 멀어져 가네
그대와는 한마음 맺지 못하고
부질없이 풀잎만 맺었는고

風花日將老
佳期猶渺渺
不結同心人
空結同心草

김억은 모두 4수(首)로 되어 있는 설도의 시 중에서 세 번째 수를 자유롭게 번안하여 「동심초」라는 작품으로 발표하였다. 그런데 설도의 원문 시보다는 김억의 번안 시가 훨씬 더 감동적이다.

이렇듯 한국 근대문학사에서 김억만큼 잘못 알려져 있거나 과소평가 받고 있는 문인도 찾아보기 어렵다. 오산중학교의 제자 김소월의 그늘에 가려 김억은 제대로 빛을 보지 못하였다. 또 일본 제국주의에 협력한 행위가 드러나면서 김억에게는 '친일 문인'이라는 달갑지 않은 꼬리표가 늘 붙어 다녔다. 김억은 일제 강점기 말기에 제2차 세계대전 중 전사한 일본제국 해군 연합함대 사령장관 야마모토 이소로쿠(山本五十六)의 죽음을 애도하는 작품 「아아 야마모토 원수」(1943)를 비롯한 친일 시를 몇 편 발표하였기 때문이다. 그런가 하면 한국전쟁 때 자진

하여 월북한 것이 아니라 미처 서울을 빠져나가지 못하고 집에 있다가
납북되었으면서도 북한에서 활약한 문인이라는 이유로 남한에서는
오랫동안 그 이름조차 입에 올릴 수 없었다. 1980년대 말 월북 작가 해
금과 함께 비로소 그도 풀려났던 것이다.

1

평안북도 정주 출신인 김억은 오산학교를 거쳐 1913년 일본 게이오
의숙(慶應義塾) 영문과에 다니던 중 아버지의 갑작스런 죽음으로 학업
을 중단하고 귀국하였다. 그 뒤 도교 오산학교와 평양 숭덕학교에서
교사 생활을 하였고, 『동아일보』와 『매일신보』의 기자를 지냈으며,
1934년에는 중앙방송국에 입사하여 부국장까지 지냈다. 해방 뒤에는
육군사관학교와 항공사관학교를 비롯한 여러 학교에서 강의를 한 적
도 있었다. 김억은 이렇게 여러 일에 종사하면서도 그 바쁜 시간을 쪼
개어 창작과 번역 활동에 전념하였다.
　김억이 문인으로 첫 발을 내디딘 것은 일본 도쿄에서 유학 생활을 할
때이다. 이 무렵 조선 유학생들은 『학지광』이라는 잡지를 출간하고 있
었다. 김억은 1914년과 1915년 이 잡지에 「이별」·「야반(夜半)」·「나의
적은 새야」·「밤과 나」 같은 창작시를 처음 발표하면서 시인으로 데뷔
하였다. 1916년 9월에는 이 잡지에 프랑스 상징주의 시인 폴 베를렌의
작품 「내 가슴에 내리는 비」를 처음 한국어로 번역하여 발표하면서 번역
가로서 면모를 처음 선보이기도 하였다. 게이오의숙을 그만두고 귀국

한 뒤 김억은 1918년 창간된 주간문예지『태서문예신보』에 프랑스 상징
주의 시를 본격적으로 번역하여 소개하는 한편 창작시를 발표함으로써
시인으로 활동하기 시작하였다. 그 뒤『창조』와『폐허』의 동인으로 활
동하면서『영대』·『개벽』·『조선문단』·『동아일보』·『조선일보』등
에 창작시와 번역시를 비롯하여 평론과 수필 등 장르를 자유롭게 넘나
들며 많은 작품을 발표하여 문단의 주목을 받았다. 그러나 그는 여러 이
유로 한국문학사에서 제대로 대접을 받지 못한 채 문학사의 한 귀퉁이
에 갇혀 있을 뿐이다.

　김억이 근대문학사에서 이룩한 업적은 크게 여섯 가지로 나누어볼
수 있다. 첫째, 그는 김소월을 시인으로 등단시키는 데 누구보다도 핵
심적 역할을 하는 등 훌륭한 시인을 발굴하는 데 이바지하였다. 김억
은 오산중학교 교사로 재직할 무렵 학생이었던 김소월의 시적 재능을
일찍이 발견하고 그에게 용기를 북돋아주고 시 창작을 도와주었을 뿐
만 아니라 그가 시인으로 데뷔할 수 있도록 온갖 노력을 아끼지 않았
다. 1920년 김소월이 김억의 추천으로『창조』에「낭인(浪人)의 봄」·
「야(夜)의 우적(雨滴)」·「오과(午過)의 읍(泣)」·「그리워」등을 발표하여
문단에 데뷔했다는 것은 이미 잘 알려진 사실이다. 조금 극단적으로
말하자면 만약 문학적 스승 김억이 없었어도 시인 김소월이 탄생되었
을지 의문이 든다. 비록이 시인이 되었다고 하여도 적어도 오늘날 우
리가 알고 있는 김소월은 아니었을 것이다.

　영국문학에서 T. S. 엘리엇을 일약 유명한 시인으로 데뷔시키는 데
이바지한 선배 시인이 에즈러 파운드였다. 1909년 스물두 살의 나이로
미국에서 유럽으로 건너가 런던에 자리를 잡은 파운드는 이 무렵 신
문학 운동의 중심인물이 되어 엘리엇이「J. 앨프레드 프루프록의 연
가」를 발표하는 데 도와주었을 뿐만 아니라 장편시『황무지』(1922)의

초고를 읽고 원래 800여 행이나 되던 긴 작품을 430여 행으로 줄이도록 제안하기도 하였다. 김소월이 엘리엇에 해당한다면 김억은 파운드에 해당한다고 할 수 있다. 이 점에서 김억은 말하자면 '시인의 시인'이라고 할 만하다.

2

김억은 한국 시단에 낭만적 서정시의 전통을 굳건한 반열에 올려놓는 데 크게 이바지하였다. 『창조』와 『폐허』의 동인으로 활약한 데에서도 엿볼 수 있듯이 그는 문학적으로 낭만주의적 기질이 아주 짙었고, 이러한 문학 전통에서 그는 서정성을 한껏 발휘하려고 한 시인이었다. 애수를 한국 시의 고유한 정조로 파악한 김억은 그 정조를 소박한 가락에 실어 표현하려고 하였다. 서정 시인답게 김억은 한국적 운율을 실험하는 데에도 관심을 게을리 하지 않았다. 이 점과 관련하여 그는 『태서문예신보』에 발표한 한 글에서 "조선으로는 어떠한 운율이 가장 잘 표현된 것이 있겠나요. 조선말로의 어떤 시형이 적당한가를 먼저 살펴야 합니다"라고 말한다. 그가 운율과 시 형식에 얼마나 깊은 관심을 기울였는지 읽을 수 있는 대목이다.

더구나 김억은 이러한 서정성을 표현하면서 될 수 있는 대로 관념적이고 추상적인 한자어를 배격하고 소박하고 단순한 토박이말을 찾아 사용하려고 하였다. 외국에서 빌려다 쓰는 말과는 달리 토착어는 구체적이고 감각적이어서 직접 피부에 와 닿는다. 다시 말해서 차가운 머리가 아니라 뜨거운 가슴에 호소하는 힘이 있다. 김억이 1923년에 간행한 창작 시집 『해파리의 노래』는 한국 최초의 근대 시집으로 토착어에 기반을 둔 그 특유의 낭만적 서정성이 잘 드러나 있다. 이 시집 말고도 그는 『불의 노래』(1925), 『안서 시집』(1929), 『안서 시초』(1941), 『먼동이 틀 제』(1947) 등의 시집을 잇달아 출간하여 서정 시인으로서의 역량을 유감없이 과시하였다.

김억은 외국 시의 형식을 한국 시에 도입하는 한편, 독특한 한국의 시 세계를 개척하였다. 그의 작품 중에서도 1918년 11월 『태서문예신보』에 처음 발표한 「봄은 간다」는 육당 최남선의 신체시나 창가에서 쉽게 엿볼 수 있는 계몽성이나 교훈성에서 벗어나 시적 자아의 개인적 서정을 한껏 노래한다는 점에서 문학사적 의의가 자못 크다. 또한 이 작품에서는 낭만적 서정성을 비교적 잘 읽을 수 있다. 김억은 이 작품에서 형식에서는 서구 시를 표방하고 주제에서는 토속적 정서를 표현하려고 애썼다.

밤이도다
봄이다.

밤만도 애닯은데
봄만도 생각인데

날은 빠르다.
봄은 간다.

깊흔 생각은 아득이는데

저 바람에 새가 슯히운다.

검은 네 떠돈다.
죵소리 빗긴다.

말도 업는 밤의 셜음
소리 업는 봄의 가슴

꽃은 떨어진다.
님은 탄식한다.

—「봄은 간다」 전문

이 작품을 좀 더 정확하게 이해하려면 무엇보다도 먼저 시적 상황을
잘 알아야 한다. 흔히 시적 배경과 혼동하기도 하지만 시적 상황은 지
리적·시간적 배경 안에서 일어나는 '사건'을 말한다. 여기에서 '사건'
이라고 말하였지만 시는 소설과 달라서 강렬한 감정이나 사상을 이미
지로 응축하여 표현하기 때문에 엄밀히 말하면 '감정'이나 '생각'이라
고 말하는 쪽이 더 정확하다. 이 작품의 지리적 배경은 교회당이나 사
찰이 있는 어느 한적한 시골 마을이며, 시간적 배경은 일 년 중 봄이고
좀 더 좁혀 말하면 봄날 저녁에서 밤으로 접어드는 무렵이다. 꽃이 떨
어진다고 말하는 것을 보면 시로 마을 중에서도 목련이나 벚나무 같은
꽃나무가 서 있는 곳이다.

이 작품에서 '사건'은 젊은 두 연인이 어느 늦은 봄날 저녁에 지는 꽃
을 바라보며 앉아 있거나 서 있다. 얼핏 보면 시적 화자가 혼자서 독백
하는 것 같지만 실제로는 사랑하는 연인과 함께 있다. 혼자가 아니라

는 사실은 맨 마지막 연의 "꽃은 떨어진다. / 님은 탄식한다"를 보면 곧바로 알 수 있다. 남성보다는 아마 여성일 듯한 '님'은 지금 시적 화자의 옆에서 함께 꽃이 떨어지는 모습을 바라보고 탄식하고 있음에 틀림없다. '님'과 함께 꽃이 떨어지는 모습을 지켜보면 시적 화자는 이러한 세월의 흐름 속에서 어쩌면 곁에 있는 '님'과 헤어질 수도 있음을 넌지시 내비치고 있다. 고대 그리스의 철학자 헤라클레이토스가 사람은 같은 강물에 두 번 다시 발을 담글 수 없다고 말하였듯이 덧없이 흐르는 일회적 삶에서 사랑도 영원히 머물 수는 없기 때문이다.

그러나 무엇보다도 눈길을 끄는 것은 김억이 될 수 있도록 한자어를 사용하지 않고 순수한 토박이말을 구사한다는 점이다. 오직 '종소리'의 '종(鐘)'만이 한자어로 볼 수 있다. 그러나 이 말마저 비록 한자어로 표기할 수 있을지 몰라도 한자어라기보다는 토박이말에 가깝다. '종' 대신에 '방울'이라는 말을 사용할 수 있을지 모르지만 이 두 낱말은 함축적 의미에서 조금 차이가 난다. '방울'이라고 하면 소나 말의 귀에서 턱 밑으로 늘여 단 방울을 뜻하는 반면, '종'이라고 하면 절이나 교회 종탑에 매달려 있는 종을 쉽게 떠올리게 된다. 더구나 '소리'라는 토속어와 한데 어울려 더더욱 자연스럽게 들린다. 이 '종' 한 마디를 빼놓고 나면 하나같이 숭늉처럼 구수한 토박이말이다.

이 작품에서 무엇보다도 주목하여야 할 것은 김억이 비슷한 소리를 반복하여 구사함으로써 음악적 효과를 한껏 노린다는 점이다. 비슷하거나 동일한 소리를 구사하되 될 수 있는 대로 동일한 통사 구조 안에서 그렇게 하기 때문에 그 효과는 더더욱 크다. 가령 첫 연 "밤이도다 / 봄이다"는 더할 나위 없이 좋은 예가 된다. '밤'과 '봄'이 "-이도다", "-이다"는 기본적으로 동일한 통사 구조로 되어 있다. 다만 차이가 있다면 전자에서는 '도'를 삽입하여 영탄의 의미를 살리려고 한 것이 다를 뿐이다. ‘봄’과 ‘밤’은 초성 ‘ㅂ’과 종성 ‘ㅁ’이 동일하고 중성만이 양성 모음 ‘ㅗ’와 ‘ㅏ’로 차이가 난다. 봄과 밤은 소리에서 비슷할 뿐만 아니라 의미에서도 서로 닮아 있다. 봄은 일 년 중에서 가장 덧없이 짧게 지나가는 계절이다. 시인은 셋째 연에서 “날은 빠르다”고 노래하지만 빠르기로 말하자면 낮보다는 밤이 더 짧게 지나간다. 봄날의 밤은 더더욱 그러하다.

서양 시와는 달리 한국 시에서는 각운이란 것이 이렇다 할 의미가 없다. 그런데도 김억은 각 시행의 끝에 ‘다’와 ‘데’로 끝나도록 한다. 이렇게 똑같은 형태소로 기계적으로 반복되기 때문에 자칫 단조로운 듯한 느낌을 준다. 오히려 각운의 효과는 여섯째 연의 “말도 업는 밤의 셜음 / 소리 업는 봄의 가슴”에서 훨씬 더 느낄 수 있다. ‘-음’과 ‘-슴’은 초성만 다를 뿐 중성과 종성이 서로 동일하기 때문이다. 소리의 구사와 더불어 음보(音步)나 시연(詩聯)의 사용도 눈길을 끈다. 셋째 연에서 김억은 “날은 빠르다. / 봄은 간다”고 말한다. 그런데 이렇게 세월이 속절없이 빨리 지나가는 것은 음보를 최소한으로 적게 사용하는 데에서 엿볼 수 있다. 가령 첫 행 “밤이도다 / 봄이다”는 한 음보가 한 행을 이룬다. 둘째 연 “밤만도 애닯은데 / 봄만도 생각인데”에서는 두 행은 각각 두 음보로 되어 있다. 음보의 수가 가장 많은 여섯째 연의 경우에도 네 음보로 되어 있지만 ‘말도 없는’이나 ‘소리 없는’을 이어서 읽으면 세 음보가 된다. 이렇게 음보를 될수록 적게 사용함으로써 김억은 봄이나 밤이 빨리 지나가는 속도감을 표현하려고 한다. 첫 연에서 “밤이도다. / 봄이다”라고 하더니 셋째 연에서는 벌써 “날은 빠르다. / 봄은 간다”라고 노래하면서 봄과 밤이 오자마자 가버리는 사실을 애석하고 생각한다. 또 봄이 오는가 하였더니 벌써 봄도 기울고, 꽃이 피는가 하였더니 벌써 “꽃은 떨어진다”고 시적 화자는 한탄한다.

각운과 함께 이 작품의 시 형식에서 눈길을 끄는 것은 2행 연구(二行
聯句)이다. 2행 연구는 서양 시에서는 자주 볼 수 있는 시 형식이지만
한국 시에서는 여간 보기 드물지 않다. 이 시 형식의 필수 조건은 각운
이다. 김억이 한국 시에는 낯선 각운을 도입하는 것은 바로 2행 연구
시 형식을 실험하기 위해서이다. 문법에서는 구조와 의미가 독립적이
지만 각각의 연에서 두 행은 서로 각운을 이루고 있어야 한다. 연을 이
루는 각 행이 저마다 자체로 독립된 의미를 지니고 있어 '폐쇄 연구'라
고 할 수 있다. 의미가 앞 행에서 뒤 행으로 계속 연결되는 '연속 연구'
와는 조금 다르다. 이러한 시 형식은 김억이 그동안 외국 시를 번역하
면서 습득한 것으로 그가 한국 시에서 처음으로 시도하였다고 하여도
크게 틀리지 않다.

김억이 이 작품에서 구사하는 2행 연구 중에서도 둘째 연 "밤만도 애
닯은데 / 봄만도 생각인데"는 좀 더 꼼꼼히 살펴볼 필요가 있다. 낮이
끝나고 밤이 온 것만으로도 충분히 애달프다고 노래하는 첫 행은 문제
가 되지 않지만 둘째 행은 그 뜻이 불분명하여 곧바로 이해가 되지 않
는다. 현실적으로 와 있는 봄이 시적 자아가 기대하는 그러한 봄이 아
니라고 해석할 수 있다. 한편 봄밤이 되어 이 생각 저 생각으로 마음이
산란하다는 뜻으로 해석할 수도 있다. 그러나 후자로 해석하여 시적
화자는 봄이어서 생각이 많은데 밤이 되니 더더욱 생각이 많아졌다고
고백하는 것으로 읽어 크게 무리가 없다.

서양에서나 동양에서나 2행 연구에서 가장 많이 사용하는 수사법이
흔히 대우법(對偶法)·대치법(對峙法)·균형법(均衡法)으로 일컫는 대구
법(對句法)이다. 가령 "낮 말은 새가 듣고 밤 말은 쥐가 듣는다"처럼 비
슷하거나 동일한 통사 구조를 지닌 문장을 나란히 두되 의미에서 변화
를 꾀하는 수사법이다. 앞뒤 내용이 서로 상반되는 경우는 흔히 대조

법(對照法)으로 부르지만 넓은 의미서는 대조법도 대구법에 포섭되는 수사법이다. 김억은 「봄은 간다」에서 "밤이도다—봄이다"를 비롯하여 "밤만도 애닯은데—봄만도 생각인데", "말도 업는 밤의 셜음—소리 업는 봄의 가슴", "꽃은 떨어진다—님은 탄식한다" 등 대구법이 아닌 연이 거의 없다시피 하다. 김억이 이렇게 대구법을 구사하는 것은 조선시대 가사(歌辭)나 한시에서 영향을 받았다고 볼 수 있다. 특히 한시에도 깊은 관심을 기울인 점을 고려할 때 가사보다는 한시에서 받은 영향이 훨씬 큰 듯하다. 한시에서는 드 개의 구가 서로 같은 글자 수이어야 하고 문법 구성도 같아야 하며 의미도 서로 대응하여야 하는 등 그 규칙이 좀 더 엄격한데 「봄은 간다」가 바로 그러하다. 김억은 처음에는 「가다오다」로 발표하였다가 뒷날 「오다가다」로 제목을 바꾼 작품에서도 2행 연구는 찬란한 빛을 내뿜는다. "산에는 靑靑 / 플압사귀 플으고 / 海水는 重重 / 힌 거픔 밀려돈다 // 山새는 죄죄 / 제 興을 노래하고 / 힌 돗은 雙雙 / 넛길을 차저든다"고 노래한다.

내용이나 주제에서 볼 때 「봄은 간다」에서 김억은 무엇보다도 세월의 덧없음을 노래한다. 여기에서 봄은 덧없는 세월을 가리키는 환유에 지나지 않는다. '청춘(靑春)'이라는 낱말에서도 볼 수 있듯이 봄은 일반적으로 아름다운 젊음의 계절이요 낭만적인 사랑의 시간이다. 그러나 봄은 '일장춘몽'이라는 표현에서처럼 세월의 덧없음을 상징하는 계절이다. 봄으로도 모자라 밤이라고 하면 덧없다는 애달픈 정서는 한 옥타브 더 올라간다.

다섯째 연 "검은 네 떠돈다. / 종소리 빗긴다"에서도 시적 화자는 이렇게 세월이 속절없고 덧없음을 한탄한다. '검은 네'란 저녁녘에 피어오르는 밤안개일 수도 있고, 저녁이 되면서 이 집 저 집에서 밥을 지을 때 굴뚝에서 피어오르는 검은 연기를 가리킬 수도 있다. 어느 쪽으로 해석하든 하늘에 둥둥 떠돌아다니는 한 조각 구름처럼 덧없는 삶을 상징한다는 점에서는 크게 차이가 없다. '검은 네'는 그 다음 연의 "말도 업는 밤의 셜음"과 맞닿아 있다. 김억은 이 작품에서 세월의 덧없음에서 비롯하는 무상함과 비극적 상실감을 노래한다. 이 작품이 그의 어느 작품보다도 낭만적이고 애상적인 느낌을 주는 것은 바로 그 때문이다.

그런데 「봄은 간다」를 해석하면서 무엇보다도 경계하여야 할 것은 지나치게 정치적 의도를 읽어내려는 것이다. 가령 봄밤을 일본 제국주의한테 모든 빼앗기다시피 한 식민지의 암담한 현실의 상징으로 읽는다든지, "저 바람에 새가 슯히운다"에서 '저 바람'을 일본 제국주의의 폭압적인 힘의 상징으로 읽는다든지 하는 것은 그렇게 바람직하지 않다. 또 슯피 우는 새의 모습에서 조국이 놓여 있는 암울한 시대 상황의 의미를 찾아내려거나, "종소리는 빗긴다"에서 새 시대를 예고하지 못하고 비껴 지나가는 절망적 상황을 읽어내는 것도 바람직하지 않기는 마찬가지이다. 마지막 연의 마지막 행에서 "님은 탄식한다"의 '님'을 식민지 조국으로 보는 것은 더더욱 견강부회적인 해석이라고 아니할 수 없다.

물론 김억이 이 작품을 처음 발표한 것이 일본 식민주의 지배를 받고 있던 시대인 만큼 그러한 가능성을 전혀 배제할 수 없지만 지나치게 그 쪽으로만 무게를 싣는 것은 바람직하지 않다. 「봄은 간다」를 이렇게 읽는 것은 마치 김소월의 「진달래꽃」에서 진달래꽃의 붉은색을 혁명 정신으로 읽고, 눈물 흘리지 않는다는 구절을 혁명 영웅 가는 길에 눈물을 흘리지 않는다고 해석하는 것과 크게 다르지 않다. 한마디로 이 작품은 이상화의 「빼앗긴 들에도 봄은 오는가」나 한용운의 「님의 침묵」과는 여러모로 다르다. 한마디로 「봄은 간다」는 김억이 순수한 서정시를 지향하려고 한 작품이다.

3

　김억은 한국 시단에 민요풍의 가락과 정조를 도입하는 데에도 크게 이바지하였다. 초기에는 주로 외국 문학의 영향을 받고 그 자장(磁場)에서 크게 벗어나지 않았지만 1920년대 말부터는 외래 사조와 외래 감정을 배격한 채 되도록 토속적인 사상과 감정을 전통 가락에 실어 표현하려고 하였다. 그리하여 문학의 소재로는 향토성을 내세우고 문학 이념으로는 '조선심(朝鮮心)'을 내세운다. 가령 「오다가다」 같은 작품에서는 형식과 내용에서 이러한 경향을 뚜렷이 엿볼 수 있다. 사랑과 이별 그리고 거기에서 비롯하는 애달픔과 슬픔 같은 정한(情恨)의 주제를 한국의 전통 민요 가락으로 표현하려고 노력하였다.

　1936년 김억은 『삼천리』에 기고한 「제고장에서 듣는 민요 정조」라는 글에서 자신의 시가 서북 민요 〈수심가(愁心歌)〉의 정조를 반영한 것이라고 밝힌 적이 있다. 평안도 민요 중에서도 〈수심가〉는 일정한 장단이 없는 느린 노래이다. 위로 올리는 듯이 떠는 목이 많은데다 마치 애원하듯 떠는 목과 천천히 조르듯이 떠는 목을 쓰고 높은 음역에서는 비성(鼻聲)을 낸다. 선율은 흔히 급격한 상승에서 점차 하강하는 선율을 이룬다. 이 노래의 기원에 대해서는 조선시대에 관서·관북 지방의 사람들에게는 벼슬을 주지 않아 이곳 사람들이 원망스럽고 푸념 섞인 애련한 노래를 불렀다는 설과, 병자호란 때 성천 지방의 기생인 부용이 애절한 심정을 처음 불렀다는 설이 전해지고 있다. 어느 기원설이 맞든 간에 〈수심가〉가 본디 애절한 민족적 정서를 담은 민요라는 사실에서는 비슷하다.

　김억의 작품 가운데에서 〈수심가〉처럼 민요풍에 민족적 정서를 한껏 실어 표현한 작품이라면 아마 「오다가다」를 빼놓을 수 없을 것이다. 김억은 이 작품을 1929년 『조선시단』 창간호에 발표하였다가 뒷날 조금 고쳐 『안서 시집』에 수록하였다.

가다오다 길까서
만난이라고
그저닛고 그대로
옐줄아는가

山에는 靑靑
플입사귀 플으고
海水는 重重
힌거픔 밀려돈다

山새는 죄죄
제 興을 노래하고
힌돗은 雙雙
닛길을 차저든다

자다깨다 꿈에서
만난이라고
그저닛고 그대로
갈줄 아는가

산넘어 十里浦口

나살든곳에
슝이슝이 살구꽂
바람에 난다

水路千里 먼길내
나웨왓는고
옛날노든 그대를
못니저왓네

-「가다오다」 전문

　제목과 첫 연 첫 행이 "가다오다"로 되어 있지만 뒷날 김억은 순서를
뒤집어 "오다가다"로 고쳤다. 그도 그럴 것이 한국어 어법에서는 전자
보다는 후자가 훨씬 더 자연스럽기 때문이다. 제목뿐만 아니라 독자들
이 이해하기 어렵다고 판단하는 구절도 좀 더 쉽게 고쳤다. 가령 첫 연
의 "그저 닛고 그대로 / 엘 줄 아는가"를 "그저 보고 그대로 / 예고 말건
가"로 고쳤다. 그냥 잊어버리고 지나친다는 표현보다는 그냥 보고 그
대로 지나쳐 버린다는 표현이 더 어울릴 것이다. 또 "엘 줄 아는가"라
는 구절을 제대로 이해할 독자들이 그다지 많지 않을 것이다. 그리하
여 김억은 "예고 말건가"로 고쳤다. '가다'를 뜻하는 고어 '예다' 정도는
웬만한 독자라면 아마 모두 알 것이다. 또 셋째 연의 셋째 행과 넷째 행
"힌 돗은 쌍쌍 / 넛길을 차저든다"를 김억은 "바다엔 흰 돛 / 옛 길을 찾
노란다"로 고쳤다. 흰 돛단배가 시냇물 길은 따라 떠간다는 것이 산에
서 갈매기를 찾는 것처럼 어딘지 어울리지 않는다. 그래서 그런지 김
억은 시냇물을 바다로, '찾어든다'를 '찾노란다'로 바꾸었다.
　김억이 「오다가다」에 굳이 '민요시'라는 부제를 붙였다는 점을 찬찬

히 눈여겨볼 필요가 있다. 앞에서 언급한 「봄은 간다」와 비교해 볼 때 이 작품은 운율이나 리듬에서 훨씬 규칙적이다. 「봄은 간다」만 같아도 7·5조, 7·7조, 5·5조, 6·6조 등이 서로 뒤섞여 있어 어느 한 운율로 규정짓기가 무척 어렵다. 그렇다고 자유시로 볼 수도 없고 정형시로 볼 수도 없는 그야말로 어중간한 작품이다. 그러나 「오다가다」에서는 기본적으로 7·5조의 운율을 충실히 지킨다. 물론 지나치게 규칙적인 리듬을 피하고 변화를 주기 위하여 김억은 7·5조를 7·5조로 바꾸어 사용하기도 한다. 예를 들어 둘째 연 "산에는 청청 / 풀압사귀 풀으고 / 해수는 중중 / 힌거품 밀려돈다"가 바로 그러하다. 그러나 마지막 행 "힌거품 밀려돈다"는 그 다음 연의 "산새는 죄죄"로 바로 이어지기 때문에 자연스럽게 다시 7·5조의 운율로 되돌아간다.

김억은 이 작품에서 7·5조의 운율에 3음보의 리듬을 보탬으로써 자못 독특한 효과를 자아낸다. 서양 시도 마찬가지이지만 3음보는 흔히 경쾌한 느낌을 준다. 셋째 연 "산새는 죄죄 / 제 홍을 노래하고 / 힌 돗은 쌍쌍 / 넛길을 차저든다"에서는 소리와 의미가 하나로 일치한다. 더구나 김억은 앞 연에서 사용한 '청청'이나 '중중'처럼 '죄죄'나 '쌍쌍' 같은 의태어나 의성어를 구사하여 이러한 효과를 한껏 돋운다. 「봄은 간다」에서는 세월의 덧없음과 사랑의 속절없음을 노래한다면, 이 「오다가다」에서는 한국의 산수를 배경으로 한국인 특유의 멋과 인정미를 민요가락에 실려 노래한다. 그리움을 노래하는 작품들이 흔히 애틋하고 침울한 분위기를 띠는 반면, 「오다가다」는 오히려 밝고 경쾌한 3음보 리듬을 바탕으로 다정하고 정겨운 분위기를 자아낸다.

운율과 리듬을 효과적으로 구사할 뿐만 아니라 김억은 「오다가다」에서 온갖 이미지를 살리는 데에도 관심을 기울인다. 산에 자라고 있는 '청청'한 풀잎사귀를 비롯하여 '흰 거품'과 '흰 돛', 그리고 탐스럽게

피어 있는 분홍색 살구꽃은 시각 이미지이다. 푸른빛을 띠고 있는 시냇물이나 바닷물도 시각 이미지이기는 마찬가지이다. 파도가 밀려오는 소리나 산새가 '죄죄' 하고 지저귀며 노래하는 소리는 청각 이미지이다.

그러나 이 작품에서 가장 효과적인 이미지라면 역시 동적 이미지다. 길에서 오다가다 누군가를 만나는 것이나, 시적 화자가 살던 고향에 살구꽃이 송이송이 바람에 나부기는 모습이나, 파도가 해안 쪽으로 잇따라 밀려오는 모습은 하나같이 동적 이미지이다. 이러한 동적 이미지는 시적 화자가 움직이는 동작에서 좀 더 뚜렷이 드러난다. 첫 연에서 화자는 "그저넛고 그대로 옐줄아는가"라고 수사 의문을 던진다. 다시 말해서 그냥 잊고 갈 리 없다는 것을 힘주어 말하기 위한 수사법이다. 둘째 연과 셋째 연에서 시적 화자는 '그대'를 찾아 산을 넘고 바다를 지나 고향을 찾아간다. "자다깨다 꿈에서"로 시작하는 넷째 연 때문에 동작이 잠시 끊긴 것 같지만 그는 계속하여 고향을 향하여 발길을 늦추지 않는다. 넷째 연에서 그는 첫 연에서 한 다짐을 새롭게 할 뿐이다. 그리하여 마지막 연에서 시적 화자는 "수로천리먼길내 / 나웨왓는고"라고 말하면서 어릴 적 놀던 고향을 찾아온 까닭을 분명히 밝히는 것이다. 이 작품을 읽고 있노라면 시적 화자가 움직이는 모습을 눈앞에 선히 보는 듯하다.

이렇듯 시적 화자는 '오다가다' 길에서 만난 사람이나 '자다깨다' 꿈 속에서 만난 사람이라고 그냥 잊어버리는 것이 아니라 산 넘고 물 건너 수로천리 먼 길 '그대'를 찾아간다. 여기에서 '그대'를 굳이 사랑하는 여성으로 한정지을 필요는 없다. 어린 시절에 함께 놀던 죽마고우일 수도 있고, 꿈속에 그리던 아리따운 소녀일 수도 있다. 불가(佛家)에서는 서로 잠깐 옷깃만 스쳐도 인연이라고 한다. 하물며 이렇게 길에서 오다가다 만나고 꿈길에서 만난 사람이야 더더욱 인연이라고 할 수 있을 것이다. 형식에서는 3음보의 형식을 취하고 있고, 내용에서는 향토적 서정을 담고 있다는 점에서 「오다가다」는 한국 시문학사에서 민요시의 효시라고 하여도 크게 틀리지 않을 것이다. 해방 뒤 출간한 『안서민요시집』(1948)은 바로 이러한 성과의 결정체라고 할 수 있다. 이러한 전통적인 민요조에 바탕을 둔 낭만적 서정시는 뒷날 김소월을 비롯하여 홍사용·김동환·박목월 같은 시인으로 그 맥이 이어져 한국 서정시의 한 산맥을 이루게 될 것이다.

4

강용흘과 임화의 이식 문학론

흔히 최초의 한국계 미국 작가로 일컫는 강용흘이 남로당 외곽 단체인 문학가동맹의 중심인물이요 시인과 비평가로 활약한 임화에 관심이 있었다는 사실은 몇 해 전까지만 하여도 학계에 거의 알려져 있지 않았다. 몇 해 전 국내에서 한국계 미국 작가 강용흘의 연구서가 출간되면서 비로소 이 두 작가의 관계가 처음 밝혀지기 시작하였다. 함경남도 함흥에 있는 영생중학교를 졸업한 강용흘은 1920년에 캐나다 선교사를 따라 캐나다와 미국에 건너간 뒤 그동안 한국 문단과는 이렇다 할 교류 없이 독자적으로 미국 문단에서 활약하였다. 1930년대 미국에서 영문으로 두 장편소설 『초당』(1931)과 『동양 사람 서양에 가다』(1937)를 출간하여 그는 한국계 미국문학은 말할 것도 없고 동양계 미국문학에 초석을 다졌다는 평가를 받는다.

강용흘은 비록 미국 문단에서 소설가로 활약하면서도 일본 식민주의의 지배에 놓여 있는 조선 문단에 무관심할 수만은 없었다. 『초당』이 출간되자마자 춘원 이광수에게 작품을 보내는가 하면, 미국에 있을 때 알고 지내던 시인이며 비평가요 수필가로 활약한 한흑구와도 친분을 유지하였다. 특히 만해 한용운과 그의 작품을 좋아한 강용흘은 만해의 몇몇 작품을 영어로 번역하여 『초당』에 삽입하였을 뿐만 아니라 미국인 아내 프랜시스 킬리와 함께 『님의 침묵』(1926)을 영어로 번역하기도 하였다. 그는 1970년 서울에 열린 국제 펜(PEN)대회에 귀빈 자격으로 참석하였고, 이와 때를 맞추어 연세대학교 출판부에서 그가 번역한 만해의 영문 시집을 출간하였다.

한편 강용흘은 일찍이 임화에 대해서도 여러모로 깊은 관심을 보였다. 미국에서 활약할 때 강용흘은 임화 작품을 높이 평가하였고, 그를 미국 독자들에게 널리 소개하는 데 앞장섰다. 1946년 미 군정청 시절 출판국장 자격으로 귀국하여 2년 남짓 머무는 동안 강용흘은 여러 정황으로 미루어보아 서울에서 임화를 직접 만난 듯하다. 이 두 문인이 직접 만났는지 만나지 않았는지 하는 것은 그다지 중요하지 않다. 다만 여기에서 중요한 것은 그들이 비록 서로 다른 입장을 취하였지만 이른바 '이식(移植) 문학론'에 깊은 관심을 기울였다는 점이다. 이식 문학론에 대한 두 작가의 상이한 태도는 한국 현대 비평사에서 한 장을 장식하게 될 것이다.

1

임화는 강용흘이 언급하고 있는 몇 안 되는 한국 작가 가운데에서 한 사람이다. 강용흘은 하이럼 헤이든과 에드먼드 풀러가 편집한 『북 다이제스트 보고(寶庫)』(1949)에 『현대 조선문학』이라는 책을 소개하는 항목에서 임화를 "가장 훌륭한 한국의 현대 작가 가운데 한 사람"이라고 평가한다. 강용흘이 소개하는 책 『현대 조선문학』은 여러 정황으로 미루어보아 1938년 조선일보사 출판국에서 간행한 『현대 조선문학 전집』을 가리키는 것임에 틀림없다. 이 전집은 시가집을 비롯하여 단편집 3권, 수필집과 희곡집 그리고 평론집 등 모두 일곱 권으로 편찬되어 있다. 이 전집은 이 무렵 식민지 조선에서 출간된 유일한 한국문학전집이었고, 강용흘은 이 전집을 소장하고 있었다.

뒷날 한 좌담회에서 강용흘은 미국에 살면서도 기회 있을 때마다 조선문학을 읽었다고 털어놓았다. 예를 들어 이광수의 『흙』(1933), 『단종애사』(1929), 『일설 춘향전』(1926), 이태준의 단편소설, 벽초 홍명희의 『임거정전』(1947) 네 권 중 두 권까지 읽었다고 밝힌다. 또한 시 작품으로는 한용운의 『님의 침묵』과 무애 양주동의 『조선의 맥박』(1930), 그리고 정지용의 작품을 읽었다고 말하기도 한다.

강용흘보다 5년 뒤늦게 1908년에 서울에서 태어난 임화는 한흑구와 마찬가지로 보성고등보통학교에 다녔다. 1925년에 보성고등보통학교를 중퇴한 뒤부터 임화는 '성아'라는 필명으로 시와 평론을 발표하기 시작하였다. 1928년에 조선프롤레타리아작가동맹(KAPF)의 이론적 지도자 박영희의 문하에 들어간 그는 역시 카프의 지도자인 김팔봉을 공격함으로써 강경 노선을 따랐다. 일본 동경으로 유학을 떠나 그곳에서 조직 훈련을 거친 뒤 귀국하여 카프의 중앙 위원회 서기장을 역임하는 등 좌파 문학에서 주도적인 역할을 맡았다. 해방 뒤에는 조선문학가동맹과 조선문학건설본부를 결성하였으며, 박헌영과 이강국의 남로당 노선의 최고 문화 담당자로 활약하였다. 1947년에 김남천과 함께 월북하여 남로당 계열의 잡지를 편집하다가 한국전쟁이 일어나자 다시 서울에 돌아와 활동을 계속하였다. 1953년에 그는 45세의 나이로 마침내 조선민주주의 인민공화국 최고재판소 군사재판부에서 미국 스파이 혐의로 재판을 받고 김남천 등과 함께 처형당하였다.

강용흘이 임화를 만났다는 확실한 증거는 없지만, 만약 이 두 사람이 만났다면 어수선한 해방 공간에 만났을 것이다. 강용흘이 고국을 떠난 지 27년 만에 서울을 방문한 것이 1946년 초이고 임화가 마지막으로 월북한 것이 1947년 11월이기 때문에 이 두 사람이 서로 만날 수 있는 시간은 겨우 일 년 남짓밖에 되지 않는다. 이 무렵 서울에서 활약한 임화는 실제로 여러 차례 현순 목사의 큰아들인 피터 현을 비롯한 미군 정보 장교를 만났고, 이 과정에서 강용흘을 만났을 가능성을 배제할 수 없다.

이 점과 관련하여 남로당 숙청 재판에서 임화를 비롯한 이승엽 일파의 죄목이 북조선에 대한 반역죄와 남한의 민주 세력 파괴 외에 미국 제국주의의 고용 간첩이라는 사실은 이를 뒷받침한다. 재판에서 임화는 "1945년 8월 18일 경성(서울)에서 '조선문화건설중앙협의회' 의장으로 활동하면서 같은 해 10월경 경성 중구 태평동에 있는 미군 첩보 기관 CIC와 결탁하여 조국과 인민을 팔아먹는 간첩 행위의 길로 들어섰다"고 진술한다. 임화에 대한 북한의 판결문을 보아도 "1945년 12월부터 미군 정탐 기관 또는 남조선 미 군정청 공보처 여론국장이었던 공동 피소자 설정식 등과 련계를 맺고 당 및 문화 단체의 중요 비밀을 제공하였으며……"로 되어 있다.

이 재판이 반대파 숙청이나 한국전쟁 책임 회피를 위한 정치적 음모의 성격이 짙기 때문에 임화의 진술과 판결문의 내용을 액면 그대로 받아들일 수 없을지는 몰라도 실제 사실에서 크게 어긋나지는 않는다. 북한에서 활약한 문학비평가 윤세평은 해방 후 임화의 행적에 대하여 "이태준, 김남천, 이원조 등과 함께 조선문화건설중앙협의회를 조직하고 미 군정청의 문교부 역할을 담당하려고 하였던 사실과 악명 높은 박헌영, 이승엽 도당의 '문화 테제'를 조작하여 새 조선의 문학이 계급 문학이 되어서는 아니 된다고 지껄인 일련의 사실들이 결코 우연한 것이 아님을 알 수 있다"고 밝힌다.

윤세평의 말대로 임화는 이 무렵 아마 미 군정청과 직접 또는 간접으로 관련을 맺고 있었을 것이다. 실제로 임화는 CIC(전투정보지휘소)에 소속되어 있던 호러스 H. 언더우드(원일한)와 미 군정청 공보처 책임 장교인 리처드 로빈슨을 여러 차례 만났고, 이 과정에서 아마 강용흘을 만났을 것으로 추정할 수 있다. 이 무렵 강용흘은 미 군정청의 출판부장을 맡고 있었고, 이 자리를 그만 둔 뒤 1947년과 1948년에 걸쳐서는 제24군단의 민간 정보 부대의 정치 분석가와 자문관으로 일하고 있었다.

더구나 임화와 함께 처형당한 설정식은 미 군정청의 공보처 여론국장을 지냈고 체포되어 재판을 받기 전에는 조선인민군 최고 사령부 정치 총국 제7부 부원이었다. 해방 전 미국 오하이오 주 마운트유니언 대학과 뉴욕의 컬럼비아 대학교를 졸업한 설정식은 문화 단체와 당 내부의 비밀 자료를 수집하여 미 군정청 공보처의 리처드 로빈슨에게 제공하였다는 혐의를 받았다. 1920년대 달엽 강용흘은 뉴욕 한인교회에 머물고 있던 시절 아마 설정식을 만났을 것이다. 이 무렵 오천석을 비롯한 컬럼비아 대학교에 유학중인 학생들이 이 교회에서 기숙하고 있었기 때문이다. 뒷날 미 군정청의 문교부장을 역임하는 오천석과 출판부장을 역임하는 강용흘과 함께 공보처 일을 맡는 설정식은 뉴욕에서뿐만 아니라 해방 후 귀국해서도 동지처럼 거의 같을 길을 걷게 되었다.

작가요 음악 평론가인 박용구는 한 대담에서 잊지 못하는 예술가 가운데 한 사람으로 임화를 꼽는다. 임화를 '조숙한 만능선수'라고 부르면서 박용구는 "임화는 불우한 시대의 뛰어난 인재였지만, 공산주의 체제에서 지식인 계층이 희생당하는 필연적인 모델로 20세기에서 사라졌다"고 회고한다. 이 대담에서도 박용구는 이 무렵 임화뿐만 아니라 설정식, 김동석, 작곡가 채동선, 무용가 최승희, 영화감독 최인규, 건축가 김중업 등 20세기 한국 예술사의 최전선에서 활약한 거인들과 교제하였다고 언급한다.

비록 미 군정청 관리의 자격이라고는 하지만 오래간만에 고국을 찾은 강용흘이 2년 남짓 서울에 머문 뒤 다시 미국으로 돌아간 것도 따지고 보면 좌익 문인들과 교류한 사실과 무관하지 않은 것 같다. 강용흘이 귀국한 것은 해방 직후 서울에 진주한 미 제24군단의 존 하지 장군의 권유에 따른 것이었다. 이승만을 탐탁하게 생각하지 않은 미 군정청 책임자 하지 중장은 이승만을 견제하기 위하여 미국에서 독립 운동을 한 서재필과 문학가로 큰 명성을 얻은 강용흘 두 사람을 한국에 데리고 왔다. 이러한 이유 때문에 강용흘은 처음 귀국할 때부터 이승만과 적잖이 갈등을 빚었고, 이승만은 강용흘을 좌익 세력이나 용공 세력으로 몰아붙였다. 강용흘이 좌파 지식인과 가깝게 지냈다는 것은 아마 이승만에게는 그를 '요주의 인물'로 감시하고 경계할 수 있는 좋은 빌미가 되었을 것이다.

2

어수선한 해방기에 강용홀이 임화를 직접 만났을 가능성을 배제할 수 없는 없지만, 임화에 대한 관심은 그의 작품을 읽고 촉발되었다고 보는 쪽이 더 옳다. 강용홀이 임화에 대하여 언급하는 것이 1930년대 말엽이라는 사실을 고려하면 더더욱 그러하다. 그렇다면 강용홀이 임화를 "한국에서 가장 잘 알려진 작가" 가운데 한 사람으로 높이 평가하는 까닭이 과연 어디에 있을까? 한국계 미국 학자 월터 류는 강용홀을 임화가 한국의 신문학사와 관련하여 주창한 이식 문학과 관련시킨다. 임화가 일찍이 한국 신문학사를 기술하면서 이식 문학론을 전개하였다는 것은 이미 잘 알려진 사실이다. 「조선신문학사론서설」(1935),「개설조선신문학사」(1939~1941), 「조선문학연구의 일 과제」(1940)에서 「조선 민족문학 건설의 과제」(1946)와 「조선 소설에 관한 보고」(1946)에 이르는 일련의 논문에서 임화는 한국의 근대문학사란 한마디로 이식 문학사라고 잘라 말한다. 이 가운데에서도 그의 이론이 가장 뚜렷이 드러나 있는 것은 '신문학사의 방법론'이라는 부제가 붙어 있는 세 번째 글이다.

임화의 이식 문학론을 좀 더 잘 이해하기 위해서는 프랑스의 문학 이론가와 역사가로 프랑스 자연주의 운동에 이론적 견인차 역할을 한 이폴리트 아돌프 텐의 이론을 잠시 살펴보아야 한다. 텐은 영국문학사를 기술하면서 문학을 규정짓는 세 요소로 시대·인종·환경을 꼽았다. 텐은 '인종'을 오늘날 사용하는 좁은 의미보다 좀 더 넓게 생각하여 모든 개인을 지배하는 집단적 문화적 기질이나 성향으로 파악하였다. 그에 따르면 이러한 집단적 기질이나 성향 안에서 개인을 구별 짓는 것이 바로 환경이다. 그가 말하는 환경이란 특정한 개인의 성격을 왜곡하거나 발전시키는 특정한 상황을 말한다. 한편 '시대'란 그러한 개인의 경험이 축적된 것을 가리킨다. 그러므로 텐이 말하는 '환경'이란 존 뮐러의 지적대로 차라리 세계관에 가깝다.

임화는 텐과 마찬가지로 환경을 좀 더 넓은 의미로 해석한다. 즉 임화에게 환경이란 곧 "한 나라의 문학을 위요(圍繞)하고 있는 여러 인접 문학"을 뜻한다. 한국 신문학과 관련하여 그가 무엇보다도 관심을 기울이는 것은 두말할 나위 없이 문학적 환경이나 문화적 환경이다.

> 신문학사의 연구에 있어 문학적 환경의 고구(考究)란 것은 신문학의 생성과 발전에 있어 부단히 영향을 받아 온 외국 문학의 연구이다. 신문학이 서구적인 '문학 장르'(구체적으로 자유시와 현대 소설)를 채용하면서부터 형성되고, 문학사의 모든 시대가 외국 문학의 자극과 영향과 모방으로 일관되었다 하여 과언이 아닐 만큼 신문학사란 이식 문화의 역사다.

임화는 이렇게 한마디로 "신문학사란 이식 문화의 역사다"라고 못 박는다. 조선의 신문학은 어디까지나 서구 문학의 이식과 모방에서 태어난 자식으로 이러한 문학적 환경을 떠나 신문학을 연구하는 것은 불가능하다고 지적한다. 여기에서 임화가 말하는 서구 문학이란 넓은 의미에서 유럽과 미국을 포함한 서양의 문학을 가리키지만, 좀 더 좁은 의미에서는 다름 아닌 서양 문학의 영향을 받은 일본문학을 말한다.

임화가 말하는 일본문학이란 좀 더 구체적으로 말해서 메이지(明治) 시대 문학과 다이쇼(大正) 시대의 문학을 가리킨다. 조선문학은 서구 문학을 직접 받아들인 것이 아니라 어디까지나 메이지 시대와 다이쇼 시대에 걸쳐 일본문학가들이 도입한 서양 문학을 간접적으로 받아들인 것이다. 이 점과 관련하여 임화는 "신문학이 서구 문학을 배운 것은 일본문학을 통해서 배웠기 때문이다. 또한 일본문학은 자기 자신을 조선문학 위에 넘겨준 것보다 서구 문학을 조선문학에게 주었다. 그것은 번역과 창작과 비평 등 세 가지 방법을 통해서 수행되었다"고 밝힌다.

그런데 엄밀히 따지고 보면 한국의 신문학을 이식 문학의 관점에서 처음 파악한 비평가는 임화라기보다는 한흑구라고 할 수 있다. 본명이 한세광인 한흑구는 앞에서 이미 지적하였듯이 보성고등보통학교를 졸업한 뒤 1928년에 보성전문학교 상과에 입학하였다. 2학년 때 미국 유학을 떠나 시카고에 있는 노스파 대학에서 영문학을 공부한 뒤 펜실베이니아 주 필라델피아로 옮겨 템플 대학교에서 영문학과 저널리즘을 전공하였다. 1925년 미국에 유학 중인 조선 학생들이 '북미유학생총회' 또는 '유미조선학생총회'를 설립하였고, 이 모임에서는 한글 잡지 『우라키』를 발간하였다. 한흑구는 이 잡지를 비롯하여 미국에서 발행되던 신문과 잡지에 '한세광'을 비롯하여 '흑구'니 '갈메기'니 '검갈메기'니 하는 필명으로 시와 평론 그리고 논문을 자주 실었다.

『우라키』 제7호에는 강용흘의 글과 한흑구의 글이 나란히 실려 있는 것으로 보아 이 두 사람이 서로 만나 친교를 맺은 것은 아마 이 무렵일 것이다. 한흑구는 유학을 마치고 귀국한 뒤 강용흘이 첫 장편소설 『초당』을 출간하던 1931년에 수양동우회(修養同友會) 기관지인 『동광』에 단편소설 「황 씨의 비가」와 「호텔 콘」을 발표하면서 문단에 데뷔하였다. 1934년에는 종합잡지 『태평양』과 문예지 『백광』을 창간하여 주재하는 등 잡지에도 큰 관심을 기울였다.

미국에서 유학하던 시절 한흑구는 1933년 『우라키』에 기고한 「영문학 형식 개론」에서 조선 신문학을 처음으로 이식 문학론의 관점에서 파악한다. 이 논문에서 그는 "조선의 신문학의 형식이 직접 혹은 간접으로 서양 문학의 형식을 수입한 것이 많다고 할 수 있으니 우리는 문학 형식에 대한 일반적 연구를 속히 힘쓸 필요가 있다고 생각한다"고 밝힌다. 방금 앞에서 지적하였듯이 임화가 서양 문학의 이입을 두고 '이식'이라는 용어를 사용한 것과는 달리, 한흑구는 '수입'이라는 용어로 표현하는 것이 흥미롭다. 이식이 식물을 옮겨 심는 것에 빗대는 생물학적 은유라면, 수입은 어디까지나 남의 나라에서 물건을 사오는 경제학적 은유이다. 용어야 어찌 되었든 한흑구가 이 논문을 발표한 것이 1932년이므로 그의 이식 문학론은 임화의 「조선신문학사론서설」보다 무려 3년이나 앞선다.

물론 임화의 이식 문학론을 두고 학자들 사이에서는 의견이 서로 크게 엇갈린다. 신문학사를 규정한 설득력 있는 이론으로 높이 평가하는 사람이 있는가 하면, 식민지 사관에서 비롯한 부르주아 문학관으로 몰아세우는 사람도 있다. 이 이론에 대한 평가는 접어두고라도 한국의 신문학이 일본문학을 통하여 이식된 서양 문학의 자양분을 섭취하여 발전한 것은 틀림없다. 한흑구의 비유로 말하자면 일본이 직수입한 서양 문학을 우리는 간접 교역의 형태로 다시 수입한 셈이다.

더구나 여기에서 한 가지 찬찬히 눈여겨보아야 할 것은 임화가 단순히 서구 문학의 이식을 일방적 이식 행위로 보고 있지 않다는 점이다. 그에게 문학이나 문화 이식이란 어디까지나 쌍방적으로 이루어지는 현상이다. 또한 임화는 이식 문학을 단순히 남의 문학을 수동적으로 받아들이는 행위가 아니라 자국 문학의 토대 위에 비판적으로 받아들이는 능동적인 행위로 파악한다. 이 점과 관련하여 임화는 "문화의 이식, 외국 문학의 수입은 이미 일정 한도로 축적된 자기 문화의 유산을 토대로 하지 않고는 불가능하다"고 지적한다.

임화의 신문학사 이론을 부정적으로 보는 사람들은 자칫 이식 문화의 쌍방성을 놓쳐 버리는 과오를 범할 수 있다. 예를 들어 김윤식처럼 임화의 태도를 단순히 '현해탄 콤플렉스'로 보려는 견해는 그의 신문학사 이론을 잘못 이해할 위험성을 안고 있다. 이러한 현상은 특히 임화를 숙청한 북한의 학계에서 두드러지게 드러난다. 앞에서 언급한 윤세평은 "우리는 임화가 우리 민족 문학의 전통을 어떻게 모독하고 있으며, 서구 문학에 대한 아첨과 숭배가 얼마나 그의 머릿속에 깊이 스며들고 있는가를 눈앞에 보게 되는 바 임화의 이 같은 배족적(背族的)인 꼬쓰모뽈리찌즘의 견지는 그의 『즈선문학』에 계속 관통되고 있다"고 말하면서 임화에게 '관념론적 허무주의자'라는 낙인을 찍는다.

그러나 임화는 이식 문화나 문학이 자국의 문화나 문학에 영향을 끼치듯이 자국의 문화나 문학도 외래문화나 문학에 영향을 끼칠 수밖에 없다고 지적한다. 이 점과 관련하여 그는 "새로운 문화의 창조는 좋은 의미이고 나쁜 의미이고 양자의 교섭의 결과로서의 제3의 자(子)를 산출하는 방향을 걷는다"고 주장한다. 그렇다면 자국의 고유문화나 문학과 외래문화나 문학은 '제3의 아들'인 새로운 문화나 문학을 낳는 부모인 셈이다. 그만큼 임화는 외래문화나 문학이 자국 문화나 문학과 유기적이고도 역동적인 관계를 맺고 있다고 파악하였다.

동양 제국(諸國)과 서양의 문화 교섭은 일견(一見) 그것이 순연(純然)한 이식 문화사를 형성함으로 종결하는 것 같으나, 내재적으로는 또한 이식 문화사를 해체하려는 과정이 진행되는 것이다. 즉 문화 이식이 고도화되면 될수록 반대로 문화 창조가 내부로부터 성숙한다.

이것이 이식된 문화가 고유의 문화와 심각히 교섭하는 과정이요, 또한 고유의 문화가 이식된 문화를 섭취하는 과정이다. 동시에 이식 문화를 섭취하면서 고유 문화는 또한 자기의 구래(舊來)의 자태를 변화해 나아간다.

이 인용문에서는 여러모로 변증법적 유물론자로서의 임화의 태도를 쉽게 읽을 수 있다. 그가 말하는 고유문화나 문학과 외래문화나 문학의 관계는 카를 마르크스나 프리드리히 엥겔스의 변증법적 유물론과 맞닿아 있다. 임화는 정(자국의 고유문화 또는 문학)과 반(외래문화 또는 문학)의 종합을 지양하여 '제3의' 새로운 문화나 문학이 태어나는 것으로 파악한다. 그러면서도 그는 속류 마르크스주의의 함정에 빠지지 않으려고 무척 애쓴다. 한편으로는 찬연한 이념의 불꽃을 태우면서도 다른 한편으로는 문학의 영혼을 믿은 흔적을 여기저기에서 찾아볼 수 있다. 임화의 이식 문화론이 균형을 잃지 않고 있어 그만큼 설득력 있다는 증거이다. 북한에서 그동안 그를 '변절자'니 '퇴폐주의적 부르주아지'니 하고 신랄하게 매도해 온 것은 따지고 보면 이러한 사실과 무관하지 않을 것이다.

3

이식 문학론은 좀 더 엄밀히 따지고 보면 비단 우리나라에만 그치지 않고 일본이나 중국에서도 마찬가지로 엿볼 수 있다. 월터 K. 류가 지적하듯이 량치차오(梁啓超)는 일본에서 정치적 망명을 하는 동안 『청의보』나 『신민총보』 같은 잡지를 통하여 서구 문화가 어떻게 중국 문화에 이식되는지에 관심을 기울였다. 서구의 가치나 관념 또는 정신을 올바로 받아들여 중국의 것으로 만들기 위해서는 단순히 나뭇가지에 접을 붙이는 '접지(接枝)'보다는 뿌리째 옮겨 심는 '이식'이 훨씬 더 낫다고 주장하였다. 물론 량치차오는 제1차 세계대전을 겪은 뒤에는 이러한 이식에 대해서도 점차 회의를 느끼기 시작하였다. 한편 일본에서는 하야시 타추오(林達雄)나 나이토 코난(內藤湖南) 같은 철학자들이 이식 문화에 깊은 관심을 기울였다. 그러므로 임화의 이식 문학론도 그 자신만의 독특한 이론 전개가 아니라 동양에서 이미 이루어진 이러한 논의의 연장선에서 이해하여야 할 것이다.

강용흘이 임화에 끌린 것은 무엇보다도 새로운 문학이란 어디까지나 고유 문학과 이식 문학의 변증법적 통일을 통하여 다시 태어난다고 주장한 그의 이론 때문이다. 조국을 등지고 남의 나라에 살면서 모국어가 아닌 남의 나라 말로 작품을 쓰는 강용흘로서는 이러한 이식 문학론에 적잖이 매력을 느꼈을 것이다. 윤세평이 말하는 '배족적인 꼬쓰모뽈리찌즘의 견지'는 비단 임화에게만 그치지 않고 어떤 의미에서는 강용흘한테도 마찬가지로 들어맞는다. '배족적'이라는 말에는 자칫 어폐가 있을지 모르지만 지방이나 국가의 감정이나 편견이나 애착을 뛰어넘어 모든 세계 시민을 껴안는 코스모폴리터니즘이야말로 강용흘이 지향하는 궁극적 이념이었다. 강용흘이 량치차오의『중국 정치사상사』에 관한 서평을 쓴 것을 보면 접지 문화와 이식 문화에 대하여 잘 알고 있었다. 비록 이 서평보다는 17년 뒤에 발표하였지만 「전쟁 전후의 미국문학」에서도 강용흘은 초기 개척시대 미국문학에 대하여 유럽 문학의 모방이요 이식이었다고 밝힌 적이 있다.

미국문학의 형성에 있어서 영국문학이 지대한 영향을 주었다는 것이다. 사용하는 언어는 물론이요 사상이나 관찰이나 사고방식까지도 영국 그대로의 본을 땄다. 환언하면 영국문학의 연장(延長)이요 그 노예이었다. 그리고 그 다음에 큰 영향을 입은 것은 불란서, 독일, 이태리 등 선진 구주(歐洲) 제국(諸國) 문학인데 미국은 아는 바와 같이 이러한 구주 제국인이 이입 형성된 나라이라 문화인의 이주도 상당히 많아서 그들이 끼친 영향은 장래(將來)할 미국문학의 혈육을 형성하였던 것이다. 말하자면 형성기의 미국문학은 이와 같이 천박(淺薄)한 모방이었으며 착잡(錯雜)한 이식이었다. (…중략…) 그러나 이 식민지 시대의 초창기적 문학의 핏줄기가 이후 미국문학에 맥맥이 흐르고 있음은 부인치 못한다.

위 인용문에서 '천박한 모방'이라는 말과 '착잡한 이식'이라는 말을 꼼꼼히 눈여겨볼 필요가 있다. 강용흘이 초기 미국문학을 천박한 모방이라고 말한 것은 유럽의 문학을 거의 그대로 흉내 내다시피 하였기 때문일 것이다. 다시 말해서 유럽의 문학에서 영향을 받되 아직 모방의 수준에 그칠 뿐 창조적인 것으로 끌어올리지는 못하였다는 말이다. 그러나 유럽 문학의 이식을 '착잡하다'고 말하는 까닭은 과연 어디에 있을까? 왠지 '착잡한'이라는 형용사는 '이식'이라는 말에 그다지 걸맞아 보이지 않는다. 문학 이식이 그렇게 단순하게 이루어지지 않고 복잡하고 미묘하게 이루어지고 있음을 시사하는 말로 받아들여도 크게 틀리지 않을 것이다.

물론 형성기의 초기 미국문학은 이렇다 할 고유 전통을 지니고 있지 않지 않았기 때문에 유럽 문학에 의존할 수밖에 없었다. 그리하여 1819년에 영국의 한 비평가는 "이 지구상에서 누가 미국 책을 읽으며, 누가 미국의 그림을 감상하는가?"라는 수사적 물음을 던진 적이 있다. 이 물음에 대한 답은 두말할 나위 없이 그러한 사람은 별로 없다는 것이다. 이렇듯 미국문학에 대한 편견은 그 뿌리가 꽤나 깊다. 그러나 미국문학은 임화가 말하는 "이식된 문화가 고유의 문화와 심각히 교섭하는 과정"과 동시에 "고유의 문화가 이식된 문화를 섭취하는 과정"을 겪으면서 점차 국민 문학으로서 자리를 잡아가기 시작하였다.

19세기 중엽에 이르면 미국문학은 좁게는 영국문학, 넓게는 유럽 문학에서 완전히 젖을 떼고 독자적인 길을 걷기 시작한다. 「미국의 학자」(1837)에서 랠프 월도 에머슨은 "지금까지 우리는 유럽의 우아한 무사이 신에 너무 오랫동안 귀를 기울여 왔다. 이제 우리는 우리 자신의 발로 걸을 것이고, 우리 자신의 손으로 일을 할 것이며, 우리 자신의 정신을 말할 것이다"라고 천명하였다. 하버드 대학교에서 행한 이 강연은 가히 지적 또는 문학적으로 미국이 유럽으로부터 독립할 것을 선언하는 글이라고 할 만하다. 실제로 존 그린리프 휘티어는 이 강연을 미국의 '지적 독립선언문'이라고 불렀다. 에머슨이 문학적 독립을 선한지 얼마 안 되어 너새니얼 호손, 허먼 멜빌, 에드거 앨런 포 같은 소설가들, 에밀리 디킨슨과 월트 휘트먼 같은 시인들이 등장하여 미국문학에 새 지평을 열었다. 흔히 '미국의 문예부흥'으로 일컫는 현상은 바로 이러한 문학적 전성기를 가리키는 용어이다.

강용흘은 『동양 사람 서양에 가다』에서 주인공 한청파가 미국 사회에 적응하여 살아가는 모습을 묘사하기 위하여 '접지'라는 은유를 즐겨 사용한다. 이 '접지'라는 용어는 이민 문학이나 디아스포라 문학에서 쉽게 찾아볼 수 있다. 가령 그동안 미국의 이민 문학에 깊은 관심을 보여 온 학자 윌리엄 보얼하워는 '접지' 같은 식물학의 은유를 빌어 이민 문학의 특징을 설명해 왔다. 앞에서 한흑구와 관련하여 밝혔듯이 강용흘이 문학의 특수성보다는 보편성에 좀 더 무게를 실으려고 한 것도 따지고 보면 그의 코스모폴리터니즘의 세계관과 무관하지 않다.

4

강용흘이 임화에 깊은 관심을 기울이게 된 것은 비단 이식 문학 때문만은 아니다. 임화의 보편적이고 일반적인 문학관에 매력을 느꼈기 때문이라고 보는 쪽 더 옳다. 임화는 문학을 국수적인 관점에서 파악하지 않으려고 하였을 뿐만 아니라 심지어는 지나치게 이데올로기의 굴레에 속박시키려고 하지 않았다. 그가 계급 문학의 깃발을 내걸고 프롤레타리아 문학을 부르짖어 왔다는 것과는 또 다른 이야기이다. 그런데 임화의 보편적인 문학관은 조선 작가가 한문으로 쓴 작품도 조선 문학으로 간주하는 데에서 엿볼 수 있다. 임화는 한문 문학도 한국문학의 범주에 포함시켜야 한다고 주장한다.

[만약 한문으로 쓴 문학을 제외하고] 이두(吏讀) 문학과 언문(諺文) 문학만을 연결하여 조선문학사를 생각한다면 우리는 약 천년에 긍(亘)하여 조선인이 영위한 문학적 작품을 자기의 역사로부터 포기해야 한다. 이 결과 문학사는 거의 중단되다시피 한다. 이 사실은 곧 한문에 의한 조선인의 문학 생활이 조선인이 정신 사상 불발(不拔)의 중요성을 가짐을 의미한다.

위 인용문에서 임화가 말하는 '정신 사상 불발'이란 두말할 나위 없이 정신이나 사상이 아주 든든하여 빠지지 않거나 의지가 굳어 흔들리지 않는 것을 말한다. 다시 말해서 비록 남의 나라 문자인 한문을 빌려 표현하였을망정 그 문학에는 조선인의 혼이나 얼이 굳건히 자리 잡고 있다는 것이다. 더구나 임화는 문자가 없는 조선인에게 한문은 오랫동안 조선인의 정신을 표현해 온 수단이었기 때문에 한문 문학도 한글로 쓴 문학 못지않게 조선문학으로 간주하는 것이 마땅하다고 지적한다.

바로 이 점에서 임화의 문학관은 이광수나 김태준의 문학관과는 크게 다르다. 이광수는 『신생』에 실린 글에서 "조선문학을 위해서는 태학관(太學館)은 이야기책을 보는 촌자의 사랑방만 못하고, 대재학(大提學)·부제학(副提學)은 무녀와 기생만 못하였던 것이다. 조선문학이 무엇이뇨? 조선문으로 쓴 문학이다"라고 정의를 내린다. 김태준도 『조선소설사』(1933, 1939)에서 "국민의 사상 감정을 표현하는 유일한 도구인 국어를 떠나서는 도저히 국민 문학이니 향토 문학이니 하는 것은 완성할 수 없다. 그러므로 정말 조선문학은 한글 창제 후부터 출발하였다고 함이 가하다"고 지적한다.

그러나 이광수와 김태준은 조선문학 또는 한국문학의 범주를 지나치게 좁게 설정한다는 비판을 면하기 어렵다. 우리가 일상생활에서 사용하는 국어 중 70퍼센트 가량이 한자어에서 온 말이고 순수한 토박이말은 겨우 30퍼센트밖에 되지 않는다. 이러한 사정은 영어 같은 서양어의 경우도 마찬가지여서 고대 그리스어와 라틴어에서 갈려져 나온말이 70퍼센트 정도가 된다. 한자는 비록 중국 문화에 뿌리를 두고 있지만 우리 문화와는 아무리 떼려야 뗄 수 없을 만큼 깊이 연관되어 있다. 실제로 최근에는 한자어가 우리말의 한 종류라고 주장하는 학자들도 있다.

그렇다면 임화가 한문학을 한국문학의 전통에 넣는 것은 타당하다. 특히 문자가 없던 시절에는 한자어를 빌려 우리의 감정과 사상을 표현할 수밖에 없었다면 한자로 쓰인 문학도 마땅히 한국문학으로 간주해야 할 것이다. 임화는 "한문 문학을 무시하고는 전대 조선의 전통과 유산을 전체로 문제 삼기 어려울뿐더러 어느 의미에선 전혀 알기 어려울 때가 있기 때문이다"라고 지적한다. 이렇게 임화는 신문학이 언문 문학과 한문 문학에서 발전한 것으로 파악함으로써 조선문학이나 한국 문학의 범주를 넓히는 데 크게 이바지하였다.

남달리 중국 고전에 조예가 깊은 강용흘로서는 이광수나 김태준의 이론보다는 임화의 이론이 더 마음에 들었을 것이다. 한국에 있을 때는 말할 것도 없고 미국에서 사는 동안에도 강용흘은 한시에 깊은 관심을 기울였다. 또한 비록 일본에 대하여 적잖이 적대감을 품고 있으면서도 일본문학이나 문화에 대한 관심을 게을리 하지 않았다. 가령 일본의 시를 영어로 번역하였는가 하면, 일본에서 베스트셀러가 된 마루야마 미치로(丸山道朗)의 『아나타한』(1952)을 영어로 번역하여 출간하기도 하였다.

강용흘은 임화처럼 보편적인 문학관을 지향한다. 강용흘의 이러한 예술관은 1947년 『경향신문』에 실린 글에서 가장 뚜렷하게 엿볼 수 있다. 이 신문은 신년 특집으로 '새 날의 조선 문화를 위하야'라는 제호로 두 편의 글을 실었다. 윤기성이 「향토 음악에의 신발족」이라는 글을 썼고, 강용흘이 「객관적인 문학의 독창을」이라는 글을 썼다. 이 글에서 강용흘은 문학에서 지나친 민족주의를 경고한다.

우리 문학은 어디까지나 과학적이고 객관적이고 또 정정당당한 문학이 되어야만 세계적인 무대에 활동할 수가 있다. 특히 문학에서는 생(生)이 없어서는 안 된다고 생각한다. 셰익스피어가 세계적으로 가장 유명한 것은 그의 작품 속에 라이프가 있기 때문이다. (…중략…) 한 가지 끝으로 제언하고 싶은 것은 협소한 민족적 생각을 고집 말고 세계적으로 활동할 준비를 해 달라는 것이다. 일본이 우리의 가장 증오하는 적이라 할지라도 그들이 가진 미(美)가 있다면 우리는 그 미를 아름답다고 시인할 마음자리가 있어야 할 줄 안다.

여기에서 강용흘이 말하는 '과학적'이니 '객관적'이니 '정정당당한'이니 하는 표현은 민족주의나 국수주의 같은 감정에 치우치지 않는 태도를 가리킨다. 이것을 뒤집어 보면 지나치게 민족주의나 국수주의를 부르짖는 것은 비과학적이고 주관적이며 정정당당하지 못한 태도라는 말이 된다. 극단적으로 말하자면 강용흘에게는 지나친 민족주의자나 국수주의자는 민족을 사랑하지 않는 사람과 다르지 않다. 자신의 민족을 사심 없이 객관적으로 평가하고 더 나아가 정정당당하게 비판할 수 있는 사람만이 참다운 민족주의가 될 수 있다. 지나친 국수주의는 마치 자식을 지나치게 편애하여 그르치는 것과 같다고 할 수 있다.

임화가 한문으로 쓴 작품도 조선문학으로 간주하는 것처럼 강용흘도 비록 영어로 쓴 작품이라도 한국인이 썼다면 한국문학의 범주에 넣는 것이 마땅하다고 생각하였을 것이다. 작가가 작품을 쓰는 언어 매체보다는 언어가 표현하는 내용과 사상이 중요하기 때문이다. 실제로 『초당』에서는 아예 20세기 초엽 조선을 지리적 배경으로 삼아 한청파라는 젊은 지식인의 성장 과정을 다루고 있으며, 『동양 사람 서양에 가다』에서는 비록 지리적 배경은 미국을 삼고 있어도 다루는 내용은 한청파가 미국 사회에서 '이식'하고 적응해 가는 과정을 다룬다. 이렇게 언어라는 그릇보다는 그 그릇에 담긴 내용에 무게를 실으려고 한다는 점에서 강용흘의 문학관은 임화의 문학관과 서로 비슷하다. 이 두 사람은 한국과 중국과 일본을 단순히 아시아에 속한 나라가 아니라 좀 더 넓은 의미에서 동아시아 문화권에 속한 문화 공동체로 파악하였던 것이다.

5

강용흘과 임화의 문학과 문화의 보편성, 그리고 민족 문학과 관련하여 여기에서 잠깐 좌파 문예지 『민성』이 마련한 문학 좌담회를 살펴보는 것이 좋을 것 같다. 좌우 대립이 날로 날카로워지던 1946년 4월 말경 서울의 한 음식점에서 닥쳐올 한국문학사의 시련을 예고한 듯이 색다른 좌담회가 열렸다. 겉으로는 미 군정청 출판부장 자격으로 몇 달 전 귀국한 강용흘을 맞이하여 마련한 문학 좌담회였지만, 실제로는 문학의 좌우 이데올로기 공방이 예상되는 자리였다. 이 좌담회가 문학 이데올로기의 토론장이 되리라는 것은 이 자리에 참석한 문인들만 보아도 쉽게 알 수 있다.

이 좌담회에는 앞에서 이미 언급한 설정식을 비롯하여 이 무렵 한국 시단을 대표하는 시인 가운데 한 사람인 정지용, 당시 문단의 지도급 문학 이론가요 문학가동맹의 실세 서기장이었던 소설가 겸 문학평론가 김남천이 참석하였다. 이 좌담을 마련한 잡지 측에서는 『민성』의 주간을 맡던 소설가 박계주와 문학평론가 채정근이 자리를 함께 하였다. 이 좌담에는 이육사의 친동생이자 문학평론가인 이원조와 시인 김기림도 참석하기로 되어 있었지만 사정이 있어 참석하지 못하였다. 그런데 흥미로운 것은 강용흘 한 사람을 빼고는 모두 이 무렵 좌익 문학 단체였던 '조선문학가동맹'에 소속되어 있었다는 점이다. 그러므로 누가 보아도 이 좌담회는 문학의 이념을 강조하는 토론에 무게가 실릴 만한 자리였다.

그러나 이 좌담회의 흐름은 『민성』 측이 예상한 것과는 전혀 다른 방향으로 나아갔다. 강용흘이 주도권을 잡고 거침없이 자신의 문학관을 피력하였기 때문이다. 그동안 민족 문학 건설이 조선문학이 당면한 지상 최대의 과제라고 역설해 온 김남천이 반론을 제기할 법도 한데 별다른 반응을 보이지 않은 것이 흥미롭다. 반론은커녕 김남천은 오히려 강용흘의 주장에 동조하는 기미마저 보였다.

이 자리에서 강용흘이 민족 문학에 대하여 말한 언급은 귀담아 들을 필요가 있다. 그는 이광수와 한용운을 비교하면서 "이광수 씨의 작품은 조선적인 면에서 좋았지만 한용운 씨의 『님의 침묵』이 세계적이라 더 좋았습니다"라고 말한다. 그러던서 "민족주의적인 것은 조선인에게는 일종의 네시사리 이블(necessary evil)이지요"라고 말하자 곧 설정식이 나서 "네시사리 이블이라니요?"라고 묻는다. 그러자 강용흘은 기다렸다는 듯이 이광수의 민족 문학을 비판한다.

필요악이라고 할까요? 필요하기는 하나 좋지 못한 것이란 의미입니다. 즉 어떤 한 시대에는 필요하나 장래에는 없어져야 할 것입니다. 민족주의란 조선인에게는 그러한 것입니다. 예를 중국에서 들면 중국에는 민족주의가 없기 때문에 중국에는 공업 시대가 없습니다. 민족주의는 그 민족의 한때의 발전을 위하여서는 임시로 필요하나 그 이상의 아무것도 아닙니다. 이광수 씨의 민족주의 문학은 그 민족주의로 그치고 마는 것입니다.

이번에는 김남천이 나서 그렇다면 한용운의 문학은 어떠냐고 묻자 강용흘은 이광수의 문학과는 질적으로 다르다고 대답한다. 한용운이 "조선의 땅을 연인으로 여기는 점"에서는 민족주의적이라고 할 수 있을지 모르지만 넓게 보면 윌리엄 셰익스피어처럼 "영원적인 시 정신"을 표현한 시인이라고 지적한다. 그러면서 강용흘은 이러한 시 정신을 고대 그리스 시대의 극작가나 이탈리아 문예 부흥기의 부오나로티 미

켈란젤로, 레오나르도 다빈치, 조바니 보카치오, 비교적 최근에 이르러서는 독일의 요한 볼프강 폰 괴테한테서 찾아볼 수 있다는 것이다.

이렇게 강용흘은 민족 문학에 부정적인 태도를 보이는 반면 예술 지상주의 문학에게는 손을 들어준다. 이 점과 관련하여 그는 셰익스피어와 레프 톨스토이를 서로 비교한다. 그러면서 강용흘은 "인생을 위한 문학이라도 결국 예술이어야겠고 예술을 위한 문학도 인생에게 유익해야겠지만 하여튼 사옹(셰익스피어) 같은 분이 최고봉이겠지요. 톨스토이 옹도 크고 인생을 위한 예술로 애썼지만 도저히 예술가로서는 사옹에 미치지 못합니다"라고 잘라 말한다.

화기애애하게 시작한 좌담은 후반에 이르러 채정근이 미국과 소련이 정치적·군사적으로 서로 대치하고 있는 상황인데 앞으로 문화적으로는 어떻게 될 것 같으냐고 물으면서 조금 긴장감이 감돈다. 이 물음에 대하여 강용흘은 "톨스토이와 도스토옙스키 등 문호가 나왔습니다마는 그 이후는 대작가도 없고 또 혁명 이후는 독재의 나라가 되어 아예 기대하지 않습니다"라고 대답한다. 그러면서 필마단기(匹馬單騎)로 강용흘은 "나는 '진정한 자유가 없는 곳에 진정한 예술가가 있을 수 없다'는 말을 진리로 압니다"라고 잘라 말한다. 그러자 정지용이 "자유라니 우리는 자유라는 걸 생각해 본 일도 없었소"라고 대꾸한다. 김남천이 정지용의 뒤를 이어 곧바로 "강선생, 소련에는 혁명 이후에도 막심 고리키 같은 대가가 있지 않습니까?"라고 묻는다. 또 다시 정지용이 강용흘에게 "2인의 자유와 8인의 자유 둘 중 어느 것을 취합니까?"라고 따져 묻는다. 그러자 강용흘도 질세라 "8인은 2인이 모이는 데서부터 시작되지요"라고 대답한다.

강용흘은 이 말로 이 무렵 좌익 사상에 젖어 있거나 동조하며 조선문학가동맹에 가담해 있는 문우들을 향하여 경각심을 일깨워 주려고 하였다. 그러나 이미 문학의 사회적 기능에 심취해 있던 그들의 귀에 강용흘의 그러한 우정 어린 충고가 들어올 리 없었다. 이 좌담회에 참석한 사람 가운데 도중에 전향한 박계주를 제외한 나머지 문인들이 월북하여 처형당하였거나 비운으로 목숨을 잃은 사실을 생각해 보면 강용흘의 이 말은 참으로 예언적이라고 할 만하다. 한국전쟁을 전후하여 자진 월북한 김남천과 설정식은 앞에서 언급하였듯이 1950년대 초반 '미제의 간첩'이란 혐의로 목숨을 잃었다. 정지용과 박계주와 채정근도 전쟁에 휩쓸려 납북되던 도중 폭격으로 사망하였거나 입북 뒤의 생사가 묘연하다.

6

강용흘과 임화는 태평양을 사이어 두고 서로 다른 지리적 배경과 문화적 환경에서 활약하였으면서도 흥미롭게도 두 사람의 문학관은 놀랍게도 서로 비슷하다. 한 나라의 문학과 문화는 홀로 설 수 없고 오직 다른 나라의 문학과 문화와 상호 작용을 함으로써 비로소 발전하고 성장할 수 있다고 본다는 점에서 강용흘과 임화는 서로 입장을 같이한다. 문학도 생물과 같아서 순종 교배는 열등 후손을 낳지만 잡종 교배를 하면 부모 세대와 비교하여 더 건강하고 우수한 후손을 낳는다는 사실을 깨닫고 있다. 그들에 따르면 모방이나 이식은 굴욕적인 행동이 아니라 오히려 자국의 문학을 풍요롭게 하는 창조적인 힘일 뿐이다. 인간 경험의 특수성보다는 보편성에, 편협한 국수주의보다는 세계주의에 좀 더 무게를 싣는 두 사람은 가장 좋은 의미에서 국제주의자라고 할 수 있을 것이다.

이와 더불어 강용흘과 임화는 오직 모국어로 쓴 문학 작품만을 자국의 문학으로 간주하려는 입장에 대해서도 적잖이 의문을 품는다. 이 두 사람은 자국 문학의 기준을 모국어를 구사하여야 한다는 편협한 기준에서 탈피함으로써 한편으로는 보편성을 추구하고 다른 한편으로는 자국 문학의 범주를 좀 더 확장시키는 데 크게 이바지한다. 조선 작가가 한문으로 쓴 작품이 마땅히 조선의 문학의 범주에 들어가듯이 한국계 작가가 영어를 비롯한 외국어로 쓴 작품 중에서도 한국계 작가가 한국적 경험을 다룬 작품이라면 얼마든지 한국문학의 테두리에 들어가야 한다. 그러므로 일본 식민주의 시대 일본어로 작품을 써서 일본 문단에서 관심을 받은 김사량이나 장혁주 같은 작가의 작품은 조선문학으로 간주하여야 한다. 마찬가지로 영어로 소설을 출간하여 미국 문단에서 주목을 받은 강용흘의 『초당』과 『동양 사람 서양에 가다』도, 독일에서 독일어로 쓴 이미륵의 『압록강은 흐른다』(1946)도 조선문학이나 한국문학으로 간주하여야 할 것이다.

한마디로 자국 문학의 기준은 모국어를 구사하였느냐 그렇지 않으냐가 기준이 되어서는 안 된다. 비록 모국어가 아닌 외국어로 썼다고 하여도 한국 태생의 작가가 한국적 경험을 바탕으로 쓴 작품이라면 한국 작품의 테두리에 넣어야 마땅하다. 비유적으로 말하자면 음식을 담는 그릇이 중요한 것이 아니라 그 그릇 속에 담겨 있는 음식이 더 중요하다. 임화가 "한문에 의한 조선인의 문학 생활이 조선인이 정신 사상 불발의 중요성을 가짐을 의미한다"고 주장하는 까닭이 바로 여기에 있다.

최근 들어 미국문학은 눈에 띄게 전보다 훨씬 더 그 영역을 넓혀 나간다. 윌리엄 스펜지먼 같은 학자들은 크리스토포르 콜롬보가 신대륙을 처음 '발견'한 이후 신세계 문화와 관련 있는 것이라면 무엇이든지 '미국'에 포함시켜야 한다고 지적한다. 또한 종래의 장르 중심의 순문학의 테두리를 벗어나 문학적 분석 대상이 될 수 있는 기록물이라면 무엇이든 '문학'의 범위에 넣으려고 한다. 그러므로 미국문학은 이제 다양한 인종 다양한 문화에 속한 작가들이 함께 만들어낸 모자이크와 같다고 할 수 있다.

이러한 현상은 비단 미국문학에만 국한되지 않고 한국문학을 포함한 세계 여러 나라 문학에도 그대로 적용된다. 문학의 보편성을 강조하고 자국의 문학의 범주를 확장하였다는 점에서 임화와 강용흘의 문학관은 높이 평가받을 만하다. 이 두 사람의 개방적이고 다원적인 문학관은 그 어느 때보다도 문화의 다양성을 존중하는 다문화주의 시대, 그리고 국경이 허물어진 다국적 시대에 더욱 큰 의미를 지닐 것이다.

『춘향전』의 수사학

한국 고전 소설 중에서 가장 대표적인 작품으로 첫 손가락에 꼽히는 『춘향전』을 두고 흔히 "천의 얼굴을 가진 작품"이라고 일컫는다. 이 표현은 본디 미국의 비교신화학자 조지프 캠벨이 자신의 한 저서에 '천의 얼굴을 가진 영웅'이라는 제목을 붙인 것을 이상택이 빌려다 쓴 말이고, 그 뒤 김흥규를 비롯한 학자들이 잇달아 사용하면서 널리 유행하였다. 이상택은 이 작품이 다양한 내용을 담고 있어 다의적으로 해석할 수 있다는 의미로 이 표현을 사용하였다. 그의 말대로 『춘향전』이 이렇게 다양한 모습을 지니면서 연구자의 관점에서 따라 서로 다른 의미를 드러내는 작품이라면 그동안 학계의 연구도 이러한 방향에서 마땅히 이루어져 왔어야 할 것이다. 그러나 아직도 이 작품은 '천의 얼굴'

은커녕 몇 십 개의 모습도 제대로 드러내지 않았다. 지금까지 이루어진 200편이 넘는 연구 논문 가운데에서도 넓게는 문체적 관점에서, 좁게는 수사학적 관점에서 이 작품을 다룬 연구는 아무리 눈을 씻고 보아도 찾아보기 힘들다.

『춘향전』의 이본 중에서 가장 오래되고 내용이 풍부하여 이 소설의 최고봉으로 일컫는 『남원고사(南原古事)』의 작가는 작품 첫머리에서 "이 세상의 미오 이상ㅎ고 신통ㅎ고 거룩ㅎ고 긔특ㅎ고 긔려ㅎ고 밍낭ㅎ고 희한흔 일이 잇것다"라고 시작한다. 200여 편이 넘는 『춘향전』에 관한 연구 논문 중에서 문체론이나 수사학적 접근이 별로 없다는 것이 작가의 말 그대로 참으로 '이상하고'도 '희한한' 일이 아닐 수 없다. 그도 그럴 것이 지금까지 『춘향전』에 관한 연구는 문체론적이나 수사학적 연구를 아예 처음부터 차단하다시피 해 왔기 때문이다.

『춘향전』 연구가 중에서 조윤제는 처음으로 이 작품의 문체적 특징을 언급한 학자로 꼽힌다. 그는 "대체로 『춘향전』의 결점을 든다면, 공연히 말을 다듬기 위하여 사실을 굽히고 모순을 저절로 만드는 폐(弊)가 없다 할 수 없다"고 밝힌다. 그러면서 사건의 전개에 관심을 기울이는 경판본과는 달리 완판본 『열녀춘향수절가』에서는 사건 전개 못지않게 문체에 관심을 두고 있다고 지적한다. 조윤제는 "본서(완판본)는 그 문체(文體)에 있어 역시 많은 진보를 볼 수 있다. 소위 『춘향전』다운 찬란한 문채(文彩)란 것은 여기 와서 대성한 듯한 느낌이 있으니……"라고 밝히면서도 완판본은 또한 이 점이 단점이라고 지적한다. 조윤제는 "본서(완판본)가 너무 그 문장을 다듬고 언어 표현미에만 힘을 경주하였기 때문에 과연 그 문채는 찬란하였으나, 그 반면에 사실을 굽히고 모순을 스스로 이루는 폐가 없잖아 있었으니……"라고 주장한다.

김기동은 조윤제의 주장을 한 발 더 밀고나가 『춘향전』의 문체 연구에 아예 부정적인 입장을 취한다. 김기동은 조선시대 고대 소설 작가들이 중국 고전에서 고사나 숙어를 지나치게 많이 빌려다 사용한 나머지 작품의 내용을 정확하게 표현하지 못하였다고 지적한다. 이 점과 관련하여 그는 "이것은 객관성을 무시하고 단순히 아름다운 문장을 만들기 위하여, 내용을 무시하고 외형만을 수식하려는 미문주의적(美文主義的)인 수사법에서 연유하였기 때문이다. 이러한 현상은 산문체에서나 율문체에서나 동일한 문장법이었다"고 말한다. 더 나아가 김기동은 이조시대의 작가들이 대부분 '미숙한 작가'인데다 '평범한' 작가였기 때문에 독자적인 문체를 개발하지 못하였다고 지적한다. 그러면서 그는 "이조소설에 있어서는 작가적인 문체는 찾아볼 수 없다. 이조소설의 표현 문체는 대부분 동일하며, 문체상의 특성을 찾아볼 수 없다"고 결론짓는다.

김기동이 조선시대 작가들을 '미숙'하다거나 '평범'하다고 간주하는 데에도 문제가 없지 않지만 '독자적인 문체'를 구사하지 않았다고 평가하는 데에는 더더욱 문제가 있다. 이러한 결론은 어디까지나 세련된 현대 소설의 관점에서 시대착오적으로 평가하였기 때문에 비롯한 것이다. 두말할 나위 없이 문학 작품을 재는 잣대는 시대마다 다르기 마련이다. 현대 소설을 현대의 기준에 따라 평가하듯이 조선시대 소설은 그 시대의 기준에 따라 평가하여야 한다. '문예 전통'이니 '문예 사조'란 바로 이러한 잣대를 일컫는 용어에 지나지 않는다.

조선시대에 쓰인 고전 소설은 흔히 문체가 화려하고 현란하다. 이 가운데에서도 『춘향전』처럼 온갖 문체를 풍부하게 구사하는 작품도 아마 찾아보기 어려울 것 같다. 이 작품에서 남원 부사 변학도는 인근 수령들을 초대하여 생일잔치를 풍성하게 벌이고 있지만, 이 소설은 한마디로 풍성한 '언어의 잔치'요, 좀 더 심하게 말하자면 '말의 난장판'이

라고 하여도 크게 틀리지 않다. 이 소설에 등장하는 인물은 신분을 가
리지 않고 질펀하게 말의 잔치를 벌이며 언어의 유희에 참여하고 탐닉
한다. 이상택의 주장대로 이 작품이 '천의 얼굴'을 하고 있다면 이 중에
서 문체나 수사학적 측면이 차지하는 몫이 적지 않을 것이다. 이제는
작품의 내용이나 주제에서 눈을 떼고 형식이나 문체 쪽으로 눈을 돌릴
때가 되었다. 여기에서 "『춘향전』다운 찬란한 문채"라는 조윤제의 말
을 다시 한 번 떠올릴 필요가 있다. 그의 말대로 『춘향전』이 『춘향
전』으로서 의미를 지니는 것은 바로 '찬란한 문채' 때문인 것이다.

1

　『춘향전』은 맨 처음 문장에서 맨 끝 문장에 이르기까지 수사적 표현
이 아닌 것이 하나도 없다고 하여도 그렇게 틀린 말이 아니다. 그것도
작가가 한두 수사법에만 의존하는 것이 아니라 온갖 수사법을 폭넓게
구사한다는 데 이 작품의 특징이 있다. 서양에서 주로 많이 사용하는
수사법에서 한자 문화권인 동아시아에서 주로 구사하는 수사법 등 하
나하나 그 예를 들 수 없을 만큼 무척 다양한 수사법을 구사한다. 그러
면 먼저 흔히 '완판본 84장본'으로 일컫는 『열녀춘향수절가』의 첫 구절
을 한 예로 들어보기로 하자.

숙종디왕(肅宗大王) 직위 초(卽位初)의 성덕(聖德)이 너부시사 성자성손(聖子
聖孫)은 계계승승(繼繼承承) 호사 금고(金膏) 옥쵹(玉燭)은 요(堯), 순(舜) 시절

이요, 으관문물(衣冠文物)은 우(禹), 탕(湯)의 버금이라. 좌우보필(左右輔弼)은 주석지신(柱石之臣)이요, 용양(龍驤) 호위(虎威)난 간성지장(干城之將)이라. 조정의 흐르난 덕화(德化) 힝곡(鄕曲)의 펴엿시니 사히(四海)의 구든 기운이 원근(遠近)의 어려잇다. 츙신(忠臣)은 만조(滿朝)ᄒ고, 효자(孝子) 열녀(烈女) 가가지(家家在)라. 미재미재(美哉美哉)라 우슌풍조(雨順風調)ᄒ니 함포고복(含哺鼓腹) 빅셩(百姓)덜은 쳐쳐(處處)의 격량가(擊壤歌)라.

작가가 사용하는 수사적 전략을 제대로 깨닫지 못한 채 위 인용문을 액면 그대로 축어적으로 해석하다가는 자칫 『춘향전』의 의미를 놓쳐버릴 가능성이 무척 크다. 한 마디 한 마디가 수사법이거나 수사법적이어서 위 구절을 읽고 있노라면 마치 온갖 수사가 숨어 있는 지뢰밭을 지나는 것과도 같다. 거시적으로 보면 이 소설의 작가는 위 인용문에서 반어법을 구사하고 있다. 그러나 좀 더 미시적으로 자세히 들여다보면 작가는 그 반어법 말고도 온갖 수사법을 구사하고 있음을 알 수 있다.

무엇보다 먼저 "슉종더왕 직위 초의 성덕이 너부시사……" 운운 하는 대목은 언어적 표현과 작가의 실제 의도 사이에 차이가 난다는 점에서 반어법이다. 여기에서 작가는 조선시대 제19대 왕 숙종의 치적을 한껏 과장하여 치켜세우고 있지만 조선시대 역사에서 이 무렵만큼 그렇게 혼란스러운 시기도 찾아보기 드물다. 잘 알려져 있듯이 숙종이 1674년에 즉위하여 1720년 사망할 대까지 무려 46년 왕위에 있는 동안 조선은 붕당정치가 절정에 이르면서 한편으로는 그 파행적 운영으로 말미암아 그 폐해가 심화되고, 다른 한편으로는 붕당정치 자체가 파탄에 이른 위기의 시기였다.

이 무렵의 정국을 대략 살펴보더라도 숙종 즉위 초부터 온갖 정변의 연속이었다. 가령 허견의 역모와 관련하여 남인이 실각하고 서인이 집권하는 경신대출척(庚申大黜陟)을 비롯하여, 희빈 장씨가 낳은 왕자(후일의 경종)에 대한 세자책봉 문제가 빌미가 되어 남인이 정권을 잡은 기사환국(己巳換局), 폐출되었던 민비를 복위시키는 문제를 둘러싸고 노론과 소론으로 분열되었다가 서인이 재집권하는 갑술환국(甲戌換局) 등 정변이 끊일 사이가 없었다. 이밖에도 송시열의 오례문제(誤禮問題)를 둘러싼 고묘논란(告廟論難)을 비롯하여 외척 세력의 권력 장악과 정탐 정치에 대한 사류(士類)의 공격에서 비롯한 임술삼고변(壬戌三告變), 존명의리(尊明義理)와 북벌론(北伐論)의 허실을 둘러싼 노론과 소론 사이의 명분 논쟁, 민비의 폐출에서 야기된 왕과 신료들 사이의 잦은 충돌, 그리고 송시열과 윤증 사이의 대립에서 비롯한 회니시비(懷尼是非), 왕세자와 왕자(후일의 영조)를 각기 지지하는 소론과 노론의 분쟁과 대결 등 숙종이 재위하던 시기는 조선시대 역사에서 그 어느 때보다도 당파 싸움이 무척 격심하였다.

이렇듯 숙종 초기는 궁중을 말할 것도 없고 사회 기강이 상당히 혼탁한 시대였다. 성(性)과 관련한 문제에서 특히 그러하였다. 가령 남의 첩을 능간하는 사람이 많았고, 양반 권력자 사이에서도 성적인 방종과 횡포가 심하여 사회 문제로 비화되기 일쑤였다. 사정이 이러한데도 『춘향전』의 작가는 "숙종디왕 직위 초의 성덕이 너부시사……" 운운하고 이 작품을 시작한다. 그러나 경판본 16장본의 작가는 "화설(話說), 아조(我朝) 인조조 때에 전라도 남원부사 이등이 한 아들을 두었으니 명(名)은 령(令)라"라고 소설을 시작한다. 적어도 이 점에서 볼 때 숙종 초기를 시간적 배경으로 삼은 것은 외견과 실재, 겉모습과 속모습의 간극이나 괴리를 한층 돋보이게 하기 위한 수사적 장치로 보아야 할 것이다.

위 인용문의 내용을 좀 더 자세히 살펴보면 작가는 반어법 말고도 온갖 수사법을 구사하고 있음이 드러난다. 가장 먼저 눈에 띄는 수사법은 인유법이나 전고법이다. 인유법은 역사적으로 이미 잘 알려진 사건을 비롯한 저명한 문학 작품의 문구, 옛 사람들의 명언 등을 끌어들여 말하는 수사법을 말한다. 서양에서 성서와 고대 그리스와 로마시대의 고전 그리고 윌리엄 셰익스피어 작품 등이 자주 인유법의 대상이 되듯이, 동양에서는 사서삼경을 비롯한 고전과 고사성어 등이 자주 인유법의 대상이 된다. 인유법 중에서도 인유의 대상이 고전 작품일 때 흔히 전고법이라고 부른다. 언급하는 내용을 상당 부분 생략할 수 있기 때문에 간결성과 경제성을 얻을 수 있는 수사법으로 고전 소설 작가들이 자주 사용한다. 예를 들어 '성자성손은 계계승승흐사……"는 왕가의 복록(福祿)을 송축하는 말로서 당나라 시인 한유(韓愈)의 시 「평진서비(平准西碑)」에서 따온 구절이다. 이 작품에서 한유는 "天以唐 克肖其德 聖子神孫 繼繼承承"(하늘이 당나라로 하여금 그 덕을 닮게 하니 성자와 신손이 계속되도다)이라고 노래하였다.

그 다음 "금고옥촉은 요순시절이요, 의관문물은 우탕의 버금이라"라는 문장은 환유법이다. '금고'는 제왕의 보물을 뜻하고 '옥촉'은 사시의 기운이 조화를 이루는 것을 일컫는다. 여기에서 '요금 시절'이나 '우탕의 버금'이란 중국 고대의 성군인 요임금과 순임금 그리고 우임금이나 탕임금이 통치하던 시절과 같은 쾌평성대를 가리킨다. 요순시대란 공자(孔子)가 강조한 유교 사상의 이상향이며, 우탕시대 또한 무위(無爲)를 위정의 근본으로 삼아 삼라만상이 모두 제 나름의 귀한 자리를 균등히 지켜서 대동 세상을 이룬 지상낙원과 같은 세상이었다. 이 시대를 지나 주공(周公) 시대의 문물제도나 덕업도 뒷날 사람들의 흠모와 송찬의 대상이 되었다. 또한 "좌우토필은 주석지신이요, 용양 호위난 간성지장이라" 같은 문장도 하나같이 중국에서 가장 오래 된 역사소설로 일컫는 『목천자전(穆天子傳)』을 비롯한 『한서(漢書)』나 『시경(詩經)』 등에 뿌리를 두고 있다.

인유법이나 전고법 다음으로는 '성자성손'을 비롯하여 '계계승승', '가가재', '미재미재' 등에서 볼 수 있듯이 반복법이 자주 눈에 띈다. 어떤 것들은 이미 관용어로 굳어져 버려 수사법으로서는 더 이상 생명력을 잃어버린 것도 없지 않지만 아직도 수사적 의미를 지니고 있는 것들도 있다. 『춘향전』의 작가는 반복법을 많이 구사하기 때문에 아예 목판본을 만든 사람들은 동일한 글자를 판각하는 대신 아예 '〱' 같은 약자부호를 만들어 사용할 정도였다.

한편 '의관문물'과 '함포고복'은 환유법, 좀 더 정확히 말하면 제유법이다. 전자는 축어적으로는 남성의 웃옷과 갓이라는 뜻으로 남성이 정식으로 갖추어 입는 옷차림을 이르는 말이다. 또한 '문물'이란 정치, 경제, 종교, 예술, 법률 따위를 통틀어 이르는 말이다. 그러나 '의관문물'이라고 하면 흔히 한 나라의 풍속이나 문화를 뜻하는 제유법으로 널리 쓰인다. 그러니까 이 말은 부분으로써 전체를 나타내는 비유법으로 확대지칭 원리에 따른 제유법이다. '함포고복'도 장주(莊周)의 『장자(莊子)』에서 따왔다는 점에서는 인유법이나 전고법으로 볼 수 있지만 행위로써 결과를 나타내는 비유법이라는 점에서 보면 환유법이다. 『장자』의 「마제(馬蹄)」 편에는 "혁서씨의 시절에는 사람들이 살아도 어떻게 사는지 모르고 가면서도 어디를 가는지 몰랐다. 배불리 먹고 기뻐하며 배를 두드리며 놀았다"고 적혀 있다. 음식을 배불리 먹어 울툭 튀어나온 배를 북처럼 두드리는 행위는 곧 만족감이나 행복감을 표현하는 수사법이다. 한편 '아름답고 아름답도다!'라는 뜻의 '미재미재라'는 두말할 나위 없이 반복법인 동시에 감탄법이다.

잇써 사쏘(使道) 자졔(子弟) 이도령(李道令)이 년광(年光)은 이팔(二八)이요, 풍치(風采)는 두목지(杜牧之)라. 도량(度量)은 창희(滄海)갓고 지혜(知慧) 활달(豁達)ᄒ고 문장(文章)은 이빅(李白)이요, 필법(筆法)은 왕희지(王羲之)라.

주인공 이몽룡을 처음 소개하는 첫 장면으로 작가는 여기에서도 온 갖 수사법을 구사한다. '년광(연광)'은 세월이나 변하는 사시사철의 경치를 뜻하지만 비유적으로는 나이, 그 중에서도 특히 젊은 나이를 가리키는 환유법이다. 여기에서 '광'이란 '한 해 두 해'라고 할 때의 바로 그 해를 가리킨다. 달력이 없던 시절 세월의 흐름을 느낄 수 있는 것이라고는 오직 해와 달이 뜨는 위치와 모양뿐이었다. 옛날 사람들은 달의 모양이 바뀌는 것으로 한 달이 흐르는 것을, 태양의 위치로 한 해가 흐르는 것을 알아차렸던 것이다. 세월의 의미로 '광음'이라는 낱말을 사용하는 것도 이와 같은 이유에서이다. 광음이란 곧 해와 달을 가리킨다.

한편 '이팔'도 열여섯 살의 젊은 나이를 가리키는 완곡법이다. 열여섯 이라고 하여도 좋을 것을 구구법에 따라 넌지시 완곡하게 표현한 것이다. 변소를 일반적으로 '화장실'이라고 부르거나 사찰에서 '해우소(解憂所)'라고 부르는 것과 비슷하다. 이 구절을 『남원고사』에서는 축어적으로 "이도령이 연광이 십육 세라"로 되어 있다. "도량은 창해 같고"라는 구절은 다름 아닌 직유법이다. 사물을 너그럽게 용납하여 처리할 수 있는 넓은 마음과 깊은 생각을 높고 큰 바다에 빗대는 표현이다. 시와 같은 문학 장르에서는 직유법보다는 비유적 기능이 훨씬 강한 은유법을 많이 사용한다. 그러나 『춘향전』 같은 고전 소설에서는 시적인 은유법보다는 직유법이 때로는 훨씬 더 효과적이다.

더구나 위 인용문에서 "풍채는 두목지라. (…중략…) 문장은 이백이

요, 필법은 왕희지라"라는 문장도 따지고 보면 환유법이다. 두목지란 바로 당나라 시인 두목을 가리킨다. 시도 잘 지었지만 풍채가 뛰어나서 수레를 타고 양주(楊州)의 거리를 지나가면 기생들이 그의 얼굴을 보려고 수레에 귤을 던져 언제나 수레에 귤이 가득 찼다고 전해진다. 두말할 나위 없이 이백은 두보(杜甫)와 쌍벽을 이루는 당나라 시인으로 흔히 '시선(詩仙)'이라는 칭호를 받았다. 또한 왕희지는 중국 진(晉)나라의 서예가로 글씨가 뛰어나 '서성(書聖)'이라고 일컫는다. 한나라와 위(魏)나라의 비문을 연구하여 해서·행서·초서의 서체를 완성하였다.

그런데 여기에서 『춘향전』의 작가는 이렇게 유명한 중국의 세 사람을 이도령의 온갖 풍채와 능력을 빗대어 말하는 대상으로 삼고 있다. 즉 '두목지'는 두목지라는 인물 됨됨이 전체를 가리키기보다는 그 가운데에서 오직 그의 수려한 풍채만을 가리킨다. 마찬가지로 '이백'은 이태백의 시적 재능을 가리키고, '왕희지'는 서예가로서의 필력을 가리킨다. 『남원고사』에서 이도령의 풍채와 능력을 설명하기에 앞서 "얼굴은 진유자(陳孺子)요"라는 구절이 더 나온다. 진유자란 중국의 한나라를 세운 공신 진평(陳平)으로 그는 얼굴이 수려한 것으로 이름을 날렸다. 이 이본의 작가는 풍채, 즉 드러나 보이는 사람의 겉모양과 더불어 이도령의 얼굴이 빼어나다는 사실에 무게를 싣기 위하여 진평 한 사람을 더 끌어들이고 있는 것이다. 이러한 비유적 표현은 유사성에 뿌리를 두고 있는 은유법으로 자칫 생각하기 쉽지만 은유법보다는 환유법이나 제유법으로 보는 쪽이 더 정확하다.

2

『춘향전』의 작가는 전고법이나 완곡법 또는 환유법이나 제유법 못지않게 직유법이나 은유법을 즐겨 구사한다. 예를 들어 오월 단옷날 성춘향이 광한루 근처 숲속에서 그네를 타는 장면을 묘사하면서 직유법을 비롯한 온갖 수사법을 한껏 구사한다.

한 번 굴너 심을 쥬며 두 번 굴너 심을 쥬니 발 미터 가는 씌걸 바람 좃차 펄펄 압뒤 점점 머러가니 머리 우의 나무입은 몸을 짜라 흔들흔들 오고 갈 졔 살폐보니 녹음(綠陰) 속의 홍상(紅裳) 자락이 바람결의 니빗치니 구만장쳔(九萬長天) 빅운간(白雲間)의 번기불리 쐬이난 듯, 쳔지지젼호현후(瞻之在前忽焉後)라. 앞푸 얼는 하는 양(樣)은 가부야운 져 졔비가 도화일졈(桃花一點) 써러질 졔 차려 ㅎ고 쏫치난 듯, 뒤로 번듯 ㅎ는 양은 광풍(狂風)의 놀닌 호졉(胡蝶) 짝을 일코 가다가 돌치난 듯, 무산션여(巫山仙女) 구름 타고 양터상(陽臺上)의 나리난 듯……

위 인용문에서 무엇보다도 눈길을 끄는 수사법은 직유법이다. 가령 "구만장쳔 빅운간의 번기불리 쐬이난 듯", "가부야운 져 졔비가 도화일점 써러질 졔 차려 ㅎ고 쏫치난 듯", '광풍의 놀닌 호졉 짝을 일코 가다가 돌치난 듯", "무산션여 구름 타고 양터상의 나리난 듯" 등은 하나같이 직유법의 좋은 예이다. 첫 번째 예에서는 푸른 녹음을 배경으로 춘향의 붉은 치맛자락이 바람결에 나부끼는 모습을 아득히 높고 먼 하늘 흰 구름 사이에 번갯불이 번쩍 하고 스쳐가는 것에 빗댄다.

두 번째 예에서는 춘향이가 앞쪽으로 그네를 몰아가는 모습을 가볍게 날아가는 제비가 복숭아꽃 한 송이가 떨어지는 것을 보고 뒤좇아가는 것에 빗댄다. 그리고 세 번째 예에서는 춘향이 뒤쪽으로 그네를 타는 모습을 호랑나비가 날아가다가 갑자기 거센 바람을 만나 놀라 짝을 잃고 (돌아가는) 것에 빗댄다. 한편 중국 사천(泗川) 무산에 살고 있는 선녀가 초(楚)나라의 회왕(懷王)과 양왕(襄王)을 만나려고 구름을 타고 양대에 내리는 모습에 빗대고 있다.

방자가 이몽룡의 명을 받고 춘향한테 가서 말하는 장면에 이르러 직유법은 더더욱 찬란한 빛을 내뿜는다. 방자는 춘향에게 "외씨 갓탄 두 발길노 빅운간의 논일 젹기 홍상 자락이 펄펄, 빅방사(白紡絲) 속것 가리 동남풍(東南風)의 펄넝펄넝, 박 속 갓탄 네 살거리 빅운간의 힛득힛득"이라고 말한다. '외씨 갓탄'는 말은 오이씨처럼 희고 깨끗한 어떤 물건을 묘사할 때 자주 사용한다. 특히 흰 버선을 신었을 때 '외씨 같은 버선발'이라는 표현을 쓴다. 지금 춘향은 흰 버선을 신고 그네를 타고 있기 때문에 그러한 표현을 사용하는 것이다. 또한 백방사 속곳 갈래가 동남풍을 맞아 펄렁펄렁 거리면서 '박속같은' 살결이 흰 구림 사이로 히뜩히뜩 보인다. '박속'이란 글자 그대로 박의 안에 씨가 박혀 있는 하얀 부분을 가킨다. 동양에서는 전통적으로 청초하고 순결한 젊은 여성을 흰 박꽃에 빗대어 말하기 일쑤였고, 희고 부드러운 여성의 살결을 박속에 빗대어 말하였다. 이렇듯 한국에서 박꽃은 서양의 백합과 같은 비유적 의미가 있다.

'속것(속곳)'이란 속속곳과 단속곳을 통틀어 이르는 말이다. 속속곳이란 예전에 여성들이 한복을 입을 때 아랫도리 맨살에 입는 것으로 요즈음으로 하면 팬티에 해당한다. 단속곳이란 바지 형태로 만들어 치마 안에 입는 겹속옷으로 오늘날의 팬티스타킹에 해당한다. 춘향의 '박속처럼' 흰 허벅지가 훤히 드러나는 것을 보면 단속곳보다는 속속곳을 가리키는 것 같다. 방자가 춘향에게 말하는 이 구절을 읽고 있노라면 육감적이다 못하여 자못 외설스럽게까지 느껴진다. 생각해 보면 볼수록 작가가 직유법을 효과적으로 구사하는 솜씨가 여간 돋보이지 않는다. 시와 같은 문학 장르에서는 직유법보다는 비유적 기능이 훨씬 강한 은유법을 많이 사용한다. 그러나 『춘향전』 같은 고전 소설에서는 시적인 은유법보다는 직유법이 때로는 훨씬 더 효과적이다.

온갖 직유법 사이에 숨어 있어 자칫 그냥 놓치고 지나가기 쉽지만 '쳔지지젼호현후라'라는 인용법이나 전고법도 좀 더 찬찬히 살펴보면 춘향이 그네 타는 모습을 묘사하는 데 직유법 못지않게 중요하다는 사실이 밝혀진다. 이 구절은 위 인용문에서 한자어로 표기하였듯이 '첨지재전홀언재후'를 자못 표기한 것이다. 구두로 전승하는 과정에서 잘못 전해진 것이 아니라 작가가 일부러 이렇게 잘못 표기하였다면 이 구절은 인용법이나 전고법보다는 오히려 오용법(誤用法)으로 간주하여야 마땅하다. 어찌 되었든 이 구절은 두말할 나위 없이 『논어』「자한(自罕)」편에서 안연(顔淵)이 스승 공자를 두고 한숨을 내쉬면서 "우러러볼수록 더욱 높고 꿰뚫어볼수록 더욱 단단하다. 바라보면 앞에 계신 듯한데 홀연히 뒤에 계신다(仰之彌高 鑽之彌堅 瞻之在前忽焉在後)"고 말한 뒷부분이다.

그런데 하필이면 왜 춘향이 그네를 타는 장면에서 갑자기 『논어』에서 한 구절을 인용하는 것일까? 이 물음에 대한 답은 위 인용문에서 '전' 자와 '후' 자에 그 답이 들어 있다. 지금 춘향은 "한 번 굴너 심을 쥬며 두 번 굴너 심을 쥬며" 앞 뒤로 그네를 타고 있다. 앞으로 그네를 밀 때는 사물이 크게 보이다가도 그네가 뒤쪽으로 물러나면 점점 멀어져 작게 보인다. 사물은 일정한 위치에 놓여 있고 관찰자의 시선이 전후로 멀어졌다 가까워졌다 하는 현상을 이렇게 중국 고전에서 한 구절 빌려와 표현한 것이다.

언뜻 보면 공자의 제자가 스승의 고매하고 위대한 인격을 언급하는 구절을 끌어와 한낱 여성이 그네 타는 모습을 묘사하는 데 사용하는 것이 그야말로 '억지춘향처럼' 느껴질는지 모른다. 그러나 『춘향전』의 작가는 형이상학적 의미를 짐짓 형이하학적 의미 차원으로 끌어내린다. 공자의 고매한 인격이 제자 안연의 마음을 완전히 빼앗았다면, 육감적이고 외설스러운 춘향의 자태는 이몽룡의 마음을 완전히 빼앗았다고 할 수 있다. 적어도 이렇게 마음을 모두 빼앗겼다는 점에서는 서로 비슷하다. 한마디로 이 장면의 수사법은 플롯과는 이렇다 할 관련이 없이 중국 고전을 인용하는 다른 장면과는 사뭇 달라서 서로 유기적으로 연관되어 있다.

이 점과 관련하여 조윤제는 일찍이 『춘향전』 작가가 『논어』에서 안연의 구절을 인용한 것을 높이 평가하였다. "한문도 이렇게 되면 벌써 한문으로서의 한문이 아니고 우리글에 완전히 소화되어 버리어 국어로서의 한문이라는 가치밖에 남지 않았다"고 지적한다. 그러면서 조윤제는 계속하여 "사실상 한문은 우리에게 수입되어 다분히 생활상에 소화되었거니와, 『춘향전』, 더욱이 본서[열녀춘향수절개는 그를 가장 능란하게 활용하였다는 것은 가히 경탄할 만한 것이 있다"고 밝힌다. 그의 지적대로 한자로 쓰여 있다고 하여 중국 문학이나 문헌이라고 판단하는 것은 좁은 생각이다. 한국어가 없거나 설령 있어도 한자라는 그릇을 빌려 그 속에 한민족의 얼과 혼을 담아내고 있으면 한국문학으로 간주하여야 마땅하다.

3

　『춘향전』의 작가는 직유법이나 은유법 못지않게 동음이의어법을 효과적으로 구사한다. 동음이의어법이란 소리가 같되 뜻이 다른 낱말이나 어구를 최대한으로 살려 한꺼번에 두 가지 의미를 노리는 수사법을 말한다. 은유법이 주로 의미의 우사성에 무게를 싣는 수사법이라면, 동음이의어법은 어디까지나 소리의 유사성에 무게를 두는 수사법이다. 이 수사법은 장기의 양수겸장처럼 일거양득의 효과를 얻으려고 하기 때문에 흔히 다의어법이라고도 부른다. 또한 동음이의어법은 웃음을 유발하는 데에도 아주 효과적이다. 이몽룡의 분부대로 춘향을 데려오지 못한 방자가 이몽룡에게 그 이유를 설명하는 장면에서 작가는 동음이의어법 또는 다의어법을 구사한다.

> 셜부화용(雪膚花容)이 남방(南方)의 유명키로 방첨스(方僉使), 병부스(兵府使), 군수(郡守), 현감(縣監), 관장(官長)임네 엄지발가락이 두 쌤 가웃식 되난 양반 외입징(外入匠)이덜도 무수(無數)이 보려 하되 장강(莊姜)의 식(色)과 임(任), 스(姒)의 덕힝(德行)이며……

　위 인용문에서 작가는 눈 같이 흰 피부와 꽃다운 얼굴을 갖춘 춘향의 빼어난 외모가 남쪽 지방에 널리 퍼져 있어 온갖 관직에 있는 관리들은 말할 것도 없고 관직에 없는 양반들도 그녀를 만나고 싶어 한다고 말한다. 여기에서 관직을 맡고 있지 않은 지방 양반을 두고 "엄지발가락이 두 쌤(뼘) 가웃식(씩) 되난 양반 외입징이들(오입장이들)"이라는 구절을 특히 찬찬히 눈여겨볼 필요가 있다.

이 수사적 의미를 깨닫기 위해서는 '두 뼘가옷'이라는 말의 뜻을 제대로 이해하여야 한다. '가옷'이란 '가웃'이라는 말의 경상도나 강원도 사투리로 수량을 나타내는 명사나 명사구 뒤에 붙여 사용하는 접미사이다. 다시 말해서 수량을 나타내는 표현에 사용하는 단위의 절반 정도의 분량을 뜻한다. 본디 이 '가옷'이나 '가웃'이라는 말은 '가운데'를 가리키는 말로 쓰였다. 예를 들어 『월인석보(月印釋譜)』에는 "긼 가븐데 쉬우믈 위하야"라는 구절이 나온다. 현대어로 바꾸면 "길 가운데 쉬움(쉼, 휴식)을 (취하기) 위하여"라는 뜻이다. 한편 『언해태산집요(諺解胎産集要)』(1608)에는 "몬져 닝어 혼 나흘 믈에 달혀 혼 되가웃 되거든(먼저 잉어를 한 나흘 동안 물에 달여 한 되 가웃 되거든)"이라는 구절이 나온다. 이처럼 이 말은 어떤 사물의 '가운데'라는 뜻보다는 어떤 물건의 분량이나 땅의 넓이를 계량할 때 2분의 1, 즉 절반을 일컫는 말로 시골에서 자주 쓰였다. 예를 들어 곡식을 되나 말로 잴 때 '되가웃'이니 '말가웃'이니 하는 표현을 자주 썼다. 가령 '되가웃'이라고 하면 '한 되 반'을 뜻하고, '말가웃'이라고 하면 '한 말 반'을 뜻한다. '논 한 마지기가웃'이라고 하면 논 한 마지기 반, 즉 1.5마지기를 말한다.

위 인용문에서 "두 뼘(뼘) 가웃식(씩) 되난 양반"이라는 것은 엄지발가락의 길이가 뼘으로 재어 두 뼘 하고도 반이 되는 양반이라는 뜻이다. '둘과 반을 한자음으로 읽으면 '양반(兩半)'이 되고, 이 말은 '양반(兩班)'과 동음이의어가 되는 데에서 착안해 낸 말장난이나 말재롱이다. 후자의 양반은 본디 문반(文班)과 무반(武班)을 함께 일컫는 관료적 의미로 사용하였지만, 뒷날 반상제가 확립되어 가면서 신분상의 의미로 변화하여 조선시대 최상급의 사회계급인 사족을 부르는 말로 사용하게 되었다. 그런데 『춘향전』 작가는 방자의 입을 빌려 이토록 지체 높은 양반을 발가락에 빗대어 풍자한다. 양반 하면 머리나 머리 위에 쓰고 있는 관을 떠올리기 쉽지만 머리는커녕 인간 신체 중에서도 가장 천대받는 발, 그 중에서도 발가락에 빗댄다. 흥미롭게도 춘향을 만나려고 그토록 애쓰는 지방 양반들은 얼핏 호색한처럼 보일는지 모르지만 한의학에서는 엄지발가락이 긴 사람은 일반적으로 성욕과 정력이 약하다고 본다.

『춘향전』의 작가는 이 작품 뒷부분에서도 이와 비슷한 동음이의어법을 구사한다. 이몽룡은 암행어사가 되어 남원에 내려가던 길에 춘향의 편지를 들고 한양 쪽으로 걸어가고 있는 한 아이를 만난다. 이몽룡은 그 아이에게 "이익 그 편지 좀 보자구나"라고 말하자 그 아이는 "그 양반 철모로는 양반이네"라고 대꾸한다. 이몽룡이 계속하여 문자를 쓰면서 편지를 보자고 하자 그 아이는 "근 양반 몰골은 숭악(凶惡)ㅎ구만 문자 속은 기특ㅎ오"라고 말한다. 이 문장에서 '양반'은 사회적 신분 계급으로서의 양반을 뜻하지 않는다. 그 아이가 사용하는 '양반'이라는 말은 사회적 신분과는 아무런 관계없이 그저 상대방을 홀대하여 부르는 표현에 지나지 않는다. 특히 상대방을 얕잡아 보거나 깔보아 말할 때 이러한 이 말을 사용한다. 그러니까 "이 딱한 양반 보았나"라고 할 때의 그 '양반'과 똑같은 의미이다. 이러한 의미로 사용할 때는 흔히 '이'나 '저' 같은 지시 대명사를 함께 써서 '이 양반'이니 '저 양반'이니 하고 말한다.

양반과 관련하여 방자가 구사하는 동음이의어법은 비단 『춘향전』 같은 고전 소설뿐만 아니라 한국의 전통적 민속극인 탈춤 그리고 민중의 입에서 입으로 전해 내려온 전래 민요에서도 쉽게 그 예를 찾아볼 수 있다.

양반 양반 두 냥반
돼지 팔아 석 냥반

위 전래 민요에서 첫 행의 처음 두 '양반'은 '兩班'을 가리키고, 각 행의 끝에서 세 번 거듭 사용한 '냥반'은 '兩半'을 가리킨다. "양반 양반 두 냥반"은 양반을 두 사람 팔아도 그 값이 '두 냥 반'밖에는 나가지 않는다는 뜻이다. 그러나 돼지 한 마리를 팔면 '석 냥 반'을 받을 수 있고, 소 한 마리를 팔면 무려 '넉 냥 반'이나 받을 수 있다. 그렇다면 조선시대 최상급 사회계층이라는 '양반'의 값이 소는 말할 것도 없고 돼지의 값보다도 싸다는 말이 된다. 이 전래 민요에 드러난 양반 계급에 대한 비판이 비수처럼 날카롭다. 엄밀히 말하면 이 민요에서 '양반'과 '냥반'의 발음이 조금 다르다. 그러나 '냥반'을 빨리 소리 내어 읽거나 노래로 부르면 '양반'과 거의 구별할 수 없기 때문에 수사법적 효과는 그런 대로 충분히 살릴 수 있다.

이러한 동음이의어법은 이몽룡이 춘향을 만나는 첫날 밤 그녀를 등에 업고 희롱하는 장면에서도 잘 드러난다. 이 장면에서 이몽룡은 춘향에게 '말노림'이라는 말타기 놀이를 하자고 제안한다. 그러면서 "타고 노자 타고 노자" 하면서 '승(乘)' 자 돌림자로 노래를 부른다.

금야(今夜) 삼경(三更) 깁푼 밤의
춘향 비를 넌짓 타고
홋이불노 도슬 다라
니 기겨(器械)로 노(櫓)를 져어
오목셤을 드러가되
순풍(順風)의 음양슈(陰陽水)를
실음 업시 건너갈 졔

둘째 행의 "춘향 비를 넌짓 타고"에서 '배'는 이음동음어이다. '배'라는 말은 발음은 같으면서도 문맥에 따라 '복[腹]', '배[舟]', '배[梨]', '배[倍]', 배[杯] 등 그야말로 여러 의미로 서르 다르게 쓰인다. 위 인용문에서 '춘향 배'는 돛을 다느니, 노를 젓느니, 오목섬에 들어가니, 순풍에 시름없이 건너간다느니 하는 것을 보면 물에 떠다니는 배로 볼 수 있을지 모른다. 더구나 위 인용문 바로 앞에서 이몽룡이 "일모장강(日暮長江) 어옹(漁翁)들은 일렵편주(一葉片舟) 도도 타고 나는 탈 것 업셔신니"라고 말하는 것을 보면 더더욱 그러한 생각이 든다.

그러나 조금만 꼼꼼히 생각해 보면 지금 이몽룡은 춘향과 함께 뱃놀이를 하고 있는 것이 아님이 밝혀진다. 상식적으로 생각하여도 방안에서 뱃놀이를 할 수는 노릇이다. '춘향 배'에서 '배'는 물에 떠다니는 일엽편주나 선박이 아니라 춘향의 신체 부위를 가리킨다. 다시 말해서 지금 이몽룡은 춘향의 배에 올라타 있고, 이 두 사람은 홑이불을 뒤집어 쓴 채 질펀하게 정사를 벌이고 있다. 여기에서 굳이 지그문트 프로이트의 정신분석 이론을 언급하지 않는다고 하더라도 '기계'는 다름 아닌 남성의 성기를 가리키는 비유적 표현인 반면, '오목섬'은 바로 여성의 성기를 가리키는 비유적 표현이다. 지금 이몽룡은 자신의 '기계(凸)'를 노로 삼아 저으면서 오목하게 생긴 섬(凹)으로 들어가고 있다. 광한루 근처 숲에서 춘향이 박속같이 하얀 허벅지를 살짝 드러내고 그네를 타는 장면이 한 편의 민화에 가깝다면, 청춘남녀의 성행위를 묘사한 이 장면은 같은 가히 춘화에 가깝다고 할 만하다.

이번에는 고전 소설 『춘향전』의 모태라고 할 수 있는 판소리 『춘향가』에서 한 대목을 예로 들보기로 하자. 이몽룡의 아버지가 한양 내직으로 발령을 받자 이몽룡이 춘향과 이별하고 남원을 떠나 한양으로 떠나가는 장면을 묘사하는 대목이다.

저 방자 달려들어, "이랴!" 툭 차 말을 몰아, 다랑 다랑 다랑 다랑 다랑 다랑 다랑 다랑 훨훨 넘어갈 적, 그 때여 춘향이는 따러갈 수도 없고, 높은 데 올라서서 이마 우으 손을 얹고, 도련님 가시는 데만 무뚜뚜름이 바라볼 적, 가는 대로 적게 뵌다. 달만큼 보이다가, 별만큼 보이다가, 나비만큼, 불티만큼, 망종 고개 아조 깜박 넘어가니, "아이고, 우리 도련님 이제는 그림자도 못 보겠구나!"

위 인용문 중에서도 마지막 문장은 눈길을 끌기에 충분하다. 완판본 『열녀춘향수절가』에서는 "도련인 타신 말은 준마가편(駿馬加鞭)이 안 인야. 도련임 낙누(落淚)하고 훗 기약을 당부하고 말을 치쳐 가는 양(樣)은 광풍(狂風)의 편운(片雲)일네라"로 되어 있다. 이처럼 이 소설에서는 점점 작게 사라지는 이몽룡의 모습보다는 오히려 점차 춘향의 눈앞에서 사라져 가는 속도에 무게를 싣는다. 한편 경판 16장본 『춘향전』의 작가는 시점을 달리하여 이몽룡이 말을 타고 한양에 가며 춘향의 모습을 바라보는 것으로 묘사한다. "[이몽룡이] 말에 올라 서울을 향할 새, 돌아보고 돌아보니 한 산 건너 오 리 되고 한 물 건너 십 리 되매 춘향의 형용이 묘연하지라"라고 말한다. 그러나 이 이별 장면은 이몽룡의 시점보다는 아무래도 춘향의 시점으로 묘사하는 쪽이 훨씬 더 타당할 것이다. 헤어지는 것이 안타깝고 애절한 것으로 말하자면 이몽룡 쪽보다는 춘향 쪽이 훨씬 크기 때문이다.

이 장면은 소설보다는 판소리 『춘향가』에서 훨씬 더 시적으로 묘사할 뿐만 아니라 좀 더 구체적으로 자세하게 묘사한다. 더구나 수사적인 관점에서 볼 때 판소리의 장면은 소설의 같은 장면과는 비교가 되지 않을 만큼 뛰어나다. 위에 인용한 글은 오정숙 창본에 따른 것이지만 창본에 따라 이 장면은 조금씩 차이가 난다. 가령 박동진 창본에는 "처음에는 달처럼 보이다가 별처럼 보이다가 나비처럼 보이다가 티끌처럼 보이다가 박석고개로 넘어간다”로 되어 있다. 적어도 이 장면의 수사적 표현에서는 오정숙 창본이나 박동진 창본이나 크게 다르지 않다. 세계 문학을 통틀어 이 장면처럼 이별의 슬픔을 그토록 감칠맛 나게 표현한 작품도 아마 찾아보기 쉽지 않을 것이다.

판소리 『춘향가』의 작가는 춘향이 이몽룡과 헤어지며 느끼는 애절한 마음을 점강법(漸降法) 또는 점약법(漸弱法)을 구사하여 표현한다. 음악에서 셈여림의 순차적 변화를 나타내기 위하여 주로 사용하는 용어를 빌려 말한다면, 이러한 수사법은 ‘점점 여리게’를 뜻하는 데크레셴도나 디미누엔도와 비슷하다. 음악에서 데크레션도나 디미누엔도는 크레셴도와는 반대로 음의 세기를 점점 약하게 지시하는 표기법이다. 점점 시야에서 멀어져 가는 이몽룡의 모습이 춘향의 눈에 처음에는 달덩이처럼 크게 보이다가 그 다음에는 별처럼 작게 보이다가, 또 그 다음에는 나비처럼 보이다가 불티나 티끌처럼 보이더니 마침내 아주 사라져 버린다. 이몽룡의 모습을 도표로 그려 본다면 ‘달 → 별 → 나비 → 불티(티끌)’로 점점 작아진다.

언뜻 보면 별보다는 나비가 더 크기 때문에 점강법이나 점약법이 아니라고 생각할는지 모른다. 그러나 이 문장은 비록 눈에 보이지는 않지만 좀 더 찬찬히 살펴보면 ‘별처럼 보이다가’와 ‘나비처럼 보이다가’라는 구절 사이에 의미의 철조망이 가로놓여 있음을 알 수 있다. 통사 구조에서 보면 한 문장이지만 의미에서 볼 때에는 서로 다른 두 개의 의미 단위로 나뉘기 때문이다. 다시 말해서 전반부 “달처럼 보이다가 별처럼 보이다가”와 후반부 “나비처럼 보이다가 불티(티끌)처럼 보이다가”는 서로 다른 의미 영역에 속한다. 달과 별은 천상의 세계를 묘사하는 것이지만 나비와 티끌은 질퍽한 지상 세계를 묘사하는 것이다. 또한 전자가 이몽룡의 얼굴이나 머리 모습을 묘사하는 것이라면, 후자는 말을 타고 가는 그의 몸 전체를 묘사하는 것이다. 그러니까 이몽룡의 얼굴이나 머리 모습은 달에서 별로, 말을 타고 가는 동작은 나비에서 티끌로 점점 작아지는 것이다. 전자가 정태적이라면 후자는 어디까지나 동태적이다.

더구나 달과 별 그리고 나비와 불티(티끌)은 춘향과 이몽룡의 사랑과 이별의 장면을 묘사하는 데에도 썩 잘 어울린다. 두말할 나위 없이 달과 별은 아름다운 천상의 세계를 상징한다. 문학 작품에서 아름답고 이상적인 구애의 장면 치고 달과 별이 등장하지 않는 곳이 별로 없다. 예를 들어 영국의 이몽룡이라고 할 로미오가 영국의 춘향이라고 할 줄리엣에게 사랑을 고백할 때 하늘에 떠 있는 둥근 달을 두고 사랑을 맹세한다. 그러나 줄리엣은 달은 차서 기우니 달에 두고 맹세하는 것은 싫다고 대답한다. 이와 꼭 마찬가지로 첫날밤 이몽룡이 흥에 겨우 춘향에게 "네가 그러면 반달인야"라고 묻는다. '반달 같은 얼굴'이나 '반달 같은 미인'이라는 표현도 있듯이 한국 문화권에서 반달은 흔히 젊고 아름다운 여성을 가리킨다. 이몽룡을 말을 듣자마자 춘향은 그에게 "반달이란이 당치 안소. 금야(今夜) 초싱(初生) 안이여든 벽공(碧空)의 도든 명월(明月) 너가 엇지 기울잇가"라고 반문한다. 이처럼 달을 두고 사랑을 맹세하는 것이 부질없다고 생각한다는 점에서 동양이나 서양이나 별다른 차이가 없다.

달과 비교해 볼 때 별은 그 크기에서 상대도 되지 않을 만큼 무척 작다. 물론 우주 공간에서 별은 결코 작은 행성이 아니다. 오히려 달의 크기는 지구의 4분의 1밖에 되지 않지만 별은 지구보다도 훨씬 더 크다. 가령 천랑성(天狼星)만 같아도 지구의 2백 배 정도 크고, 어떤 별은 지구의 몇 십만 배 큰 것도 있다. 그러나 별은 지구에서 멀리 떨어져 있는 탓에 작게 보일 뿐이다. 또한 달은 해와 마찬가지로 이 세상에 오직 하나밖에 없지만 별은 그 수를 헤아리기 힘들 정도로 아주 많다. 오죽하면 구약성서 「창세기」에서 하나님은 아브라함에게 "너의 자손이 크게 불어나서 하늘의 별처럼, 바닷가의 모래처럼 많아지게 하겠다"(22장 17절)고 약속하였을까. 별은 이렇게 바닷가의 모래처럼 수가 많기 때문에 크기보다는 양을 헤아릴 때 자주 비유적 표현으로 사용한다. 어찌 되었든 지상에서 바라보는 별은 달과 비교하여 아주 작은 점처럼 보인다. 처음에는 달처럼 큼직하게 보이던 이몽룡의 얼굴이나 머리 모습이 점점 작아지더니 마침내는 별처럼 아주 작게 보이는 것이다.

한편 누추한 지상의 세계를 상징하는 나비와 불티(티끌)은 사랑의 속절없음과 이별을 보여주는 데 그야말로 안성맞춤이다. 이몽룡은 오월 단옷날 밤 춘향을 찾아와 월매에게 "우연히 광한루의셔 춘향을 잠간 보고 연연(戀戀)이 보니기로 탐화봉접(探花蜂蝶) 취(醉)한 마음 오날 밤의 오난 쯧션 춘향 어모 보려 왓건이와 자니 딸 춘향과 빅연언약(百年言約)을 밎고자 하니 자니의 마음이 엇더한가"라고 묻는다. 여기에서 '탐화봉접'이란 글자 그대로는 꽃을 찾는 벌과 나비를 가리키지만 비유적으로는 젊은 여성을 찾아다니는 젊은 남성을 뜻한다.

동양 문화권에서 '꽃 본 나비'라는 표현은 '물 본 기러기'와 거의 같은 뜻으로 널리 사용한다. 「정선 아리랑」에도 "꽃 본 나비야 물 본 기러기 / 탐화봉접이 아니냐 / 나비가 꽃을 보고서 그냥 갈 수 있나"라는 구절이 나온다. 그러나 "사랑은 나비인가 봐"라는 유행가 가사도 있듯이 사랑은 나비처럼 좀처럼 어느 한 곳에 머물려고 하지 않고 끊임없이 자리를 옮겨 다닌다. 탐화봉접이 때로는 여색을 좋아하는 남성에 빗대어 사용하는 까닭이다. 그렇다던 이몽룡과 이별하는 장면에서 춘향이 느끼는 원망과 애틋한 심정을 묘사하는 데 아마 이 수사적 표현보다 더 적절한 표현을 찾아보기도 힘들 것 같다.

꽃을 보고 나비가 찾아오는 것이 사랑의 시작이라면, 불티나 티끌은 사랑의 불꽃이 타버리고 난 재요 사랑이 남기고 간 보기 흉한 흔적이다. 이때 티끌은 "티끌 모아 태산"의 티끌보다는 "티끌 같은 세상"이라고 할 때의 그 티끌에 훨씬 더 가깝다. 적어도 사랑하는 임과 이별하는 장면에서 춘향에게 사랑은 사랑의 열정이 타버리고 난 뒤 남은 잿더미에 지나지 않을 것이다. 이렇게 불티나 티끌처럼 보이던 이몽룡의 모습마저 마침내 고개를 넘어가 버리니 전혀 보이지 않는다. 춘향이 "아이고, 우리 도련님 이제는 그림자도 못 보겠구나!"라고 절규하는 까닭이 바로 여기에 있다.

5

티 없는 옥이 없듯이 『춘향전』에도 부적절한 수사법이나 비유법이 없지 않다. 온갖 수사법의 잔치를 풍성하게 벌이다 보니 때로는 조금 지나칠 정도로 화려할 뿐만 아니라 내용과 유기적으로 연관되어 있지 않는 것들도 더러 눈에 띈다. 이 작품에서 가장 문제가 되는 수사법이라면 역시 무엇보다도 열거법 또는 나열법을 빼놓을 수 없다. 이 소설의 작가는 의미에서 비슷하거나 동일한 낱말이나 어구 또는 문장을 길게 나열하는 수사법을 즐겨 사용한다. 이 수사법은 사물을 구체적으로 덧붙여 설명할 필요가 있거나 형상적으로 생동감 있게 표현하고 운율을 조성하는 데에도 적잖이 이바지한다. 그러므로 『춘향전』 같은 고전소설에서 열거법이나 나열법은 잘만 구사하면 아주 효과적이다. 문제는 작가가 이 수사법을 남용하거나 잘못 사용한다는 데 있다.

열거법은 문장의 어느 성분이나 단위에서도 일어날 수 있다. 다시 말해서 주어에 해당하는 부분을 열거할 수도 있고, 술어동사나 목적어나 수식어나 상황어 등에 해당하는 부분을 열거할 수도 있다. 한마디로 열거법은 문장의 어느 위치에서나 사용할 수 있지만 나열하는 낱말이나 어구 또는 문장은 반드시 논리적인 연관성을 지니고 있어야 한다. 예를 들어 "밤, 사과, 배, 호도, 대추, 포도, 장미……"에서 '장미'는 어울리지 않는다. 마찬가지로 "장미, 백합, 튤립, 칸나, 사과……"에서도 '사과'는 이질적이다. 과일은 과일끼리, 꽃은 꽃끼리 나열하여야 수사적 효과를 극대화할 수 있다. 그런데도 『춘향전』에서는 논리적 연관성이 전혀 없거나 설령 연관성이 있다고 하여도 빈약한 열거법을 쉽게 찾아볼 수 있다. 예를 들어 방자가 이몽룡에게 춘향이 살고 있는 집을 가리키며 묘사하는 장면이 바로 그러하다.

> 들축, 죽빅(側柏)), 젼나무며, 그 가온디 힝자목(杏子木)은 음양(陰陽)을 좃차 마쥬 시고, 초당 문젼(草堂門前) 으동(梧桐), 디초나무, 집푼 산즁(山中) 물푸레나무, 포도(葡萄), 다리, 으름넌출 휘휘친친 감겨 단장(短牆) 밧기 웃쑥 소사난디, 송졍(松亭) 죽임(竹林) 두 스이로 은은(隱隱)이 뵈이난 계 춘향의 집인이다.

위 인용문에서 측백나무를 비롯하여 전나무, 은행나무, 오동나무, 대추나무가 집 근처에 서 있는 것은 크게 이상할 것이 없다. 그러나 한대 지방에 분포하는 낙엽 소관목으르 높은 산에서 주로 자라는 들쭉나무와 물푸레나무가 서 있는 것은 아무래도 상식에 들어맞지 않는다. 물을 푸르게 한다고 하여 '물푸레나무'라고 부르는 이 나무는 강원도에서는 흔히 수청목(水靑木)이라고 하고 한방에서는 진백목(秦白木)이라

고 한다. 작가가 직접 밝히고 있듯이 물푸레나무는 '깊은 산중'에서 자
라는 나무로 집 근처에서는 볼 수 없다. 또한 이 물푸레나무를 휘휘 감
고 있다는 넝쿨식물들도 집 근처에서는 좀처럼 볼 수 없는 것들이다.
포도는 그렇다고 하여도 다래와 으름덩굴은 깊은 산 속에 들어가야 겨
우 볼 수 있다. 『남원고사』에서 작가는 이러한 넝쿨식물이 춘향의 집
근처보다는 광한루 근처 산 속에 자라고 있는 것으로 묘사한다. 즉 작
가는 "쏘 흔 곳 바라보니 각식초목(各色草木) 무셩(茂盛)하다. (…중략…)
포도, 다릭, 으흐름너츌 얼그러지고 뒤트러졋다"고 말한다. 여기에서
'으흐름너츌'이란 다름 아닌 어름덩굴을 가리킨다.

　논리나 상식에 잘 맞지 않는 열거법은 이몽룡이 춘향의 집을 처음
방문하여 술대접을 융숭하게 받는 장면에서도 엿볼 수 있다. 향단이
술상 안주로 차리는 음식이 여간 이채롭지 않다.

> 주효(酒肴)를 차일 적기 안주(安酒) 등물(等物) 볼작시면 (…중략…) 싱율(生栗),
> 숙율(熟栗), 잣승이며 호도(胡桃), 딕초(大棗), 셕유(石榴), 류자(柚子), 준시(蹲
> 柿), 잉도(櫻桃), 탕기(湯器) 갓튼 청슬이(靑實梨)를 칫슈잇게 고야난듸……

　음력 오월 단옷날이라면 양력으로는 줄잡아 6월 초순이나 중순에
해당한다. 햇밤이 아직 나올 리는 없고 초여름까지 밤을 보관하기가
그렇게 쉽지 않을 터인데 안주로 생밤과 삶은 밤이 나온다. 밤을 비롯
하여 잣송이며 호두며 대추 등은 그렇다고 하더라도 석류·유자·준
시·앵두·청술레 등이 안주로 나온다는 것은 도무지 사리에 맞지 않
는다. 석류와 유자는 가을철이 아니고서는 얻기 힘들고, 꼬챙이에 꿰
지 않고 그냥 말린 감을 뜻하는 준시도 초여름에는 좀처럼 보기 어렵
다. 앵두는 이른 봄에 나는 과일이고, 푸른빛이 도는 토종 배인 청술레

는 냉동 시설이 없던 이조시대에 초여름에는 구할 수 없는 과일이다. 이몽룡을 위하여 차려내 온 음식상에는 늦봄이나 초여름 음식이 아니라 사계절 음식이 모두 올라와 있다. 술상 안주를 풍성하게 차리려고 하다 보니 온갖 과일 완주를 나열하게 되었고, 또 그러다 보니 이렇게 계절에 맞지 않는 음식을 열거할 수밖에 없었던 것이다.

『춘향전』에는 엄밀한 의미에서 수사법은 아니지만 화려한 문체를 구사하려는 나머지 실제 사실과 조잖이 어긋나는 표현도 없지 않다. 춘향이 그네를 타는 장면은 아마 좋은 예가 될 것이다. "나무입도 무러 보고 꼿도 질끈 썩거 머리에다 실근실근 (…중략…) 붓들랴고 무수이 진퇴ᄒ며 한창 이리 논일 젹의 셰니까 반셕셕의 옥비너 쩌러져 징징ᄒ고……"라는 문장이 바로 그것이다. 조윤제는 춘향이 그네를 타면서 나뭇잎을 따서 입에 물어본다든지 꽃을 꺾어 머리에 꽂아 본다든지 하는 것은 있을 수 없다고 지적한다. 또한 춘향처럼 아직 시집을 가지 않은 처녀가 어떻게 머리에 비녀를 꽂고 있으며, 또한 그 비녀가 어떻게 반석 위에 떨어진다는 것은 어불성설이라는 것이다. 그리하여 조윤제는 이러한 수사적 표현법이야말로 "사실을 굽히고 모순을 스스로 이루는 폐"를 범하기 때문에 이 작품의 '중대한 결점'이라고 결론짓는다.

이몽룡과 춘향이 처음 만나는 시간적 배경도 문제가 되지 않을 수 없다. 이몽룡이 춘흥을 이기지 못하여 방자를 데리고 외출할 때는 춘삼월이다. "잇써는 어느 써뇨 놀기 조흔 삼촌(三春)이라 호련비조(胡燕飛鳥) 뭇 싀들은 농초 화답(和答) 짝을 지어 쌍거쌍니(雙去雙來) 나려드려 온갖 춘정(春情) 닷토난듸"라는 문장에서 단적으로 드러난다. 그러다가 조금 뒤에 와서 작가는 갑자기 말을 바꾸어 "잇써은 삼월(三月)이라 일너스되 오월(五月) 단오일(端午日)리엿다. 쳔중지가절(天中之佳節)이라"라고 밝힌다. 음력 오월 초닷샛날에 해당하는 단옷날은 흔히 천중절(天中節),

단양(端陽), 수릿날 등으로 부른다. '천중지가절'이라고 말하는 까닭이 바로 여기에 있다. 처음에는 이몽룡이 느끼는 춘흥을 생각하여 시간적 배경을 춘삼월로 삼았다가 춘향으로 하여금 그네를 타게 하려고 하니 삼월보다는 단옷날이 더욱 잘 어울리는 시간적 배경이라고 판단하였기 때문이다. 이 작품의 작가는 이렇게 시간적 배경을 바꾸는 것에 대하여 조금도 아랑곳하지 않는다. "~일너스되 ~리였다"라는 말로 이러한 모순을 슬쩍 비켜나간다.

이보다 더욱 심각한 문제는 이몽룡이 춘향을 처음 만나는 밤에 하늘에 둥그런 달이 떠 있다는 점이다. 오월 단옷날은 음력 오월 오일로 둥근 달이 뜰 수 없고 편월(片月)이라고 하여 겨우 조각달이 뜰 정도이다. 그런데도 『춘향전』의 작가는 "삼문(三門) 밧 썩 나셔셔 협노지간(狹路之間)의 월식(月色)이 영농(玲瓏)하고"니, "춘향 문전(門前) 당도하니 인적 야심(人寂夜深)한 듸 월식은 삼경(三更)이라"니, "월하(月下)의 두루미넌 흥(興)을 계워 싹 부른다"니 하고 말한다. 이렇게 조각달밖에 뜨지 않은 어두운 밤인데도 달이 주는 효과를 잘 알고 있는 작가는 둥근 달이 하늘에 걸려 있도록 만든다. 앞에서 이미 언급하였듯이 윌리엄 셰익스피어가 로미오와 줄리엣이 사랑을 고백하는 장면에서 달을 중요한 소도구로 사용하는 것처럼 『춘향전』의 작가도 이몽룡이 춘향을 만나러 가는 날 밤에 달을 중요한 소도구로 삼고 있다. 사랑을 주고받는 젊은 연인들에게 달만큼 낭만적인 소도구도 아마 없을 것이다.

이렇게 실제 사실에 부합되지 않는 것은 비단 이것으로 그치지 않는다. 가령 이몽룡처럼 어린 나이에 과거에 급제한 사람을 곧바로 암행어사로 제수하는 것은 현실적으로 적잖이 무리가 따른다. 암행어사란 조선시대에 글자 그대로 지방에 몰래 파견하여 지방관의 감찰과 백성의 사정을 조사하는 일을 비밀리에 수행하던 관리로 국왕 직속의 임시

관리이다. 암행어사가 임명되고 임지에 도달할 때까지 생존율이 채 30퍼센트가 되지 않았다. 그리하여 조정에서는 실제 필요한 인원보다 많은 숫자의 암행어사를 선발하여 임지로 보냈고, 또한 그 연령대도 20대 초반의 체력이 뛰어난 사람을 위주로 선발하였다. 비록 이 점을 감안한다고 하여도 이몽룡이 과거에 급제하자마자 암행어사로 임명받는다는 것은 상식에 어긋난다고 아니할 수 없다. 그런가 하면 『남원고사』에서 이몽룡은 임금이 그에게 원하는 직책을 묻는 등의 과정을 거쳐 암행어사가 된다.

또한 작품 결말 부분에서 춘향이 이몽룡의 정식 부인이 될 뿐더러 정렬부인(貞烈夫人)의 칭호를 받는 것도 실제 역사에서는 도저히 있을 수 없는 일이다. 완판본 『열녀춘향수절가』에는 춘향이 그나마 월매와 남원부사를 지낸 성 참판 사이에서 태어난 딸로 나온다. 비록 퇴기의 딸이지만 이몽룡을 만나기 전에 이미 여염 생활을 하고 있는 인물이다. 이 무렵의 제도로서는 아무리 퇴기와 양반 사이에서 태어난 딸이라고 하여도 정렬부인의 반열에 오르기란 그렇게 쉽지 않다. 더구나 경판본 『춘향전』을 비롯한 몇몇 이본에서 춘향은 기생의 딸일 뿐만 아니라 현재 신분이 기녀로 되어 있다. 『남원고사』에서는 이름도 아예 성춘향이 아니라 김춘향이고, 본인 스스로도 자신을 "천한 창가(娼家)의 기생"이라고 일컫는다. 물론 이몽룡과 백년가약을 맺은 뒤에는 종을 대신 기녀로 바치고 몸을 빼내어 천한 신분을 면하였기 때문에 기생 명부에는 들어 있지 않다. 그러므로 기생의 딸, 기생의 신분으로 정렬부인이 된다는 것은 현실적으로 거의 불가능하다.

6

이렇게 『춘향전』 작가가 이 작품에서 온갖 수사법을 구사하고 지나치게 화려한 문체를 구사하는 까닭이 과연 어디에 있을까? 조윤제의 지적대로 "사실을 굽히고 모순을 스스로 이루는 폐"를 감수하면서까지 이러한 문체를 구사하는 데에는 그럴 만한 까닭이 있을 것이다. 두말할 나위 없이 이 물음에 대한 답은 이 소설이 바로 판소리에서 갈라져 나온 소설이라는 사실에서 찾아야 한다. 판소리가 상업적인 대중예술로 점차 자리 잡기 시작하면서 판소리 사설은 판소리계 소설로 탈바꿈하게 되었다. 특히 방각본 출판업자들이 판소리 사설의 인기를 이용하여 상업적인 이득을 취하려고 하면서 판소리계 소설은 더욱 박차를 가하게 되었던 것이다.

판소리와 판소리계 소설 중에서 어느 쪽이 먼저 성행하였는지 전후 영향 관계는 지금까지 확실히 밝혀져 있지 않다. 가령 『춘향전』을 비롯하여 『흥부전』과 『토끼전』은 같은 고전 소설은 판소리가 먼저 연행된 다음에 소설로 정착한 반면, 『적벽가』 같은 작품은 소설이 먼저 쓰인 뒤 판소리로 연행되었다고 보는 것이 일반적인 학설이다. 물론 판소리 사설로 먼저 정착한 작품도 처음에는 아주 간단한 스토리가 그 씨앗이 되었음에 틀림없다. 다시 말해서 간단한 줄거리를 지닌 스토리가 판소리의 사설이 되었다가 다시 소설 형태로 정착하였거나, 아니면 간단한 스토리가 직접 소설로 쓰였다가 마침내 판소리 사설로 정착되었을 것이다.

이와 관련하여 조윤제는 일찍이 『춘향전』의 이본을 크게 '스토리적 소설'과 '희곡적 소설'의 두 갈래로 나눈 적이 있다. 전자가 경판본처럼 주로 줄거리나 스토리를 위주로 하는 텍스트를 가리킨다면, 후자는 완판본이나 이명선 본처럼 창곡을 위주로 하는 텍스트를 말한다. 플롯에 무게를 싣는 '스토리적 소설'과는 달리 창곡이나 유희적 요소에 무게를 싣는 '희곡적 소설'에서는 수사법을 닳이 사용하고 비록 논리나 상식에 어긋날지라도 화려한 문체를 구사할 수밖에 없을 것이다.

『춘향전』처럼 판소리 사설에서 직접 영향을 받고 쓴 판소리계 소설의 작가는 무엇보다도 먼저 독자(청중)의 흥미를 염두에 두어야 한다. 판소리 사설이 지니고 있는 감칠맛을 될 수 있는 대로 전달하여야 하기 때문이다. 이렇게 독자의 흥미에 초점을 맞추다 보니 유기적인 플롯 전개보다는 개별적인 장면에 치중할 수밖에 수 없을 것이다. 서민들의 소박한 소망이나 정서를 실어 표현하되 어디까지나 흥미진진하게 표현하여야 한다. 이러한 과정에서 일부 표현이나 내용이 전체적인 플롯에 잘 들어맞지 않거나 부분적으로 모순이 어쩔 수 없이 생겨날 수밖에 없다.

더구나 판소리계 소설에 수사법이 풍부하고 문체가 화려한 이유는 판소리가 한 사람이 창작한 것이 아니라 여러 사람이 공동으로 창작하였기 때문이다. 민담이나 전설로 떠돌던 이야기가 입에서 입으로 전해 오면서 계속하여 이야기가 덧붙여졌다고 볼 수 있다. 한국의 대표적인 민속극인 탈춤처럼 판소리도 집단 창작적 성격이 매우 짙다. 집단 창작적인 작품이 흔히 그러하듯이 판소리에는 플롯의 일관성이 부족한 반면, 청중(독자)의 흥미를 유발할 만한 온갖 가요나 에피소드 등이 많이 삽입되어 있다.

무엇보다도 판소리계 소설의 이러한 특징은 판소리가 구술성에 의존하는 연행예술이라는 사실에서 찾을 수 있다. 판소리에서는 극적 행동이라고 할 발림과 고수의 추임새를 빼고 나면 창(唱)과 아니리로 구성되어 있다. 그러나 창과 비교하여 아니리가 차지하는 몫은 그렇게 크기 않다. 그렇다면 판소리에서 창이 가장 핵심적인 부분이라고 할 수 있다. 어찌 되었든 창은 말할 것도 없고 아니리도 일정한 운을 밟고 있다. 그러므로 판소리계 소설은 판소리처럼 운율을 맞추고 수사적 표현을 널리 사용하기 마련이다. 가령 『춘향전』 작가만 같아도 4·4조의 유장한 운문체를 구사한다. 또한 온갖 수사법을 빌려와 표현을 좀 더 생동감 있게 만들려고 무척 애를 쓴 흔적을 쉽게 찾아볼 수 있다.

7

　『춘향전』의 작가가 구사하는 온갖 수사법이나 비유법은 비단 문체를 아름답게 하고 희극적 효과를 유발하며 문장을 생동감 있게 표현하는 것에 그치지 않는다. 형식뿐만 아니라 더 나아가 작품의 내용이나 의미와도 깊이 연관되어 있다. 좀 더 구체적으로 말해서 수사법이나 비유법은 의미를 약화시키고 모호하게 하고 심지어 의미 전달을 아예 불가능하게 만드는 역할을 한다. 이러한 수사법이나 비유법 가운데에서도 흔히 '펀' 또는 '패러노메이저'라고 일컫는 말장난이나 말재롱은 첫 손가락에 꼽을 만하다. 18세기 영국의 시인이요 비평가이며 사전 편찬자인 새뮤얼 존슨은 일찍이 이러한 말장난이나 말재롱을 "가장 저급한 형태의 유머"로 폄하하였다. 두말할 나위 없이 이성의 시대의 자식이라고 할 그는 계몽주의의 세례를 한 차례 받았기 때문이다. 모든 것을 오직 이성과 합리성의 잣대로써만 재려는 계몽주의자들에게 언어의 유희는 축복이 아니라 한낱 저주일 뿐이다.

그러나 엄밀히 따지고 보면 수사법과 비유법만큼 문학에서 중요한 요소도 찾아보기 드물다. 그 어느 때보다도 애매성과 모호성에 무게를 싣는 20세기 후반에 이르러 수사법과 비유법 등에 따른 언어의 유희가 새삼 가치를 인정받았다. 특히 제2차 세계대전 이후 모습을 드러내기 시작한 포스트모더니즘에 이르러 부쩍 큰 주목을 받고 있다. 포스트모더니즘에서는 의미건 진리건 어떠한 확고불변한 권위를 좀처럼 인정하려고 하지 않는다. 이 이론을 받아들이는 사람들에게 진리란 바윗덩어리처럼 굳건한 것이 아니라 어디까지나 우뭇가사리처럼 유연하고 부드러운 것이다. 진리란 기껏 하여야 공동체 구성원이 도달한 합의이거나, 새로운 어떤 진리가 나타날 때까지만 진리로 행세할 수 있는 것이나, 그것도 아니면 사회적 구성물에 지나지 않을 뿐이다.

가령 해체주의 이론을 처음 전개한 자크 데리다는 무엇보다도 언어의 수사성을 강조한다. 물고기가 물을 떠나서는 한 순간도 살 수 없듯이 언어도 어쩔 수 없이 수사를 떠나서는 존재할 수 없다고 지적한다. 이제까지 수사는 흔히 문학가들이 작품에서만 구사하는 것으로 널리 생각해 왔지만, 데리다는 수사가 문학은 말할 것도 없거니와 사실상 모든 언어에서 폭넓게 쓰이고 있다고 밝힌다. 언뜻 축어적인 것처럼 보이는 언어조차도 좀 더 찬찬히 뜯어보면 수사성이나 비유성이 그 동안 잊혀 있었을 뿐 본디 비유로 쓰였다는 사실이 밝혀진다고 말한다. 한마디로 모든 언어는 수사적인 특성을 지니고 있다는 것이다. 가령 한국어를 예로 들어 보더라도 데리다의 주장이 옳다는 사실이 밝혀진다. 가령 '산허리'니 '바늘귀'니 '상다리'니 하는 명사에서 '쏜살같이' 같은 부사, '애태우다'니 '속썩이다'니 '기죽인다'니 하는 동사에 이르기까지 우리가 무심코 사용하는 일상어 중에서 비유가 아닌 것이 하나도 없다시피 하다.

그리하여 데리다한테 큰 영향을 받은 미국의 두 언어학자 조지 레이코프와 마크 존슨은 아예 "인간은 비유로써 살아간다"고 말할 정도이다. 심지어 의도적으로 지시성이나 논리성을 강조하는 철학에서조차 비유성에서 벗어날 수 없다. 데리다한테서 직접 또는 간접으로 영향을 받은 이론가들이 수사법과 비유법에 깊은 관심을 기울여 왔다. 벨기에 태생의 미국의 문학 이론가 폴 드 만을 비롯한 J. 힐리스 밀러, 조녀선 컬러, 헤이든 화이트, 도미니크 라카프라 같은 문학 이론가들과 역사 이론가들이 바로 그러하다. 그중에서도 특히 드만은 이러한 언어의 수사성을 좀 더 극단적으로 밀고 나가 문학 작품은 말할 것도 없고 일상어도 수사성에 '오염'되어 있다고 지적한다. 그리하여 그는 '창조적 오독'을 독서 행위의 중요한 범주로 간주한다. 이와는 조금 다른 맥락이지만 예일 학파의 한 멤버인 밀러도 드만과 마찬가지로 "모든 독서는 필연적으로 언제나 오독일 수밖에 없다"고 주장한다. 그런가 하면 컬러는 언어의 유희야말로 문학이라는 집이 서 있는 주춧돌이라고 지적한다. 적어도 이 점에서는 포스트모던 역사 이론가 화이트와 라카프라도 크게 다르지 않다.

수사법이나 비유법 그리고 그것에서 비롯하는 언어의 유희는 의미의 불확정성이나 비결정성 또는 모호성과는 떼려야 뗄 수 없을 만큼 아주 밀접하게 관련되어 있다. 여기에서 굳이 페르니당 드 소쉬르 같은 구조주의 언어학자를 언급하지 않는다고 하여도 시니피앙(기표)과 시니피에(기의) 사이의 관계는 언제나 외줄타기처럼 아슬아슬하다. 이렇게 외줄타기처럼 아슬아슬한 상황에서 장난을 하거나 재롱까지 부린다면 언어를 매개로 하여 어떤 확고불변한 의미나 진리를 추구한다는 것은 어찌 보면 사막의 신기루처럼 한낱 부질없을 것이다. 최근 들어 해체주의자들을 비롯한 포스트구조주의자들이 이러한 언어의 특성에 큰 의미를 부여하는 까닭이 바로 여기에 있다. 언어의 자유로운 유희에 큰 관심을 기울이는 그들은 말장난이나 말재롱을 해체주의적 전략을 위한 핵심적 장치의 하나로 삼고 있다.

수사성이 언어의 의미를 모호하게 하고 약화시키고 때로는 의미 전달을 불가능하게 만든다는 것은 이미 앞에서 언급한 『춘향전』의 여러 장면에서도 쉽게 그 예를 찾아볼 수 있다. 그러나 이몽룡이 춘향을 처음 만나는 날 밤 두 사람이 정에 겨워 서로 희롱하는 장면은 이 경우의 더할 나위 없이 좋은 예가 된다.

    "이 이 춘향아, 이리 와 엎피거라."

    춘향이 북그려ᄒ니,

    "북그렵기는 무어시 북그러워. 이왕의 다 아난 비니 어셔 와 업피거라."

    춘향을 업고 취기시며,

    "업다, 그 계집아히 쏑집 장이 무겁다. 네가 니 등의 업피인기 마음이 엇더ᄒ냐."

    "한긋나게 죳소이다."

    "존야."

    "조아요."

    "나도 조타. 조흔 말을 할 거시니 네가 디답만 하여라."

    "말삼 디답하올터니 하여 보옵소셔."

    "네가 금(金)이지야."

위 인용문은 청춘남녀의 질퍽한 성애를 묘사하는 장면이지만 다른 한편으로는 말의 잔치를 보여 주는 장면이기도 하다. 온갖 수사가 마치 잔칫상에 차려 놓은 음식처럼 풍성하다. 이몽룡의 "이왕의 다 아난 비니 어셔 와 업피거라"에서 '비(배)'는 동음이의어를 살린 수사법이다.
'이왕의 다 아난 비니'에서 '비(바이)'는 의존명사로서 말하는 사람의 주
장을 단언적으로 강조하여 나타내는 말로 볼 수 있다. 즉 "이왕에 다 아
는 바인데 굳이 수줍어할 것이 무엇이냐?"라는 뜻으로 해석할 수 있다.
한편 '비'는 의존명사가 아니라 신체의 일부인 배[腹]로 볼 수도 있다.
두 사람은 이미 옷을 모두 벗고 질펀하게 정사를 벌인 뒤인 탓에 충분
히 그렇게 해석할 여지가 없지 않다. 바꾸어 말해서 이몽룡은 춘향에
게 이제 정을 통한 사이인데 더 이상 부끄러워할 필요가 없다고 말하
는 것으로 해석할 수도 있다. 남녀 사이에서 마음이 맞아 서로 몸을 허
락하는 것을 관용구로 "배(가) 맞다"고 말한다는 점을 염두에 두면 더더
욱 그러한 생각이 든다.

또한 위 인용문에서 이몽룡과 춘향은 '조흔(좋은)'이라는 형용사와
그것을 변형한 말을 무려 다섯 차례에 걸쳐 되풀이하여 사용한다. '좃
소이다', '존야', '조아요', '조타', '조흔' 등이 바로 그러하다. 의미나 소리
가 동일하거나 유사한 표현을 계속 반복함으로써 작가는 마치 주술적
인 효과를 자아낸다. 춘향의 "한긋나게 좃소이다"라는 말에서도 엿볼
수 있듯이 두 사람은 지금 더할 나위 없이 사랑에 취해 있다. 부사 '한
긋나게'는 '한껏'의 사투리로 '할 수 있는 데까지' 또는 '한도에 이르는
데까지'라는 뜻이다. 다시 말해서 그지없이 행복한 상태를 두고 일컫
는 말이다.

그런데 이렇게 여러 번 반복하는 '좃소'나 '조타' 같은 말에서 독자들
은 남성의 성기를 비속하게 이르는 '좃'을 떠올리기에 충분하다. 지금
두 사람이 질펀한 정사를 벌이고 난 직후라는 사실은 이 점을 더욱 뒷
받침한다. 위 장면에 바로 앞서 춘향은 이몽룡이 옷을 모두 벗어 버린
알몸을 보고 "영낙 업난 낫도치비 갓소"라고 말한다. '낫도치비'란 낫도

깨비를 가리키는 사투리로 대낮에 갑자기 나타나는 도깨비를 가리킨다. 이 표현은 성기를 훤히 드러낸 채 알몸으로 방 안에 우뚝 서 있는 이몽룡의 모습을 두고 언급하는 것이다.

그러나 위 인용문에서 무엇보다도 눈길을 끄는 것은 이몽룡이 춘향에게 "네가 금이지야"라고 말하는 대목이다. 아리스토텔레스는 일찍이 은유를 두고 일종의 수수께끼라고 말한 적이 있다. 은유의 뜻을 헤아리기란 마치 수수께끼를 푸는 것처럼 무척 어렵거나 경우에 따라서는 아예 풀 수 없다는 말이다. 바로 이 점에서 은유는 직유와는 또 다르다. 이 두 수사법은 서로 비슷하면서도 의미를 지시하거나 전달하는 기능에서는 적잖이 다르다. 도널드 데이비드슨이 "모든 직유는 (어느 정도) 진실을 담고 있지만 대부분의 은유는 사실과는 (분명히) 다르다"고 못 박아 말하는 것은 바로 그 때문이다.

가령 윌리엄 셰익스피어의 『로미오와 줄리엣』에서 로미오가 사랑하는 줄리엣을 두고 "그대는 태양"이라고 말할 때 그 의미의 폭이 하도 넓어서 어느 한 가지 뜻으로만 해석할 수 없다. 가령 줄리엣이 자신의 삶에 따뜻한 온기를 주는 존재라는 뜻으로 받아들일 수도 있을 것이고, 광합성을 하여 살아가는 녹색 식물처럼 자신도 그녀한테서 자양분을 얻지 않고서는 살아갈 수 없다는 뜻으로 받아들일 수도 있을 것이다. 또는 태양이 동쪽에서 떠서 서쪽으로 기울면서 하루가 지나가듯이 로미오의 하루 일과도 줄리엣한테서 시작하여 그녀로 끝이 난다는 뜻으로 받아들일 수도 있다. 그것도 아니라면 이 세상에 오직 하나밖에 없는 아주 소중한 존재라는 뜻으로 받아들일 수도 있다. 이 밖에도 '태양'의 은유적 의미는 해석하는 사람에 따라 얼마든지 달라질 수 있다.

『춘향전』에서 이몽룡이 "네가 금이지야"라고 말하는 은유적 표현도 "그대는 태양"이라는 은유적 표현과 크게 다르지 않다. 이몽룡의 이 말을 듣자마자 춘향은 곧바로 "금이란이 당치 안소. 팔연풍진(八年風塵) 초한시절(楚漢時節)의 육츌기계(六出奇計) 진평(陳平)이가 범아부(范亞父)를 자부랴고 황금사만(黃金四萬)을 헛터쓴니 금이 어이 나물잇가"라고 대답하는 것을 보면 짐짓 축어적 의미를 받아들이는 듯하다. 여기에서 춘향은 한나라와 초나라가 8년 동안 치른 전쟁에서 한나라의 승상 진평이 항우(項羽)와 범증(范增)을 이간시키려고 유방(劉邦)한테서 황금 4만 근을 얻어 뇌물로 사용한 것을 두고 언급하고 있다. 이때 황금을 그렇게 많이 사용하였으니 지금 금이 어떻게 남아 있겠느냐고 따지는 것이다.

춘향은 "네가 금이지야"에서 금을 비록 축어적으로 해석하더라도 독자들은 여러 의미로 다양하게 해석할 수 있다. 금의 속성을 어떻게 규정짓느냐에 따라 이 은유의 의미가 크게 달라질 수밖에 없다. 가령 황금처럼 소중하고 귀하다는 뜻으로 받아들일 될 수 있다. 월매는 집 뒤켠에 정화수 한 그릇 떠놓고 "다만 독여(獨女) 춘향이를 금쪽가치 질너니여 외손봉사(外孫奉祀) 바리더니 무죄(無罪)한 미을 맛고 옥중(獄中)의 갓쳐스니 살일 기리 업삽니다"라고 천지신명에게 기도를 드린다. 여기에서 '금쪽가치(금쪽같이)'란 어떤 사람이나 물건을 매우 귀하고 소중하게 여기거나 다루는 것을 일컫는 표현이다. 월매는 그녀 자신의 말대로 춘향을 금처럼 소중하고 귀하게 양육하였고, 이몽룡은 바로 이 점에서 춘향을 "네가 금이지야"라고 말하였는지 모른다.

또한 "네가 금이지야"라는 구절을 황금처럼 영원히 변하지 않는다는 뜻으로 받아들일 수도 있다. 예로부터 황금처럼 인간의 관심을 끈 물건도 찾아보기 쉽지 않다. 금이 이렇게 뭇 사람한테서 사랑을 받아 온 것은 좀처럼 변하지 않는다는 속성 때문이다. 고대인 중에서 황금을 가장 열렬히 사랑한 민족은 역시 이집트인이다. 태양신을 숭배한 그들은 태양과 같이 노란색이면서 영원히 변치 않는 황금이야말로 태양신이 지상에서 존재하는 분신으로 생각하였다. 오랜 세월에 걸쳐 그동안 채취된 모든 금은 지금 지구 어딘가에 거의 그대로 존재하고 있다. 금은 단순히 경제적 가치의 척도에 그치지 않고 영원·불멸·불사의 상징으로 여겨져 왔다. 그리하여 황금은 굳은 맹세를 할 때 자주 쓰이기도 한다. 예를 들어 한용운은 「님의 침묵」에서 "황금의 꽃같이 굳고 빛나던 옛 맹세는 / 차디찬 티끌이 되어 한숨의 미풍에 날아갔습니다"라고 노래한다.

한편 이몽룡의 말을 춘향이 마치 황금처럼 찬란하고 아름답게 빛을 내뿜는다는 뜻으로 받아들일 수도 있다. 황금이 불빛을 받으면 그야말로 휘황찬란하게 빛이 난다. 금의 화학기호는 'AU'로 이 기호는 태양이 노랗게 지평선을 물들이는 새벽을 뜻하는 라틴어 '아우로라'에 뿌리를 두고 있다. 황금을 뜻하는 영어 '골드'도 본디 '노랗다'는 뜻의 앵글로색슨 어 '겔드'에서 파생되어 나왔다. 황금은 이렇듯 인간에게 빛과 따스함을 주며 언제나 찬란하고 아름다운 태양의 이미지와 깊이 연관되어 있다. 그렇다면 "네가 금이지야"라는 은유는 어디까지나 춘향의 인격보다는 눈이 부실 정도로 아름다운 외모를 비유적으로 표현하는 말이다. 지금 춘향이 옷을 모두 벗고 알몸 상태로 있다는 사실을 염두에 두면 황금은 눈부시게 아름다운 그녀의 몸을 가리킨다고 볼 수 있다.

그런가 하면 "네가 금이지야"라는 은유적 표현을 고려시대 말기의 장군 최영의 아버지가 아들에게 유언으로 남겼다는 "황금을 보기를 돌같이 하라"는 말과 연관시킬 독자들도 아마 없지 않을 것이다. 최영은 비단 조각에 '견금여석(見金如石)'이라는 글씨를 써서 언제나 품에 지니고 다녔다고 한다. 이몽룡은 어쩌면 최영의 말을 기억하며 춘향 같은 여성을 돌같이 보아야 하는데 그러하지 못한 점을 애석하게 생각하고 있는지도 모른다. 사대부 집 아들이 기생의 딸과 결혼한다는 것은 이 무렵의 관행에 어긋나도 한참 어긋나기 때문이다. 이밖에도 이몽룡의 은유적 표현은 맥락에 따라 얼마든지 달리 해석할 수 있다.

이러한 상황에서 어떤 확고불변한 의미를 파악한다는 것은 무척 어렵거나 거의 불가능하다. 지금까지 학계에서 거의 정설처럼 받아들여 온 『춘향전』의 주제는 민중 의식의 성장이다. 이가원은 일찍이 민중의 계급의식이라는 관점에서 이 작품을 평가하였다.

> 당시 이씨조선의 중앙집권적 관료적 봉권제는 17세기 말에 이르러서 바야흐로 성숙기에 도달되어 소위 양반 관료들은 몹시 좁은 벼슬의 구멍을 뚫기에 급급하였으며, 이미 뚫고 나면 가렴주구에 의한 음사적인 생활을 경쟁하되 마치 붉은 촉에 달려드는 나비처럼 자기의 생명을 재촉하면서도 스스로 깨닫지 못하던 판이었다.
> 그러나 이에 오래 간 기만과 유린을 입은 인민들은 무조건 무비판적으로 그들에게 복종하기를 싫어하는 동시에 모든 감정에 복받쳐 저절로 불평의 소리와 함께 반항 운동은 계급적인 의식을 통하여 발휘되었던 것이다.

이가원의 지적대로 18세기 이후 봉건제도가 점차 쇠퇴하면서 가렴주구를 일삼는 양반 관료에 대한 민중의 비판도 높아졌고, 이러한 비판의 목소리를 문학적으로 표현한 것이 바로 소설이다. 바꾸어 말해서 이 무렵 소설은 서민의 감정과 정서 그리고 사상을 표현한 문학 장르라고 할 수 있다. 이 점에서는 서양이나 한국을 비롯한 동양이나 크게 차이가 나지 않는다. 서양에서도 소설 장르는 부르주아지의 성장과는 떼려야 뗄 수 없이 아주 깊이 연관되어 있기 때문이다. 이가원은 이렇게 민중의 목소리를 대변하는 많은 소설 가운데에서도 『춘향전』을 '서민 문학의 정화'로 꼽는다. 더구나 이가원은 민중의 계급의식을 고취시킬 뿐만 아니라 남성 중심의 가부장 사회에서 여성 해방을 부르짖는 작품으로 해석하기도 한다.

이렇게 『춘향전』을 민중 의식의 성장이나 계급의식의 관점에서 해석하는 것은 김기동도 크게 다르지 않다. 김기동은 앞에 언급한 『이조시대 소설론』에서 이 소설의 작가가 "특권계급이요 지배계급의 불합리한 처사에 대하여 항거하는 평민들의 저항정신을 표현하였다"고 잘라 말한다. 또한 "평민들의 지배계급에 대한 반항의식을 표현하고, 지배계급에 유린을 당하고 있던 평민들의 인권옹호를 주장한 작품"으로 파악한다. 다시 말해서 『춘향전』의 작가는 이 작품에서 비단 지배계급에 대한 반항의식을 표현하는 것에 그치지 않고 한 발 더 나아가 피지배계급의 인권을 옹호한다는 것이다.

물론 『춘향전』이 이 무렵 점차 성장하던 민중 의식을 반영하고 있는 것은 부정할 수 없는 사실이다. 그러나 이러한 주제를 지나치게 강조하는 것은 그렇게 바람직하지 않을뿐더러 실제 사실과도 적잖이 차이가 난다. 『춘향전』은 역사 기록물이 아니라 어디까지나 문학 텍스트라는 사실을 잊어서는 안 된다. 좀 더 엄밀히 따지고 보면 역사 기록물조차 실제 사실과 언제나 부합되는 것은 아니다. 포스트모던 역사가 헤이든 화이트는 "역사가들과 상상력을 구사하는 작가들이 그들의 담론을 창작하면서 사용하는 기교나 전략은 순전히 표면적 차원이나 언어 사용 차원에서는 서로 다르게 보일는지 몰라도 실제적으로 동일하다고 할 수 있다"고 지적한다. 폴 리쾨르와 자크 데리다한테서 큰 영향을 받은 그는 플롯이란 문학 같은 허구적 작품이나 신화에만 필요한 구성 요소가 아니라 과거 사건을 역사적으로 재현하는 데에도 필수불가결한 요소라고 밝힌다. 그리하여 헤이든 화이트는 문학과 역사를 굳이 구별 짓지 않는다. 도미니크 라카프라도 화이트와 마찬가지로 문학연구와 미학에서 주로 사용하는 기교와 방법을 역사 연구에 도입하여 관심을 끌었다. 역사 기술이 이러하다면 상상력에 의존하는 문학은 더할 나위가 없을 것이다.

데리다한테서 한 차례 강하게 세례를 받은 폴 드만은 해체주의를 좀 더 정교하게 다듬고 문학연구 방법론으로 도입하는 데 주력해 왔다. 드만이 데리다를 처음 만난 것은 데리다가 미국 존스홉킨스 대학교에서 「인문과학 담론의 구조·기호·유희」를 발표하던 1966년이다. 이 학회에서 데리다는 드만과 정신분석학자 자크 라캉을 만나 학문적으로나 개인적으로 친교를 맺기 시작한다. 특히 드만과의 교류는 드만이 1983년에 먼저 사망할 때까지 계속되었다.

폴 드만이 데리다를 만난 지 일 년 뒤인 1967년에 발표한 「비평과 위기」라는 글에서 드만은 문학 작품이란 어디까지나 사실적 기록이 아닌 허구로 이해하여야 한다고 주장한다. 그러면서 시니피앙(기표, 언어)과 시니피에(기의, 의미)의 괴리나 간극이 가장 분명하게 드러나는 곳이 다름 아닌 문학 작품이라고 지적한다. 한마디로 드만은 문학 작품이란 어떤 것도 '의미'하지 않는다고 밝힌다. 그런데도 비평가들이나 독자들이 이렇게 문학 작품에서 어떤 '의미'를 추구하려고 애쓰는 것은 장 자크 루소가 말하는 "인간 문제의 무가치성"을 두려워하기 때문이라는 것이다. 루소는 인간과 관련한 문제라면 무엇이든지 반드시 어떤 가치를 지니고 있어야 한다고 지적한 적이 있다. 드만은 뒷날 다시 「문헌학으로의 복귀」라는 글에서 오늘날 미국의 영문학과가 문학 텍스트에서 '의미'를 찾으려는 나머지 문학연구라는 본연의 임무를 저버린 채 심리학이나 정치학 또는 역사학 같은 다른 학문 분야의 시녀로 전락해 버렸다고 날카롭게 비판하기도 한다.

드만은 문학 작품이 이렇게 어떤 '의미'도 지니지 않는 것은 언어의 수사성 때문이라고 지적한다. "수사는 논리를 급진적으로 정지시키고 현기증이 날 정도로 지시적(指示的) 일탈의 가능성을 활짝 열어놓는다" 고 잘라 말한다. 다시 말해서 수사란 벼랑 끝의 심연과 같고 모든 정상적인 궤도에서 벗어난다는 말이다. 그리하여 드만은 무엇보다도 수사와 의미 사이의 긴장을 밝혀내는 더 깊은 관심을 기울인다. 텍스트에서 그는 언어적 힘이 "이해 과정을 저지하는 '매듭'으로 묶이는" 순간을 포착하려고 한다.

그런데 드만은 텍스트의 의미를 방해하는 이러한 '매듭'이 은유나 환유 또는 반어 같은 수사적 표현에서 비롯하는 것으로 본다. 그에 따르면 신비평가들이 문학 작품을 '의도의 오류'나 '감정의 오류'의 굴레에서 해방시킨 것은 옳다. 그러나 신비평가들이 여전히 문학 작품을 통일성을 갖춘 '언어적 성상(聖像)', 즉 자족적인 의미의 보고(寶庫)로 파악하고 있다는 점에서는 옳지 않다고 본다. 드만은 신비평가들이 말하는 '언어적 성상'이 반어와 애매성 같은 수사적 장치에 따라 파괴될 수밖에 없다고 지적한다. 신비평가들이 그토록 소중하게 생각하는 형식이란 "유기적 총체성의 창조자이며 동시에 파괴자"라고 주장하는 까닭이 바로 여기에 있다. 텍스트의 의미는 궁극적으로 불확실하고 비결정적일 수밖에 없다.

김동욱은 일찍이 『춘향전』을 연구하는 분야를 두고 '춘향전학'이라고 이름 지었다. 이가원은 이를 줄여 '향학(香學)'이라고 부른 적이 있다. 특히 이가원은 "중국의 『홍루몽』에 의한 '홍학(紅鶴)'이 일시에 유행한 적이 있음과 같이 우리의 『춘향전』에 의한 '향학'이 장차 일세를 풍미시켜 수많은 새로운 연구가가 우후죽순처럼 속출하기를 기대하여 마지않는다"고 지적한다. 그러나 이러한 춘향전학이나 향학이 학문적

으로 풍미하고 더 나아가 알차고 풍성한 열매를 맺기 위해서는 무엇보
다도 먼저 넓게 문체론, 좁게 수사학에 대한 연구가 반드시 선행되어
야 할 것이다.

녹색 동화의 가능성

19세기 영국의 낭만주의 시인 윌리엄 워즈워스는 비가 내린 뒤 하늘에 걸려 있는 무지개를 바라보며 자못 놀라움을 감추지 못한다. 어린 시절 무지개를 바라보고 가슴 벅찬 감동으로 마음이 설렜는데 성년이 된 지금도 그러하고, 앞으로 늙어서도 그러한 마음이 계속되기를 간절히 바란다. 그러면서 시인은 자칫 엉뚱하게 들릴지 모르지만 "어린이는 어른의 아버지 / 바라건대 내 생애 하루하루가 / 타고난 경건한 마음으로 이어질진저"라고 노래한다. 어린이를 두고 '어른의 아버지'라고 부르는 것은 역설치고는 아주 대단한 역설이다. 부모의 그림자도 밟지 않을 만큼 유교 질서가 살아 숨 쉬는 동양에서는 말할 것도 없고 심지어 서양에서조차 부모와 자식 사이에는 엄격한 위계질서가 있기

마련이다. 그런데도 워즈워스는 "어린이는 어른의 아버지"라고 노래
하는 것이다.

　한 서양 비평가는 워즈워스가 '어린이'와 '어른'을 소문자가 아닌 대
문자로 표기하였다는 점에 주목하여 종교적 의미를 부여하기도 한다.
이 구절에서 '어린이'는 하나님의 아들인 예수 그리스도이고 '어른'은
이 지구상에 살고 있는 인간으로 해석한다. 이 해석에 따르면 그리스
도는 마땅히 인류의 아버지가 될 수밖에 없을 것이다. 전통적인 기독
교 신학에 따라 이 비평가는 그리스도가 인간의 죄를 대신 걸머지고
십자가에 매달려 죽음을 맞이한 사건을 언급하고 있다. 종소리만 들어
도 조건반사적으로 침을 줄줄 흘리는 파블로프의 개처럼 종교에 깊이
심취한 비평가들은 이렇게 기회만 있으면 문학 작품을 종교적으로 해
석하려고 든다.

　그러나 「무지개」에서 워즈워스가 노래하는 대상은 하늘에 걸려 있
는 일곱 색깔의 무지개일 뿐 기독교의 초월적 세계가 아니다. 무지개
는 한낱 자연을 가리키는 환유, 좀 더 정확하게 말하자면 삼라만상의
대자연을 가리키는 제유에 지나지 않는다. 또한 '어린이'는 아직 세월
의 풍화작용을 받지 않고 어른의 때가 묻지 않은 순수한 유년일 뿐이
다. 좀 더 자세히 말하자면 동심, 즉 모든 인간의 마음속에 들어 있는
어린이다운 속성을 가리킨다. 때 묻지 않은 동심의 어린 시절 하늘에
걸린 무지개를 바라보고 감탄하였듯이, 워즈워스는 성인이 된 지금에
도 대자연에 그러한 감흥을 느낄 수 있기를 간절히 바란다. 동심의 세
계에서 생각한 것은 뒷날 어른이 되어서도 직접 또는 간접으로 영향을
끼치기 마련이다. 워즈워스가 "바라건대 내 생애 하루하루가 / 타고난
경건한 마음으로 이어질진저"라고 간절히 노래하는 것도 바로 그 때문
이다. 거의 종교적 열정으로 시인은 어렸을 적에 그리하였듯이 성인이

된 지금은 말할 것도 없고 노인이 될 뒷날에도 언제나 경건한 마음으로 자연을 사랑할 수 있기를 간절히 바라는 것이다.

이렇듯 어린이의 영혼은 순수한가 하면 천진난만하고, 개방적인가 하면 감수성이 무척 뛰어나다. 어린 시절에 겪은 대자연에 대한 정서적 감응력은 그의 정신과 마음속에 고스란히 간직되어 있어 뒷날 어른이 된 뒤에도 금방 되살아난다. 마치 죽은 것처럼 바위 위에 누렇게 말라 있는 이끼가 비가 내리면 새파랗게 다시 살아나는 것과 같다고나 할까. 적어도 이러한 의미에서 보면 "어린이는 어른의 아버지"라는 워즈워스의 말은 진리라고 할 수 있다.

동양이나 서양을 가르지 않고 예로부터 아동 교육을 그렇게 중시하는 까닭이 바로 여기에 있다. 어린이의 마음은 마치 텅 빈 백지장과 같아서 얼마든지 새로운 것을 써 넣을 수 있다. 한편 어른의 마음은 크고 작은 온갖 글로 가득 차 있어 좀처럼 새로운 생각을 써 넣을 공간이 없다. 존 로크 같은 영국 경험론자들이 즐겨 쓰는 용어를 빌려 말한다면, 어린이의 마음이나 정신은 '타불라 라사(tabula rasa)', 즉 아직 아무 것도 쓰지 않은 깨끗한 칠판에 빗댈 수 있다. 칠판이 깨끗하여야만 무엇인가를 적을 수 있음은 두말할 나위가 없다.

1

환경 위기나 생태계 위기의 심각성을 깨닫게 하고 자연의 소중함을 일깨우는 데에는 어린이들을 가르치 는 것보다 더 좋은 방법은 없다.

"세 살 버릇 여든까지 간다"는 우리 속담도 있듯이 어렸을 적에 배운 소중한 생태적 지식이나 교훈은 평생 동안 영향을 끼치기 때문이다. "소비는 미덕"이니 "소비자는 (여)왕"이라는 슬로건에 속아 넘어가 그동안 자연을 해치는 소비문화에 길들여진 어른들의 의식을 바꾸는 것은 마치 종이에 쓴 글씨를 지우고 그 위에 다시 새 글씨를 써 넣는 것만큼이나 어렵다. 어른들은 일단 접어두고라도 지금 자라고 있는 어린 새싹들에게 생태 의식을 일깨우고 자연의 소중함을 가르치는 것이 무엇보다도 필요하다.

생태 의식을 높이는 데에는 모든 문학 장르를 통틀어 어린이를 대상으로 하는 동화보다 더 좋은 장르는 없다. 지금까지는 주로 '녹색 시'와 '녹색 소설' 그리고 때로는 '녹색 수필'이 주목을 받아 왔지만 이제는 녹색 동화에 눈을 돌릴 때가 되었다. 깊은 대서양 속에 가라앉은 타이타닉 호처럼 지금 종말을 향하여 치닫고 있는 이 지구 호를 건져내는 데에는 녹색 동화를 통하여 자연스럽게 어린이들에게 자연의 소중함을 일깨워주어야 한다.

최성각은 한국 문단에서는 보기 드물게 그동안 녹색 소설을 발표하여 주목을 끌었다. 환경 위기나 생태계 위기의 심각성을 일깨우기 위하여 그는 엽편소설이나 단편소설과 함께 「약사여래는 오지 않는다」(1989) 같은 중편소설을 잇달아 발표하였다. 한국 작가 중에서 최성각만큼 일관되게 녹색 문학에 관심을 기울여 온 작가도 아마 찾아보기 쉽지 않을 것이다. 그래서 그에게는 거의 언제나 "환경 운동을 하는 작가"라는 꼬리표가 그림자처럼 붙어 다닌다. 작가로서 창작 활동을 하면서 동시에 환경 운동을 하고 있기 때문이다. 얼핏 이 두 가지 활동은 불과 얼음처럼 동떨어진 것처럼 보일는지 모른다. 더러 예외가 없는 것은 아니지만 대부분의 경우 작가는 작품만 쓰고 환경 운동을 하는 사람은 실천 쪽에만 관심을 기울이기 때문이다.

그러나 최성각은 작품을 통해서만 관념적으로 생태주의나 생태 의식을 부르짖는 것이 아니라 그것을 몸소 실천에 옮기는 '행동하는' 작가이다. 그에게 이론과 실천은 의복과 몸처럼 서로 분리될 수 있는 것이 아니라 영혼과 육체처럼 떼어놓고서는 생각할 수 없다. 영국의 저술가로 프랑스 대혁명과 미국 독립전쟁에 이론적 토대를 마련해 준 토머스 페인은 "행동하지 않는 양심은 악의 편"이라고 말한 적이 있다. 그런데 따지고 보면 이 명제가 환경 문제에서만큼 그렇게 직접 피부에 와 닿는 경우도 없다. 환경 문제에서 추상적 이론은 마치 증류수와 같아서 환경 운동의 나무에 이렇다 할 자양분이 되지 못한다. 구체적인 실천이 따르지 않는 환경 담론은 허공에 울리는 메아리처럼 공허할 따름이다.

최성각은 환경 운동을 펼치되 길거리에 서서 목소리를 높여 구호를 외치거나 한밤중에 촛불을 켜고 요란하게 시위를 벌이지도 않는다. "특이하고 유쾌한 방식으로" 조용하게 환경 운동을 전개하는 작가이다. 새천년을 맞이한다고 온 세상이 떠들썩하게 축제 분위기로 들떠 있던 1999년 봄 최성각은 화가 정상명과 함께 '풀꽃세상'이라는 환경 단체를 만들었다.

조금 과장하여 말한다는 혐의가 짙지만, 최성각의 이러한 행동은 저 19세기 미국의 문필가요 환경론자인 헨리 데이비드 소로의 행동과 비슷하다. 1845년 7월 4일 매사추세츠 주 콩코드 주민들은 폭죽을 터뜨리고 성조기를 흔들어대며 요란스럽게 독립 기념일 축제를 벌이고 있었다. 마을 사람들이 이렇게 축제 분위기에 한껏 들떠 있던 바로 그 날 소로는 손수레에 초라한 보따리를 싣고 마을 근처 월든 호수가 있는 숲으로 들어간다. 그의 사상적 스승이라고 랠프 월도 에머슨이 소유하고 있는 숲 속 호숫가에 소로는 28달러를 들여 손수 오두막을 짓고 농사를 지어 자급자족하면서 2년 2개월 남짓 이곳에서 살면서 그 '위대한 실험'을 하였다. 소로가 생각하기에 미국인들은 비록 정치적으로는 영국의 속박에서 풀려났는지는 몰라도 여전히 물질주의의 노예로 남아 있었던 것이다. 소로가 이렇게 월든 호숫가에 오두막을 짓고 자급자족하면서 생활한 것은 바로 미국인의 물질주의 가치관과 결별하겠다는 상징적 몸짓이었다.

최성각이 정상명과 함께 만든 환경단체는 환경연합 같은 거창한 단체와는 그 규모나 성격이 다르다. '풀꽃세상'이라는 단체 이름조차 소박하기 이를 데 없다. 장미나 백합이 아니라 이름도 없고 연약하기 그지없는 풀꽃으로 이름을 삼은 것이 이채롭다. 불의의 사고로 세상을 떠난 정상명 화백의 딸의 이름을 따서 그렇게 명명한 것이다. 이 단체는 "우리가 너무 무례하게 살고 있다는 반성의 마음에서 자연에 대한 존경심을 회복하기 위해 사람이 아닌 자연물이나 그에 준하는 사물에게 풀꽃상을 드리기" 시작하였다. 그의 말대로 지난 몇 해 동안 새를 비롯하여 갯벌의 조개, 지렁이, 꽃, 풀, 돌멩이, 골목길, 심지어 자전거 등에게 '풀꽃상'을 수여해 왔다. 그 뒤 2003년 봄 최성각은 다시 강원도 고향, 좀 더 구체적으로 밝히자면 춘천시 서면 서상리 퇴골 집에 '풀꽃평화연구소'라는 간판을 내걸고 역시 정상명과 함께 조용히 환경 운동을 벌이고 있다.

그런데 최성각은 최근 녹색 동화 『거위 : 맞다와 무답이』(2009)를 발표하여 다시 한 번 생태 문학가로서의 건재함을 과시하였을 뿐만 아니라 그 위치를 더욱 확고하게 굳혔다. 작가는 이 작품에 '생태 소설'이라는 꼬리표를 붙이고 있지만 굳이 장르를 규정짓는다면 아무래도 소설보다는 동화로 보는 쪽이 더 좋을 것 같다. 청소년 독자를 대상으로 실천문학사가 펴내는 '담쟁이 문고' 시리즈로 간행하였다는 점에서도 그러하고, 화가 이상훈이 그린 컬러 삽화를 곁들여 '읽는' 작품 못지않게 '보는' 작품으로 만들었다는 점에서도 그러하다. 물론 소설이라고 하여 어린이가 읽지 말라는 법이 없듯이, 동화라고 하여 어른이 읽지 말라는 법도 없다. 『거위』의 장르적 특성을 굳이 소설로 규정짓는다면 '아동 소설'로 볼 수 있을 것이다.

책머리에 해당하는 「이야기를 펼치기 전에」라는 글에서 최성각은 『거위』라는 작품을 쓰게 된 동기에 대하여 이렇게 간략하게 밝힌다.

> 이 이야기는 대한민국의 강원도, 호수가 가까이 있는 한 골짜기에서 거위 두 마리와 2년여 시간 동안 신나게 같이 놀다가 거위와 헤어지게 된 쉰 살이 좀 넘는 한 사내가 들려주는 거위 이야기입니다. 이 이야기기는 지어낸 것이 아니라 실제 있었던 이야기입니다.

위 인용문에서 최성각이 '강원도'라고 하여도 누구나 알 터인데 굳이 '대한민국 강원도'라고 애써 밝히는 까닭이 어디에 있을까. 그만큼 강원도를 비롯한 지방이 그동안 홀대를 받아 왔다는 사실을 힘주어 말하기 위해서이다. 모임에서 누군가가 잡담을 하면 사회자 측이나 좌중에서 "지방 방송을 끄라"고 핀잔을 주는 것을 가끔 듣게 된다. 일상적으로 자주 사용하는 말이지만 이 표현에는 모든 권력을 중앙 한가운데로 모으려는 무서운 권력 의지가 도사리고 있다. 오히려 중앙 방송의 소리를 줄이고 지방 방송(지역 방송)의 스리를 크게 하여야 나라가 균형 있게 제대로 발전할 수 있다. 그런데 어찌된 영문인지 한국은 모든 것이 중앙집권적이어서 지역 방송은 말할 것도 없고 지방과 관련한 것이라면 하나같이 홀대를 받는다.

　더구나 "거위 두 마리와 2년여 시간 동안 신나게 같이 놀다가 거위와 헤어지게 된"이라는 구절도 생각해 보면 볼수록 그 의미가 예사롭지 않다. '신나게 같이 놀다가'니 '헤어지게 된'이니 하는 구절을 보면 최성각은 거위를 단순히 짐승으로 보지 않는다는 사실을 알 수 있다. 만약 작가가 '거위'라는 말만 사용하지 않았으면 친구들과 함께 재미있게 놀다가 무슨 사연인지는 몰라도 서로 헤어지게 된 것으로 생각할 독자들이 아마 적지 않을 것이다. 그만큼 작가는 화자와 거위, 인간과 짐승을 서로 구별 짓지 않는다. 앞으로 자세히 밝히겠지만 작가는 인간과 인간이 아닌 피조물, 인간과 자연 사이에 이렇다 할 경계를 두지 않는다. 그에게는 인간이나 거위나 생태계라는 집안에 속한 소중한 식구일 뿐이다.

　이왕 말이 나왔으니 말이지만 화자가 거위와 '헤어졌다'고 말하는 것은 거위가 죽었기 때문이다. 위 인용문 앞서 그는 "거위들과 살았던 시간은 참으로 행복한 시간이었습니다. 하지만 맞다와 무답이는 지금 이 세상에 없습니다"라고 밝힌다. 또한 "그 녀석들이 나보다 먼저 이 세상에서 사라졌습니다"라고 말하기도 한다. '맞다'와 '무답이'는 바로 작가가 2년여 동안 함께 살았던 두 거위의 이름이다. 화자는 거위와 함께 살다가 거위를 먼저 세상에서 떠나보낸 것이다. 그렇다면 이 녹색 동화는 '죽은 거위를 위한 파반느'나 '죽은 거위를 위한 진혼곡', 그것도 아니라면 '죽은 거위를 슬퍼함'이라고 불러도 좋을 것이다. 그런데 여기에서 작가가 거위 두 마리가 '죽었다'고 말하지 않고 굳이 '헤어졌다'고 말하는 점을 찬찬히 눈여겨보아야 한다. 생태계의 순환성을 굳게 믿는 최성각은 언젠가 죽은 거위와 다시 만날 날이 있을 것이라고 생각한다.

　그런가 하면 최성각은 『거위』의 집필과 관련하여 "지어낸 게 아니라 실제 있었던 이야기"라고 밝힌다. '생태 소설'이라고 분명하게 못 박아 말하면서 '실제 있던 이야기'라고 말하는 것이 언뜻 보면 모순처럼 보일지 모른다. 소설이라고 하면 흔히 작가의 상상력이 빚어낸 찬란한 우주라고 생각하기 쉽기 때문이다. 그러나 생태계의 집도 크고 넓지만 소설의 집도 무척 크고 넓다. 소설의 집에는 실제 일어난 사건에서 플롯을 취해 오는 실화 소설에서 비현실적이고 몽환적인 경험을 다루는 환상 소설에 이르기까지 온갖 장르가 다 들어간다. 특히 녹색 소설에서는 소설 스펙트럼의 두 극단 사이를 오간다. 한쪽으로는 천상의 별을 바라보며 비현실적이고 환상적 경험을 즐겨 다루고, 다른 한쪽으로는 질퍽한 대지에 발을 박고 실제 현실에서 일어난 구체적인 사실을 다룬다.

그러나 여기에서 작가의 "지어낸 게 아니라 실제 있었던 이야기"라는 말에 속아 넘어가는 안 된다. 물론 이 소설의 집을 짓는 데 그가 퇴촌 연구소에서 일어났던 실제 사건에서 주춧돌을 빌려오는 것은 부정할 수 없는 사실이다. 그러나 주춧돌 위에 기둥만 세운다고 집이 완성되는 것은 아니다. 지붕을 얹고 벽을 만들고 방을 꾸미는 일도 기둥을 세우는 것 못지않게 중요하다. 바꾸어 말해서 최성각은 실제로 일어난 사실을 소설의 뼈대로 삼고 있지만 문학적 상상력을 빌려 그 뼈대를 나열하고 배열하고 배치하고 조직하여 한 편의 소설을 창작해 낸다. 아무리 실제 사실에 기초를 두고 있다고 하여도 문학적 상상력이 없이는 소설의 집을 지을 수 없기 마련이다. 영국의 소설가요 소설 이론가인 E. M. 포스터가 일찍이 '스토리'와 '플롯'을 애써 구분 지은 까닭이 바로 여기에 있다. 스토리가 소설에서 주춧돌에 해당한다면 플롯은 그 주춧돌 위에 세워놓은 이야기의 집에 해당한다.

이 작품에 등장하는 수리부엉이는 이러한 경우의 더할 나위 없이 좋은 예가 된다. 일인칭 화자 '나'는 왕풀님과 함께 양계장에서 거위 새끼

두 마리를 구하여 마음이 한껏 들 뜬 상태에서 집으로 돌아오는 길에 마을 입구에서 뜻하지 않게 나뭇가지에 앉아 있는 수리부엉이 한 마리를 만난다.

> 퇴골 입구로 들어서는 돌다리를 지나칠 때 우리는 깜짝 놀랐습니다. 커다란 수리부엉이 한 마리가 잎이 무성한 나뭇가지 사이에 앉아 있었기 때문이었습니다. 대낮에는 수리부엉이가 잘 안 보이는 법인데, 그날은 이상하게도 수리부엉이가 죽은 듯이 앉아 있었습니다. 수리부엉이는 마치 졸고 있는 것 같기도 했습니다.

언뜻 보면 화자는 수리부엉이 이야기를 무심코 언급하고 지나가는 것 같지만 좀 더 찬찬히 살펴보면 치밀한 작가의 계산이 깔려 있음이 밝혀진다. 거위가 수리부엉이한테 죽임을 당하는 마지막 장면을 읽고 나서야 비로소 독자들은 작가가 왜 앞부분에 수리부엉이 이야기를 꺼내는지 알 수 있을 것이다. 더구나 한 쪽 반에 걸쳐 나뭇가지에 앉아 있는 수리부엉이 그림을 삽입함으로써 수리부엉이의 의미를 시각적으로 극대화하기도 한다.

2

최성각이 『거위』에서 일인칭 화자 '나'의 입을 빌려 말하는 생태주의 주제가 한두 가지가 아니지만 그 가운데에서도 생물 평등주의는 첫 손가락에 꼽을 수 있다. 미국을 건국한 국부 중의 한 사람인 토머스 제퍼슨은 독립 선언문에서 "모든 인간은 평등하게 창조되었다"고 부르짖었다. 굳이 먼 데서 예를 찾을 필요도 없이 대한민국 헌법 제11조 제1항에도 "모든 국민은 법 앞에 평등하다"고 기록되어 있다. 제퍼슨의 독립 선언문이나 대한민국 헌법이나 오직 인간의 평등권에 대해서만 언급하고 있지만 생물권으로 그 범위를 좀 더 넓혀 보면 생태계를 이루는 모든 구성원은 평등하다. 『거위』의 화자도 모든 피조물은 생태주의의 법 앞에서 평등하다고 생각한다.

그렇다고 화자가 처음부터 그렇게 생각한 것은 물론 아니고 거위들과 함께 생활하면서 점차 깨닫게 되는 소중한 교훈이다. 실제로 초등학교 시절부터 그는 거위에 대하여 감정이 좋지 않았다. 거위는 화자가 키우던 닭이나 개나 토끼, 염소 같은 짐승과는 달라도 너무 달랐다. 그러한 짐승들과는 비교해 볼 때 거위는 "매우 기분이 나빴다"는 인상이 그의 뇌리에 깊이 새겨져 있다. 이 점과 관련하여 화자는 등굣길에 날마다 마주치게 되는 거위들은 "시건방지고, 요란스럽고, 겁이 없고, 무례했습니다"라고 잘라 말한다.

그런데 여기에서 화자가 거위를 묘사하는 표현이 하나같이 부정적이다. '겁이 없다'는 속성은 어찌 보면 부정적이라기보다는 긍정적으로 볼 수도 있을는지 모른다. 그러나 여기에서 이 표현은 용기가 있다는 뜻보다는 오히려 무모하게 만용을 부린다는 뜻에 가깝다. 그러면서 화자는 "우리는 단지 집 앞을 지나쳐 학교에 가거나 집으로 돌아갈 뿐인데도 거위는 마치 몹쓸 적군이 나타난 것처럼 요란을 떨곤 했습니다"라고 밝힌다. 화자는 거위들에게 아무런 해를 입히지도 않는데도 거위들은 그를 '몹쓸 적군'으로 생각한다. 그냥 '적군'으로도 모자라 '몹쓸' 적군이라고 말한다. 한마디로 그는 그동안 거위란 '나쁜 동물'이요 '고약한 동물'이라는 선입견을 품고 있었다.

이밖에도 이 동화의 화자는 거위를 두고 '잊어진 동물'이라고 말하기도 한다. 물론 이 표현은 화자가 처음 사용한 말이라기보다는 화자가 거위에 대하여 자문을 구하는 한 선배 시인이 처음 사용한 말이다. 화자가 거위에 대하여 묻자마자 시인은 "거위는 잊어진 동물이야"라고 잘라 말한다. 그가 거위를 이렇게 잊어진 동물이라고 부르는 것은 시골에서 거위를 키우는 사람이 거의 없기 때문이다. 오리나 닭처럼 고기로 먹지도 않고 알도 많이 낳지 않으니 그 짐승을 사육하는 농가가 있을 턱이 없다고 그 나름대로 논리를 편다. 그러나 공룡처럼 지구상에서 멸종되지도 않았는데 '잊어진 동물'이라고 불린다는 것은 거위 쪽에서 보면 여간 섭섭한 일이 아닐 수 없을 것이다.

시간이 지나면서 화자 '나'는 거위 두 마리와 함께 살면서 그러한 편견이나 오해의 헌옷을 훌훌 벗어버리고 우정이라는 새 옷으로 갈아입는다. 처음에는 거위가 지저분하고 깨끗하지 않다고 생각하지만 맞다와 무답이와 함께 살면서 그렇지 않다는 사실을 점차 깨닫는다. 거위는 더럽기는커녕 오히려 "털이 얼마나 매끄럽게 하얀지 마치 움직이는 작은 눈덩이"와도 같다고 생각한다. 또한 권투선수처럼 목이 짧고 뭉툭한 오리와는 달리 거위의 목은 "가느다랗고 길어서" 우아하다. 특히 달이 뜨지 않는 깊은 밤이면 거위가 목을 길게 빼고 있는 모습은 그야말로 "눈이 부시도록" 아름답다. 그런가 하면 거위가 걷는 모습도 오리와는 비교도 안 되게 늠름하다. 화자는 "오리는 뒤뚱거리며 걷고, 거위는 늠름하게 걷습니다"라고 말하기도 한다.

물론 화자가 이렇게 거위를 좋게 생각한다고 하여 오리를 하찮게 생각하는 것은 아니다. 화자에게는 모든 생물이 생태계의 소중한 식구들일 뿐이다. 자칫 오해를 받을 수 있다고 생각하였는지 화자는 "내가 오리가 거위보다 못난 짐승이라고 생각하고 있는 것은 아니므로 오해는 않기를 바랍니다. 다만, 내가 보기에 거위와 오리 사이에는 어찌할 수 없는 차이가 있는 것 같더라는 이야기일 뿐입니다. 내가 거위를 사랑한다고 해서 내게 섭섭한 짓을 한 적이 한 번도 없는 오리를 업신여겨 마구 말하면 안 되겠지요"라고 말한다. 화자에게 거위가 소중하다면 오리도 마찬가지로 소중하다. 다만 이 두 생물종 사이에는 생겨날 때부터 '어찌할 수 없는 차이'가 있을 뿐 어느 쪽이 더 소중하다거나 소중하지 않다고 말할 수는 없다. 앞에서 이미 밝혔듯이 생태계 법칙 앞에서 모든 구성원은 평등하기 때문이다.

그런데 여기에서 한 가지 염두에 두어야 할 것은 이러한 생물 평등주의와 먹이사슬은 성격이 조금 다르다는 점이다. 생태계 안에서는 종(種) 사이나 생물 군집을 이루고 있는 개체들 사이에서 서로 먹고 먹히는 관계가 이루어진다. 이러한 관계를 순서에 따라 나열한 것을 먹이사슬 또는 먹이그물이라고 한다. 좀 더 구체적으로 말해서 태양 에너지를 고정하여 무기물에서 유기물로 합성하는 녹색 식물을 생산자, 자기 스스로 합성할 수 없는 동물을 소비자라고 부른다. 소비자 중에서 생산자를 먹는 것을 초식 동물 또는 1차 소비자, 1차 소비자를 잡아먹는 것을 육식 동물 또는 2차 소비자, 2차 소비자를 잡아먹는 것을 3차 소비자라고 한다. 이 동식물의 죽은 몸체는 세균, 즉 분해자에 의하여 분해되고 그 결과로 생긴 무기염류는 최종적으로 다시 식물로 흡수된다. 그러나 자연계에는 단일한 먹이사슬이 존재하는 일은 거의 없고 모두가 먹이사슬을 형성한다. 생태계에서 이 먹이사슬이나 먹이그물은 생물이 살아가는 데 없어서는 안 될 아주 중요한 과정이다.

이러한 계급 구조는 심지어 서로 다른 생물종은 말할 것도 없거니와 같은 생물종이나 개체 안에서도 찾아볼 수 있다. 가령 『거위』의 화자는 맞다와 무답이 사이에 어떤 계급 질서가 있다는 사실을 깨닫는다.

식사를 할 때 무답이는 언제나 맞다가 먼저 먹고 난 뒤에야 먹기 시작한다. 화자는 이 두 거위 사이의 계급 질서는 한 번도 깨뜨려진 적이 없다고 말한다. 그러면서 "그럴 때에는 맞다가 공연히 미워지기도 했는데, 그들 간의 서열이나 계급은 사람이 개입하거나 간섭할 일이 아니었기에 가만히 지켜보는 수밖에 없었습니다"라고 밝힌다.

화자는 이러한 먹이사슬 구조를 잘 알고 있기 때문에 맞다와 무답이를 죽음에 이르게 한 수리부엉이를 그렇게 미워하지 않는다. 풀을 뜯어먹고 벌레를 잡아먹고 사는 것이 거위의 생래적 천성이라면 수리부엉이가 거위를 잡아먹고 사는 것도 생래적 천성이기 때문이다. 이 점과 관련하여 화자는 "우리는 그렇지만 맞다와 무답이를 죽음에 이르게 한 존재에게 화를 낼 수 없습니다. 그들도 먹이를 먹어야 살고, 자식도 키워야 하기 때문입니다"라고 밝힌다. 여기에서 '존재'니 '그들'은 다름 아닌 수리부엉이를 가리킨다. 이 점에서는 진드기도 마찬가지이다. 진드기 중 많은 종류는 기생동물로 다른 동물의 피나 식물의 즙을 빨아먹으며 세포 조직을 먹어치우기도 한다.

이러한 사정은 인간도 크게 다르지 않다. 인간은 식물처럼 광합성을 할 수 없기 때문에 어쩔 수 없이 식물이나 다른 동물을 먹고 살아갈 수밖에 없다. 다른 생물체를 먹고 살아간다는 점에서 인간은 기생동물이라고 할 수 있다. 모든 동물 가운데에서 인간처럼 온갖 생물을 먹고 살아가는 동물도 찾아보기 쉽지 않다. 다른 동물과 비교하여 인간이 수명이 긴 것은 잡식동물이기 때문이라고 주장하는 과학자들도 있다.

이렇게 온갖 생물을 먹고 살아갈 수밖에 없는 인간의 숙명을 설득력 있게 그린 소설이 미국 소설가 어니스트 헤밍웨이의 『노인과 바다』(1952)이다. 이 소설의 주인공 산티아고는 바다에서 고기를 잡아먹고 살아가는 늙은 어부이다. 물고기를 형제처럼 생각하면서도 어쩔 수 없이 물고기를 잡지 않을 수 없다는 사실을 잘 알고 있다. 그는 낚시에 걸린 큰 물고기에게 "고기야, 이 녀석 고기야, 넌 결국 죽을 수밖에 없는 운명이야"라고 말한다. 그 물고기에 대해 이 소설의 화자는 "비록 연민의 정을 느낄지라도 고기를 죽이겠다는 결심은 조금도 줄어들지 않았다. 저놈을 잡으면 얼마나 많은 사람의 배를 채울 수 있겠는가"라고 밝힌다. 그러면서 산티아고는 "이 세상의 모든 것은 어떤 형태로든 다른 것들을 죽이고 있어"라고 생각한다.

먹이사슬의 구조는 비단 동물에 그치지 않고 식물에도 마찬가지로 해당한다. 동물처럼 그렇게 두드러지게 눈에 띄지는 않지만 고등 식물은 하등 식물에 의존하여 살거나 다른 식물을 '먹이'로 삼아 살아가기도 한다. 가령 덩굴식물은 자신의 힘으로 홀로 살아가지 못하고 무슨 식물이든 다른 식물에 칭칭 감아 오르면서 살아간다. 멀쩡한 나무도 덩굴식물이 이렇게 감아 오르며 목을 졸라 버리면 영락없이 숨이 막혀 죽을 수밖에 없다. 그러나 덩굴식물은 자신을 탓하는 화자에게 "처음부터 생겨먹기를 이렇게 생겨먹은 걸 어떡하란 말예요? 우리는 뭣이든 감고 오르지 않으면 잎을 못 키우고 결국 죽게 된답니다. 이렇게 사는 게 바로 우리 힘으로 살아가는 방식인 걸 어쩌란 말예요"라고 항변하는 것 같다고 말한다.

화자가 거위를 생태계의 소중한 식구로 간주한다는 것은 그가 거위를 묘사할 때 사용하는 표현을 보면 잘 알 수 있다. 그는 거의 언제나 거위에게 인간의 속성을 부여하여 말한다. 다시 말해서 한낱 길짐승에 지나지 않는 거위에 인격적 요소를 부여하여 사람의 의지·감정·생각 따위를 등을 지니도록 한다. 예를 들어 화자는 거위 두 마리를 묘사하면서 '외출시키다', '잠을 재우다', '같이 먹다', '사랑을 나누다', '야단치다', '어르고 타이르고 겁을 주다', '목욕하다' 같은 의인법적 표현을 즐겨 사용한다.

> 여름이 오기 전에 우리는 맞다와 무답이를 드디어 울타리 바깥으로 외출을 시켰습니다. (…중략…) 낮에는 연구소 마당에서 놀며 마음껏 풀을 먹고 연못에서 놀다가 밤에는 다시 잠을 재우기 위해 울타리 안으로 넣어 주기로 했습니다.

위 인용문에서 '풀을 먹고'나 '울타리 안으로' 같은 표현만 없으면 독자들은 화자가 영락없이 거위가 아니라 어린아이를 묘사하고 있는 것으로 착각할 것이다. 어린아이를 집밖에 내보내어 마당과 연못에서 물놀이를 하면서 실컷 놀게 한 뒤 밤이 되면 집안으로 데려와 잠을 재우는 것으로 말이다. 거위가 가래나무 잎을 한 잎도 남기지 않고 모조리 뜯어먹은 장면에서 화자는 "줄기와 뿌리만 튼튼하면 나무는 죽지 않는다는 것을 알고 있었기에 그 일 때문에 거위들에게 야단을 치지는 않았습니다"라고 말한다. 맞다가 사람을 보고 공격하는 또 다른 장면에서 화자는 "어느 날, 또 한 차례 공격을 당하자, 약이 오른 나는 아예 맞다 모가지를 잡아서 두 무릎 사이에 끼워놓고 한참 동안 어르고 타이르고 겁을 주었습니다"라고 밝힌다.

심지어 화자는 거위가 교미하는 것을 두고 '사랑을 나눈다'는 표현을 사용한다. "맞다와 무답이가 사랑을 나누기 시작한 것은 봄꽃이 모두 피어난 뒤인 사월 말께였습니다"라는 문장이 바로 그러하다. 사람한테는 '성행위를 하다'라고 하거나 좀 더 점잖게 '사랑을 나눈다'니 '애정을 나눈다'니 하는 표현을 사용한다. 그러나 짐승한테는 '교미한다'니 '교접한다'니 하는 표현을 사용하거나, 순수한 토박이말로는 '흘레한다'는 표현을 사용한다. 영어 같은 서양어만 같아도 성적 교접을 표현할 때 인간과 동물을 엄격히 구별 지어 말하지 않는다. 가령 'copulate'라는 동사는 인간과 짐승의 성행위를 굳이 가르지 않고 공통으로 사용하는 말이다. 그런데도 동양 문화권에서는 유독 인간과 동물을 구분지어 표현하기 일쑤이다. 그러므로 맞다와 무답이가 서로 '사랑을 나누었다'는 표현에는 각별한 뜻이 담겨 있다고 보아야 한다. 이러한 구절이나 문장을 읽고 있노라면 화자가 사람을 두고 말하는 것인지, 아니면 짐승을 두고 말하는 것인지 자못 헷갈린다.

화자가 의인법을 구사하는 것은 비단 짐승에만 그치지 않고 심지어는 식물한테서도 찾아볼 수 있다. 가령 그는 겨울이 끝나고 새봄이 찾아오면서 풀들이 움트기 시작하는 모습을 사람이 고개를 쳐드는 것에 빗대어 말한다. "성미 급한 풀들이 초록색 작은 깃발처럼 고개를 쳐들었습니다"라고 밝힌다. '초록색 작은 깃발처럼'이라는 직유법도 신선하지만 '고개를 쳐들었다'는 의인법은 더더욱 찬란한 빛을 내뿜는다. 사람이나 짐승도 아니고 가냘픈 새싹이 고개를 쳐든다고 표현하는 것이 여간 놀랍지 않다.

『거위』의 화자가 거위를 비롯한 짐승을 인간과 똑같이 대접한다는 사실은 그가 동물들에게 인간이 사용하는 언어로써 표지판을 써 붙인다는 사실에서도 단적으로 엿볼 수 있다. 들쥐들이 거위의 집에 몰라들어와 음식을 먹어 치우자 화자는 이런저런 궁리 끝에 맞다와 무답이의 집 앞에 "들쥐 출입금지"라는 경고판을 내건다. 물론 들쥐들이 사용하는 말을 알고 있다면 화자는 그들의 언어로 경고판을 써서 붙였을 것이다. 이 경고판을 읽을 줄 모르는 들쥐들은 아랑곳하지 않고 계속 거위의 밥을 빼앗아 먹는다. 이 점에 대하여 화자는 "'들쥐 출입금지'는 쥐들이 사용하는 말이나 문자를 몰라 한글로 써 붙였더니 들쥐 떼들은 본체만체했습니다"라고 말한다. 이 계획이 실패하자 화자는 각목에 거위 밥통을 매달아서 들쥐들의 입이 닿지 않게 한다. 그러나 들쥐들이 점프하여 밥통에 올라가 먹이를 먹는 것을 보고는 화자는 들쥐들에게 "오냐. 니들이 이겼다"고 말하면서 패배를 깨끗하게 인정한다.

　화자가 거위를 인간과 다름없는 한 집안 식구로 간주한다는 사실은 맞다와 무답이가 수리부엉이한테 잡혀 죽었을 때 보여 주는 반응과 정중하게 장례를 치러 주는 것만 보아도 잘 알 수 있다. 화자가 집을 비운 사이 맞다는 흔적도 없이 사라져 버렸고 무답이는 개울가 돌무더기 위에 싸늘한 시체로 발견된다. 왕풀님의 딸인 꿋꿋씨는 무답이의 시체를 보자 가만히 손을 올려 성호를 긋는다. 화자를 비롯한 연구소 식구들은 거위 두 마리를 사람 못지않게 정중하게 장례를 치러 준다.

> 이튿날, 우리는 다른 때보다 더 오래 세수하고, 가장 좋은 옷을 입고, 맞다와 무답이의 장례식을 치렀습니다.
> 부근에 마침 잘 뻗은 자작나무가 두 그루가 있기에, 그 아래에 묻기로 했습니다.
> (…중략…)
> 맞다를 끝내 찾지 못했기에 우리는 개울 바닥에서 발견한 맞다의 깃털을 정성껏 모아 무답이 몸 위에 뿌려주었습니다. 그리고 한 삽, 한 삽 부드러운 흙은 덮은 뒤, 마침 배나무 아래에 있던 잘생긴 돌을 찾아 비석으로 삼았습니다.

　화자는 이 비석 위에 "맞다·무답이의 묘 / 2006년 5월 4일~200년 4월 2일"이라고 적는다. 사람도 아니고 한낱 짐승이라고 할 거위의 장례식이 여간 정중하고 성대하지가 않다. 이 장례식에 참석하는 사람들은 '가장 좋은 옷'을 입고, '잘 뻗은 자작나무' 아래 땅을 매장지로 고르며, '잘생긴 돌'을 찾아 비석으로 삼는 등 하나같이 정성을 다하여 최선의 장례식이 되도록 노력한다. 만물의 영장이요 우주의 주인이라는 사람 중에서도 이렇게 맞다와 무답이처럼 성대한 장례 의식을 받아 보지 못하고 그냥 한 줌의 흙으로 돌아가는 경우가 적지 않을 것이다.

맞다와 무답이의 장례식에서 무엇보다도 가장 눈길을 끄는 것은 왕풀님이 읽는 조사(弔辭)이다. 거위 같은 짐승의 죽음을 애도하는 조사라고는 좀처럼 믿기지 않을 만큼 저승으로 먼저 떠나보내야 하는 정이 그토록 애절하고 애틋하다.

그 애들은 긴 주둥이를 맑은 물에 담그고 한 모금, 두 모금 행복하게 마시던 연구소의 소중한 가족이었습니다. 연구소의 시간과 공간을 동화 속 흰빛으로 가득 채우던 거위천사들이었습니다.
맞다는 씩씩하고, 대가 세고, 듬직한 남편이었습니다. 무답이는 세상에서 가장 어여쁜 새악시였습니다. 서로가 서로의 그림자였습니다. 둘이 떨어져 있는 걸 한 번도 본 적이 없었습니다. 저는 이 나이가 되도록 서로 그토록 사랑하는 존재를 본 적이 없습니다. 날지도 못하는 퇴화한 새, 겨우 거위일 뿐인 그 애들에게서 저는 진실한 사랑이 어떤 것인지를 보았습니다.

두 뺨에 눈물을 흘리며 이 조사를 읽는 왕풀님은 나이가 예순 남짓한 여성 화가이다. 예순 살이라면 공자(孔子)가 '이순(耳順)'이라고 부른 바로 그 나이가 아니던가. 이 나이가 되면 천지만물의 이치에 도통하였기 때문에 무슨 일이든지 듣기만 하여도 모든 것을 이해할 수 있다고 하지 않았던가. 이순의 나이가 되도록 왕풀님은 맞다와 무답이처럼 배우자를 그렇게 지극히 사랑하는 존재를 본 적이 없다고 고백한다. 언뜻 조금 과장하여 말한다고 생각할는지 모르지만 그녀의 말을 액면 그대로 받아들여도 좋을 듯하다. 살아 있는 사람에게 아첨하려고 하는 말도 아니고 거위한테, 그것도 죽은 거위한테 하는 말이기 때문이다. 죽은 거위와는 아무런 이해관계가 없을 것이다. 왕풀님을 비롯한 연구소 식구들에게 거위는 '날지도 못하는 퇴화한 새'가 아니라 '거위천사'요, '기분 나쁜 새'가 아니라 진실한 사랑이 과연 어떠한 것인지 몸소 가르쳐 준 '소중한 가족'인 것이다.

왕풀님이 거위의 죽음에서 사랑과 가족의 의미를 찾는다면 화자는 그들의 죽음에서 생태계 순환의 의미를 읽어낸다. 이렇게 거위를 잃어버린 것에 대하여 크나큰 슬픔을 느끼면서도 화자에게는 한 가닥 위로와 소망이 남아 있다. 그것은 비록 바로 거위의 육신은 썩어 없어지지만 생태계에서 완전히 사라지는 것은 아니라는 점이다.

> 맞다와 무답이는 비록 세상을 떠났지만 세월이 지나면 흙이 되어 자작나무의 거름이 될 것입니다. 그 거름은 자작나무 잎을 푸르게 하고, 자작나무의 껍질을 더욱 하얗게 만들 것입니다. 그러고 보니 자작나무는 거위의 깃털처럼 하얗게 빛나는 나무입니다. 그렇다면 맞다와 무답이는 영영 세상을 떠난 것이라고 할 수 없습니다. 자작나무의 몸을 빌려 또 다른 모습으로 삶을 이어가며 푸르를 것이기 때문입니다.

여기에서 화자는 다름 아닌 생태계의 순환을 언급한다. 생태계의 순환이란 비록 육체는 죽어도 영혼은 죽지 않는다는 영혼 불멸설과는 전혀 다른 이야기이다. 형이상학적이 아니라 오히려 형이하학적 문제이다. 거위의 시체는 자작나무를 건강하게 하는 거름이 되고, 자작나무가 썩으면 토양을 기름지게 한다. 기름진 토양은 다른 식물이 잘 자라게 하는 데 도움을 주고, 동물들은 이 식물을 먹고 살아간다. 그리고 이러한 순환 과정은 지구가 남아 있는 한 끝없이 계속 이어지기 마련이다. 이렇듯 화자는 거위의 죽음에서 또 다른 삶의 신비를 발견하기 때문에 쉽게 절망하지 않는다.

티 없는 옥이 없다고 『거위』에서 화자가 동물을 얕잡아 말할 때가 없지 않다. 가령 화자는 들쥐들에게 음식을 빼앗기는 거위를 두고 "맞다 무답이는 왜 맹꽁이처럼 자기 밥을 빼앗기고 그럴까요?"라고 묻는 장면은 이러한 경우의 좋은 예가 된다. 만약 맹꽁이가 이 말을 듣는다면 적잖이 섭섭하게 생각할 것이다. 그러나 이렇게 짐승을 깔보거나 업신여기는 태도는 어디까지나 예외적인 행위에 속할 뿐 일반적인 행동은 아니다. 가령 야무지지 못하고 말이나 하는 짓이 답답한 사람을 놀림조로 이를 때 '맹꽁이' 또는 '멍꽁이 같다'고 한다. 그러나 이러한 표현은 어디까지나 인간의 입장에서 맹꽁이를 얕잡아 일컫는 태도에 지나지 않는다.

한마디로 거위는 퇴골에 있는 풀꽃평화연구소에 속해 있는 소중한 식구이다. 화자가 거위를 기르기로 처음 마음먹은 것은 연구소 근처에 뱀이 자주 나오기 때문에 뱀을 퇴치하기 위해서였다. 거위는 용감하여 뱀을 잡아먹는다는 소문을 어디에서 들었기 때문이다. 그러나 막상 거위를 키우지만 거위는 뱀을 잡아먹지 않고, 뱀은 전처럼 여전히 집 근처에 나온다. 그렇다고 화자는 거위를 탓하거나 불평하지 않는다. 거위는 한 가족 식구와 같은 존재이기 때문이다. 이 점과 관련하여 그는 "맞다와 무답이는 연구소 가족이 된 뒤에도 뱀이 가끔 나타났지만, 연구소 사람들은 누구도 맞다와 무답이가 뱀을 퇴치하지 못한다고 불평하지 않았습니다. 가족은 의무로 맺어진 관계가 아니기 때문일 것입니다"라고 말한다.

생물에 인간의 특성을 부여하여 말하는 수사법이 의인법이라면 활유법은 돌이나 물 같은 무생물에 생물의 특성을 부여하여 살아 있는 생물처럼 나타내는 수사법이다. 수많은 수사법 가운데에서도 의인법과 활유법은 녹색 문학에서 아주 중요하다. 대상을 흔히 인격화하여

존엄성 있게 나타내기 때문이다. 어린이들에게 어른한테 말할 때에는
반드시 경어법을 사용하도록 가르치는 것과 궤를 같이한다. 그러한 언
어생활 속에서 어린이들은 자연스럽게 윗사람에 대한 존경심을 터득
할 수 있기 때문이다.

3

『거위』의 화자 '나'가 잊어진 짐승과 다름없던 거위를 동물 생태계의
소중한 식구로 생각하듯이 그는 잡초에 대해서도 식물 생태계의 소중
한 식구로 생각한다. 다시 말해서 그는 자신이 내세우는 생물 평등주
의를 동물은 말할 것도 없고 식물한테도 마찬가지로 적용한다. 무엇보
다도 잡초에 대한 화자의 태도가 눈길을 끈다. '잊어진 동물'인 거위를
다른 짐승과 차별 짓지 않는 것처럼 그는 잡초를 다른 식물과 차별 짓
지 않는다. 화자한테는 잡초는 흔히 '꽃 중의 꽃'이나 '꽃의 여왕'으로
일컫는 장미처럼 생태계의 소중한 집안 식구이기 때문이다. 잡초를 업
신여기고 장미를 소중하게 생각하는 것은 마치 부모가 한 자식이 유독
잘생겼거나 똑똑하다고 하여 그 자식만을 편애하는 것과 같다.
　맞다와 무답이는 이것저것 가리지 않고 음식을 잘 먹지만 그중에서
쇠뜨기라는 식물을 가장 좋아한다. 이 쇠뜨기는 시골 사람들이 흔히
잡초라고 여기는 식물로 시골 어디를 가나 지천으로 널려 있다. 그런
데 눈을 부릅뜨고 생물도감을 아무리 샅샅이 뒤져보아도 '잡초'라는 식
물은 찾아볼 수 없다. 그도 그럴 것이 잡초는 식물의 이름이 아니라 인

간에게 쓸모없는 식물을 뭉뚱그려 부르는 이름에 지나지 않기 때문이다. 잡초란 유용성이라는 잣대로 모든 것을 판단하는 인간의 관점에서 볼 때 그 효능이 입증되지 않은 무익한 풀을 두루 일컫는 말이다. 바꾸어 말해서 먹이를 사용할 수도 없고 약으로도 사용할 수 없는 풀이 바로 잡초인 셈이다. 이렇게 효능성의 잣대로 잴 때 잡초는 식물 스펙트럼에서 맨 끝에 놓여 있고, 그 반대쪽에는 약초가 놓여 있다. 그러므로 글자 그대로 '잡스런 풀'을 뜻하는 잡초는 인간에게 천덕꾸러기 대접을 받을 수밖에 없다.

좀 더 전문적으로 말하자면 농학에서는 잡초와 야초를 서로 구별 짓는다. 경작지에서 재배하는 식물 이외의 것을 잡초라고 부르는 반면, 경작지 외에서 자라는 것은 야초라고 부른다. 잡초는 농작물과 비교하여 생육이 빠르고 번식력이 강할뿐더러 종자의 수명도 길다. 잡초는 농작물이 차지할 땅과 공간을 점령하고 양분과 수분을 빼앗는다. 또한 농작물보다 키가 큰 잡초는 햇빛을 차단하여 농작물의 광합성 작용을 방해함으로써 농작물을 웃자라게 하고 지온을 저하시키며 통풍을 저해하는 등 온갖 방법으로 농작물의 생장을 방해한다. 그런가 하면 잡초가 우거진 곳은 병균과 벌레의 서식처나 번식처가 되기도 한다.

시골 농촌 어디를 가나 쉽게 볼 수 있는 쇠뜨기는 잡초 중의 잡초이다. 『거위』의 화자는 거위가 가장 좋아하는 음식인 쇠뜨기를 사람들이 잡초로 업신여기는 사실을 무척 안타깝게 생각한다.

쇠뜨기는 줄기 속이 텅 빈, 소나무 잎처럼 생긴 초록색 풀로서 곧게 자라는 잡초입니다. 잡초란 사람의 입장에서 볼 때 아직 그 효능이 충분히 발견되지 않은 풀인데, 풀에게 물어보지도 않고 잡초라고 뭉뚱그려 부르지요. 풀들 입장에선 참 속상한 일일 것입니다.

　인간이 그토록 소중하게 생각하는 유용성이나 효능이라는 것도 엄밀히 따지고 보면 어디까지나 상대적인 것에 지나지 않는다. 한국 사람이 잡초라고 생각하는 식물이 북아메리카 대륙에 오랫동안 살아 온 인디언들한테는 소중한 약초로 융숭한 대접을 받는다. 위 인용문에서 화자가 잡초를 두고 효능이 없는 풀이라고 말하지 않고 "아직 그 효능이 충분히 발견되지 않은 풀"이라고 조심스럽게 말하는 점을 찬찬히 눈여겨보아야 한다. 인간이 그 효용성을 미처 발견하지 못하여 지금은 천하디 천한 잡초의 신분에 놓여 있지 만약 그 효용성을 발견하여 입증하게 되면 잡초는 당당하게 약초의 신분으로 입적될 것이다. 그렇다면 잡초가 이렇게 온갖 천대를 받는 것은 화자의 지적대로 잡초의 입장에서 보면 참으로 '속상한 일'이 아닐 수 없을 것이다.

　이렇게 지천으로 널려 있다시피 한 쇠뜨기마저 화자는 함부로 취급하지 않는다. 거위가 좋아하는 음식인 쇠뜨기를 채취하러 들판으로 나가서도 마구잡이로 채취하지 않고 필요한 양만큼만 채취할 뿐만 아니라 더 나아가 채취할 때도 소중하게 다룬다. 가령 쇠뜨기를 채취하되 잎만 따고 뿌리는 그대로 남겨둔다. 이듬해 그 자리에서 쇠뜨기가 다시 돋아나 더욱 번지게 하기 위해서이다. 오직 동물만이 멸종 위기에 놓여 있다고 간주하는 것은 좁은 생각이다. 멸종 위기는 비단 동물에 그치지 않고 식물도 마찬가지이다. 예를 들어 광릉요강꽃을 비롯한 나도풍란, 만년콩, 섬개야광나무 따위는 대한민국의 야생 동식물 보호법 시행 규칙에 따라 지정되어 보호받고 있는 제1급 멸종 식물에 속한다. 물론 번식력과 생존력이 강한 쇠뜨기가 멸종될 가능성은 거의 없어 보이지만 그래도 함부로 채취한다면 언제가 멸종될 날이 오게 될지도 모른다. 오늘날 하루에도 140종씩, 일 년이면 줄잡아 4만 종에 이르는 생물종이 지구에서 사라져가고 있다. 이러한 속도로 계속 자연 생태계가 파괴된다면 앞으로 20년 안에 적게는 60만에서, 많게는 200만 종에 이르는 생물종이 멸종될 것으로 과학자들은 내다본다.

북아메리카 인디언들은 이 세상에 잡초란 식물은 아예 존재하지 않는다고 생각해 왔다. 모든 식물은 그 나름대로 유용성을 지니고 있기 때문이다. 인디언 원주민들은 비록 백인들의 기독교를 믿지 않지만, 적어도 조물주가 창조한 피조물은 하나같이 존재 이유가 있다고 생각한다는 점에서는 백인들과 비슷하다. 가령 체로키 족 인디언 추장 '롤링 선더(구르는 천둥)'는 "문명인들든 자신들의 마음에 들지 않는 식물을 잡초라고 부르는데, 이 세상에 잡초라는 것은 없다. 모든 풀은 존중되어야 할 이유를 지니고 있고, 쓸모없는 풀이란 하나도 존재하지 않는다"고 잘라 말한다.

미국뿐만 아니라 전 세계에 걸쳐 생태주의 복음을 전한 사도 헨리 데이비드 소로는 인디언의 세계관에서 적잖이 영향을 받았다. 일찍이 그는 '숲 속의 생활'이라는 부제를 붙인 『월든』(1854)에서 "우리 농사가 실패하는 일이 있을까? 잡초의 씨앗이 새들의 주식(主食)이라면 잡초가 무성히 자라는 것도 내가 기뻐하여야 할 일이 아닌가?"라고 묻는다. 그리하여 소로는 콩 밭에서 잡초를 뽑기보다는 오히려 잡초가 무성히 자라는 것을 기뻐한다. 콩이 인간의 주식이라면 잡초의 씨앗은 바로 새들의 주식이기 때문이다. 그렇다면 그의 말대로 일 년 농사가 실패하는 법이란 있을 수 없을 것이다. 올해에 인간이 좀 더 많은 먹이를 차지하였다면 이듬해에는 새들이 좀 더 많은 먹이를 차지할 뿐이다.

멀게는 북아메리카 인디언, 가깝게는 소로한테서 여러모로 영향을 받은 윤구병도 이 세상에는 잡초는 없다고 부르짖는다. 남들이 부러워하는 대학 교수 자리를 헌신짝처럼 버리고 변산 반도에서 농사를 짓고 있는 그는 이 세상에 "잡초란 아예 없다"라고 아예 못 박아 말한다. 녹색 수필집 『잡초는 없다』(1998)에 실린 「피사리」라는 글에서 윤구병은 "이 세상에 잡초는 없다"는 명제를 내세운다. 이 명제를 수필집의 제목으로 삼은 것만 보아도 잡초에 대한 그의 태도가 과연 어떠한지 쉽게 미루어볼 수 있다.

> 40여 년 만에 농사일다운 농사일을 처음 해본 작년까지만 하여도 나에게 우리가 심지 않은 풀은 '잡초'에 지나지 않았고, 이 '잡초'는 원수의 사촌쯤으로 여겼습니다. 올해 들어 처음으로 '잡초'로 알고 무자비하게 뽑아 내던져 버렸던 풀들이 약초와 나물이었음을 뒤늦게 깨닫고 나서부터는 "이 세상에 잡초는 없다" 생각하고 저절로 밭에서 자라는 여러 가지 풀들을 거두어 마흔 가지 가까운 효소를 담으면서 '풀들과 사이좋게 지내는 길'을 찾기 시작했습니다.

이렇게 잡초를 '원수의 사촌쯤'으로 여기지 않고 생태계의 소중한 구성원으로 간주하는 것은 최성각도 조금도 다르지 않다. 『거위』에서 그는 화자의 입을 빌려 잡초도 식물 생태계의 집에서 소중한 식구라고 밝힌다. 화자에게도 잡초는 원수가 밤에 몰라 와서 뿌리고 간 '원수의 사촌'이 아니라 오히려 이웃사촌이거나 가까운 친구 또는 친척에 지나지 않는다. 다른 인간과 사이좋게 지내기도 쉽지 않은 오늘날 잡초와 사이좋게 지낸다는 것은 여간 어려운 일이 아닐 것이다. 같은 식물이라고 하여도 장미나 백합 같은 아름다운 꽃을 사랑하는 사람은 많아도 잡초를 사랑하는 사람은 좀처럼 없을 것이다.

지구 위에 존재하는 모든 종과 개체는 말할 것도 없고 심지어는 무생물까지도 우주라는 대가족에 속한 식구라는 사실을 받아들일 때 비로소 참다운 환경 운동은 시작한다. 독일의 생태 시인 중에서 가장 대표적인 한 사람인 한스 위르겐 하이제는 「약속」이라는 작품에서 장미보다는 차라리 잡초를 돌보겠다고 천명한다.

> 잡초여
> 모든 사람이
> 장미만을 사랑스러워 하는
> 이 시대에
> 나는 너를 돌보는 산지기가 되리라

　열정적인 붉은 장미나 눈처럼 희고 순수한 백합을 사랑하는 것은 쉬운 일이다. 그러나 따지고 보면 장기가 아름다운 꽃을 피우는 것은 사람을 위해서는 아니다. 사상이 척박한 미국 땅에 초월주의의 씨앗을 처음 뿌린 랠프 월도 에머슨은 언젠가 "창밖의 장미는 사람의 눈을 즐겁게 하려고 서 있는 것이 아니다"라고 말한 적이 있다. 장미가 그토록 아름다운 꽃을 피우는 것은 어디까지나 장미의 생리적인 현상일 뿐 인간과는 아무런 상관이 없다는 것이다. 이와 마찬가지로 잡초가 사람들한테서 천대를 받지만 잡초의 초라한 모습은 인간과는 아무런 관련이 없다. 그 모습이 곧 잡초의 생래적 성격이요 모습일 뿐이다. 그러므로 하이제의 「약속」의 화자처럼 아름다운 장미만을 사랑하는 시대에 잡초를 지키고 보호하는 '산지기'가 되겠다는 결심은 더더욱 값지고 소중하다. 이러한 깨달음이야말로 환경을 지키고 자연을 보호하는 첫걸음이기 때문이다.

　인간이나 거위 같은 짐승이나 대자연 사이에 아무런 차별이나 계급이 없이 모두 하나가 되는 우주가 가장 바람직한 세상이다. 이렇게 평등한 세상이 되면 생태계의 구성원들은 하나같이 조화와 균형을 이루어가며 건강하게 살아갈 수가 있다. '통일성 속의 다양성' 또는 '다양성

속의 통일성'이야말로 생태계가 지향하는 이상향이다. 그런데 『거위』의 화자는 눈이 내린 한 겨울철 거위의 모습에서 이러한 이상향을 발견한다. 눈이 많이 내리는 어느 겨울날 아침 화자는 맞다와 무답이가 마당에서 갑자기 사라진 것을 보고 놀란다. 그러나 좀 더 정신을 가다듬고 살펴보니 거위들이 사라진 것이 아니라 온 세상을 하얗게 덮고 있는 눈 속에 잠겨 보이지 않은 것이다.

> 이 세상 모든 것이 하얀 눈으로 덮인 가운데 맞다와 무답이의 콩알만 한 까만 눈과 주황색 부리와 두 발만이 허공에 떠 있었습니다. 그것은 마치 어렸을 적에 봤던 만화책에 나오던, 허공을 붕붕 떠다니는 투명인간의 장갑이나 모자 같았습니다.
> 맞다와 무답이의 하얀 몸이 내리는 함박눈과 하나가 되어버렸던 것입니다.

위 인용문을 읽고 있노라면 마치 한 편의 수묵화를 바라보는 듯하다. 하얀 한지에 둥글고 검은 점과 길쭉한 주황색 점 한두 개가 그려져 있을 뿐 온통 여백으로 가득 차 있다. 이 그림에서 거위와 대자연을 구분 짓기란 무척 어렵다. '나'와 '너', 인간과 자연, 그리고 동일자와 타자의 구별이란 이렇다 할 의미가 없다. 화자는 흰 눈 속에 잠겨 제대로 보이지 않는 거위의 모습에서 피조물이 자연과 완전한 합일을 이루고 있는 상태를 시각적 이미지를 빌려 웅변적으로 말해 준다. 인간을 포함한 모든 피조물이 이렇게 '하나'가 되는 생태계나 우주야말로 에코토피아, 즉 가장 바람직한 생태적 이상향일 것이다.

4

최성각은 『거위』에서 생물 평등주의를 부르짖는 한편 이번에는 인간 중심주의를 날카롭게 비판한다. 인간 중심주의에 대한 그의 비판이 비수처럼 날카롭다. 이 두 가지 입장은 마치 활시위처럼 서로 팽팽하게 맞서 있다. 생물 평등주의를 내세우다 보면 인간 중심주의가 들어설 자리가 없고, 이와는 반대로 인간 중심주의를 부르짖는 곳에서 생물 평등주의는 좀처럼 뿌리를 내리지 못한다. 가령 생물 평등주의를 주장하면서 인간 중심주의를 부르짖는 것은 마치 백인이 이념적으로는 자유와 평등의 깃발을 내걸면서도 실제 행동에서는 흑인을 비롯한 유색 인종을 차별하는 것과 크게 다르지 않다. 다시 말해서 생물 평등주의자는 인간 중심주의자가 될 수 없고, 그 역도 성립하여 인간 중심주의자는 생물 평등주의자가 될 수 없다.

이 작품의 화자는 맞다와 무담이를 키우면서 두 딸을 키우면서도 좀처럼 느껴보지 못한 관심과 애정을 느꼈다고 고백한다. 그토록 사랑한 거위 두 마리를 수리부엉이한테 잃을 때 그가 느낀 심정이 과연 어떠하였을는지 쉽게 미루어보고도 남는다. 화자가 "거위들과 살았던 시간은 참으로 행복한 시간이었습니다"라고 고백하는 사실을 다시 한 번 떠올릴 필요가 있다. 화자가 처음에 잘못 생각한 대로 만약 거위가 '기분 나쁜 동물'이거나 '잊어진 동물'이었다면 그와 함께 산 2년은 결코 '참으로 행복한' 시간이 될 수 없을 것이다. 화자가 이렇게 거위와 행복한 시간을 보낼 수 있었던 것은 바로 그 짐승이 생태계라는 집안에서 없어서는 안 될 아주 소중한 식구라는 사실을 깨달았기 때문이다. 화자나 왕풀님이나 거위를 '저 애들'이라고 부른다. 다시 말해서 거위는 한낱 길짐승이 아니라 한집에서 살고 있는 소중한 식구일뿐더러 아직 나이가 어린 아이들인 셈이다. 한 집안 식구 중에서 누가 더 잘났는지 누가 못났는지, 또 누가 더 중요한지 누가 중요하지 않은지 따지는 것은 한낱 부질없는 일이다.

우리는 사람이 이 세상의 모든 생명체들 중에서 가장 잘난 존재가 아니라고 생각했습니다. 설사 사람이 아무리 똑똑하고 잘났다고 해도 사람이 모든 생명 가진 것들을 마음대로 취급하고 제멋대로 대해서는 안 된다고 생각했습니다.

위 인용문에서 찬찬히 눈여겨볼 구절은 화자가 인간이란 모든 생명체 가운데에서 '가장 잘난 존재'가 아니라고 생각한다는 점이다. 그동안 인간은 흔히 '만물의 영장'으로 자처하면서 우주의 주인으로 행세해왔다. 마치 주인이 하인이나 노예를 부리듯이 인간은 인간이 아닌 다른 피조물들을 함부로 다루어 왔다. 이렇게 오만한 태도는 특히 서양에서 중세의 터널을 막 빠져나와 근대에 진입하면서 두드러지게 나타나기 시작하였다. 가령 흔히 '근대 철학의 아버지'로 일컫는 르네 데카르트는 인간을 '우주의 주인이요 소유주'로 간주한 가장 대표적인 철학자 가운데 한 사람으로 꼽을 만하다.

데카르트는 물질과 영혼을 이원론적으로 서로 엄격히 구분지은 것으로 유명하다. 아니, 유명한 것이 아니라 악명이 높다고 하여야 할 것이다. 그는 인간이 영혼과 지각을 가지고 있기 때문에 자연과 인간이 아닌 피조물을 지배하는 위치를 차지하고 있지만, 영혼과 지각이 없는 동물은 한낱 인간의 노예에 지나지 않는다고 말한다. 특히 짐승에 대한 데카르트의 편견은 유별나서 짐승을 한낱 '자동 기계'나 '살아서 움직이는 기계'와 다르지 않다고 지적한다. 실제로 데카르트는 암소를 두고 우유를 만들어 내는 자동 기계라고 불렀다. 또한 어떤 짐승이 애처로운 소리를 지를 때 그것은 슬퍼서 지르는 비탄이 아니라 기능이 나쁜 기계 장치가 끼익 하고 내는 소리일 뿐이라고 밝혔다. 마차 바퀴가 끼익 하고 소리 낼 때 바퀴에 기름이 칠해져 있지 않아서 소리를 내는 것과 같은 이치이라는 것이다. 데카르트는 짐승의 울음도 이와 똑같이 이해하여야 한다고 말한다. 그러므로 실험실에서 산 채로 개를 해부할 때 개가 지르는 소리를 듣고 조금도 슬퍼할 필요가 없다. 뒷날 프랜시스 베이컨은 과학적 지식이란 곧 자연에 대한 기술적 지배를 뜻한다고 말한다. 그런데 그의 이러한 주장은 인간과 동물(자연)을 구분지은 데카르트의 이원론적 이론에 그 뿌리를 두고 있다.

적어도 생태학적 관점에서 보자면 『거위』의 화자는 데카르트의 반대쪽에 서 있는 사람이다. 근대 이성주의 철학에 주춧돌을 세운 프랑스 철학자와는 달리, 화자는 인간이 이 우주나 생태계에서 '가장 잘난 존재'라고 생각하지 않는다. 백 번 양보하여 비록 인간이 똑똑하고 잘났다고 하여도 인간이 아닌 다른 피조물을 제멋대로 함부로 취급할 자격은 없다고 생각한다. 생태계의 법칙 앞에서 모든 생명체, 심지어 생명이 없다고 흔히 생각하는 무생물까지도 그 나름대로 존재 이유가 있기 때문이다. 불가(佛家)에서는 깨어진 기왓장 한 조각, 바람에 이리저리 날아다니는 지푸라기 안에도 불성이 깃들여 있다고 생각한다. 화자가 이러한 불가의 경지에까지 이르렀는지는 알 수 없지만 뭇 생명체에 대한 관심과 애정이 무척 남다르다는 것만은 틀림없는 사실이다.

화자는 인간이 다른 생명체와 비교하여 그렇게 내세울 것이 없다는 사실을 강조하기 위하여 함께 환경 운동을 펼치고 있는 왕풀님의 말을 인용한다. 왕풀님은 언젠가 한 대안학교에서 어린이들에게 인간이 다른 짐승보다 하지 못하는 것이 많다고 밝힌다.

사람은 물고기처럼 물에서 자유롭게 수영을 잘하는 것도 아니고, 새처럼 하늘을 마음대로 날 줄도 모르고, 치타처럼 빠르게 달리지도 못하고, 공작새처럼 멋진 털을 가진 것도 아니고, 곰처럼 힘이 센 것도 아니지요. 물론 개미나 고양이보다는 크지만 덩치도 그리 큰 편은 아니지요.

왕풀님의 말대로 실제로 인간이 다른 피조물보다 못한 것이 어디 이것뿐이겠는가. 물과 하늘 그리고 육지에서 움직이는 것은 말할 것도 없고 힘이 세고 몸집이 큰 것으로 말하여도 인간은 코끼리 같은 짐승과는 비교도 되지 않는다. 물론 몸집이 크다고 대수는 아니다. 가령 "모기 보고 칼 빼기"라는 속담에서도 엿볼 수 있듯이 인간은 모기를 하찮게 여기기 일쑤이지만 모기의 어떤 기능은 인간의 기능보다 훨씬 뛰어나다. 예를 들어 모기는 광각이나 복합 현미경 같은 눈 때문에 사방을 동시에 볼 수 있을 뿐만 아니라 더듬이 밑에 달린 조그마한 귀 덕분에 청각도 무척 뛰어나다. 아무리 캄캄한 밤에도 인간을 찾아내어 피를 빨아먹을 수 있는 것은 인간이 내쉬는 이산화탄소를 감지할 수 있는 예민한 신경체계 덕분이다. 모기가 가까이 있음을 알리는 앵앵거리는 소리는 1초에 6백 번이라는 놀라운 속도의 날갯짓이 만들어 내는 것이다. 또한 모기는 인간의 피부가 내뿜는 화학 물질로 인간을 찾아내기도 한다. 모기를 끄는 성분 중 하나인 옥타놀은 야채를 많이 먹는 사람한테서 발견되기 때문에 육식보다는 채식을 많이 하는 사람이 모기에게 더 많이 물린다.

왕풀님은 계속하여 어린들에게 인간이 우주의 주인이라고 생각하고 그렇게 행동해 온 탓에 하나밖에 없는 이 지구가 망가져 버렸다고 말해 준다. 오늘날 인류가 겪고 있는 환경 위기나 생태계 위기는 바로 인간이 우주를 함부로 다루어 온 탓에 생겨난 결과라고 밝힌다.

사람은 지구 위에 거대한 문명과 문화를 창조했지요. 그것은 틀림없는 사실이에요. 그렇다고 사람이 이 지구 위의 모든 생물들의 주인은 아니지요. 그런데도 좋은 뇌를 가졌다는 특권 때문에 사람은 이 지구의 주인인 양 마음대로 자원을 사용하고, 다른 생명체들을 멋대로 지배해 왔답니다. 그런 결과 아름다웠던 이 행성이 견디기 힘이 들어졌지요. 여러분들도 많이 들어본 기후변화나 공해가 바로 그것이랍니다. 그리고 사람이 지구의 주인 노릇을 하는 바람에 너무나 많은 죄 없는 생물들이 죽어가고 있다는 것도 빠뜨릴 수 없는 일이지요.

위 인용문에서 무엇보다도 눈길을 끄는 것은 "좋은 뇌를 가졌다는 특권 때문에 사람은 이 지구의 주인인 양 마음대로 자원을 사용하고"라는 구절이다. 현생 인류인 '호모 사피엔스 사피엔스'는 글자 그대로 지혜를 지니고 있다는 특징이 있다. 인간은 그동안 이러한 지능으로 그 어떤 생물도 따라갈 수가 없는 눈부신 과학과 기술을 발달시키고 개발하였다. 예를 들어 불도저, 회전톱, 그리고 자동화기 따위에 맞설 수 있는 동물이란 이 세상에 없을 것이다. 이렇게 엄청난 힘으로 인간은 수백만 년에 걸쳐 생성되어 온 고유한 생물체의 형태를 파괴해 왔다. 그런데 이러한 생물종의 파괴는 곧 인간의 무제한적인 증식과 깊이 관련되어 있다. 호모 사피엔스 사피엔스는 지금 걷잡을 수 없는 기세로 증가하고 있다. 19세기 중엽까지만 하여도 지구상의 인구는 겨우 10억 남짓밖에 되지 않았지만 그로부터 백년 뒤인 20세기 중엽에는 20억으로 한 세기 만에 두 배로 늘어났다. 또한 20년 만인 1970년에는 40억으로 늘어났고 지금은 다시 60억을 넘어섰다.

더구나 위 인용문에서 마지막 문장의 "너무나 많은 죄 없는 생물들이 죽어가고 있다"는 구절도 찬찬히 눈여겨볼 필요가 있다. 지금까지 지구에 살아 온 수많은 생물종이 이미 사라져 버렸고, 지금 이 순간에도 계속하여 지구에서 영원히 자취를 감추고 있다. 『우리 안의 원숭이』(1902)라는 책으로 잘 알려진 빈 공과대학교 교수 프란츠 부케티츠는 『멸종 : 사라진 것들』(2003)이라는 책에서 인류의 폭발적인 증가와 그것이 초래한 지구 환경의 파괴와 약탈, 그리고 그에 따른 생물종의 급속한 소멸을 지구 생물 역사상 여섯 번째의 대멸종으로 간주한다. 학자들은 화석과 지질을 연구하여 지난 5억 년 동안 선캄브리아기와 고생대, 중생대, 그리고 공룡이 사라진 6,500만 년 전의 신생대 등 다섯 시기에 걸쳐 주요 동식물이 비교적 짧은 기간에 대량으로 멸종한 사실을 확인하였다. 그런데 부케티츠는 지금 진행 중인 생물종 소멸이 운석의 충돌 때문에 생긴 것으로 보이는 신생대의 대멸종보다 그 속도가 훨씬 더 빠르다고 지적한다.

지구에 살고 있는 모든 생물이 죽고 나면 그 다음에는 인간이 죽을 차례라는 것은 불을 보듯 뻔하다. 그런데도 인간은 이 사실을 까맣게 망각한 채 여전히 '죄 없는 생물들'을 죽게 만들고 있다. 한때 찬란한 거석문화를 이룩한 이스터 섬 문명이 삼림 같은 자연 자원을 소진한 뒤에 자멸하였듯이, 현대 문명도 지금처럼 무제한적이고 무분별하게 증식된 인류는 지구 자원을 모두 고갈하고 소진한 뒤에 스스로 절멸하게 될 것이라고 우려하는 학자들이 적이 않다. 석탄이나 석유 같은 천연 자원만을 소중한 자원으로 보는 것은 좁은 생각이다. 온갖 생물종도 인류에게는 없어서는 안 될 아주 소중한 자원이다. 그렇다면 "사람은 지구 위에 거대한 문명과 문화를 창조했지요"라는 왕풀님의 말도 어떤 의미에서는 자칫 공허하게 들린다. "그것은 틀림없는 사실이에요"라고 다시 한 번 힘주어 말하지만 인간이 이룩하였다는 그 거대한 문명과 문화는 언제 무너져 버릴는지도 모르는 모래성과 크게 다르지 않기 때문이다.

그런데 위에 인용한 왕풀님의 말에서 "좋은 뇌를 가졌다는 특권 때문에 사람은 이 지구의 주인"처럼 처신한다는 구절도 좀 더 찬찬히 뜯어보면 실제 사실과는 다르다는 사실이 밝혀진다. 『거위』의 화자는 거위도 인간 못지않게 머리가 있다는 사실을 깨닫고 적잖이 놀란다. 가령 하루는 맞다는 연구소에서 키우는 찰구라는 개에게 마사지를 해주는 동안 무답이는 슬금슬금 찰구 밥통으로 다가가 찰구의 밥을 훔쳐 먹는다. 그보다 더욱 놀라운 것은 맞다가 찰구에게 마사지를 해주면서 그를 밥통 반대쪽으로 슬슬 미는 모습이다. 두말할 나위 없이 무답이가 마음 놓고 먹이를 훔쳐 먹을 수 있도록 하기 위해서이다. 이 정도라면 거위의 지능은 웬만한 사람 못지않거나 더 낫다고 할 수 있다.

화자는 거위와 함께 생활하면서 인간이 다른 짐승에 대하여 너무 모르고 있다는 사실을 깨닫는다. 늦가을이 되고 낙엽이 마당이 떨어지자 맞다와 무답이는 마당 구석에 가만히 서 있다가 갑자기 날개를 펼치고 무서운 속도로 마당을 가로질러 질주하곤 한다. 화자는 거위가 춤을 추는 것이라고 생각한다.

나는 맞다와 무답이가 두 날개를 활짝 펼치고 무서운 속도로 달릴 때, 녀석들이 춤을 추고 있는 것이라고 생각했습니다. 그것이 아니라면 심심해서 뛰는 것인지도 모릅니다. 하지만 내가 보기에 그것은 춤이었습니다. 그렇다면 맞다와 무답이는 왜 춤을 출까? 왜 춤을 추는지 내 머리로 알 수 있을까? 안다고 한들, 그것이 제대로 아는 것일까? 아니, 도대체 거위들이 왜 춤을 추는지 이 세상의 누가 알까?

이 세상에는 알 수 없는 일이 많다고 나는 생각합니다.

위 인용문에서 화자의 의도를 여는 열쇠는 다름 아닌 '알다'라는 동사에 들어 있다. 이렇게 짧은 단락에서 그는 이 동사를 무려 다섯 번이나 사용한다. 네 번에 걸쳐 수사적 물음을 던진 뒤 마지막에 이르러 인간의 두뇌로써는 알 수 없는 일이 이 세상에는 너무 많다고 밝힌다. 화자처럼 이렇게 인간이 아닌 피조물을 좀 더 겸손하게 다룰 때 이 우주나 생태계는 그만큼 건강해진다. 인간 중심주의는 바로 인간이 모든 것을 알고 있다는 그 오만함이나 자만심에서 비롯하는 것이기 때문이다. 그러고 보니 인간을 생물학에서 분류학적으로 지칭하는 '호모 사피엔스(지혜 인간)'라는 용어는 '호모 에렉투스(직립 인간)'처럼 그렇게 적절하다고 보기 어렵다.

이 점과 관련하여 여기에서 잠깐 최성각의 엽편소설 「복날 개소리」라는 작품을 살펴보는 것이 좋을 것 같다. 이 작품에서 그는 개를 주인공으로 등장시켜 인간의 지적 허영심과 터무니없는 자만심을 날카롭게 꾸짖는다. 사람들이 바보멍텅구리라고 생각하는 개는 땅 속에 흐르는 그 작은 지하수 진동까지 감지할 수 있는 놀라운 청력을 지닌다. 8만 헤르츠의 청력이라면 참으로 놀라운 청력이 아닐 수 없다. 그런데도 인간은 자신이 여러모로 개는 말할 것도 없고 다른 어떤 짐승보다 지적 능력이 뛰어나다고 우쭐댄다. 이러한 인간을 두고 개는 자기들끼리 온갖 못된 짓을 일삼는 '가증스러운 동물'이라고 꼬집는다.

도구를 사용하고 언어 조작 능력과 상징을 조금 사용할 줄 안다고 해서 스스로 '지혜 있다' 하면서 못된 짓은 독판 골라서 하고 있는, 소위 그 '사람속(屬) Homo'에 속하는 인간들 말야.
가증스러운 동물들이지. 이 세상에 사람들처럼 못된 짓을 많이 하는 동물, 있으면 나와 보라고 해. '아는 개들'은 그 사실을 다 알아. '모르는 사람들'은 모르지만서두.

위 인용문 중에서 '독판'이라는 말을 좀 더 꼼꼼히 주목해 볼 필요가 있다. '독판'이란 '독판무대'의 준말로 흔히 '독무대'라고 한다. 배우 한 사람만이 등장하여 연기를 도맡아 하는 무대를 가리킨다. 이 뜻에서 발전하여 누군가가 '독장치는 판'을 두고 독판이라고 부르기도 한다. 북한에서는 '야단독판(惹端獨-)'이나 '야단독장(惹端獨場)'이라는 말을 많이 사용한다. 이 어휘에 대하여 북한에서 펴낸 『조선말 대사전』(1992)에는 ① 다른 사람을 깔보거나 무시하고 혼자서 마구 행동함, ② 제 위에는 아무도 없는 듯이 큰소리를 치며 돌아다님 등으로 풀이하고 있다. 위 인용문에서 "못된 짓은 독판 골라서"에서 '독판'은 이렇게 무대를 비롯한 어떤 장소를 혼자 독차지하고 자신이 최고인 것처럼 함부로 행동하는 것을 말한다. 그러므로 이 '독판'이라는 말은 인간 중심주의를 일컫는 말로 받아들여도 크게 틀리지 않다. 인간은 그동안 이 우주라는 무대에서 홀로 잘난 척하며 종횡무진으로 행동해 왔고, 그 결과 오늘날 인류가 겪고 있는 환경 위기나 생태계 위기를 낳았다고 하여도 크게 틀리지 않을 것이다.

자칫 잊기 쉽지만 인간이 아닌 피조물도 인간 못지않게 지능을 지니고 있을 뿐만 아니라 희로애락의 감정도 지니고 있다. 맞다와 무답이는 화자가 연구소에 이르는 작은 길에 나타나면 땅바닥의 낙엽이 공중에 날아갈 만큼 크게 날갯짓을 하곤 한다. 그러면서 울음소리를 지르는 것이다. '울음소리'라고 하였지만 이 또한 인간 중심주의에서 벗어나지 못하는 생각에 지나지 않는다. 모르기는 몰라도 거위는 아마 주인이 나타난 것이 좋아서 반갑게 환희의 소리를 지르는 것일지도 모른다. 그러나 낯선 사람이 나타나면 거위는 화자를 만날 때와는 다른 소리로 운다. 거위가 이렇게 울음소리를 내면 개를 비롯한 다른 짐승들도 따라 짖고, 그러면 이번에는 뒷집 개들도 덩달아 따라 짖는다. 그러나 화자가 나타날 때 연구소 짐승들이 반가워서 짖을 때는 신기하게도 뒷집 개들은 따라서 짖지 않는다. 이 점과 관련하여 화자는 "반가워서 짖는 소리를 뒷집 개들이 따라 짖지 않는 것을 보면, 동물의 울음소리에도 각각 다른 감정이 있는데, 사람들만 그 차이를 못 느끼는 것 같습니다"라고 말한다.

5

　요즈음 '언어 생태학'이라고 하여 서양에서는 환경 위기와 생태계 위기 시대에 이르러 언어학 이론을 새롭게 정립하기 시작하였다. 지금까지의 언어학이 인간 위주의 언어학이었다면 언어 생태학은 인간 못지않게 생태계의 다른 구성원에게도 무게를 두는 언어학이라고 할 수 있다. 언어 생태학은 크게는 언어 오염에 깊은 관심을 기울이고, 더 크게는 소멸 위기에 있는 소수민족 언어를 보호하고 보존하는 일에도 관심을 기울인다. 언어 생태학자들은 인간의 언어와 자연 파괴나 환경오염 사이에는 깊은 함수 관계가 있다고 본다. 미국의 언어 생태학자 드와이트 볼링거는 물과 공기 그리고 빛과 소리처럼 흐르는 것은 하나같이 오염 물질을 지니고 있으며 그것은 언어도 예외가 아니라고 밝힌다. 실제로 환경 위기나 생태계 위기 시대에 이르러 언어 오염 또한 환경 오염 못지않게 아주 심각하다. 오스트리아의 철학자 카를 포퍼는 "언어 오염은 공기 오염보다 훨씬 더 폭넓게 진행된다. 그것은 우리의 지적 책임감을 약화시키고 우리의 정의와 양심도 병들게 한다"고 밝힌

적이 있다. 또한 적지 않은 동식물이 지구에서 멸종 위기를 맞고 있듯이 소수민족의 언어도 소멸위기에 놓여 있다. 소수민족 언어가 소멸하면 언어 생태계에 자못 부정적인 영향을 끼치게 된다.

그러나 언어 생태학자들은 이러한 거창한 작업 말고도 인간이 제멋대로 붙인 동식물의 이름을 하나하나 바로잡는가 하면, 동식물을 얕잡아 말하는 표현도 바로잡는 일에도 관심을 기울인다. 지금까지 인간은 동물과 식물 그리고 무생물의 이름을 붙일 때 어디까지나 인간의 관점에서 이름을 붙여 왔다. 그런데 문저는 이렇게 명명을 하면서 거의 언제나 부정적으로 이름을 붙였다는 게 있다. 이러한 현상은 동양과 서양을 가르지 않고 두루 나타나지만 서양보다는 동양, 그 중에서도 한국에서 훨씬 더 심하다.

가령 '할미꽃'이니 '앉은뱅이꽃'이니 '개불알꽃'이니 '며느리밑씻개'니 하는 이름은 이러한 경우의 좋은 예로 꼽을 만하다. '노고초(老姑草)'나 '백두옹(白頭翁)'이라고도 일컫는 '할미꽃'은 할머니처럼 힘없이 축 쳐져 있다고 하여 붙인 이름이다. 성장과는 아무런 관계없이 새싹이 돋을 때부터 이 식물은 이렇게 할머니로 취급받는다. '앉은뱅이꽃'은 다른 식물에 비하여 유난히 키가 작기 때문에 붙인 이름이고, 난초과의 다년초인 '개불알꽃'은 생긴 모습이 수캐의 생식기를 닮았기 때문에 붙인 이름이다. 마디풀과의 일년생 만초인 '며느리밑씻개'는 줄기에 가시가 있고 잎이 삼각형 모양을 하고 있기 때문에 그러한 이름이 붙어 있은 것이다. '며느리밑씻개'라는 이름에서는 남성 중심의 전통 사회에서 며느리에 대한 대접이 과연 어떠하였는지 미루어보고도 남을 만하다.

물론 더러 예외가 없는 것은 아니지만 서양에서는 낭만적인 식물 이름이 꽤 많다. 예를 들어 나팔꽃을 서양 사람들은 '아침의 영광(모닝 글로리)'이라고 부르고, 물망초를 '나를 잊지 마오(포겟 미 낫)'라고 부르며, 니겔라를 '안개 속의 사랑'(러브 인 미스트)이라고 부른다. '문가에서 키스해 주세요(클레마티스)'니 하는 이름도 자못 시적이고 낭만적이다. '천사의 눈동자(베로니카)'니 '아기의 숨결(집소필리아)'이니 '산 위의 눈雪)(유포비아)'이니 하는 이름도 시적이고 낭만적이기는 마찬가지이다. 이러한 이름과 비교해 보면 한국 사람들이 얼마나 식물을 얕잡아 부르는지 쉽게 알 수 있다.

동물이나 식물에게 이름을 붙여 준다는 것은 자못 의미가 크다. 물론 저 에덴동산의 아담처럼 동식물을 명명함으로써 자신의 지배나 통제 아래에 둔다는 의미도 있지만, 개별성이나 정체성을 부여해 준다는 긍정적인 의미도 있다. 『거위』의 일인칭 화자 '나'는 부화장에서 가까스로 거위 새끼 두 마리를 구입하여 집으로 데리고 오면서 한 마리에게는 '맞다', 다른 거위에게는 '무답이'이라는 이름을 짓는다. 그러면서 화자는 "이름을 짓는 일은 참으로 중요한 일인 것 같습니다. 새끼거위들에게 이름을 지어주자 그 녀석들과 우리는 더욱 가깝게 느껴졌으니까요"라고 말한다. 화자의 입장에서 보면 새로 생긴 가족에게 이름을 붙여주는 것은 어찌 보면 마땅한 일이라고 할 수 있다.

화자가 거위에게 이름을 지어 주는 것도 흥미롭지만 '맞다'와 '무답이'라는 이름을 지어 주는 것은 더더욱 흥미롭다. 거위를 데리고 집에 오면서 차 안에서 화자는 그 무렵 한창 화제가 되었던 새만금 사업 문제를 두고 왕풀님과 대화를 나눈다. 그런데 새만금 갯벌을 메우면 그곳에 살고 있는 생명체가 죽게 되어 안타까운 일이라고 말하자 거위 한 마리가 그 말이 맞다고 동의하는 듯 '꽥꽥!' 하고 소리를 지른다. 그래서 화자는 그 새끼거위를 '맞다'라고 불렀고, 다른 새끼거위는 아무런 소리 없이 잠자코 있어서 그냥 '무답이'라고 불렀던 것이다. 이 두 마리 거위가 사망하고 난 뒤 화자는 부화장에서 새로 거위 두 마리를 구입해 온다. 그리고 이번에는 수리부엉이가 다시는 채가지 못하도록 '철근'과 '구리'라는 쇠붙이 이름을 붙여 준다.

화자는 거위뿐만 아니라 연구소와 관련이 있는 사람들이나 무생물 한테도 이름을 붙여 준다. 그런데 그 이름이 하나같이 자연과 관련이 있는 것들이다. 연구소 이름은 '풀꽃평화연구소'라는 것은 이미 앞에서 밝혔다. 이 연구소에 앞서 화자는 왕풀님과 함께 힘을 합쳐 '풀꽃세상'이라는 환경단체를 만들었다. 이 연구소가 펼치고 있는 일은 '풀꽃운동'이다. 왕풀님은 이 연구소에서 나이가 가장 많기 때문에 아마 '왕'자가 붙은 것 같다. 『거위』의 화자한테는 '그래풀'이라는 이름이 있다. 이밖에도 이 연구소를 도와주는 사람들은 '산풀'을 비롯하여 '산야초', '디풀', '꿋꿋이' 등의 이름이 있다. 이웃집 할아버지와 할머니는 '앵두할아버지'와 '앵두할머니'라고 부른다. 비단 사람이나 단체만이 아니어서 심지어는 연구소 근처 길 이름도 '민들레길'이라고 부른다.

화자와 왕풀님은 인류만이 뛰어난 존재라고 생각하거나 우주의 주인이라고 생각하지 않는다. 이 두 사람에게 생물종은 하나같이 그 나름대로 뛰어난 존재요 우주의 주인이다. 화자와 왕풀님이 '풀꽃세상'이라는 환경단체를 만든 것은 "사람이 이 세상의 주인이 아니라는 것과 사람들이 망친 자연에 대해 진심으로 미안해하고 잘못했다고 말하기로 결심"하였기 때문이다. 그리하여 그들은 새나 풀, 꽃 같은 생물과 돌멩이나 자전거 같은 무생물에게 상을 '드리는'('주는' 것이 아니라) 일을 해 왔다. 물론 이러한 상을 '드린다'고 하여 비록 지구에서 이미 자취를 감추어 버린 생물종이 다시 살아나는 것은 아니지만 인간의 오만함에 대하여 생물종에게 사죄하는 상징적인 몸짓은 충분히 될 수 있을 것이다.

흔히 '19세기의 이단아'로 일컫는 프리드리히 니체는 일찍이 마부가 말을 채찍으로 때리는 모습을 보고 눈물을 흘리며 말을 껴안은 적이 있다. 사람들은 이 순간부터 니체가 정신착란 증세를 보이기 시작하였다고 말한다. 그러나 니체는 정신착란 증세를 보인 것이 아니라 오히려 이 순간 그동안 인간이 말을 비롯한 짐승을 함부로 대한 것에 대하여 인간을 대신하여 말에게 속죄하고 싶었을 뿐이다. 영혼이 없다는 이유로 인간이 아닌 피조물을 업신여긴 르네 데카르트와 비교해 보면 니체의 정신은 그야말로 은화처럼 빛을 내뿜는다. 최성각은 정상명 화가와 함께 새와 꽃 같은 동식물을 함부로 대한 것에 대하여 니체처럼 인간을 대신하여 속죄하고 싶었던 것이다.

문학과 의학

 "펜이 칼보다 강하다"고 맨 처음 말한 사람은 흔히 나폴레옹 보나파르트로 알려져 있지만 실제로는 19세기 영국 작가 에드워드 불워리튼이었다. 시인·소설가·극작가뿐만 아니라 정치가로도 눈부시게 활약한 불워리튼은 빅토리아 시대에는 한때 베스트셀러 작가로 낙양(洛陽)의 지가를 올렸다. 지금 그의 이름은 그의 고국에서조차 빛이 바래고 우리에게는 더더욱 낯설다. 어찌 되었든 불워리튼은 '음모'라는 부제가 붙어 있는 『리슐리외』(1839)라는 희곡 작품에서 "펜이 칼보다 강하다"는 말을 처음 사용하여 큰 관심을 모았다. 두말할 나위 없이 작가나 언론가가 휘두르는 문필의 힘이 군인이 휘두르는 무력보다 강하는 말이다. 흔히 '세계 혁명의 전도사'로 일컫는 토머스 페인은 미국이 영국 식민지에서 해방되는 데 그야말로 견인차 역할을 맡았다. 만약 페인이 『상식』(1776)을 저술하지 않았다면 아마 미국은 지금껏 영국 식민지로 남아 있거나 비록 독립하였어도 훨씬 뒤늦게 독립하였을지도 모른다. 그래서 미국 초대 부통령이자 제2대 대통령인 존 애덤스는 "만일 페인의 펜이 없었더라면 조지 워싱턴의 칼은 아무 쓸모가 없었을 것이다"라고 말하기도 하였다. 페인은 펜[文]이 칼[武]보다 더 강할 뿐만 아니라 더 나아가 칼의 힘이 비로소 펜에서 나온다는 사실을 여실히 뒷받침하였던 것이다.

불워리튼의 말대로 펜이 칼보다 강하다면 외과의사들이 수술할 때 사용하는 메스는 과연 어떠할까? 물론 외과의사의 메스도 넓게 보면 칼에 속한다고 할 수 있을지 모른다. 그러나 엄밀히 따지고 보면 메스는 사람을 살리는 데 사용하는 도구인 반면, 칼은 사람을 해치고 죽이는 데 더 많이 사용한다. 달리 생각해 보면 칼은 정의의 도구요 메스는 치유의 도구라고 말하는 쪽이 좀 더 정확할지 모른다. 군인의 칼도 단순히 사람을 죽이는 데 사용할 뿐만 아니라 정의를 지키기 위하여 사용하는 때도 적지 않기 때문이다.

캐나다 출신의 의사로 일찍이 사회주의 혁명을 꿈꾼 헨리 노먼 베쑨의 전기를 집필하면서 테드 앨런은 이 책에 『칼과 메스』(1952, 1989)라는 제목을 붙였다. 외과의사이자 의료 개혁가로 스페인과 중국의 전쟁터를 누비고 다니며 인도주의적인 의료 활동을 펼친 베쑨의 전기는 한국어로도 번역되어 한때 큰 인기를 끌었다. 지금도 의과대학생들이 꼭 읽어야 하는 필독서 중의 하나로 꼽히곤 한다. 중국에서는 사람을 살리는 은혜로운 백인 의사라는 뜻에서 흔히 그를 '백구은(白救恩)'이라고 부른다. 이 이름에 걸맞게 그는 "중국 인민의 영원한 친구"로 중국인의 가슴에 영원히 남아 있다. 몸소 폐결핵을 앓은 베쑨은 이 난치의 병이 바로 가난 때문에 생긴다는 사실을 깨닫고 점차 사회적인 문제에 눈을 뜨게 되었다. 그래서 그는 사회주의적인 의료보건 활동을 지지하였고 누구보다도 가난한 노동자와 빈곤층의 치료에 앞장섰다. 베쑨의 헌신적인 의료 활동을 다루는 이 책에서 앨런은 군인이 휘두르는 칼을 정의 도구로, 의과의사의 메스를 생명의 도구로 규정짓는다.

1

'칼과 메스'는 이렇게 베쑨의 전기 제목으로 사용될 뿐만 아니라 흔히 군의관을 상징하기도 한다. 가령 의사요 소설가로 활약한 미국 작가 프랭크 질 슬로터는 『칼과 메스』(1957)라는 작품을 출간하였다. 존스홉킨스 의과대학을 졸업한 그는 플로리다 주 잭슨빌의 한 병원에서 외과의사로 근무하던 1935년 소설을 쓰기 시작하여 사망하기 전까지 40권이 넘는 소설을 출간하였다. 그의 작품이 무려 6천 만 권 이상 날개 돋친 듯 팔려나가면서 슬로터는 베스트셀러 작가로 자리를 굳혔다. 그런데 슬로터는 『칼과 메스』라는 작품에서 한국전쟁 중 군의관으로 참전한 한 장교가 겪는 고뇌를 다룬다. 여기에서 칼은 두말할 나위 없이 군인을 가리키고 메스는 군의관의 수술용 메스를 가리킨다. 슬로터는 자신의 소설 작품에 군의관으로서의 경험을 유감없이 발휘한다. 다른 소설 작품에서도 그는 의학 연구에서 이루어진 새로운 연구 결과나 새로운 의료 기술 등을 소설의 형식을 빌려 독자들에게 소개하기도 하였다.
　군인의 칼은 그렇다 치더라고 외과의사의 메스는 문필가의 펜과 비교하여 과연 어떠할까? 문필가의 펜이 의과의사의 메스보다 더 강할까, 아니면 이와는 반대로 메스가 펜보다 더 강할까? 물론 이 물음에 답하기란 그렇게 쉽지 않은 듯하다. 메스가 펜보다 더 강한지는 알 수 없지만 적어도 그 힘으로 말하자면 메스도 펜 못지않기 때문이다.

문필가와 의사는 비록 방법은 서로 다르지만 궁극적으로는 그 임무와 목표는 비슷하거나 거의 똑같다. 문필가가 펜이라는 도구로써 인간의 영혼을 살려낸다면, 의사는 메스라는 도구로써 인간의 육체를 살려낸다. 적어도 이 점에서 의사는 군인보다는 문필가에 훨씬 가깝다고 할 수 있다. 그러나 좀 더 생각해 보면 인간의 육체와 영혼은 칼로 두부를 자르듯이 그렇게 쉽게 나눌 수 있는 것은 아니다. 지금으로부터 110여 년 전 미국 매사추세츠 주 도체스터에서 개업하고 있던 덩컨 맥두걸이라는 의사는 인간의 영혼과 육체를 좀 더 과학적 관점에서 파악하였다.

1901년 4월 맥두걸은 일련의 실험을 통하여 인간의 영혼이란 육체와 마찬가지로 질량이 있으며, 그렇기 때문에 얼마든지 계량이 가능하다고 생각하였다. 그는 임종을 맞고 있는 환자 여섯 명을 숨을 거두기 직전과 숨을 거둔 직후에 저울에 달아 보았다. 그랬더니 놀랍게도 무게가 서로 다르다는 사실이 밝혀졌다. 『뉴욕타임스』는 이 실험을 크게 보도하면서 "숨이 넘어가는 순간 마치 육체에서 갑자기 뭔가가 빠져나가는 것처럼 다른 쪽의 저울이 반대쪽으로 기울어졌다"고 전하였다. 맥두걸이 측정한 인간 영혼의 무게는 줄잡아 21그램이었다.

맥두걸 의사는 이번에는 쥐나 개 같은 다른 동물에게도 똑같은 실험을 해 보았다. 그랬더니 인간과는 달리 다른 동물들은 죽기 전이나 죽은 뒤에나 무게가 조금도 달라지지 않았다. 그렇다면 영혼이 다른 짐승한테는 없고 오직 인간한테만 있다는 것이 된다. '근대 철학의 아버지'로 서양 근대 과학에 처음 불을 지핀 르네 데카르트가 왜 그토록 짐승을 하찮게 보았는지 이제 알 만하다. 그는 인간과는 달리 짐승에게는 영혼이 없다고 판단하였기 때문이다. 그에게 암소는 살아 숨 쉬는 생명체라기보다는 한낱 '젖 짜는 기계'일 뿐이며, 암소가 울부짖는 것은 감정을 표현하는 행위가 아니라 어디까지나 기계가 기능 장애를 일으켜 소리를 내는 것일 뿐이다.

물론 덩컨 맥두걸의 실험 결과를 액면 그대로 믿을 만한 것은 못 된다. 그가 사용한 표본의 수가 턱없이 부족할뿐더러 이 무렵 실험 기재가 오늘날처럼 그렇게 정밀하지 못하였기 때문이다. 그의 실험 결과가 나온 지 90여 년 뒤, 좀 더 정확히 말해서 1988년 동독의 과학자들이 회생 불가능한 환자 200명을 대상으로 똑같은 실험을 한 적이 있다. 그러나 그 결과는 맥두걸의 결과와는 사뭇 달랐다. 사망 직전이나 사망 직후나 몸무게가 크게 달라지 않았다. 1온스의 3,000분의 1 정도밖에는 차이가 없었다. 그렇다면 거의 차이가 없다고 보는 쪽이 옳을 것이다.

신학자들이나 철학자들한테는 몰라도 일반 사람들에게는 인간의 영혼에 무게가 있는지 없는지는 그렇게 중요한 문제가 아니다. 여기에서 중요한 것은 의사는 작가와 마찬가지로 육체든 영혼이든 인간의 삶에 깊은 관심을 기울이고 있다는 점이다. 육체의 질병이라는 것도 따지고 보면 마음이나 정신에서 비롯하는 경우가 적지 않다. 의사의 따뜻한 말 한 마디가, 또 정감 어린 의사의 눈빛 하나가 환자에게 그 어떤 약보다 효과가 뛰어나다는 것은 이미 잘 알려진 사실이다. 한편 작가는 작가대로 그동안 육체에 대한 관심을 게을리 하지도 않았다. 최근 들어 포스트모더니즘의 거센 물결을 타고 문학에서는 인간 신체에 대한 관한 관심이 부쩍 늘어났다. 인간의 육체와 정신을 작둣날 위에 올려놓고 두 쪽으로 나누려는 이원론이나 이항대립적 사고를 반성하고 극복하려는 것이 요즈음 서양 철학의 큰 흐름이기도 하다.

　예로부터 중국 의학에서는 의사를 크게 소의(小醫)·중의(中醫)·대의(大醫)의 세 가지로 구분 지었다. "小醫治病 中醫治人 大醫治國"이라는 표현이 바로 그것이다. 질병을 돌보되 사람을 돌보지 못하는 의사를 '작은 의사'라고 하고, 사람을 돌보되 사회를 돌보지 못하는 의사를 '보통 의사'라고 하며, 질병과 사람 그리고 사회를 함께 아울러 모두를 고치는 의사를 '큰 의사'라고 한다는 것이다. 이 말에서도 의사란 단순히 육체의 질병만을 치료하는 사람이 아니라 영혼의 질병까지 치료하는 사람이라는 사실을 깨달을 수 있다.

　편작(扁鵲)은 중국에서뿐만 아니라 동양을 통틀어 가장 뛰어난 명의의 대명사로 흔히 일컫는다. 송강 정철이 일찍이 「사미인곡(思美人曲)」에서 "이 시룸 닛쟈ᄒᆞ니 ᄆᆞ옴의 미쳐 이셔 골슈의 께텨시니 / 편쟉이 열히 오나 이 병을 엇디 ᄒᆞ리. / 어와 내 병이야 이 님의 탓이로다"라고 노래하는 까닭도 바로 여기에 있다. 기원전 5세기경, 그러니까 중국 전국시대에 산 편작은 임상에 뛰어났으며 특히 맥진(脈診)에 정통하여 이 방면의 시조로 추앙받는다. 그런데 『사기』에 따르면 호(虢)나라 태자가 죽었는데 편작이 지나다가 치료를 하여 살려낸 뒤 "의원 자신이 살리고 죽게 하는 게 아니라, 마땅히 살아날 수 있는데 자신이 그를 일어나게 하였을 뿐이다"라고 말하였다고 전해진다. 또 제(齊)나라를 지날 때 편작이 환후(桓侯)를 보고서 병이 있다고 여러 차례 말하였지만 환후가 그의 말을 듣지 않다가 마침내 죽었다는 기록도 있다. 무당의 주술과 미신을 반대한 편작은 "의사가 치료할 수 없는 경우가 여섯이 있는데, 그 중 무당을 믿으면서 의사를 믿지 않는 사람은 치료할 수 없다"고 말하였다. 이 모두가 질병은 육체 못지않게 마음에서 생겨나는 것이고, 의사의 임무는 육체의 질병 못지않게 마음의 병을 치유하는 것이라는 사실을 알 수 있다.

굳이 먼 데서 예를 찾을 필요도 없이 조선의 제7대 임금 세조도 의사의 자질이나 임무를 한낱 육체의 질병을 치료하는 것으로 보지 않았다. 『세조실록』 9년 조(條)에 보면 임금이 직접 『팔의론(八醫論)』이라는 책을 지어 이를 인쇄하여 전국에 퍼뜨렸다. 의사에 관한 자신의 철학을 잘 집약한 이 책에서 세조는 의사를 그 자질에 따라 심의(心醫), 식의(食醫), 약의(藥醫), 혼의(昏醫), 광의(狂醫), 망의(妄醫), 사의(詐醫), 살의(殺醫) 등 모두 여덟 부류로 나눈다. 그런데 이 중에서도 그는 환자의 마음을 편하게 하여 기를 안정시켜 병을 낫게 해주는 심의를 으뜸가는 의사로 꼽는다. 심의에 대하여 세조는 "대하는 사람으로 하여금 늘 마음 편하게 하는 인격을 지닌 인물로 환자가 그 의사의 눈빛만 보고도 마음의 안정을 느끼는 경지에 있는 사람"이라고 못 박아 말한다. 바꾸어 말해서 환자의 육체는 말할 것도 없고 마음까지 다스리는 의사야말로 가장 뛰어난 의사라는 말이다. 심의 다음으로 먹는 것을 잘 조절하여 병을 낫게 하는 식의가 둘째로 훌륭한 의사요, 약을 잘 써서 낫게 하는 약의가 셋째로 훌륭한 의사이다.

이 세 부류의 의사가 양의(良醫)에 속하는 반면, 나머지 넷은 악의(惡醫)에 속한다. 혼의·망의·광의·기의·사의는 의사의 못된 자질만을 고루 갖추고 있어 환자를 살리기보다는 환자에게 도리어 해를 주는 의사를 말한다. 그리고 마지막으로 살의는 가장 사악한 의사로 있어서는 안 될 의사를 가리킨다. 살의에 대하여 세조는 "춘하추동 계절이 바뀌는 이치와 생명이 살고 죽는 이치를 알지 못하며, 하물며 아파 고통받는 이를 보고도 함께 아파하는 마음이 없고, 나아가 남이 지은 약방문에 일일이 맞다 틀리다 요란을 떨어 제 이름만 파는 사람"이라고 설명한다. 한마디로 환자의 병을 고치는 의사가 아니라 환자를 죽이는 의사가 바로 살의에 해당한다. 세조는 『팔의론』에서 의사와 환자 사이에서 일어나는 심리적 상황에 초점을 맞추고 있음을 알 수 있다.

2

　의사로서 문필에 깊은 관심을 기울인 사례를 거슬러 올라가다 보면 까마득히 멀리 고대 그리스 시대와 만나게 된다. 가령 기원전 5세기에 활약한 크테시아스는 서양 역사에서 최초의 의사요 문필가로 꼽힌다. 기원전 416년경 그는 페르시아와 인도에서 의사로 활동하면서 문필업에 종사하였다. 크테시아스는 페르시아의 왕실을 방문하여 다리우스 2세와 아르타크세르크세스 무네몬 왕 밑에서 17년 동안 의사로 일하였다. 5세기 초엽에 벌어진 쿠낙사 전투에 참전하고 그리스로 돌아온 뒤에는 아시리아와 바빌로니아의 역사를 다룬 『페르시카』라는 무려 23권에 이르는 방대한 책을 집필하기 시작하였다. 그리스 역사가 헤로도토스가 등장할 때까지 이 책은 이 무렵 유일하게 페르시아의 공식 역사서로 인정받았다.

　크테시아스보다 몇 십 년 뒤늦게 태어난 히포크라테스도 의학과 문학의 두 영역을 비교적 자유롭게 넘나들며 활약하였다. 흔히 '서양 의학의 아버지'로 일컫는 히포크라테스는 고대 그리스의 페리클레스 시대에 활약한 의사로 서양 의학사에서 가장 중요한 인물 가운데 한 사람으로 꼽힌다. 특히 그는 마술과 철학에서 의학을 분리해 냄으로써 의학을 전문 직업으로 독립시키는 데 크게 이바지하였다. 이오니아 방언으로 집필한 『히포크라테스 의학 집성』에서 그는 제목과는 달리 비단 의학에 그치지 않고 역사와 철학 등 여러 분야에 걸쳐 해박한 지식을 유감없이 과시하였다.

이밖에도 기원 후 1세기 예수 그리스도의 열두 사도 중의 한 사람으로 활약한 성(聖) 누가도 본디 직업은 의사였다. 그는 바울과 함께 옥중에 갇혀 있을 때 늘 바울의 곁을 떠나지 않고 그의 건강을 돌보았다. 그러나 누가는 사도 바울과 함께 선교 여행을 하면서 복음을 널리 전한 전도자일 뿐만 아니라 점차 역사가요 저술가로 탈바꿈한다. 특히 역사가와 저술가로서 그의 위치는 자못 중요하다. 아름답고 유려한 필치로 「누가복음서」와 「사도행전」을 기록함으로써 그는 신약성서의 거의 절반가량을 저술하다시피 하였다. 누가가 쓴 글에는 길 잃은 양을 비롯하여 잃어버린 동전, 탕자의 이야기, 착한 사마리아 사람, 자캐오(삭개오)와 뽕나무 이야기, 세리에 관한 이야기 등이 유명하다. 누가는 이러한 여러 이야기와 비유를 통하여 빈부, 남녀노소, 유대인과 이방인, 노예와 자유인을 구별 짓지 않고 인류를 두루 사랑한 그리스도의 복음을 전한다.

이렇게 의사로서 문필업에 종사한 사람은 열 손가락 가지고는 도저히 헤아릴 수 없을 만큼 무척 많다. 중세로 넘어와서는 스페인에 살면서 철학자와 시인으로 활약한 예후다 할레비도 의사였고, 유태계 율법학자요 철학자로 안달루시아와 모로코와 이집트에서 크게 활약한 마이모니데스도 의사였다. 16세기 프랑스 르네상스를 대표하는 작가 프랑수아 라블레를 비롯하여 토머스 브라운, 올리버 골드스미스, 탐정소설가로 이름을 떨친 코넌 도일, 극작가로 활약한 프리드리히 폰 실러, 고트프리트 벤, 게오르크 뷔히너, 알프레드 드 뮈세, 안톤 체호프, 존 키츠, 올리버 웬델 홈스 등도 예외가 아니다. 20세기에 들어와서도 이른바 '식민주의 심리학'의 개척자 프란츠 파농을 비롯하여 미국 시단에 모더니즘과 이미지즘을 도입한 윌리엄 칼로스 윌리엄스, 『인간의 굴레』(1915)로 문명(文名)을 떨친 영국 소설가 서머싯 몸 등도 이 범주에서 빼놓을 수 없다.

좀 더 최근에 이르러서는 할레도 호세이니, 대니얼 메이슨, 이선 캐닌, 그리고 마이클 크라이튼 등이 의사 겸 소설가로 활약하고 있다. 아프가니스탄에서 태어나 지금 미국에서 활약하고 있는 호세이니는 『연을 쫓는 아이』(2003)를 발표하면서 소설가로 데뷔한 뒤 아프가니스탄에 남아 있는 여성들의 삶을 다룬 작품 『천 개의 찬란한 태양』(2007)을 출간하여 전 세계적으로 큰 관심을 받고 있다. 이밖에도 의과대학에 재학 중이던 시절 『피아노 조율사』(2002)라는 소설을 출간하여 관심을 끈 메이슨은 몇 해 전 『먼 나라』(2007)를 출간하여 소설가로서의 입지를 굳게 다졌다. 그런가 하면 캐닌은 세 번째 작품을 출간한 뒤에는 아예 의사 직을 그만두고 지금은 미국 '아이오와 작가 워크숍'의 교수로 재직하고 있다. 캐닌은 "누구나 다 창작에 대한 충동을 느끼지만 그러한 충동은 특히 의료 전문직에 종사하는 사람들한테서 두드러지게 드러난다"고 밝힌 적이 있다. 그리고 크라이튼은 『주라기 공원』(1990)을 출간하여 의사보다는 오히려 소설가로서 전 세계에 걸쳐 이름을 널리 떨쳤다.

비록 서양과 비교하여 수는 적지만 동양에서도 그동안 의사들이 문필업에 적잖이 관심을 기울여 왔다. 그중에서도 중국에서 근대문학이 발전하는 데 견인차 역할을 한 작가 루쉰(魯迅)은 가장 좋은 예가 된다. 1902년 3월 스물두 살의 젊은 나이로 루쉰은 의사가 되려는 청운의 꿈을 품고 이 무렵 동양에서 개화 문명의 전초지와 다름없던 일본으로 유학을 떠난다. 의사가 되어 고국에 돌아가 자신의 아버지처럼 질병으로 고통 받고 있는 환자를 도와주고 전쟁이 일어날 때는 군의관으로 지원하여 병사를 돌보는 것이 그가 평소에 품고 있던 꿈이었다. 그래서 그는 먼저 도쿄의 고분학원(弘文學院)에 들어가 일본어를 익힌 뒤 센다이(仙臺) 의학전문학교에 입학하였다.

그런데 이 무렵은 러일전쟁이 한창이던 때라 센다이 의학전문학교에서는 남은 수업시간에 슬라이드로 미생물을 보여 주는 대신 전쟁에 관한 슬라이드를 보여 주는 일이 가끔 있었다. 어느 날 루쉰은 뜻밖에도 슬라이드 화면 속에서 일본 군인이 러시아 첩자 노릇을 한 중국인을 군도로 잔인하게 베어 죽이는 장면을 보게 된다. 동포가 처참하게 죽어가는 모습을 팔짱을 낀 채 무감각하게 바라보는 중국인 동포의 모습에 충격을 받은 루쉰은 곧바로 의학 공부에 깊은 회의를 품게 된다. 어리석은 국민은 아무리 체격이 건장하고 튼튼하더라도 한낱 무기력한 구경꾼에 지나지 않을 뿐이라는 사실이 갑자기 그의 뇌리를 스쳐갔기 때문이다. 루쉰은 육체의 질병을 고치는 일보다 훨씬 더 중요한 것이 정신을 개조하는 일이라고 판단을 내렸다. 이렇게 중국 국민의 정신을 개조하는 데에는 문학보다 더 좋은 지름길이 없다고 생각한 그는 1906년 3월 마침내 의사가 되려는 꿈을 모두 접고 도쿄로 돌아와 독일어를 배우며 세계 여러 나라의 문학 작품을 탐독하기 시작한다. 바로 중국이 낳은 세계적인 문학가가 탄생하는 순간이었다.

한편 일본에서는 사이토 모키치(齋藤茂吉)와 아베 코보(安部公房) 같은 문학가들이 의사이면서 동시에 작가로 활약한 대표적인 사람들로 꼽힌다. 사이토는 아쿠타가와 류노스케(芥川龍之介)의 주치의로 활약하였고, 뒷날 아쿠타가와가 자살하는 데 도움을 주기도 하였다. 사이토는 모두 열일곱 권에 이르는 시집을 출간하는 등 다이쇼(大正) 시대에 시인으로 눈부시게 활약하였다. 아베는 의사로 활약하는 한편, 프란츠 카프카와 알베르토 모라비아의 초현실주의 전통에 입각하여 소설과 희곡 작품을 발표하여 일본 문단에서 주목을 받았다.

3

　이러한 사정은 우리나라에서도 크게 다르지 않다. 근대 계몽기 문명 개화의 깃발의 높이 쳐들고 서구식 근대화를 이룩하는 데 온힘을 기울인 송재 서재필이 바로 그 주인공이다. 한국인으로 최초로 미국에서 의사가 된 그는 미국에서는 '필립 제이슨(Philip Jaisohn)'이라는 이름으로 더욱 잘 알려져 있다. 그런데 서재필은 방금 앞에서 언급한 중국 작가 루쉰과 여러모로 비슷한 데가 많다. 선각자로서 역사적 전환기에 동포의 정신을 뜯어고치려고 한 점도 그러하고, 이러한 목표를 이루기 위하여 온갖 노력을 아끼지 않은 점도 그러하다. 루쉰은 의학 공부를 포기한 직후 "앞으로 가장 중요한 일은 국민성 개조이다. 그렇지 않으면 전제 정치든 공화 정치든 무엇이 오든 모두 안 된다"고 잘라 말하였다. 서재필도 대한제국에서 활약하다 1898년 쫓겨 가다시피 하여 미국에 다시 돌아간 뒤 『독립신문』에 보내온 편지에서 "어서 바삐 대한(大韓) 대소 인민이 어둡고 더러운 옛길을 버리고 바르고 밝은 대로를 찾아 나라가 세상에서 대접을 받게 되며 인민의 지식과 재산이 늘어 행동거지와 의복·음식·거처가 세계 개화국 인민들과 동등이 되기를 축수(祝手)하며……"라고 말하였다. 그러나 이 두 사람 사이에 닮은 점이 있다면 무엇보다도 의학과 문학 사이를 자유롭게 오갔다는 사실일 것이다. 다만 루쉰이 의사 수업을 받다가 문학가가 되었다면, 서재필은 의사 자격증을 받고 개업을 한 뒤에야 비로소 작가의 길을 걸었다는 점이 조금 다를 뿐이다.

서재필이 의학을 공부하여 의사가 되기로 처음 결심한 것은 김옥균, 홍영식, 윤치호, 박영효 등의 개혁파 인사들과 함께 일으킨 갑신정변이 '삼일천하'로 끝나자 생명의 위협을 느끼고 가까스로 일본을 거쳐 미국에서 도착하여 망명 생활을 하던 때이다. 캘리포니아 주 샌프란시스코에 도착한 서재필은 낮에는 가구점의 광고지를 붙이는 막일을 하고 밤에는 기독교청년회(YMCA)에서 영어를 공부하였다. 그러던 어느 날 운 좋게 어느 교회 신자의 소개로 존 홀렌벡이라는 백인 미국인을 만나게 된다. 펜실베이니아 주에서 탄광 사업으로 돈을 많이 번 대부호요 자선 사업가인 홀렌벡은 서재필에게 미국에서 정식으로 교육을 받을 수 있는 기회를 주겠다고 제안한다. 그리하여 1886년 서재필은 대륙횡단 열차를 타고 펜실베이니아 주 윌크스배리에 도착하여 '해리 힐먼 아카데미'라는 사립명문 고등학교에 입학하였다.

서재필이 3년 뒤 우수한 성적으로 고등학교를 졸업하자 홀렌벡은 그를 불러놓고, 이미 입학허가를 받은 라파예트 대학에서 공부를 마치고 나서 프린스턴 대학교 신학대학어 진학하여 신학을 공부한 뒤 기독교 선교사가 되어 조선으로 돌아가겠다는 것을 서면으로 약속하라고 말하였다. 그렇게 해야만 앞으로 계속하여 재정적으로 그를 후원해 주겠다는 것이다. 이 무렵 역적의 신분에 묶여 있어 조선으로 돌아갈 수 없던 서재필은 홀렌벡의 제안을 거절할 수밖에 없었다. 그리하여 마침내 은인과 영원히 결별하고 서재필은 곧바로 라파예트 대학교에 입학한다. 대학에 다닐 무렵 그는 하루 3달러의 품삯을 받고 유리창닦이 등 잡역부로 일하고, 일하는 틈틈이 독학으로 영어를 공부한다. 그러나 서재필은 라파에트 대학을 중퇴하고 일자리를 찾아 워싱턴으로 떠난다. 이곳에서 그가 찾은 일자리는 미 육군 의학 박물관에서 중국과 일본에서 들여온 의학 서적들을 분류하고 영어로 번역하는 것이었다.

이렇게 의학 서적을 분류하고 번역하면서 서재필은 의학에 처음 관심을 두게 되었고, 마침내 1889년 워싱턴의 컬럼비안 코크란 대학(오늘날의 조지워싱턴 대학교의 전신) 야간학부에 입학하여 의학을 공부하였다. 이 대학을 졸업한 그는 1892년 미국에서는 한국인 최초로 의학사(M.D.) 학위를 받았고, 이듬해 정식 의사면허를 받았다. 유태인과 유색인종은 의과대학에 입학할 수 없었던 이 무렵 사정에 비추어 보면 서재필이 이렇게 의학을 전공하여 의사가 된 것은 매우 이례적인 일이었다. 그리고 컬럼비안 대학에 재학 중이던 1890년 6월 미국인으로 귀화하여 한국인 최초로 미국 시민권을 받았다. 이 또한 황인종에게 시민권을 부여하지 않던 이 무렵의 제도에 비추어보면 이례적이었다.

의학을 전공하기 전만 하여도 서재필은 막연하게나마 정치가가 되려고 하였다. 열여덟 살 되던 1882년 그는 과거시험에 급제하였다. 그가 처음 받은 직책은 경서 인쇄 및 관인을 관리하는 교서관 부정자(校書館 副正字)라는 자리였다. 그러므로 서재필이 미국에 건너와서도 정치가로서 꿈을 품은 것은 그렇게 이상할 것이 없다. 더구나 고등학교에 다닐 무렵 마땅히 머무를 거처가 없던 그는 해리힐먼 아카데미의 교장 집에서 집안일을 도우며 숙식을 해결하고 있었다. 이때 법관으로 퇴임한 교장의 장인이 같은 집에 함께 살고 있어서 서재필은 그한테서 미국의 역사와 민주주의 정치 제도에 많은 것을 배웠다. 몇 해 동안 미국식 민주주의를 몸소 겪어 온 그로서는 이제 미국을 비롯한 서구의 안목으로 조선을 좀 더 객관적으로 돌아볼 수 있었다. 이 무렵 그가 바라보는 조선의 모습은 더욱 비관적이었다. 여전히 중세적 봉건 사회에 머물러 있는 조국은 전보다도 훨씬 더 서구 열강의 각축장이 되어 있었기 때문이다.

1894년 6월 서재필은 제임스 뷰캐넌 전 미국 대통령의 사촌 형제이자 남북전쟁 당시 철도우편국을 창설한 미국의 정치인 조지 뷰캐넌 암스트롱의 딸인 뮤리얼 암스트롱을 만나 결혼하였다. 서재필은 결혼한 직후 워싱턴에서 의사 개업을 하였다. 그러나 이 무렵 유색인종에 대한 편견과 인종차별 때문에 생계를 유지하기 힘들 만큼 경제적으로 어려움을 겪었고, 신혼살림마저 워싱턴에 있던 조선 공사관의 방을 빌려 차릴 정도였다.

서재필이 의사로서의 직업을 잠시 접고 문필업에 손을 대기 시작한 것은 바로 이 무렵이다. 1894년 청일전쟁에서 일본이 승리하고 명성황후를 정점으로 한 민씨 정권이 몰락한 뒤 개혁 내각이 들어서자 1894년 김홍집에 의한 갑오개혁이 단행되었다. 이 개혁으로 갑신정변 당시 서재필 등 급진 개화파에게 내려진 역적의 죄명이 벗겨지자 박영효는 미국을 방문 중 워싱턴에 들러 서재필을 만나 그에게 조선으로 돌아가 함께 개혁에 동참할 것을 권유하였다. 그리하여 마침내 서재필은 같은 해 12월 미국 생활을 청산하고 귀국길에 올랐다. 배를 타고 일본을 경유하여 조선으로 돌아오는 길에 그는 일본 개화의 주역으로 활약하던 후쿠자와 유키치(福澤諭吉)를 만난 뒤 다시 일본을 출발하여 12월 25일 제물포에 도착하였다.

10년 만에 고국 땅을 밟은 서재필은 자신만 원하면 정부의 중요 보직에 임용될 수 있었다. 정부에서는 그를 오늘날의 외교부 차관에 해당하는 외무부 협판으로 기용하려고 하였지만 그는 보수파와 민씨 척족들로부터 방해와 모략을 받을 것을 염려하여 권력의 내부에 들어가기보다는 권력의 외부에서 민중을 계몽하려고 하였다. 그리하여 서재필은 독립협회를 설립하여 의회 설립과 입헌 군주제로 개혁을 추진하였다. 서재필은 초기 관료 중심의 독립협회를 탈바꿈시켜 대중 토론회를 조직하였고, 이 토론회는 다시 만민공동회로 발전하였다. 그런가하면 서재필은 목요일마다 배재학당에 출강하여 젊은이들에게 자유민주주의를 가르치기도 하였다. 이때 이승만을 비롯하여 주시경, 김규식, 신흥우 등의 학생들에게 깊은 감명을 주었다. 그들은 뒷날 한국 근대사에서 여러 방면에 걸쳐 그야말로 굵직한 획을 긋게 된다. 또한 서재필은 1896년 11월 학생들이 설립한 토론 모임인 협성회를 지도하기도 하였다.

이 무렵 서재필의 활약 중에서도 가장 뛰어난 업적이라면 뭐니 뭐니 하여도 한국 최초의 민간 신문 『독립신문』을 발간한 일이다. 1896년 4월 7일 창간한 이 신문은 순한글과 영어로 인쇄하여 발간하였다. 서재필은 일반 민초들이 쉽게 알아보게 하려고 국문학자인 주시경을 영입하여 순한글로 간행하였다. 서재필은 이 신문 창간호에서 신분이 낮은 사람들과 여성들이 쉽게 읽을 수 있도록 '언문'을 공식적인 언어로 채택하고 빈칸 띄어쓰기를 도입한다고 밝힌다. 이 신문을 통하여 서재필은 외세에 의존하지 않는 독립 국가를 만들기 위하여 내부적으로는 교육을 확대하고 산업을 발전시킬 것을 강조하였고, 그러기 위해서는 무엇보다도 의무교육을 제도화하고 서양 과학기술을 도입하며, 식생활과 위생을 개선할 것 등 여러 방안을 제시하였다. 그리고 러시아와 일본이 한반도를 둘러싸고 대립하고 있는 상황에서 조선이 어느 한 쪽에 의존하면 위험에 놓일 수 있기 때문에 외부적으로는 중립 외교 노선을 펼쳐야 한다고 주장하였다. 이 무렵 언론인으로 서재필이 개화계몽 운동에 끼친 영향은 무척 컸다.

그런데 여기에서 한 가지 눈여겨보아야 할 것은 이 무렵 서재필이

미국에서 배운 의학을 토대로 삼아 위생이나 보건과 관련한 계몽 운동
도 게을리 하지 않았다는 점이다. 『독립신문』에 그는 국민 위생과 보
건의 중요성을 역설하는 논설을 무려 16회에 걸쳐 기고하였다. 오늘날
의 안목에서 보면 유치할 만큼 소박하고 초보적인 상식에 머무는 글이
라고 할 수 있지만, 이 무렵 일반 백성들에게 위생과 보건이 얼마나 중
요한지 일깨우는 데 크게 이바지하였다.

그러나 이 무렵 고종이 러시아 공사관에 머물러 있는 아관파천(俄館
播遷)이 일어났고, 이러한 상황에서 조선에 대한 경제적·문화적 침투
에 한계를 느낀 러시아는 조선에 군사적·정치적 압력을 확대하면서
만주와 조선에 대한 침략 정책을 폈다. 그러자 서재필은 『독립신문』에
러시아의 대한 정책과 동아시아 정책에 대해 비판적인 논조의 기사를
쓰는 한편, 만민공동회를 개최하여 러시아 고문단의 철수를 요구하기
도 하였다. 이러한 친러 정권과 대립하는데다 보수파가 다시 정권을
잡자 서재필은 궁지에 몰린다. 심지어 살해 위협까지 받지만 미국 시
민권자이기 때문에 가까스로 위기를 모면할 수 있었다. 그러나 1898년
러시아와 청나라 그리고 일본의 추방 압력과 고종을 비롯한 대한제국
정부의 권유로 서재필은 마침내 중추원(中樞院) 고문직에서 해고되고,
1898년 5월 『독립신문』을 윤치호에게 인계한 뒤 미국으로 돌아갈 수밖
에 없었다.

서재필이 언론가에서 작가로 탈바꿈하는 것은 이렇게 두 번째로 미
국으로 '망명 아닌 망명'을 떠난 뒤였다. 미국에 돌아간 그는 1898년 4
월부터 8월까지 미국-스페인 전쟁에 미 육군의 군의관으로 잠시 참전
한 뒤 펜실베이니아 대학교에서 연구원으로 근무하였다. 서재필은
1905년 을사늑약이 체결되던 해 뒷날 큰일을 도모하려면 무엇보다도
재정적 능력이 필요하다고 판단하고 고등학교 시절의 일 년 후배인 해

럴드 디머와 함께 문구 및 인쇄 사업을 하는 '디머 앤드 제이슨 회사'를
설립하여 이 회사의 필라델피아 분점을 맡아 경영하였다.

1915년부터 서재필은 필라델피아에서 독립적으로 이 회사를 도맡
아 운영하였다. 필라델피아의 상업 중심지인 체스넛 스트리트에 자리
잡고 있는 이 회사는 1924년까지 사무실 용품과 가구 등을 판매하는
한편 인쇄소를 겸하고 있었다. 이 회사는 필라델피아 시내 두 곳에 분
점을 두고 종업원을 50여 명 고용할 정도로 건실한 중소기업으로 성장
하였다.

조국으로부터 두 번씩이나 쫓겨나다시피 한 서재필은 조국에 더 이
상 아무런 희망이 없다고 판단하여 조국과의 관계를 모두 끊으려고 하
였다. 그런데 이 무렵 대한제국은 일본의 식민지로 전락하고 마침내
1919년 3월 기미독립만세운동이 일어났다. 이 운동에서 주도적인 역
할을 한 현순 목사와 미국 선교사들을 통하여 이 소식을 전해들은 서
재필은 그 동안 조국에 대하여 취해 온 미온적인 태도를 청산하고 식
민주의의 굴레에서 조국을 해방시키는 데 앞장서기 시작하였다. 그리
하여 그는 이해 4월 필라델피아에서 제1차 한인회의를 소집하여 의장
이 되어 조국의 독립을 촉구하였다. 사흘 동안 열린 이 행사에는 이승
만을 비롯하여 정한경, 유일한, 조병옥, 허정, 노디 김, 안창호가 설립
한 국민회 간부 등 150여 명의 한인들이 참여하였고, 서재필과 개인적
으로 친분이 있던 미국인 인사들도 참석하였다.

제1차 한인회의가 열린 해 8월 대한민국 임시정부의 구미외교위원
회가 설치되자 서재필은 구미위원회 산하에 한인통신부를 설치하고
월간 영문 잡지 『한국평론』을 발간하기 시작하였다. 그는 이 무렵 무
엇보다도 문서를 통한 독립 운동이 필요하다는 것을 절실하게 깨달았
다. 일찍이 『독립신문』을 통하여 민족을 계몽하고 서구 근대화를 앞당

기려고 한 그는 에드워드 불워리튼처럼 "펜이 칼보다 강하다"는 진리를 잘 알고 있었던 것이다. 서재필은 이 잡지를 간행할 뿐만 아니라 『한국의 독립』, 『한국의 어린 만세 순교자들』, 『한국에서의 일본의 만행』, 『대한 정신』 같은 영문 소책자를 발간하여 배포함으로써 미국 국민들에게 한국의 식민지 상황을 널리 알리기도 하였다. 그는 이 잡지와 소책자들을 간행하기 위하여 얼마 안 되는 사재를 털고 뜻 있는 한인 지사들한테서 후원을 받았다.

서재필이 흔히 최초의 한국계 미국 소설로 평가받는 『한수의 여행』(1922)이라는 영문 소설을 출간한 것은 바로 이 무렵이다. 그는 『코리아 리뷰』에 1921년 4월부터 9월까지 모두 여섯 차례에 걸쳐 이 작품을 연재하였다. 연재를 마친 뒤 그는 그 이듬해 봄 자신이 직접 운영하던 '필립 제이슨 회사'에서 이 작품을 단행본으로 간행하였다. 이 책에서 작가는 'N. H. Osia'라는 필명을 사용하고 있어 지금까지 그 저자가 과연 누구인지 잘 알 수 없었다. 그러나 이 필명은 서재필이 미국 성씨 'Jaisohn'에서 첫 글자 'J'만 뺀 나머지 글자를 정확히 거꾸로 'n-h-o-s-i-a'로 표기하여 이 가명을 만들어 낸 것이었다. 즉 여섯 글자 중에서 처음 두 글자는 개인 이름의 머리글자로 삼고 나머지 네 글자를 성으로 삼았다. 미국 의회도서관에서 소장하고 있는 텍스트 속표지에는 아예 'N. H. Osia'를 가명으로, 'Jaisohn, Philip'을 실명으로 표기해 놓고 있어 이 소설의 저자가 다름 아닌 서재필이라는 사실을 더욱 뒷받침해 준다.

서재필의 『한수의 여행』은 1922년 단행본으로 출간된 지 몇몇 도서관에 소장되어 있을 뿐 오랫동안 독자들의 뇌리에 잊혀 있다가 50여 년이 지난 뒤에서야 비로소 다시 햇빛을 보게 된다. 미국에서 변호사와 저널리스트로 활약한 서재필의 증증손자 서동성이 1979년 서울 보진재 출판사에서 이 작품을 한글로 번역하고 뒤에 원문을 덧붙여 단행본으로 출간하면서 국내 학계에서 처음 주목을 받기 시작하였다. 서재필의 형 서재춘의 증손자인 서동성은 서재필의 딸 뮤리얼로부터 이 작품을 번역해 줄 것을 부탁받고 "대손(代孫)으로 번역을 해야 되겠다는 일종의 사명감에서 정성을 다하여 번역을 했다"고 밝힌다. 한편 미국 필라델피아에 본부를 두고 있는 발행하는 일간신문 『동아 데일리 뉴스』는 2001년 4월부터 5월까지 이 소설을 번역하여 연재하기도 하였다. 이로써 그 동안 어둠 속에 갇혀 있던 이 작품은 한국과 미국에서 점차 그 존재가 알려지게 되었다.

지금까지 강용흘이 한국계 미국문학의 첫 장을 연 작가로 평가받아 왔다. 일제 강점기 캐나다 선교사들이 함경남도 함흥에 설립한 미션스쿨 영생중학교를 졸업하고 캐나다와 미국에 유학한 그는 『초당』(1931)이라는 영문 소설을 출간하여 미국은 말할 것도 없고 전 세계에 걸쳐 주목을 받았다. 그러나 서재필이 『한수의 여행』을 출간하였다는 사실이 밝혀지면서 이제 한국계 미국문학의 효시는 강용흘이 아니라 서재필한테로 돌아갈 수밖에 없다. 물론 강용흘보다 몇 년 앞서 유일한이 영문으로 미국에서 『한국에서 보낸 나의 소년 시절』(1928)이라는 책을 출간하였지만, 엄밀한 의미에서 이 책은 문학 작품이라기보다는 조선의 문화와 풍습을 서양 독자에게 소개하는 풍물기에 가깝다.

그리고 보니 서재필한테는 언제나 '최초'라는 수식어가 마치 바늘에 실처럼 따라다니다시피 한다. 가령 한국인으로 '최초로' 미국에서 의과대학을 졸업하고 의학 학위를 받은 사람이요, 한국인으로 '최초로' 서양 의사가 된 사람이다. 미국에서 공무원으로 임명된 '최초의' 한국인인가 하면, '최초로' 미국 시민으로 귀화한 한국인이다. 한국 '최초의' 민간 신문의 발행인이요, 필라델피아에서 '최초로' 한인대회를 개최하고 독립적으로 외교 활동을 벌인 사람이기도 하다. 그것으로도 모자라

이제 서재필은 '최초의' 한국계 미국 작가라는 영예까지 안게 되었다.

　더구나 『한수의 여행』은 한국계 미국문학사의 시기를 10년 가까이 앞당겼을 뿐만 아니라 초기 한국계 미국 소설의 장르적 특성을 새롭게 규정지었다는 점에도 아주 중요하다. 미국에 이민 온 초기 소수민족 작가들의 작품은 상상력이 빚어낸 허구적 요소보다는 실제 삶에서 취해 온 자서전적 요소가 아주 강하다. 다시 말해서 소수민족 작가들의 작품에서는 자서전과 소설의 경계가 그렇게 뚜렷이 구분되지 않는다. 흔히 '자서전을 소설화'한 작품이거나 '소설화된 자서전'이기 일쑤이다. 『한수의 여행』도 언뜻 보면 강용흘 같은 소수민족 작가의 작품처럼 자서전의 몸에 소설의 옷을 입혀 놓은 것으로 생각하기 쉽다. 그러나 서재필의 작품을 좀 더 꼼꼼히 살펴보면 이 소설은 자서전과는 거리가 멀다는 사실을 알 수 있다.

　이 작품 첫머리에서 서재필은 "이 이야기는 한반도 북서 지방 죽포의 한 부유한 농부 박길민의 아들 박한수의 실화이다"라는 문장으로 소설을 시작한다. 그러나 이 첫 문장에 속아 넘어가서는 안 된다. '죽포'는 지도나 GPS(위성추적장치)로써는 찾아갈 수 없는 허구적 공간이다. 더구나 이 작품에는 서재필의 실제 삶이 별로 드러나 있지 않고, 설령 드러나 있다 하여도 알아보기 어려울 만큼 위장된 형태로 나타난다. 한마디로 강용흘의 『초당』과 비교해 볼 때 『한수의 여행』에서는 자서전적 요소보다는 허구성이 훨씬 더 드러나 있다.

　『한수의 여행』은 제목에서도 쉽게 엿볼 수 있듯이 박한수라는 젊은 주인공이 온갖 사건을 겪으며 한반도와 세계 여러 나라를 옮겨 다니는 여정을 다룬다. 박한수는 평안도에 산골에 있는 고향집을 떠나 관립학교에 입학하려고 서울로 향한다. 기차역에서 일본 경찰을 구타하여 감옥에 갇혀 강제노역에 종사하는 동안 그는 한 장로교회 목사를 만나

기독교 신앙을 처음 접한다. 감옥에서 풀려난 뒤 목사가 소개해 준 소개장을 들고 그는 평양을 방문하여 미국 선교사 조지프 맨리가 설립하여 운영하는 미션스쿨에서 3년 동안 공부한다. 제1차 세계대전이 일어났다는 소식을 전해 듣고 박한수는 시베리아 러시아 극동군에 입대하여 훈련을 받고 유럽 전선으로 떠난다. 4년여 동안 폴란드를 비롯한 유럽 전선에서 전투에 참가한 뒤 블라디보스토크를 거쳐 다시 평양에 돌아온다. 한 개신교 목사와 함께 서울을 방문하는 박한수는 기미독립운동을 목격하고 서울 거리에서 벌이진 시위에 참가한다. 압록강을 건너 중국 만주로 건너가 일 년 넘게 독립 운동을 펼친 뒤 여객선을 타고 미국 유학을 떠난다. 배 안에서 그는 뜻밖에 서울에서 한쪽 손목이 잘리면서도 용감하게 만세를 부르짖던 여학생 마셀라 정을 만나 그녀에게 청혼을 하고, 두 사람은 조국이 해방된 뒤 결혼할 것을 서로 굳게 약속한다.

이 작품은 장르로 보자면 나이 어린 주인공이 세상에서 온갖 풍파를 겪으며 정신적으로 성장해 가는 성장소설(빌둥스로만)에 속한다. 그가 성장하던 시대는 일본 제국주의자들이 한국을 식민지로 삼은 암울한 때이다. 주인공이 식민지 시대 청년이라는 점을 염두에 둘 때 『한수의 여행』은 '식민지 성장소설'로 범주화할 수 있을 것이다. 식민지 상황이건 그렇지 않건 소설 치고 주인공의 정신적 성장을 다루지 않는 작품이 없지만, 특히 성장소설에서는 무엇보다도 나이 어린 주인공이 겪는 삶에 대한 새로운 통찰이나 영혼의 개안에 무게를 싣는다.

그런데 『한수의 여행』에서 주인공 박한수의 지리적 여정은 심리적 여정과 다름없다. 다시 말해서 주인공 박한수는 한반도는 말할 것도 없고 중국과 유럽 등 이곳저곳 바쁘게 옮겨 다니는 과정에서 삶을 새롭게 인식하거나 삶의 의미를 좀 더 깊이 깨달아 간다. 그가 깨닫게 되는 삶의 의미가 한두 가지가 아니지만 그 중에서도 남에 대한 배려와 희생은 아마 첫 손가락에 꼽힐 것이다.

작품 첫 머리에서 독자가 주인공을 처음 만날 때만 하여도 박한수는 부자가 되거나 명성을 얻는 것이 삶에서 추구하고 싶은 가장 중요한 목표였다. 제1장에서 박한수는 아버지에 그날 공부를 다 하였으니 오후에 아버지를 대신하여 밭에 나가 일을 하겠다고 말하자 아버지는 그를 꾸짖으면서 공부에만 전념하라고 타이른다. 그러자 박한수는 아버지의 고집과 희생정신에 한편으로는 고마운 마음을 느끼고 다른 한편으로는 송구스런 마음을 느끼면서 "내가 부자가 되고 유명해지면 그때 부모님을 행복하게 해 드려야지"라고 혼잣말로 중얼거린다. 서울에서 유학하기 위하여 고향을 떠날 때도 주인공은 눈시울을 적시며 "하늘을 향하여 두 눈을 들어 올리고 부모님을 위하여 부디 명성과 부(富)를 얻을 수 있게 해 달라고 이름 모를 신(神)에게 중얼거리며 기도를 올렸다"고 말한다.

그러나 박한수는 조지프 맨리나 마이러 노먼 같은 외국 선교사들을 만나고 기미독립운동에 직접 참가하며 마셀러 정이 목숨을 무릅쓰고 조국 광복을 외치는 모습을 목격하고부터는 이기적인 생각을 버리고 조금씩 이타적인 인간으로 변모해간다. 만주에서 그는 독립운동을 좀 더 조직적으로 할 수 있도록 교회 지도자를 중심으로 단체를 만드는가 하면, 곳곳에 학교와 교회를 설립하여 후세 교육에 앞장선다. 박한수가 다른 사람에 대한 배려와 관심은 이 소설의 마지막 장에서 마셀러 정에게 애정을 고백하면서 구혼하는 장면에서 가장 잘 엿볼 수 있다. 보통 사람 같으면 아마 한쪽 손목을 잃은 마셀러를 선뜻 아내로 삼으려고 하지 않을 것이다. 그러나 박한수는 평생 동안 마셀러를 자신의 반려자로 삼아 보살피고 돌보아 주고 싶은 생각이 든다. 그가 마셀러한테서 발견하는 것은 육체적 아름다움이 아니라 정신적인 아름다움이기 때문이다. 박한수는 그녀의 손목을 쥐고 "나는 당신의 용기를 존경하고, 당신의 애국심을 찬양하며, 당신의 순결에 경의를 표합니다. 또한 당신의 그리스도적 헌신을 존경하고, 당신을 사랑합니다"라고 말하면서 구혼하여 마침내 결혼 약속을 받아내기에 이른다.

4

오늘날 이렇게 서재필처럼 의사로 활약하면서 문학가로 활동하는 사람은 흔히 '의사 작가(physician writer)'라고 부른다. 그런데 의사 작가들이 창작하는 작품은 비단 소설에 국한되지 않는다. 소설은 말할 것도 없고 시, 단편소설, 희곡, 아동문학, 에세이, 전기, 영화 대본, 번역 등 그야말로 모든 문학 장르에 걸쳐 있다. 또한 의사 작가들의 수가 점차 늘어나면서 1955년 처음으로 '의사작가협회 국제연합(FISEM)'이 구성되었고, 1973년에는 그 이름을 '의사작가 세계연맹(UMEM)'으로 고쳤다. 이 기관에는 현재 여러 나라의 협회가 산하 기관으로 소속되어 있다.

이러한 추세에 발맞추어 한국에서도 지난 2010년 말 의학과 문학 사이에서 징검다리 역할을 한 문학의학학회가 창립되었다. 그동안 미국에서 의사로 활약해 온 마종기가 초대 회장을 맡았다. 그는 "문학은 인간에 대한 가장 심오한 이해의 표현이며, 의학과 문학의 만남은 현대 의학의 과학 중심주의를 인간 중심주의로 전환하려는 노력의 일환"이라고 천명하였다. 마종기를 비롯하여 시인 김춘수, 소설가 전용문과

양희찬, 소설가와 수필가 활약하는 이나미, 수필가 김애양 등 의학계
에 몸담고 있으면서 문학가로 활약하는 사람들이 적지 않다. 21세기의
문턱을 막 넘어선 지도 이제 10년이 지난 지금, 한 손에는 메스를 들고
다른 손에는 펜을 든 의사 작가의 전성시대를 한 번 기대해 볼 만하다.

8

노벨 문학상의 문화 정치학

세계에서 흔히 가장 권위 있는 상 가운데 하나로 일컫는 노벨상은 평화, 문학, 물리학, 화학, 생리학 및 의학, 경제학 등 모두 여섯 분야에 걸쳐 수여한다. 첫 수상자를 발표한 1901년부터 2009년까지 그동안 모두 106명이 노벨 문학상을 받는 영예를 안았다. 그런데 이 여섯 분야 중에서도 노벨 문학상은 여러모로 매우 중요한 위치를 차지할 뿐만 아니라 어떤 면에서는 아주 독특한 위치를 차지한다. 이 상이 중요한 위치를 차지하는 것은 다른 상과는 달리 인간의 정신적 측면, 즉 인간 정신이 빚어낸 찬란한 우주에 대하여 주는 상이기 때문이다. 또한 노벨 문학상이 독특한 위치를 차지하는 까닭은 다른 어느 분야의 상과는 달리 선정 기준이 다분히 주관적이고 상대적일 수밖에 없기 때문이다.

가령 물리학상이나 화학상만 같아도 절대적 기준이라고는 할 수 없어도 어느 정도 객관적 기준이 있기 마련이다.

그러나 문학상은 선정 위원들의 주관적이고 상대적인 판단에 좌우되기 쉽다. 어느 작품이 위대한지, 어느 작품이 위대하지 않은지 판단할 객관적 잣대란 이 세상에 존재하지 않기 때문이다. 그래서 노벨상 가운데에서 문학상만큼 가장 논란이 많은 상도 일찍이 없었다. 노벨 문학상은 해마다 그 수상자를 발표할 때마다 이런저런 이유로 시비를 낳고 비판의 도마에 오르기 일쑤였다. 여섯 분야 노벨상 중에서 가장 큰 논란과 시비에 휩싸인 분야에 상을 준다면 그 상은 단연 노벨 문학상으로 돌아갈 것이다. 따지고 보면 노벨 문학상은 비단 노벨상 중에서 평가 기준을 두고 가장 큰 시비와 논란을 낳는 것에 그치지 않는다. 지금 세계 여러 나라에서 수여하는 모든 문학상을 통틀어서도 평가 기준이 가장 애매하다고 할 수 있다.

노벨 문학상은 그만큼 문화 정치학의 자장에서 좀처럼 벗어나기 어렵다. 최근 들어 "모든 것은 정치적이다"라느니, "모든 것은 이데올로기적이다"라니 하는 말을 자주 듣는다. 포스트모더니즘의 거센 기류를 타고 객관적 진리나 절대적 권위는 도전을 받으면서 지금 심각한 위기에 놓여 있다시피 하다. 진리의 상대성과 주관성을 굳게 믿는 포스트모더니스트들은 진리나 권위가 서 있던 기반 자체를 뿌리째 뒤흔든다. '반정초주의'이니 '탈중심주의'이니 하는 것은 바로 이러한 현상을 가리키는 용어에 지나지 않는다. 포스트모더니즘에 따르면 진리란 기껏 공동체 구성원이 도출해 낸 합의에 지나지 않는다. 그렇다면 인간의 행위와 관련한 모든 것은 궁극적으로 정치적이거나 이데올로기를 떠나서는 생각할 수 없다. 세계적으로 가장 권위를 인정받고 있는 상인 만큼 노벨상은 이처럼 정치적이고 이데올로기적인 함의에서 벗어나기 어렵다. 실제로 지금까지 노벨 문학상은 수상자의 선택, 수상자의 탈락, 정치적 편견, 비유럽계 작가의 제외 등 여러 이유로 적잖이 비판을 받아 왔다.

그렇다면 노벨 문학상은 과연 어떻게 시작되었는가? 어떤 기준과 절차를 걸쳐 선정되는가? 나머지 네 분야의 노벨상과 비교하여 노벨 문학상은 어떠한 특징을 지니고 있는가? 지금까지 어떤 작가들이 노벨 문학상을 받는 영예를 안았는가? 노벨 문학상을 받은 문학가는 과연 세계 문단에서 '위대한' 작가로 평가할 수 있는가? 이러한 물음을 던지고 답하는 과정에서 좁게는 노벨 문학상, 넓게는 모든 분야의 노벨상, 더 넓게는 모든 상이 지니고 있는 문화 정치학적 함의를 함께 살펴볼 수 있을 것이다.

1

노벨상이 스웨덴의 화학자이자 산업가인 알프레드 노벨이 처음 제정하였다는 것은 새삼스럽게 언급할 필요조차 없다. 그러나 그가 어떻게 하여 이 상을 제정하게 되었는지 하는 것은 별로 알려져 있지 않다. 세계사에서 굵직한 사건이 흔히 그러 하듯이 노벨이 이 상을 제정한 것도 아주 우연한 일이 계기가 되었다. 다이너마이트를 발명하여 막대한 돈을 번 노벨은 다이너마이트가 평화적 목적보다는 오히려 군사적 목적으로 널리 사용되는 사실에 늘 마을이 편하지 못하였다. 그가 사망한 1896년까지 그는 무려 93개에 이르는 다이너마이트 공장을 소유하고 있었지만 이렇게 과학자로서나 사업가로서 성공을 거두면 거둘수록 그는 더욱 더 불안한 마음이 앞섰다. 그러던 중 그의 형 루드비히 노벨이 사망하자 프랑스의 한 신문이 그만 실수로 형 대신 동생 알프레드 노벨이 사망하였다는 부고기사를 실었던 것이다. 착오로 쓴 이 부고기사에서 이 기사를 신문기자는 알프레드 노벨을 두고 '죽음의 상인'이라고 날카롭게 매도하였다. 알프레드 노벨이 다이너마이트를 발명한 장본인이었고, 무기 중개상들은 그것을 사고팔며 결과적으로 적지 않은 사람을 사망에 이르게 만들었다는 것이다.

알프레드 노벨은 이 기사를 읽고 이루 말할 수 없이 크나큰 충격을 받았고, 다이너마이트로 발명하여 모은 엄청난 돈을 평화적 목적으로 사회에 환원하기로 결심하였다. 그리하여 그는 유언장에서 자신의 유산 중에서 94퍼센트에 해당하는 3,200만 스웨덴 크로나(340만 유로, 440만 달러)를 노벨상을 설립하는 데 사용하도록 기증하였다. 알프레드 노벨은 사망하기 전 몇 차례에 걸쳐 유언서를 작성하였지만 노벨상 설립을 명시적으로 기록한 유언서는 그가 사망하기 바로 전 해인 1895년 11월 파리에 있는 '스웨덴인 및 노르웨이인 클럽'에서 작성한 마지막 유언장이었다. 그리하여 몇 년 동안의 준비 기간을 거친 끝에 1900년 6월 사설 기관인 노벨재단이 설립되어 재정과 행정을 맡기 시작하였다. 이 재단은 이 상을 창시한 알프레드 노벨이 유언장에서 명시한 내용을 기초로 노벨상과 관련한 모든 사항을 명시적으로 규정지었다.

노벨재단의 규정에 따라 스웨덴 한림원(왕립과학아카데미)과 노벨 위원회가 노벨상을 권한을 위임받게 되었다. 그런데 여기에서 스웨덴 한림원과 노벨 위원회의 관계를 먼저 짚고 넘어갈 필요가 있다. 흔히 이 두 기관을 동일한 기관으로 간주하거나 별개의 독립된 기관으로 간주하지만 실제 사실과는 적잖이 다르다. 세 명에서 다섯 명으로 구성되어 있는 노벨 위원회는 스웨덴 한림원 회원 중에서 뽑는다. 아주 드문 경우이지만 한림원 밖에서 위원을 추가로 선임하기도 한다. 노벨 위원회의 가장 중요한 임무는 외부에서 지명한 후보자들의 제안서를 검토하고 수상과 관련한 모든 문학 작품과 기타 자료를 연구한 뒤 한림원이 최종 수상자를 선택할 수 있도록 후보자들을 추천하는 일이다. 전에는 위원회가 오직 한 후보자만을 추천하고, 한림원은 위원회가 추천한 후보자를 수상자로 선정하든지 선정하지 않던지 가부를 결정하였다. 물론 여기에도 예외는 있어서 1913년에는 최종 후보자로 두 사람을 추천하였고, 한림원은 인도의 시인 라빈드라나트 타고르를 수상자로 결정하였다. 또한 1927년도에도 최종 후보자 두 사람 중에서 한림원은 프랑스의 철학자요 문인인 앙리 베르그손을 수상자로 선정하였다. 그러나 1970년대부터 노벨 위원회는 복수로 추천하고 최종 후보자마다 개별적인 평가서를 첨부하여 한림원에게 좀 더 권한을 많이 부여하는 한편 최종 후보자들에 대한 평가서를 선정 기준으로 삼을 있도록 하였다.

그렇다면 과연 누가 어떠한 절차를 거쳐 노벨 문학상 후보자를 선정하는 것일까? 노벨상은 상에 따라 선정하는 기관이 저마다 다르다. 예를 들어 노벨 평화상은 노르웨이 국회 스토르팅의 추천에 따라 구성하는 노르웨이 노벨 위원회에서 결정한다. 노벨 물리학상과 화학상은 스웨덴 한림원에서 결정하고, 노벨 생리학 및 의학상은 카롤린 의학연구소에서 결정한다. 공식 명칭으로 '알프레드 노벨 기념 스웨덴은행 경제학상'으로 일컫는 노벨 경제상은 스웨덴 한림원에서 결정한다. 노벨 문학상도 노벨 경제상처럼 역시 스웨덴 한림원에서 결정한다. 이렇듯 1739년에 설립된 스웨덴 한림원은 지금까지 노벨상 수상자의 선정과 수상에서 가장 핵심적인 역할을 해 왔다.

　특히 노벨 문학상은 문학 교수들, 작가 단체의 회장들, 학술원이나 예술원 같은 기관들의 임원, 그리고 문학 단체들의 임원이 노벨 문학상 수상 후보자를 추천할 수 있다. 또한 노벨 문학상을 이미 수상한 사람도 후보자를 추천할 수 있는 자격이 있다. 그러나 상을 받을 자격이 있는 후보자 본인은 절대로 자신을 후보자로 추천할 수 없다. 알프레드 노벨의 유언에 따르면 스웨덴 한림원 위원도 후보를 추천할 수 있도록 되어 있다. 그러나 이 문제를 두고는 한림원 위원들 사이에 그동안 논쟁이 적지 않았다. 한림원 위원 중 두 사람은 후보 선정 작업에는 관여하지 말고 본연의 의무를 다하여야 한다고 지적하였다. 한편 사무총장인 카를 다비드 아프 비르센을 중심으로 대부분의 위원들은 한림원이 "세계 문학에서 영향력 있는 위치를 차지하고 있어야 한다"고 주장하면서 한림원 위원들도 후보 선정에 참여하여야 한다고 주장하였다.

　마침내 스웨덴 한림원은 후자의 입장을 채택하기로 결정하기에 이르렀다. 특히 제1차 세계대전 중에는 외부에서 후보자를 지명하는 수가 급격히 줄어들었다. 그리하여 1919년에는 후보자가 겨우 12명밖에는 되지 않았다. 12명이라면 전쟁이 일어나기 바로 전 1913년에 28명의 후보자를 지명한 것과 비교해 볼 때 그 절반 수준에도 미치지 못하는 수였다. 그리하여 스웨덴 한림원과 노벨 위원회는 마침내 1916년에 다섯 명의 후보자를 지명하였다. 최근에는 외부에서 지명하는 후보자 말고도 자체 안에서 정기적으로 후보자를 지명함으로써 후보자를 좀 더 포괄적이고 대표성을 지니도록 해 왔다. 이로써 모두 열여덟 명으로 구성된 스웨덴 한림원은 이제 문화 정치학 분야에서 막강한 권력을 행사할 수 있게 되었다. 20세기 말엽부터 전체 후보자 수가 급격히 늘어나 200명 가까이 될 때가 있고 또 어떤 때는 200명이 넘는 때도 있다.

　어찌 되었든 해마다 스웨덴 한림원은 노벨 문학상 후보자 요청서를 방금 앞에서 언급한 각계각층에 발송한다. 해마다 수천 통의 요청서를 발부하지만 막상 회신된 요청서는 줄잡아 50통에 이른다. 이 요청서는 반드시 2월 1일 전에 접수되어야 한다. 일단 접수된 요청서는 노벨 위원회가 심사를 거친 뒤 스웨덴 한림원은 4월까지 후보자를 20여 명으로 압축하고, 여름 정도가 되면 이 수는 다섯 명 정도로 더욱 줄어든다. 수상자를 발표하기 전 몇 달 동안 위원들은 후보자들의 작품을 면밀히 검토하는 데 시간을 보낸다. 10월에 한림원에 속한 회원은 투표를 하고 반수 이상을 얻는 후보자가 마침내 노벨 문학상의 수상자의 영예를 안게 되는 것이다. 노벨상 수상자는 상패와 함께 1,000만 스웨덴크로나(미화 1백 만 4천 달러)를 상금으로 받는다.

1901년 노벨 위원회는 처음으로 제1회 노벨상을 수여하였다. 첫 해에는 경제학상을 제외한 다섯 분야에서만 노벨상을 수상하였고, 경제학상은 60년 가까운 세월이 지난 뒤 1969년부터 스웨덴은행이 제정하여 수여하기 시작하였다. 이 여섯 분야 상 가운데에서 노벨 평화상만이 노르웨이 오슬로에서 수여하고 나머지 상은 모두 스웨덴의 스톡홀름에서 수여한다. 알프레드 노벨이 노벨 평화상을 하필이면 왜 노르웨이에서 수여하게 하였는지 그 이유는 아직껏 분명하게 알려져 있지 않다. 다만 노르웨이와 스웨덴의 우정을 더욱 증진시키려고 한 것이 아닐까 하고 미루어볼 수 있을 뿐이다. 이웃하고 있는 이 두 나라는 서로 협력해 왔으면서도 그동안 미묘한 경쟁 관계에 있었기 때문이다.

알프레드 노벨은 유언장에서 노벨상의 제정 목적과 선정 기준 등을 분명히 명시하였다. 이 선정 기준에 따르면 후보자는 반드시 "인류에게 가장 큰 공헌을 한 사람"이어야 한다. 그런데 여기에서 '사람'이란 특정한 국적과는 아무런 관계가 없는 사람을 가리킨다. 노벨은 유언장에서 수상자를 선정할 때 "스칸디나비아 출신이건 스칸디나비아 출신이 아니건" 출생지나 국적을 고려해서는 안 된다고 명시하였다. 또한 이 첫 번째 기준에서 '공헌'이란 어디까지나 '독창적 공헌'을 뜻한다. 비록 인류에게 큰 기여를 한 연구나 발명을 하였어도 최초로 그 아이디어를 구상한 사람에게 상을 준다. 반도체를 한 예로 들어본다면, 반도체 원리에 바탕을 둔 생산이나 응용에 크게 공헌한 한 사람에게는 노벨상을 주지 않고 반도체 원리를 처음으로 고안해 낸 사람에게 상을 준다.

또한 노벨상은 오직 살아 있는 사람에게만 준다. 아무리 위대한 업적을 남기고 인류에게 공헌한 업적이 많아도 일단 사망하였으면 노벨상을 받을 자격을 박탈당한다. 바로 이 점에서 노벨상은 다른 상과는 크게 다르다. 가령 모더니즘 문학 전통을 굳건한 발판에 올려놓은 마르셀 프루스트는 이러한 경우의 좋은 예가 된다. 1919년 그는 『잃어버린 시간을 찾아서』 제2부를 발표하여 공쿠르 상을 받았지만 그로부터 3년 뒤에 사망하는 바람에 노벨 문학상을 받을 수 없었다. 또한 프랑스 상징주의 시인 폴 발레리도 1944년과 1945년에 걸쳐 노벨 문학상 후보에 올랐지만 1945년에 사망하였기 때문에 후보에 올랐으면서도 막상 상을 받지는 못하였다.

노벨 문학상도 노벨상의 일반적인 선정 기준에 따르되 "이상적인 방향에서 가장 뛰어난 작품"이라는 한 가지 조건이 더 붙어 있다. 다시 말해서 "이상적인 방향에서 가장 뛰어난 작품으로 인류에게 가장 큰 공헌"을 한 사람에게 노벨 문학상을 수여한다는 것이다. 인류에 대한 공헌이라는 첫 번째 기준도 애매하고 모호하지만 특히 '이상적 방향'이라는 두 번째 기준은 더더욱 애매모호하다. 도대체 앨프레드 노벨은 유언장에서 이 '이상적 방향'이라는 어휘를 과연 어떠한 의미로 사용하였는가? 가령 스웨덴 한림원 사무총장을 지낸 안더스 외스테를링은 이 어휘를 '긍정적이고 인도주의적인 방향'이라는 의미를 해석하였다. 한편 역시 스웨덴 한림원 사무총장을 지낸 스투레 알렌은 '독립적인 입장'의 의미로 해석하였다.

노벨 문학상의 역사는 곧 스웨덴 한림원이 이 '이상적 방향'이라는 어휘를 그동안 어떻게 받아들여 왔는지에 대한 해석의 역사라고 하여도 크게 틀리지 않다. 지금까지 스웨덴 한림원의 예술적 감수성에 따라, 시대정신과 예술관에 따라 그 해석이 서로 사뭇 달랐다. 이렇게 '이상적 방향'의 의미를 다르게 해석하면서 한림원은 노벨 문학상 수상자를 서로 다른 기준에서 선정해 왔다. 다시 말해서 선정 기준이 달라진 탓에 마땅히 문학상을 받아야 할 작가가 상을 받지 못하거나 제때에 받지 못하고 뒤늦게 받은 경우가 적지 않았다. 예를 들어 1930년대 독일의 시인이요 작가인 헤르만 헤서는 "윤리적 무정부주의"의 입장을 취한다고 하여 노벨 문학상을 거부당하였지만 기법을 중시하는 방향이 두드러진 제2차 세계대전 이후에 이르러는 노벨 문학상을 받았다. 선정 기준에 대하여 스웨덴 한림원은 "헤세는 스스로 문제를 탐구하고 해답을 찾아 나서는 시인"이라고 높이 평가하였다. 또한 아일랜드 태생의 극작가 사뮈엘 베케트는 1969년 노벨 문학상 수상자로 결정되었지만 그의 염세주의와 비극적 비전 때문에 그 이전에는 노벨 문학상 수상은커녕 아예 이 상의 후보 명단에 오를 수조차 없었다. 앞으로도 이 '이상적'이라는 어휘를 둘러싼 해석은 끊임없이 이어지면서 노벨 문학상의 성격을 새롭게 규정 짓을 것이다.

그런데 여기에서 한 가지 주목하여야 할 것은 스웨덴 한림원이나 노벨 위원회는 수상 결정을 내린 뒤 향후 50년 동안 노벨상과 관련한 모든 정보를 공개하지 않고 비밀문서로 보관한다는 점이다. 그도 그럴 것이 만약 그러한 정보가 공개되면 적잖이 물의를 일으킬 것이기 때문이다. 예를 들어 미국 작가로 1954년도 노벨 문학상을 받은 어니스트

헤밍웨이에 관한 정보는 2005년 1월에 공개가 되어 문학연구가들과 비평가들에게 큰 관심거리가 되었다. 공개된 자료에 따르면 헤밍웨이는 오직 네 사람의 선정위원한테 후보로 선정되었다. 비엔나 대학교 영미문학과 교수인 레오 폰 히블러와 세 명의 노벨상 지명을 위한 노벨 위원회 회원이 바로 그들이다. 노벨 위원회의 위원 중 한 사람인 페르 할스트롬은 1947년 처음으로 후보 명단에 오른 헤밍웨이에 대하여 열 쪽에 이르는 보고서를 작성하였고, 1954년에는 한쪽 반에 이르는 보고서를 작성하였다. 1947년도에 작성한 보고서에서 할스트롬은 헤밍웨이를 예술적으로 위대한 작가로 간주하지 않는다.

> 일반적으로 예술의 관점에서 볼 때 헤밍웨이는 세속적인 일을 민감하게 포착하여 독자들이 즉각 경험할 수 있도록 표현하는 능력이 뛰어난 작가이다. 그는 원시적인 황야에 대한 욕망을 지니고 있다. 그리하여 미국이라는 위대한 나라를 창조하고 미국인의 에너지에 기상을 불어넣어 준 서부 출신 세대들을 떠오르게 한다. 그러나 좀 더 중요한 관점에서 볼 때 나는 그가 위대한 작가라고 생각하지는 않는다. 그는 존경받을 만한 어떤 작품도 쓰지 못하였다.

만약 헤밍웨이가 위 보고서를 읽었다면 아마 노발대발하였을 것이다. 어느 작가보다도 그는 작가의 성실성을 소중하게 생각하고 작품 창작을 예술의 경지로 끌어올리려고 노력하였기 때문이다. 칼로스 베이커는 일찍이 『예술가로서의 헤밍웨이』(1952, 1972)라는 저서를 출간하여 헤밍웨이의 예술성을 높이 평가하였다. 아무리 문학 작품에 대한 평가가 주관적이고 상대적이라고는 하지만 헤밍웨이의 경우 노벨 위원회의 평가와 헤밍웨이 연구가들이나 학자들의 평가는 달라도 너무 다르다.

3

스웨덴 한림원과 노벨 위원회는 선정과 관련한 문서를 향후 50년 동안 비밀문서로 취급하여 공개하지 않지만 해마다 노벨 문학상 수상자를 발표할 때 비록 짤막하게나마 선정 이유를 함께 발표한다. 또한 해마다 노벨 위원회가 스웨덴 한림원에게 보고서를 작성하여 제출하는 과정에서 그 내용의 일부가 노출될 때도 있다. 그런가 하면 선정 위원 사이에 주고받은 서신이 가끔 공개되기도 한다. 이러한 자료를 토대로 그동안 스웨덴 한림원과 노벨 위원회가 '이상적 방향'이라는 어휘를 어떻게 해석해 왔는지 짐작해 볼 수 있다. 크엘 에스프마르크는 「노벨 문학상」이라는 글에서 이 상을 처음 수여하기 시작한 1901년부터 최근에 이르기까지 노벨 위원회가 이 '이상적 방향'이라는 어휘를 해석한 과정, 즉 그동안 노벨 문학상 선정 기준의 변천 과정을 다음과 같이 크게 일곱 가지로 나눈다.

1) 고상하고 건전한 이상주의(1901~1912)

2) 중립적인 정책(제1차 세계대전 기간 중)

3) 훌륭한 문체(1920년대)

4) 인류에게 보편적인 관심사(1930년대)

5) 문학 예술의 개척자들(1946년 이후)

6) 잘 알려지지 않은 대가들(1978년 이후)

7) 전 세계의 문학(1986년 이후)

노벨 문학상의 초창기에서 가장 주도적인 역할을 한 사람은 당시 스웨덴 한림원 사무총장 카를 다비드 아프 비르센이었다. 낭만주의와 모더니즘 그리고 스칸디나비아의 급진주의적 작가들을 몹시 싫어하던 그는 요한 볼프강 폰 괴테가 말하는 '세계문학'과 게오르크 빌헬름 프리드리히 헤겔의 관념론에 경도되어 있었다. 그리하여 비르센은 초기 노벨 문학상 수상자를 선정하는 데 '고상하고 건전한 이상주의'를 가장 중요한 잣대로 삼았다. 비르센이 선정 기준으로 내세운 가치는 괴테가 '세계 문학'의 이상으로 삼고 있는 가치, 그리고 가족과 국가와 교회를 신성하게 생각하는 보수주의적 이상주의와 깊이 연관되어 있다. 이러한 기준에 따라 선정하다 보니 프랑스의 시인 쉴리 프뤼돔이 제1회 노벨 문학상 수상의 영예를 안았다. 스웨덴 한림원과 노벨 위원회는 그를 수상자로 선정한 이유에 대하여 "시 작품에서 고귀한 이상을 증거하고 예술적 완벽성을 기하였으며 보기 드물게 감성과 이성 두 가지를 결합하였다"고 밝혔다. 프뤼돔의 뒤를 이어 노르웨이의 소설가요 시인이며 극작가인 비욘스티에르네 비요른손을 비롯하여 영국의 소설가요 시인인 러드여드 키플링, 역시 독일의 소설가요 시인이며 극작가인 파울 하이제, 그리고 앞에서 이미 언급한 라빈드라나트 타고르 같은 작가들이 잇달아 노벨 문학상 수상자로 선정되었다.

한편 이렇게 '고상하고 건전한 이상주의'를 가장 핵심적인 선정 기준으로 내세우다 보니 세계 문학에서 아주 중요한 위치를 차지하고 있는 몇몇 작가가 배제될 수밖에 없었다. 이 가운데에서도 레프 톨스토이, 헨리크 입센, 에밀 졸라 같은 작가는 첫 손가락에 꼽힌다. 다른 수상자들도 문제가 없지 않지만 특히 1913년 노벨 문학상 수상자로 인도의 시인 라빈드라나트 타고르를 선정한 것은 적잖이 논란거리가 되었다. 그가 노벨 문학상 수상자로 결정되었을 때 세계 문단은 아주 의외라는 반응을 보였다. 물론 스웨덴 한림원과 노벨 위원회가 그에게 노벨 문학상을 수여한 데에는 아시아 작가에 대한 배려로 볼 수도 있다. 그러나 이상주의적 가치라는 선정 기준에 비추어 보면 그가 상을 받은 것은 그렇게 의외라고는 할 수 없을 것이다.

제1차 세계대전 기간 동안 스웨덴 한림원은 노벨 문학상 수상자를 선정하는 데 정치적으로 중립적인 입장을 견지하였다. 에스프마르크는 이러한 입장을 '중립성의 문학 정책'이라고 부른 적이 있다. 세계대전이 발발하면서 새로운 임명된 집행부는 전쟁에 참여하고 있던 강대국의 작가들을 배제한 채 전쟁에 참여하지 않은 국가 출신의 작가들에 문학상을 수여하였다. 가령 스웨덴 작가 베르너 폰 하이덴스탐, 덴마크의 두 작가 카를 겔러루프와 헨리크 폰토피단, 그리고 노르웨이 작가 크누트 함순이 노벨 문학상을 받는 영예를 안았다. 그러다 보니 제1차 세계대전 기간 중에는 스칸디나비아 출신 작가들이 어부지리로 노벨 문학상을 휩쓸다시피 한 셈이다.

제1차 세계대전이 끝난 뒤 1920년대에 들어오면서 스웨덴 한림원과 노벨 위원회는 '이상적 방향'이라는 막연하고도 편협한 기준에서 점차 벗어나 작가의 '훌륭한 문체'를 가장 중요한 선정 기준으로 삼았다. 그리하여 토마스 만을 비롯하여 아나톨 프랑스와 조지 버너드 쇼 같은 작가들이 노벨 문학상의 수상자로 결정되었다. 그중에서도 만은 서사시적 장편소설 『부덴브룩스』(1901)와 『마(魔)의 산』(1924)이 널리 인정받으면서 노벨 문학상을 받았다. 그는 반어법을 즐겨 사용하고 작중인물이나 사건을 세부적으로 상세하게 묘사하는 등 독특한 문체를 구사하는 것은 사실이지만 엄밀한 의미에서 문체에서 뛰어난 작가로 보기는 어렵다. 이러한 사실은 프랑스나 쇼의 경우에도 크게 다르지 않다. 어찌 되었든 제1차 세계대전 기간과는 달리 전쟁이 종식된 뒤에는 이 전쟁에서 주역을 맡았던 독일과 프랑스 그리고 영국의 작가들이 다시 수상자의 반열에 오르게 되었다는 점은 주목해 볼 만하다.

1930년대에 이르러 스웨덴 한림원과 노벨 위원회는 이번에는 '보편적 관심'이라는 또 다른 선정 기준을 내세웠다. 알프레드 노벨이 유언장에서 말하는 "인류에 대한 가장 큰 공헌"이라는 구절에서 '인류'에 무게를 실었다고 할 수 있다. 이러한 선정 기준에 따라 지리적 한계와 공간적 장벽을 뛰어넘어 지구촌에 살고 있는 독자라면 누구나 감명을 받을 수 있는 보편적인 문학 작품을 선정하려고 애쓴 흔적을 찾을 수 있다. 아니나 다를까 노벨 위원회는 1930년에 미국 작가로서는 처음으로 싱클레어 루이스에게 노벨 문학상을 수여하였고, 다시 8년 뒤에도 역시 미국 작가 펄 벅에게 노벨 문학상을 수여하였다. 이 과정에서 폴 발레리나 폴 클로델 같은 시인들을 수상자에서 배제할 수밖에 없었다. 루이스를 수상자로 선정한 것은 20세기 전반기 미국 사회와 종교의 문제점을 예리하게 비판한 사회 비평가로서의 그의 역할을 높이 평가하였기 때문이다. 또한 벅을 수상자로 선정한 것도 『대지』(1931), 『아들들』(1933), 『분열된 집』(1933)의 '대지의 집' 3부작을 발표하여 중국을 비롯한 동양 문화를 서양에 널리 알린 친선문화대사 역할을 떠맡았기 때문이다.

제2차 세계대전이 끝난 1946년부터 스웨덴 한림원과 노벨 위원회는 다시 한 번 선정 기준을 바꾸었다. 이 무렵부터는 문학 분야에서 가히 '개척자'라고 일컬을 수 있는 작가들을 수상자로 선정하였다. 안더스 외스털링이 한림원의 새로운 사무총장에 임명되면서 1930년대 '보편적'이라는 이름으로 대중에 취향에 따르는 자칫 통속적이라고 할 문학 작품을 선정하던 관행에서 궤도를 수정하였다. 이렇게 궤도를 수정하다 보니 1930년도와는 반대 방향으로 나아가지 않을 수 없었다. 그래서 개척자들이 척박한 황무지를 개척하여 농토를 만들듯이 문학에서 새로운 미개척지를 발견하는 작가들한테 노벨 문학상을 수여하였다. 이 무렵 세계관과 기법에서 새로운 가능성을 탐색하는 작가들이 유리한 입장에 놓여 있을 수밖에 없었다. 그리하여 이렇게 새롭게 달라진 기준에 따라 헤르만 헤세를 비롯하여 앙드레 지드, T. S. 엘리엇, 윌리엄 포크너, 생종 페르스, 그리고 사뮈엘 베케트 같은 작가들이 노벨 문학상을 수상하였다. 그러고 보니 헤세나 페르스를 제외한 나머지 수상자들은 하나같이 기존의 문학 전통의 벽을 과감하게 허물고 실험적 기교를 한껏 구사한 모더니즘이나 신(新)아방가르드 전통에 서 있는 작가들이다.

1978년 이후 스웨덴 한림원과 노벨 위원회는 다시 한 번 선정 기준을 바꾼다. 이 무렵 새로 한림원 사무총장에 임명된 라르스 길렌스텐이 말하는 '실용적인 고려'가 중요한 잣대로 등장하였다. 그러니까 알프레드 노벨이 유언장에서 명시한 "인류에게 가장 큰 공헌을 한 사람"이라는 기준에 좀 더 가깝게 접근하려고 하였다. 또한 이러한 '실용적 고려' 안에는 그동안 세계 문단에서 중요한 역할을 하였지만 이러저러한 이유로 별로 주목을 받지 못한 작가를 새롭게 발굴하여 상을 주려고 하였다. 그래서 이 기준에 따라 수상자로 선정한 작가가 아이작 바셰비스 싱어, 폴란드 태생의 미국 작가 체슬라프 미우오슈, 불가리아 태생의 영국 작가 엘리아스 카네티, 체코슬로바키아의 야로슬라프 세이페르트 등이다. 물론 여기에도 예외가 있어서 가령 가브리엘 가르시아 마르케스는 이미 『백년의 고독』(1967)으로 세계적 명성을 얻고 있었지만 1982년에 이르러 노벨 문학상을 수상하게 되었다. 그런데 이 무렵 수상자들은 거의 대부분 시인이라는 점이 눈에 띈다. 가령 1990년에서 1996년 사이에 노벨 문학상을 받은 수상자 일곱 명 가운데 옥타비오 파스, 데렉 월컷, 셰이머스 히니, 비스와바 쉼보르스카 등 시인이 무려 네 명이나 된다. 또한 그들은 하나같이 그동안 세계 문단에서 거의 알려지지 않은 무명작가와 크게 다르지 않았던 것이다.

마지막으로 스웨덴 한림원과 노벨 위원회는 1986년부터는 '전 세계의 문학'이라는 새로운 관점에서 노벨 문학상 수상자를 선정하였다. 여기에서 알프레드 노벨이 노벨상 수상자는 "스칸디나비아 출신이건 스칸디나비아 출신이 아니건" 출생지나 국적으로 고려해서는 안 된다고 명시한 사실을 다시 한 번 염두에 둘 필요가 있다. 스웨덴 한림원과 노벨 위원회는 국경을 초월하여 범세계적인 문학 작품을 선정하려고 고심하였다. 물론 1920년대에도 이러한 선정 기준을 내세웠지만 이론에만 머물러 있었을 뿐 실제로는 좀처럼 적용하지 않았던 것이다. 이렇게 세계성을 다시 한 번 선정 기준으로 천명하는 것은 그동안 노벨 문학상의 수상자가 지나치게 유럽 작가들에게 치중되어 있다는 비판을 받아 왔기 때문이다. 아프리카계나 아시아계의 비유럽 작가들한테는 노벨 문학상은 그림의 떡이요 병풍 속의 닭이라는 비판이 일어났고, 이러한 비판이 스웨덴 한림원과 노벨 위원회에게는 적잖이 부담이 되었던 것이다.

그 때문에 1984년 스웨덴 한림원의 사무총장 길렌스텐은 "전 지구적 배분을 이룩하려고" 온갖 노력을 아끼지 않았다. 노벨 문학상이 "대륙 문학의 위대한 작가들"한테만 수여한다는 비판을 불식시키기 위하여 비유럽계 작가들을 수상자로 선정하였다. 이보다 20여 년 앞서 1968년도 노벨 문학상의 수상자로 일본 작가 가와바타 야스나리(川端康成)를 선정한 것은 아주 예외적인 경우라고 할 수 있다. 그를 수상자로 결정하기까지는 무려 7년이라는 세월이 걸렸을 뿐만 아니라 국제적으로 저명한 전문가 네 명이 이 작업에 관여하였다. 그리하여 스웨덴 한림원과 노벨 위원회는 1896년에 나이지리아 태생의 작가 올레 소잉카를, 1988

년에는 이집트 태생의 작가 나기브 마푸즈를 노벨 문학상 수상자로 각
각 선정하였던 것이다. 남아프리카공화국의 나딘 고디머를 비롯하여
일본의 오에 겐자부로(大江健三郎), 트리니다드토바고의 데렉 월컷, 미
국의 흑인 여성 작가 토니 모리슨에게 노벨 문학상을 수여하였다.

4

　크엘 에스프마르크는 「노벨 문학상」에서 21세기 이후에 달라진 스
웨덴 한림원과 노벨 위원회의 선정 기준에 대해서는 전혀 언급하지 않
는다. 그도 그럴 것이 그가 이 글을 쓴 것은 새천년을 맞이하기 직전인
1999년이기 때문이다. 새로운 세기에 접어들면서 노벨 문학상의 선정
기준은 20세기 말엽과는 조금 달라졌다. 이렇게 선정 기준을 바꾼 것은
새로운 시대의 문학적 취향과 시대정신에 적응하기 위해서였다. 21세
기 스웨덴 한림원과 노벨 위원회의 선정 기준은 한마디로 '정치성'이나
'정치적 배려'라고 요약할 수 있다. 노벨 문학상 수상자를 선정하되 이
상이 불러일으킬 정치적 의미나 파장을 고려하여 선정하려고 하였다.
　이 점에서 2000년도 수상자로 중국 태생의 소설가요 극작가로 정치
적 이유로 망명하여 프랑스에서 활약하고 있는 가오싱젠(高行健)을 선
정한 것은 여러모로 시사하는 바 자못 크다. 그는 1966년부터 1976년
까지 10년 동안의 문화 대혁명과 1989년의 톈안먼 사건 등 중국 현대
사의 험난한 굴곡을 헤쳐 오면서 소설과 희곡을 발표하여 일관되게 개
인의 자유와 독립을 옹호하며 사회주의 리얼리즘 미학에 도전해 왔다.

서방 세계에서는 거의 무명작가와 다름없던 가오싱젠이 노벨 문학상을 받게 된 것은 그의 예술적 성과 못지않게 그의 정치 참여 때문이라고 보아 크게 틀리지 않다. 또한 스웨덴 한림원과 노벨 위원회는 2002에는 헝가리의 소설가 임레 케르테스, 2003년에는 남아프리카공화국 작가 존 맥스웰 쿳시, 2004년에는 오스트리아의 소설가 엘프리데 엘리네크, 2006년에는 터키 작가 오르한 파묵에게 잇달아 노벨 문학상을 수상하였다. 그들은 거의 대부분 제3세계 국가 출신의 작가들이거나 그동안 세계 강국의 그늘에 가려 제대로 빛을 보지 못하던 국가의 작가들이다. 2001년도 수상자 비디아다르 수라프라사드 네이폴도 비록 국적은 영국이지만 영국 식민지 트리니다드에서 태어나 그곳에서 성장한 작가이다. 그의 개인 이름에서도 엿볼 있듯이 그의 선조는 인도 출신으로 그의 할아버지는 인도에서 서인도제도의 트리니다드로 이주한 뒤 계약 노동자로 농장에서 일하였다.

특히 2009년도 노벨 문학상 수상자로 헤르타 뮐러를 선정한 것을 보면 정치적 의미가 얼마나 중요한 위치를 차지하고 있는지 알 수 있다. 비록 그녀는 공식적으로 독일어로 작품을 쓰는 독일 작가로 범주화되지만 실제로는 루마니아에서 태어난 여성 작가이다. 뮐러는 그동안 가오싱젠처럼 '철의 장막' 안에 갇힌 사람들의 암울한 삶을 비판적으로 묘사하였다고 하여 적잖이 박해를 받아 왔다. 이러한 이유 때문에 노벨상 수상 소식이 전 세계에 알려지기까지만 하여도 한국에서는 말할 것도 없고 심지어 독일에서조차 그녀를 알고 있고 사람이 그다지 많지 않다. 스웨덴 한림원과 노벨 위원회가 지나치게 유럽 작가들에게 상을 많이 준다는 달갑지 않은 시선을 감수하면서까지 이렇게 뮐러에게 상을 준 것은 그녀의 정치적 박해를 전 세계에 널리 알리기 위해서였다. 한림원은 선정 이유에 대하여 "시적인 응축과 산문의 솔직함으로 박탈당한 사람들의 풍경을 묘사한" 작가라고 밝힌다. 일부에서는 뮐러에게 노벨 문학상을 수여한 것은 공산주의 붕괴 20주년을 맞이하여 그것을 기념하기 위한 상징적 제스처라는 말이 나올 정도였다.

5

　노벨 문학상은 같은 노벨상이라고 하여도 다른 분야의 상과는 여러 모로 차이가 난다. 노벨 문학상은 다른 노벨상과는 달라서 좀처럼 한 사람 이상에게 공동으로 상을 수여하지 않는다. 자연과학 분야와 경제학 같은 사회과학 분야의 상의 경우에는 한 사람 이상 복수로 수상자를 선정하기도 한다. 그러나 문학 분야에서는 원칙적으로 단 한 사람을 수상자로 선정하는 것이 관례로 되어 있다. 물론 예외 없는 규칙이 없다고 여기에도 예외는 있기 마련이다. 가령 1904년에는 프랑스의 시인 프레데리크 미스트랄과 스페인의 극작가 호세 에체가라이 이 에이사기레가 공동으로 상을 받았다. 1917년에도 앞에서 이미 언급한 덴마크의 두 소설가 카를 겔러루프와 헌리크 폰토피단이 노벨 문학상을 공동으로 받았다. 그런가 하면 1966년에 이르러 이스라엘의 소설가 사무엘 요세프 아그논과 스웨덴의 시인 넬리 작스가 공동으로 노벨 문학상을 받기도 하였다. 1974년에도 스웨덴의 두 작가 에이빈 욘손과 하리 마리틴손이 공동으로 수상하였다. 다른 노벨상과 비교해 보면 이렇게 네 번에 걸친 노벨 문학상의 2인 공동 수상은 아주 예외적인 경우에 해당한다. 그러나 무슨 일이 있어도 세 사람한테는 공동으로 노벨 문학상을 수여하지 않는다.

　이처럼 스웨덴 한림원과 노벨 위원회가 노벨 문학상 수상자를 공동보다는 단수로 선정하는 데에는 그럴 만한 까닭이 있다. 한 사람 이상으로 복수 수상자를 선정할 경우 자칫 '최고의' 수상자를 결정하지 못하고 결국 타협하고 절충하여 수상자를 선정하였다는 인상을 줄 수 있기 때문이다. 또한 두 작가에게 공동으로 노벨 문학상을 수여하면 마치 월계관 하나를 반씩 나누어 주는 것처럼 불완전한 상이라는 인상을 줄 수도 있다. 그리하여 1970년대에 이르러 스웨덴 한림원과 노벨 위원회는 2인 공동 수상자를 선정할 경우에는 각각의 수상자는 독자적으로 상을 수상할 자격이 있어야 하고, 각각의 수상자 사이에 어떤 공동점이 있어야 한다고 규정지었다.

　한편 어쩌다 노벨 문학상 수상자를 복수로 선정하듯이 이번에는 반대로 수상자를 아예 선정하지 않은 경우도 가끔 있다. 예를 들어 1918년과 1935년에는 수상자를 선정하지 않았다. 또한 제2차 세계대전이 막바지에 접어들던 1940년에서 1943년까지도 노벨 문학상 수상자를 선정하지 않았다. 이 여섯 해를 제외하고는 스웨덴 한림원과 노벨 위원회는 한 해도 거르지 않고 해마다 노벨 문학상 수상자를 선정해 왔다. 그런데 이렇게 수상자를 선정하지 않음으로써 사용하지 않은 상금은 노벨 주(主)기금이나 특별 기금에 환원되어 축적된다.

　그런가 하면 노벨 문학상에 선정되었으면서도 상을 받지 않으려고 한 사람들도 더러 있다. 예를 들어 아일랜드 태생의 극작가 조지 버너드 쇼는 1925년도 수상자로 선정되었지만 수상에 대하여 그렇게 달갑지 않다는 반응을 보였다. 한 친구에게 보낸 편지에서 그는 "차마 상금을 받을 수 없다"는 입장을 밝혔던 것으로 전해진다. 쇼가 평소에 문학상을 싫어하였다는 것은 잘 알려진 사실이다. 특히 그는 노벨 문학상을

'복권'이라고 부르면서 그 가치를 폄하하였다. 더구나 그는 『바버라 소령』(1905)에서 무기로 백만장자가 된 앤드류 언더새프라는 등장인물을 창조하면서 부분적으로는 '다이너가이트 황제' 알프레드 노벨을 모델로 하였던 것이다. 어찌되었든 노벨 문학상을 받기 위해서는 상금을 받지 않을 수 없다는 사실을 깨달은 쇼는 결국 상금을 '영국-스웨덴 기금'을 설립하여 스웨덴의 고전 작품을 영어로 번역하는 일에 사용하였다.

한편 보리스 파스테르나크는 개인의 소신보다는 정치적 이유 때문에 노벨 문학상을 거부하였다. 1958년 수상자로 선정된 그는 처음에는 기꺼이 이 상을 수상하려고 하였지만 소비에트 정부가 압력을 가하여 철회할 것을 종용하였다. 이 문제로 파스테르나크는 니키나 후르시초프에게 고국에서 추방시키지 말 것을 탄원할 정도였으며, 이 일로 무척 고민을 한 나머지 건강을 잃어 마침내 1960년에 일찍 사망하였다. 노벨 문학상 때문에 그가 느낀 긴장과 심적 타격은 그가 유작으로 남긴 「노벨상」이라는 시에서 잘 드러나 있다. 이 시에서 그는 "나는 덫에 갇힌 한 마리 짐승처럼 잡혀 있구나 / 어딘가에 자유와 빛과 사람들이 있는데. / 하지만 사냥꾼들은 나를 쫓고 있지 / 도망칠 출구가 없구나"라고 한탄한다.

그러나 쇼나 파스테르나크보다 훨씬 적극적으로 노벨 문학상을 거부한 사람은 역시 프랑스 작가요 실존주의 철학자인 장 폴 사르트르이다. 1964년 10월 스웨덴 한림원과 노벨 위원회는 사르트르를 이 해 노벨 문학상 수상자로 선정하였다. 그를 수상자로 선정한 이유에 대하여 "상상력 넘치는 그의 작품은 자유의 정신과 진리의 탐구로 우리 시대에 계량할 수 없는 영향을 주었다"고 밝혔다. 실제로 사르트르는 그동안 소설, 희곡, 철학적 논문, 평론 등을 잇달아 발표하여 현대인들의 각성을 촉구하였다. 그런데 예상 밖으로 사르트르는 노벨 문학상을 거절하였다.

제가 노벨 문학상을 거절한 것은 결코 갑작스러운 결정이 아니었습니다. 저는 정부의 특별대우도 계속 거절했습니다. 이러한 특혜나 상을 받는다면 곧 저에게 상을 수여한 단체는 저와 하나로 인식될 것입니다. 가령 저는 베네수엘라의 반독재 단체를 지지합니다. 이것은 저 개인만의 문제이지요. 그런데 제가 노벨 문학상을 받는다면 노벨상을 수여한 단체 역시 베네수엘라 저항운동을 지지하는 것이 되지 않겠습니까? 그래서 수상을 거부하는 것입니다. 노벨상의 영광과 명예를 받기 싫어하는 사람이 어디 있겠습니까?

사르트르는 "만약 내가 '장폴 사르트르'로 서명을 하는 것과, '노벨상 수상자 장폴 사르트르'로 서명하는 것은 서로 같지 않다"고 말하면서 "작가란 설령 가장 명예로운 형식을 취한다고 하더라도 한 제도로 변형되는 것을 거부하여야 한다"고 지적하였다. 그가 수상을 거절한 것은 자신보다 앞서 알제리 태생의 알베르 카뮈에게 노벨 문학상을 주어 자존심이 상하였기 때문이라고 보는 것은 좁은 생각이다. 사르트르는 문학상을 자본주의 사회의 한 전형적인 제도로 보았고, 그는 이러한 제도에 길들여지고 싶지 않았다. 또한 그의 행동은 어디까지나 부르주아적 자아의 개념에 대한 불신과 거부라는 그의 평소 신념의 연장선상에서 보아야 할 것이다. 그 이유야 어찌 되었든 사르트르는 노벨 문학상의 역사에서 유일하게 수상을 거부한 작가로 꼽힌다. 또한 스웨덴 한림원과 노벨 위원회는 그의 수상 거부로 심각한 타격을 받았다.

이와는 사정이 조금 다르지만 알렉산드르 솔제니친도 노벨 문학상을 거부한 적이 있다. 스웨덴 한림원과 노벨 위원회는 1970년도 노벨 문학상 수상자로 솔제니친을 선정하였지만 그는 이 무렵 소련 정부로부터 삼엄한 감시를 받고 있었다. 그는 만약 상을 받기 위하여 스톡홀름을 방문하면 소련 정부는 다시는 자신을 받아들이지 않고 국외로 추방할 것이라고 생각하였다. 그리하여 그는 스웨덴 한림원에 모스크바 스웨덴 대사관에서 시상식을 거행하고 수락 연설도 할 수 있도록 허용해 줄 것을 요청하였다. 그러나 스웨덴 정부는 그의 제안을 거부하자 솔제니친은 스웨덴의 처사는 "노벨상 자체에 대한 모욕"이라고 언급하며 수상을 거부하였다. 솔제니친이 상패와 상금을 받은 것은 그로부터 4년 뒤 1974년 12월 소비에트 정부한테서 추방을 받고 난 뒤였다.

여기에서 또 한 가지 주목하여야 할 것은 스웨덴 한림원과 노벨 위원회는 노벨 문학상 수상자를 선정하면서 '문학'의 의미를 아주 폭넓게 해석한다는 점이다. 문학이라고 하면 단순히 시나 소설 또는 희곡 같은 순수 문학 장르를 떠올리기 쉽지만 노벨 문학상에서 문학은 '순수 문학'의 범위를 훨씬 뛰어넘는다. 노벨재단은 노벨 문학상이 "순문학뿐만 아니라 형식과 스타일에서 둔학적 가치를 지니고 있는 다른 작품"도 포함하여야 한다고 명시적으로 규정짓는다. 다시 말해서 엄밀한 의미에서 비록 문학으로 보기 힘들어도 문체를 비롯한 형식이 '문학적'이라면 문학의 범주에 들어가는 셈이다. 노벨재단이 규정짓는 문학의 정의는 요즈음 포스트모더니즘에서 말하는 문학의 범주와 아주 비슷하다. 문학을 순문학의 굴레에서 해방시켜 역사나 철학도 넓은 의미에서는 문학의 한 범주로 간주하려고 하는 것이 최근 포스트모더니즘의 한 경향이다. 포스트모더니즘에서는 문학과 역사, 허구와 사실, 현실과 환상 따위를 굳이 구별 짓지 않으려고 한다. 그것들은 기껏 하나같이 언어 구성물에 지나지 않는다.

1902년도 노벨 문학상 수상자는 독일의 역사가 테오도어 몸젠이 선정되었다. 그를 노벨 문학상 수상자로 기억하는 사람은 동양에서는 말할 것도 없고 심지어 서양에서도 아마 거의 없을 것이다. 이 점에서는 1908년도 노벨 문학상 수상자로 선정된 루돌프 오이켄도 몸젠과 크게 다르지 않다. 오이켄은 독일의 철학자로 문학 독자들은 물론이고 문학 전공자한테마저 낯선 이름이다. 1927년도 노벨 문학상 수상자인 앙리 베르그손, 1950년도 노벨 문학상 수상자인 버트런드 러셀, 그리고 1953년도 노벨 문학상 수상자인 윈스턴 처칠도 비록 그 이름은 꽤 낯익지만 문학가보다는 철학자나 정치가로 훨씬 더 잘 알려져 있는 인물이다.

이들 수상자 가운데에서도 특히 처칠은 좀 더 자세히 언급할 만하다. 군인과 정치가로서 바쁜 시간을 보내면서도 그는 방대한 양의 저작을 출간하였다. 종류로는 43권에 권수로는 무려 72권에 이른다. 물론 처칠은 『사브롤라』(1899) 같은 장편소설을 출간하기는 하였지만 그렇게 문학적 가치가 있는 작품으로는 볼 수 없다. 오히려 문필가로서 처칠의 위대성은 『제2차 세계대전』(1948~1953)을 비롯하여 『말버로 : 그의 삶과 시대』(1933~1938)이나 『영어 사용 민족의 역사』(1956~1958) 같은 역사서에서 찾는 쪽이 훨씬 더 옳은 것이다. 노벨 위원회는 처칠을 노벨 문학상 수상자로 선정한 이유에 대하여 "인간의 고상한 가치를 천명하는 뛰어난 웅변과 함께 역사 및 전기를 묘사하는 놀라운 솜씨" 때문이라고 밝혔다. 노벨 위원회가 처칠을 로마시대의 웅변가요 정치가인 "키케로의 천재적인 철필을 휘두르는 재능을 지닌 카이사르"에 빗대는 것도 이와 같은 맥락에서 이해할 수 있다. 한마디로 노벨 위원회가 처칠에게 노벨 평화상이 아닌 노벨 문학상을 수여한 것은 그의 저작이 '문학적 가치'가 있다고 판단하였기 때문이다.

더구나 스웨덴 한림원과 노벨 위원회는 비록 아무리 문학적 가치가 뛰어나더라도 출간된 지 너무 오래된 작품에 대해서는 노벨 문학상의 심사 대상에서 배제한다. 심사하기 바로 '전년도에' 출간한 작품을 배제하듯이 출간한 지 너무 오래된 작품도 마찬가지로 배제하는 것이다. 노벨 문학상을 처음 수여한 초기에는 이러한 규정을 비교적 철저하게 지켰지만 시간이 흐르면서 조금씩 완화되었다. 그러나 비교적 오래된 작품은 반드시 "최근에 이르러야 비로소 그 의미가 분명해진 작품"이어야 한다. 다시 말해서 작품이 출간된 시기에 독자들에게 준 의미와 현대 독자들에게 주는 의미가 서로 달라야만 심사 대상이 될 수 있다는 것이다.

1999년도 노벨 문학상 수상자로 선정된 귄터 그라스는 이러한 경우의 더할 나위 없이 좋은 예가 된다. '47그룹'에서 활약한 그는 1958년 이 그룹에서『양철북』(1959)의 초고를 낭독하여 이미 큰 반향을 불러일으켰고, 그 이듬해 단행본으로 출간되어 전 세계적으로 큰 관심을 끌었다. 그런데 그라스가 이 작품으로 노벨 문학상을 받은 것은 20세기가 서산마루에 뉘엿뉘엿 걸려 있던 1999년, 즉 이 작품을 출간한 지 무려 40년이 지난 뒤이다. 30여 년이나 40여 년 전이라면 몰라도 새천년을 바로 눈앞에 두고 있던 시점에 그가 상을 받은 것은 누가 보더라도 때늦은 느낌이 없지 않다. 물론 노벨 위원회는 그라스를 수상자로 선정한 이유는 "비단 서사적 소설『양철북』을 썼기 때문만은 아니다"라고 못 박아 말한다. 그러면서 "그라스는 과거를 답습하지 않는다. 한 걸음 한 걸음, 그는 위대한 작가에게 쏟아지는 비평의 잣대를 떨쳐버리고 사람들이 놀랄 만큼 자유로운 태도로 새로운 영역으로 나아갔다"고 평하였다. 또한 그라스는 "장난기 어린 '블랙우화'로 잊힌 역사의 얼굴을 묘사하였다"고 평가하기도 하였다. 이러한 선정 이유는『양철북』이 비록 40년 전에 출간된 작품이지만 현대 독자들에게 여전히 새로운 의미를 주고 있다는 의미로 해석하여도 크게 틀리지 않는다.

노벨 문학상은 프랑스 시인 쉴리 프뤼돔의 첫 수상자로 선정하면서 첫 장을 화려하게 장식한다. 그러나 앞에서 이미 언급한 테오도어 몸젠 같은 역사가나 루돌프 오이켄이 같은 철학가는 접어두고라도 프뤼돔과 그의 뒤를 이어 노벨 문학상을 받은 작가 중에서 노르웨이의 소설가요 시인이요 극작가인 비욘스티에르네 비요른손이나 프랑스의 시인 프레데리크 미스트랄이나 스페인의 극작가 호세 이체가라이 이 에이사기레, 스웨덴 소설가 셀마 라게를뢰프 같은 문인을 알고 있는 사람은 그 분야의 전문 연구가가 아니고서는 아마 그다지 많지 않을 것이다. 20세기 초엽 첫 수상자들을 선정할 때 실제로 레프 톨스토이와 헨리 제임스를 제외시키고 프뤼돔을 비롯한 작가들에게 노벨 문학상을 수여한 것에 대하여 잘못 선정되었다는 비판과 여론이 빗발쳤다.

한 세기가 지난 지금 평가해 보면 미국 태생의 영국 작가 헨리 제임스는 프뤼돔, 비요른손, 미스트랄, 이체가라이 이 에이사기레 라게를뢰프 등의 작가와 비교해 볼 때 훨씬 문학사적으로 중요한 위치를 차지하고 있다. 노벨 문학상을 받은 그들은 오히려 지금 기껏 세계 문학사의 한 귀퉁이에 언급되어 있거나 심지어 각주에 갇혀 있을 뿐이다. 흔히 '러시아의 양심'으로 일컫는 톨스토이에 이르면 스웨덴 한림원과 노벨 위원회의 선정은 더더욱 비판의 화살을 피하기 어렵다. 톨스토이처럼 알프레드 노벨이 유언장에서 명시한 "이상적인 방향에서 가장 뛰어난 작품으로 인류에게 가장 큰 공헌을 한 사람"의 규정에 그렇게 썩 잘 들어맞는 작가도 찾아볼 수 없었기 때문이다.

물론 스웨덴 한림원이나 노벨 위원회도 할 말은 있다. 노벨 문학상 수상자를 선정한 첫 해인 1901년 후보자는 모두 25명밖에는 되지 않았다. 첫 수상자를 선정하는 만큼 스웨덴 한림원 회원들은 될 수 있는 대로 객관성을 유지하고 공평하게 심사하기 위하여 한림원 자체 안에서는 후보자를 지명할 권리를 행사하지 않았다. 그러다 보니 후보자는 하나같이 외부에서 지명되었고, 이 외부 후보 지명자 중에서 톨스토이를 후보로 지명한 사람도 하나도 없었다. 스웨덴 한림원 결정에 불만을 표시한 스웨덴의 작가들과 예술가들이 톨스토이에게 사과 편지를 보냈고, 톨스토이는 앞으로 어떠한 상도 받지 않겠다는 답신을 보내왔다. 그 과정이야 어찌 되었든 러시아뿐만 아니라 세계적인 문호로 일컫는 톨스토이가 20세기 초엽 노벨 문학상을 받지 못하였다는 것은 노벨 문학상의 역사에서 치욕의 한 장으로 기록된다.

노르웨이의 극작가 헨리크 입센이 노벨 문학상을 받지 못한 것도 노벨 위원회 선정 과정의 오점으로 남을 수 있다. 비록 1906년에 사망하여 그가 상을 받을 만한 기간은 겨우 6년밖에는 되지 않지만 그를 수상자에서 제외한 것은 대표적인 탈락의 예로 흔히 꼽힌다. 소설가와 시인은 접어두고라도 극작가만 보더라도 1903년에 노르웨이의 소설가요 극작가인 비요른손, 1904년에 스페인의 극작가 에체가라이 이 에이사기레에게 노벨 문학상을 수여한 것을 보면 아무래도 입센을 수상자에서 탈락시킨 것은 의외라고 아니할 수 없다. 더구나 1901년부터 1906년까지는 노벨 문학상은 주로 유럽 작가들에게만 수여하였던 것이다.

그런데 여기에서 한 가지 눈여겨볼 것은 유럽 작가 중에서도 러시아 작가들은 스웨덴 한림원과 노벨 위원회로부터 별로 관심을 받지 못해 왔다는 점이다. 앞에서 이미 레프 톨스토이를 수상자에서 제외시켰다고 지적하였지만, 톨스토이 말고도 안톤 체호프 같은 작가들도 하나같이 상을 받지 못하였다. 여기에는 여러 까닭이 있지만 그중에서도 스웨덴은 역사적으로 오랫동안 러시아에 대하여 반감을 가지고 있었다는 사실도 한몫을 톡톡히 하였다. 지금까지 노벨 문학상을 받은 러시아 작가로는 1933년도 수상자 이반 부닌을 비롯하여 1958년도 수상자 보리스 파스테르나크, 1965년도 수상자 마하일 숄로호프, 1979년도 수상자 알렉산드르 솔제니친 등 겨우 네 명밖에는 되지 않는다.

이밖에도 세계적으로 문학성을 널리 인정받으면서도 노벨 문학상을 받지 못한 작가들은 하나하나 열거할 수 없을 만큼 아주 많다. 가령 프랑스 자연주의의 최고봉 에밀 졸라와 흔히 '미국의 셰익스피어'로 일컫는 마크 트웨인을 비롯하여 안톤 체호프, 마르셀 프루스트, 프란츠 카프카, 제임스 조이스, 에즈러 파운드, 버지니아 울프, 라이너 마리아 릴케, 로베르트 무질, 가르시아 로르카 등은 이 가운데에서도 가장 대표적인 작가로 꼽을 만하다. 물론 이들 작가 중 몇 사람은 문학가로서의 업적을 미처 주목받기도 전에 일찍 사망하였거나 사망한 뒤에 유고가 발견되어 '위대한' 작가로 인정받은 경우도 없지 않다. 이러한 '시대착오적' 현상을 고려한다고 하여도 그들을 수상자에서 탈락시킨 것은 논란의 여지가 없지 않다. 예를 들어 1938년도 노벨 문학상 수상자로 펄 벅이 선정되었을 때 통속 작가인 벅 대신에 버지니아 울프가 받았어야 하였다는 목소리가 무척 높았다. 물론 그 많은 작가 중에서 해마다 오직 한 작가만을 뽑기 때문에 어쩔 수 없이 선정되는 작가보다는 배제되는 작가가 훨씬 많기 마련이다. 비록 이 점을 감안한다고 하여도 이 무렵 선정 기준과 과정은 문제가 적지 않았던 것이다.

한편 노벨 문학상을 받아야 할 만한 작가로 방금 위에서 예로 든 사람 중에서 에즈러 파운드는 자칫 논란거리가 될 수도 있다. T. S. 엘리엇의 문학적 스승으로 모더니즘 운동을 이끈 '문학적 개척자'로서 파운드의 업적은 아무도 부정할 수 없을 것이다. 다만 제2차 세계대전 중 파운드는 이탈리아 라디오 방송을 통하여 동유럽 유태인을 학살한 나치의 만행을 찬양하는 연설을 하였다. 이러한 행동은 "이상적인 방향에서 가장 뛰어난 작품으로 인류에게 가장 큰 공헌"을 한 문학가에게 수여한다는 알프레드 노벨의 원래 취지에 정면으로 어긋난다. 아무리 문학적 성과가 뛰어나다고 하여도 이러한 비인간적인 행위는 노벨 문학상을 수여하는 데 걸림돌이 될 수밖에 없을 것이다. 스웨덴 한림원 회원으로 유엔 사무총장을 지낸 다그 함마슐드는 파운드의 이러한 행위를 '인간 이하의' 행동이라고 날카롭게 매도하였다. 그러나 함마슐드는 비록 파운드에게 노벨 문학상을 수여하려고 하지는 않았지만 미국 정부에게 압력을 행사하여 파운드가 내란죄로 정신병원에 감금되어 있는 상태에서 풀려나도록 구명 운동을 벌였다.

비교적 최근 노벨 문학상 수상자로 좁혀 말한다면, 1951년도 수상자 페르 라게르크비스트(스웨덴)를 비롯하여 1955년도 수상자 할도르 락스네스(아이슬란드), 1960년도 수상자 생-종 페르스(프랑스), 1963년도 수상자 게오르기오스 세페리아데스(그리스), 1979년도의 수상자 오디세우스 엘리티스(그리스), 1984년도 수상자 야로슬라프 세이페르트(체코슬로바키아), 2002년도 수상자 임레 케르테스(헝가리) 등은 여러모로 그렇게 적절한 선정이라고 보기 어렵다. 러시아 태생의 미국 작가 블라디미르 나보코프를 비롯하여 프랑스의 작가 루이-페르디낭 셀린, 세르반테스 이후 스페인어권 최고의 문제 작가로 흔히 일컫는 아르헨티나의 호르헤 루이스 보르헤스, 스웨덴의 극작가 아우구스트 스트린베리, 영국 태생의 미국 시인 W. H. 오든, 그리고 미국 소설가 존 업다이크 등도 방금 앞에서 언급한 수상자들보다 예술적 성과라는 측면에서 뛰어나면 뛰어나지 결코 뒤지지 않는다. 그중에서도 특히 체코슬로

바키아 작가에게 상을 준다면 문학적 업적으로 보나 정치적 의미로 보나 세이페르트보다는 차라리 밀란 쿤데라에게 주는 쪽이 훨씬 더 형평에 맞을 것이다.

스웨덴 한림원과 노벨 위원회의 노벨 문학상 선정 기준이나 과정과 관련하여 『해외 서적』의 설문조사는 주목해 볼 필요가 있다. 미국 오클라호마 주에서 발행하던 이 잡지는 1951년에 전문가 350명에게 지난 50년 동안 노벨 문학상 후보에 오를 만한 자격이 있는 작가들이 과연 몇 명이나 되는지 설문조사를 한 적이 있다. 노벨 문학상이 처음 제정된 지 사반세기를 결산하는 그 나름대로 의미 있는 조사였다. 이 설문조사에서는 노벨 문학상을 받을 자격이 있는 후보자가 막상 150명밖에는 되지 않는다는 뜻밖의 결과가 나왔다. 지금까지 수 백 명에 이르는 후보자가 지명되어 온 것과 비교하면 의외의 반응이었다. 물론 수상자 중에는 이 150명에 들지 않는 사람도 적지 않았음은 두말할 나위가 없다. 스웨덴 한림원과 노벨 위원회가 좀 더 객관적 기준으로 수상자를 선정하기 시작한 것은 20세기 후반부에 들어오면서부터였다. 안더스 외스털링이 한림원 사무총장에 임명된 1940년대에 들어와서야 비로소 세계적 위치의 작가를 수상자로 선정하였다는 평을 받기 시작하였다.

한마디로 노벨 문학상을 수상하였느냐 수상하지 못하였느냐 하는 것은 한 작가의 문학성을 평가하는 잣대가 될 수 없다. 지금까지 노벨 문학상을 받지 않은 작가들 중에는 이 상을 받은 작가보다 훨씬 더 문학성을 인정받는 사람이 적지 않다는 사실을 이 점을 잘 뒷받침한다. 모든 상이 흔히 그러하듯이 상을 받는 사람보다는 상을 받지 못하는 사람이 훨씬 더 많을 수밖에 없다. 뛰어난 작가가 배제될 수는 있지만 자격 미달인 사람이 이 상을 받아서는 안 될 것이다. 세계적으로 가장 권위 있는 문학상으로 자리를 굳힌 만큼 노벨 문학상은 이제 이 상을 수상한 작가라면 문학비평가와 문학연구가 사이에서 대체로 내용과 형식, 주제와 기법에서 문학적 성과가 뛰어나다는 평가를 받아야 할 것이다.

7

　노벨 문학상은 선정 과정에서 다른 어떤 노벨상보다도 주관적이고 상대적인 기준에 좌우될 수밖에 없다. 문학적 성과나 업적은 사회과학이나 자연과학처럼 계량적으로 판단할 수 없기 때문이다. 그만큼 노벨 문학상은 수상자를 선정하기가 무척 까다로울 수밖에 없다. 노벨상과 관련하여 알프레드 노벨이 유언장에서 밝힌 "이상적인 방향에서 가장 뛰어난 작품으로 인류에게 가장 큰 공헌"이라는 구절도 언뜻 보면 구체적이고 명시적인 표현 같지만 좀 더 꼼꼼히 따져보면 적잖이 문제가 있음이 밝혀진다. '이상적'이라는 어휘도 문제지만 '가장 뛰어난'이라는 기준도, '가장 큰 공헌'이라는 기준도 하나같이 객관적 평가보다는 주관적 평가, 절대적 평가보다는 상대적 평가에 의존할 수밖에 없다.
　이 점을 접어두고라도 노벨 문학상은 그동안 몇 가지 점에서 문제가 있었다. 무엇보다도 선정 기준이 일정하지 않은데다가 이중적 기준에 따라 수상자를 선정하기 일쑤였다. 이미 앞에서 지적하였듯이 100여 년 동안 계속되는 동안 줄잡아 여덟 번에 걸쳐 그 선정 기준이 바뀌었다. 또한 어떤 때에는 '정치적'이라는 이유로 수상을 거부하였는가 하면, 또 어떤 때에는 이와는 반대로 '비정치적'이라는 이유로 수상을 거부하기도 하였다. 예를 들어 체코슬라바키아의 작가 카렐 차펙과 프랑스 작가 앙드레 말로, 그리고 세네갈의 시인 레오폴드 셍고르 등은 이러한 경우의 좋은 예가 된다. 이 세 문학가는 여러 차례에 걸쳐 후보자로 지명되었으면서도 지나치게 '정치적'이라는 이유로 번번이 노벨 문학상을 받지 못하였다.

잘 알려진 것처럼 말로는 독일에 대하여 지나치게 적대감을 드러내는 등 정치적 성향이 강하다고 하여 노벨 문학상을 수상하지 못하였다. 말로는 중국 정치에 깊숙이 관여하여 중국에서 총파업이 있는 뒤 광둥에 국공합작(國共合作) 정부가 성립되자 1925년 그 정부의 위원이 되었고 1927년 장제스(蔣介石)가 공산당을 탄압하자 중국 국민당과 손을 끊었다. 또한 말로는 히틀러 정권이 탄생하자 반파시즘 운동에 투신하였고, 스페인 내전에는 공화국 공군을 지휘하였으며, 제2차 세계대전 중에는 독일을 상대로 저항운동에서 전차대여단장(戰車隊旅團長)의 임무를 수행하였다. 전쟁이 끝난 뒤 샤를 드골이 이끄는 제5공화국 정권에서 문화상(文化相)을 역임하는가 하면, 그 뒤에는 동파키스탄의 독립운동에 의용군으로 지원하는 등 그의 정치 행보도 여간 다채롭지 않다. 셍고르는 초대 대통령을 지내면서 아프리카의 문화적 긍지를 주창하였으며 제2차 세계대전 이후에는 아프리카 연방체의 설립을 위하여 온갖 노력을 아끼지 않았다.

한편 1980년도 수상자인 체코 태생의 시인 체슬라프 미우오슈는 '정치적' 이유로 상을 받은 경우에 해당한다. 그가 노벨 문학상을 받던 해를 중심으로 단치히 파업 등 폴란드는 정치적으로 세계의 주목을 받고 있었다. 여러 신문이 미우오슈의 노벨상 수상을 정치성과 관련시키자 노벨 위원회에서는 단치히 파업이 일어나기 몇 해 전부터 그가 후보자에 지명되었다고 해명하였지만 사정은 크게 달라지지 않았다. 적어도 이 점에는 2006년도 수상자인 터키 작가 오르한 파묵도 크게 다르지 않다. 그는 터키 분리주의자들의 테러를 지지한 것으로 널리 알려져 있었다. 독일을 지나치게 비판한다는 이유로 차펙에게 노벨 문학상을 거부한 것과는 사뭇 대조적이다.

그런데 미우오슈나 파묵처럼 정치에 깊숙이 관여한다고 노벨 문학상을 받는 것은 아니어서 우파 정치에 협력하면 오히려 자격 미달로 상을 받지 못하기도 한다. 가령 호르헤 루이스 보르헤스는 이러한 경우의 좋은 예가 된다. 앞에서 이미 밝혔듯이 세르반테스 이후 스페인 문화권의 최대 작가로 일컫는 그는 여러 차례에 걸쳐 후보로 지명되었으면서도 막상 상은 받지 못하였다. 이렇게 보르헤스가 노벨 문학상을 받지 못한 이유에 대하여 그의 전기를 쓴 에드윈 윌리엄슨은 보르헤스가 아르헨티나와 칠레의 우파 군사 정권을 지지하였기 때문이라고 지적한다. 보르헤스로 수상자로 선정하는 데 가장 반대한 사람은 노벨 위원회에서 막강한 힘을 행사하는 아르투르 룬드크비스트인 것으로 알려져 있다. 룬드크비스느는 보르헤스가 칠레의 아우구스토 피노체트 정권을 공적으로 나서 지지한 것은 결코 용서할 수 없다고 말하곤 하였다. 실제로 페론 정권을 끔찍이 싫어한 보르헤스는 후안 페론을 실각시킨 군사 정권을 지지하였고, 이와 더불어 피노체트의 우파 칠레 군사 정권을 지지하였던 것이 사실이다. 한마디로 보르헤스는 지나치게 '우파' 작가라는 혐의를 받아 왔다. 그런데 좌파를 지지하는 작가라면 몰라도 우파를 지지하는 작가는 스웨덴 한림원이나 노벨 위원회로부터 냉대를 받았다. 방금 앞에서 언급한 미우오스나 파묵은 말할 것도 없고 칠레의 공산주의 시인 파블로 네루다나 장폴 사르트르도 이오시프 스탈린을 포함한 좌파 독재자들을 지지하였고, 그들은 모두 노벨 문학상을 받았던 것이다.

더구나 노벨 문학상은 그동안 '유럽중심적인' 입장을 취해 왔다는 비판을 면하기 어렵다. 지금까지 이 상을 받은 작가들은 거의 대부분 유럽 출신의 작가이다. 노벨 문학상이 '저들만의 잔치'요 '유럽 작가의 축제'라는 비난을 받아 온 것은 바로 그 때문이다. 간혹 제3세계 국가나 아시아계 작가가 상을 받은 적이 있지만 이것은 어디까지나 예외에 속한다. 가령 스웨덴 출신의 작가들이 아시아계 작가 전체를 모두 합한 수보다 노벨 문학상을 더 많이 받았다는 사실은 이 점을 뒷받침한다. 1974년 영국 소설가 그레이엄 그린과 블라디미르 나보코프 그리고 솔 벨로가 후보에 올랐지만 그들을 제치고 스웨덴의 두 작가 에이빈 욘손과 하리 마르틴손이 노벨 문학상을 받았다. 그런데 욘손과 마르틴손은 스웨덴 밖에서는 거의 알려져 있지 않은 작가인데다가 노벨 문학상을 선정하는 심사위원들이었던 것이다. 예술적으로 보나 윤리적으로 보나 1974년의 수상자 선정은 형평의 원칙에 어긋난다고 아니할 수 없다. 좀 더 국제적으로 가장 저명한 문학상이 되기 위해서는 스웨덴 한림원과 노벨 위원회는 지나치게 유럽 작가들한테만 상을 주지 말고 전 세계에 걸쳐 좀 더 균형 있게 비유럽 작가들한테도 상을 주어야 한다. 그렇다고 문학적 성과를 고려하지 않고 단순히 지역적으로 안배하자는 것은 물론 아니다. 다만 유럽 작가가 아니라는 이유만으로 이 상을 받지 못하는 것은 형평의 원칙에 어긋난다는 것을 지적할 뿐이다.

그런가 하면 노벨 문학상은 장르적 측면에서 순수 문학 쪽에만 치우쳐 있다. 지금까지 이 상을 받은 작가들은 대부분이 소설가이고 그 다음이 시인이며, 그 다음이 극작가이다. 그러나 이 세 장르는 어디까지나 순수 문학 장르에 지나지 않는다. 지난 세기 후반부터 포스트모더니즘의 거센 기류를 타고 학문과 학문 분야와 마찬가지로 문학에서도 장르와 장르를 붕괴하는 작업이 디미 진행된 지 오래 되었다. 이 점에서 동서냉전의 상징과 다름없던 베를린 장벽을 허물어버린 것은 자못 그 의미가 크다. 눈부신 정보통신과 인터넷의 발달로 지금 지구는 촌락처럼 좁아졌다. 이러한 상황에서 순수 문학 쪽에만 관심을 두는 것은 가히 시대착오적이라고 할 만하다. 초기에 역사가나 철학자한테 노벨 문학상을 수여한 것과는 또 다른 이야기이다. 이 무렵에는 '순문체'라는 기준을 적용하여 순수 문학가가 아닌 사람에게도 노벨 문학상을 수여하였다. 이제 문체보다는 장르의 벽을 허물고 문학의 범주를 좀 더 넓히지 않으면 안 된다. 가령 환상 문학을 비롯한 대중 문학, 아동 문학 등의 작가들에게도 노벨 문학상을 수여하여야 할 것이다.